문학의 해석과 문학교육

문학의 해석과 문학교육

문학의 해석과 문학교육
Literary Interpretation and Literary Education

임 경 순

깨달음을 주신 스승님들께

이 책을 드립니다.

머리말

사람들은 저마다 그답게 읽고, 쓰고, 말하고, 듣는다. 여기에는 많은 변인들이 작용하지만, 사람만큼 중요한 변인은 없을 것이다. 누구와 언어 생활을 하느냐에 따라서 그 사람의 생각과 말투가 달라지기 때문이다.

우리는 의식적·무의식적으로 늘 누군가를 전제로 말을 한다. 그렇기 때문에 타자들은 내가 하는 말의 짜임과 말투에 영향을 주기 마련이다. 따라서 우리가 쓰고 있는 말은 타자들과 함께 공유하는 살아 있는 구체적인 말일 수밖에 없다.

국어교육은 이러한 우리들의 언어 생활을 더욱 풍요롭고 알차게 해야 할 의무가 있다. 그런데 그동안 국어교육이 걸어온 길은 어떠한가? 그것은 사람들이 저마다의 안경을 끼고 걸어온 길이었다. 그 길을 함께 걸어온 사람들끼리 생각을 공유하기도 하고, 그것을 타자들에게 관철시키기 위해 노력해 오기도 했다. 그러나 그것이 빛을 발하기 위해서는 억압으로부터 인간을 해방시키고, 인간이 살맛 나는 세상을 만드는 데 기여해야 한다. 국어교육을 둘러싼 그 어떠한 견해들도 결국 이러한 일에 수렴되어야 하며, 또한 그렇게 될 것이라 나는 믿는다.

사람들이 영위하고 있는 언어는 매우 다채롭고 복잡하다. 따라서 우리는 이러한 언어 현상을 사실 그대로 직시할 필요가 있다. 편벽되게 언어를 바라볼 필요는 없다는 것이다.

이렇게 다채롭고 복잡한 언어를 연구자들은 여러 기준에 따라 몇 갈래로 나누어 놓기도 하였다. 예컨대 담화의 목적에 따라 문학적 담화, 표출적 담화, 설득적 담화, 지시적 담화 등으로 나눈 것이 그 예이다. 그런데 중요한 것은 그 갈래들이 우리의 생생한 언어 생활을 포괄할 수 있어야 하며, 무엇보다 핵심적인 언어 생활을 반영하고 있어야 한다는 점이다. 그리고 교육적 관점에서 그 경중을 따져야 한다. 문학적 담화 즉 문학은 이러한 점에서 많은 교육적인 시사점을 준다.

이 책의 제1부에서는 서사 양식을 다루고 있다. 서사는 사람들이 살아가는 이야기를 다룬다. 그 이야기는 여러 하위 양식으로 담겨지기 때문에 이를 일컬어 서사 양식이라는 용어를 사용한다. 또한 이야기는 언어뿐 아니라 비언어적 매체를 통해서도 이야기될 수 있다. 서사성을 염두에 둔다면 사람이 살아가는 일 자체도 넓게 보면 이야기라 할 수 있다. 이 책에서는 언어 매체를 통한 서사를 다루었다. 언어 매체를 담론 혹은 언술이라는 용어로 포괄하고 개화기부터 60년대 모더니즘 계열의 소설에 이르는 서사물을 분석하고 해석해 보았다. 이 때의 언어는 우리의 언어 관념과 생생한 언어 생활상을 반영하고 있다는 시각에 입각해 있다.

제2부는 문학비평과 문학비평교육을 다루고 있다. 비평이 작품뿐 아니라 문학현상 나아가 삶의 현상을 두고 가치를 따지는 행위라 한다면, 문학 비평은 이 가운데 주로 문학과 관련된 비평 행위를 말한다. 이 책에서는 문학과 문화, 시·소설 등과 작가의 문학 행위를 비평적 관점에서 다루었다. 그리고 비평교육의 방향을 대화와 반성이라는 시각에서 모색해 보았다.

제3부에서는 문학사와 문학사교육을 다루고 있다. 분단 이후의 문학, 즉 분단 문학은 우리만의 역사적 특수성을 담고 있다. 여기에서는 분단 문학이란 무엇인지 따져 보고, 분단 소설의 전개 과정을 몇몇 작가를 중심으로 살펴보았다. 그리고 문학사를 교육적인 시각에서 바라볼 때 어떤 시각에서 봐야 할 것인지 논의해 보았다.

여기에 실린 글들은 이미 발표된 것도 있고, 그렇지 않은 것도 있다. 기획 의도에 맞게 다듬은 부분도 있지만, 지나온 발자취를 살핀다는 의미도 있기 때문에 가급적 원래의 생각을 살리도록 했다. 발표된 글들은 참고 문헌에 밝혔다.

이 책이 나오기까지 많은 사람들의 도움이 컸다. 그동안 함께 공부하면서 서로를 격려해주고 질책해준 여러 동학들과, 언제나 함께하면서 나를 이해해주고 격려해준 가족의 고마움 또한 잊을 수 없다. 특별히 나를 학문의 세계로 이끌어주시고 깨달음을 주신 스승님들의 은혜에 감사드린다. 이분들이 없었다면 어찌 지금의 내가 있을 수 있겠는가.

끝으로 두 번째 책 만드는 일을 기꺼이 맡아주신 도서출판 역락의 이대현 사장님과 이토록 훌륭한 책을 만들어주신 편집부 여러분께 감사드린다.

2003. 11.

관악산 연구실에서

임 경 순

차 례

제1부 서사 양식의 담론과 해석

제2부 문학비평과 문학비평교육

차 례

제3부 문학사와 문학사교육

제1부 서사 양식의 담론과 해석

제2부 문학비평과 문학비평교육

제3부 문학사와 문학사교육

Ⅰ. 개화기 산문의 언술 구성과 특성

Ⅱ. 담론으로서의 소설과 담론 주체

Ⅲ. 소설의 대화성과 주체의 이념

Ⅳ. 소설의 담론윤리적 특성

Ⅴ. 모더니즘소설의 미적 전략

I

개화기 산문의 언술 구성과 특성

1. 머리말

개화기에 대한 연구는 개화기 직후부터 지속적으로 이루어져 왔다. 그간 개화기 문학은 학계의 관심의 대상이 되어 왔으며, 그 연구 성과도 착실히 쌓여왔다.[1] 이러한 연구들은 한국 문학의 연속성 찾기, 자료의 발굴과 평가, 문학사적 의미 부여 등으로 집약된다. 그러나 개화기에 나타난 문학 양식의 총체적 점검이라는 과제는 아직도 체계적으로 구명되어 있지 않은 실정이다. 약 20여 년 전에 한 연구자는 그 원인으로 첫째 개화기 자체에 대한 사상사적 구명이 만족할 만큼 이룩되어 있지 못한 상태라는 점, 둘째 이 방면의 기초자료의 미정리, 셋째 학계의 관심이 개화기에 별로 집중되지 못했다는 점 등을 든 적이 있다.[2] 이러한 지적

---

1) 개화기 문학에 대한 연구는 다음 참조.
   김교봉·설성경, 『근대전환기소설연구』, 국학자료원, 1991.
   김영민, 『한국근대소설사』, 솔, 1997.
   송민호, 『한국개화기소설의 사적연구』, 일지사, 1975.
   이강엽, 『토의문학의 전통과 우리소설』, 태학사, 1997.
   이재선, 『한국개화기소설연구』, 일조각, 1972.
   이재선, 『한국개화기소설연구』, 일조각, 1972.
   전광용, 『신소설연구』, 새문사, 1986.
   한원영, 『한국개화기신문연재소설연구』, 일지사, 1990.
   황정현, 『신소설 연구』, 집문당, 1997.
2) 김윤식, 『한국근대문학양식론고』, 아세아문화사, 1980, 185쪽.

은 현재에도 유효하다고 판단된다. 이런 점에서 여기에서 다루고자 하는 개화기 문답체 산문의 언술에 대한 연구는 의의가 있을 것이라 본다.

이 글에서 다루고자 하는 문답체 산문은 우리의 논변 전통에서 중요한 위치를 차지하고 있다. 그것은 서술자의 개입 여부와 인물의 대화 양상에 따라 다양한 특성을 지닌다. 대개의 경우 작가는 인물들이 나눈 대화를 어떤 정보를 전달하기 위해 문답체를 이용한다. 이 경우 어떤 사실이나 정보를 묻고 답하는 방식이 설정된다. 이러한 문답체의 특성으로 말미암아 문답체의 형식은 최근까지 지속적으로 이용되고 있다.

특히 문답체 산문은 문학사의 연속성 측면에서 매우 주목되었다.[3] 그런데 '문답체' 산문에 대한 자료 정리는 어느 정도 되었다고는 하나, 장르 규정, 문학사적 평가, 발생과 특성, 언술의 특성, 사상사적 관련 문제 등은 아직도 명확하게 밝혀지지 않았다. 특히 문학이 언어로 이루어진 형상물이라는 점을 전제로 한다면, 개화기 문학에서 언어의 문제를 소홀히 할 수 없다. 이 글에서 개화기 산문 문학의 언술[4]에 주목하고자 하는 이유도 여기에 있다.

이 글에서 다루고자 하는 문제는 개화기 문학 가운데 문답체 산문의 언술 구성과 특성이다. 이 방면에 대한 연구는 초기의 신문 잡지(연재)소설, 토론체, 토론체소설의 소설론, 대화체소설, 서사적 관점에서 소설과의 관련성, 한말(韓末) 정치류소설 등의 측면에서 이루어졌다. 이러한 연

---

3) 이재선, 송민호, 김영민, 특히 이강엽은 토의문학의 전통과 연결시키고 있다.

4) 언술(utterance)은 일반적으로 의사소통의 자연적인 단위로 간주된다. 바흐찐의 『도스또예프스키 시학의 문제점』의 번역 서문에서 에머슨(C. Emerson)은 언술과 문장의 차이점을 다음과 같이 말하고 있다.
  "문장은 언어의 단위인 반면에, 언술은 의사소통의 단위이다. 문장은 단일한 화자의 발화 내에 존재하는 상대적으로 완전한 사고이다. 반면에 언술은 힘(impulse)이며, 그렇게 규범적으로 번역될 수는 없다. 언술의 경계는 발화 주체의 교체에 의해서만 표시된다." 무카로프스키(J. Mukařovský)도 언술의 특성을 독특함(uniqueness)과 반복할 수 없음을 든다.

구들은 문학사의 연속성, 양식상의 특성이나 전통과의 관련성, 발표 매체 등에 관련된다.

이 글은 이러한 연구 성과를 토대로 개화기 문답체 산문의 언술 구성과 특성, 문학사적 측면에서 전통의 문제 등을 구명해 보고자 한다. 개화기라는 특수한 상황 속에서 언술 주체들은 자신들의 이념을 문학적 행위를 통해 명백히 드러내고자 하였다. 이러한 점에서 구체적 상황에서 말하는 주체들의 언어 행위에 주목하고자 한다. 또한 문학 행위나 양식의 생산은 과거의 문화 유산과 어떤 식으로든 관련될 수밖에 없다는 점을 전제로 한다면 문학사에서 문답체 전통의 문제 역시 중요한 연구 대상이 된다.

이 글의 주된 연구 대상은 『대한매일신보』에 수록된 개화기 문답체 산문, 즉 「소경과안즘방이문답」(1905.11.17~12.13), 「향로방문의생이라」(1905.2.21~1906.2.2), 「거부오해」(1906.2.20~3.7), 「시사문답」(1906.3.8.~4.12) 등이다.

2. 개화기 문답체 산문의 언술 구성

『대한매일신보』는 국한문 혼용체(국문체 발행 이전)를 사용한다. 그런데 여기에 수록된 문답체 산문은 유일하게 국문으로 되어 있다. 이것은 저자가 이 글을 읽는 독자를 철저히 의식하고 있었다는 사실을 증명한다. 이는 쓰는 사람과 읽는 사람의 의사소통, 즉 언어적인 상호작용을 전제로 한 것이다.

인간의 언어적인 상호작용은 언어의 본질에 해당한다. 의사소통은 최소한 말하는 사람과 듣는 사람, 이들의 상호작용을 전제로 한다는 점에서 대화 구조를 이룬다. 그러므로 대화는 언어적 상호작용의 형식 가운데 가장 본질적인 것이다. 모든 언어적 의사소통은 넓은 의미로 대화(언술의 교환)로 볼 수 있다. 그런데 서사물은 작품 내의 주체들의 대화적 국면과 이 서사물을 매개로 한 저자와 독자의 대화적 국면이 어우러진 복합 구조를 이룬다. 이런 점에서 문답체 산문은 작품 내부의 주체들의 대화와 작품의 저자와 독자의 대화라 할 수 있다. 대화는 늘 구체적인 맥락에서 이루어진다. 맥락을 떠난 추상화된 대화는 언어의 실상과 거리가 있다. 이것은 언어, 곧 말을 보는 관점으로 연관된다.

따라서 다음과 같이 언어를 보는 경향은 극복되어야 한다.5) 즉 언어 창조의 법칙을 개인 심리의 법칙들로 간주하려는 개인주의적 주관주의 경향과 언어의 역사와 언어의 체계 사이의 단절을 가정하는 추상적 객관주의 경향이 그것이다. 언어는 전적으로 개인의 심리적 산물인 것도 아니며 역사와 단절된 것도 아니다. 언어는 구체적인 의사소통 상황에서 역사적으로 규정되는 것이다. 그러므로 언어의 기본 단위를 단어나 문장으로 삼는 일반 언어학은 그 추상성을 면치 못한다. 여기에서 청자는 말하는 사람의 말을 수동적으로 이해하는 존재에 불과하다. 이 청자는 구체적인 의사소통에서 실제 참여자에게 응답할 수 없다. 그러한 추상적인 도식은 실제 현상을 지시할 수 없다. 그 결과 그것은 언어 의사소통의 실제 양상과 언술의 본질적인 측면을 왜곡하며, 따라서 의사소통에서의 타자의 적극적 역할은 최소한도로 축소된다.6) 언어학적 사고의 이러한 방법론적인 추상성은 의사소통의 실제 단위를 무시하는 데서 기인한다.

언술(utterance)은 실재에서, 개별적으로 발화하는 사람들의 구체적인

---

5) V. N. Vološnov, *Marxism and The Philosophy of language*, 송기한 역, 『마르크스주의와 언어철학』, 흔거레, 1988, 63-88쪽.
6) M. M. Bakhtin, V. W. McGee trans., *Speech Genres and Other Late Essays*, University of Texas Press, 1986, 69-70쪽.

언술들의 형식으로만 존재할 수 있다. 언술은 특수한 맥락에서 생산되며, 늘 사회적이다.[7] 발화자 자신은 늘 이미 하나의 사회적인 존재이다. 그러므로 언술은 누군가를 향한 것(질문)이며 누군가의 말에 대한 응답이다. 질문과 응답관계는 언술의 본질적 국면이다.[8]

문답체 산문은 개화기라는 구체적인 역사적 맥락에서 생산된 것이며, 발화자들은 구체적인 상황 속에서 말을 한다. 『대한매일신보』의 문답체 산문이 유일하게 국문으로 되어 있다는 점은 저자가 당시의 국문 독자를 지향했다 할 수 있다. 저자와 독자의 상호 작용이 전제되어 있는 것이다. 그런데 계몽성이 강한 국문체 산문을 실을 수 있었다는 것은 어느 한 개인의 차원에서만 이루어질 수 있는 성질이 아니다.[9] 그리고 국문체 독자는 당시 국문체 문학을 접하고 있었던 많은 일반 대중들을 대상으로 한다는 점에서도 개인 독자의 차원의 문제만도 아니다. 또한 작품 속의 발화자들은 사회적 존재들로서 타자들을 지향한다. 그들 역시 질문과 응답의 관계를 형성한다.

이러한 관계 속에서 생성되는 의미는 형식이나 전달의 방식, 전달의 구체적인 조건들과 떼어놓을 수 없다.[10] 문답체의 경우 그 형식, 신문이라는 매체, 국문체, 독자·사회·역사적인 조건 등과 관련되어 나타난

---

7) T. Todorov, *Mikhail Bakhtin, The Dialogical Principle*, 최현무 역, 『바흐찐 : 문학사회학과 대화이론』, 까치, 1987, 43쪽.

8) M. M. Bakhtin, *The Dialogic Imagination*, 전승희·서경희·박유미 역, 『장편소설과 민중언어』, 창작과비평사, 1988, 88쪽.

9) 김영민은 「향객담화」, 「소경과안즘방이문답」, 「향로방문의생이라」는 화자의 외형적 모습만 다를 뿐이지 소설의 짜임새나 내용이 적지 않은 유사성을 지니고 있음을 확인할 수 있다고 하면서 이들 작품은 특정한 작가 혹은 동일한 작가군에 의한 연작의 성격을 지닌다고 본다. 언어 활동의 하나인 문학은 기본적으로 작가와 독자의 관계의 산물이란 점에서 본고에서는 작가 측면뿐 아니라 독자의 차원까지도 주목하고자 한다. 김영민, 앞의 책, 72쪽.

10) 형식주의자들의 경우 전달된 것을 해석하는 데 변하지 않는 의사소통과, 변하지 않는 전달을 가정하고 있다

다. 논변 전통을 계승한 저자들의 계몽의식과 그들이 대상으로 삼는 국
문 독자들의 독서 의식이 만나는 자리에 개화기 문답체 산문이 놓인다.
저자들이 국문 독자들을 의식했기 때문에 인물 설정이 소경이나 안즘뱅
이, 인력거꾼, 시골 노인 등이 될 수 있었던 것이다. 물론 이 인물들은
당대 시대적인 인물들을 상징한다.

한편 문답체 산문의 글들이 길어질 수 있었던 것도 문답체라는 양식
상의 특징과 함께 산문체의 수용에 기인한 듯하다. 문답체에 전형적인
묻고 답하는 식의 언술보다는 대화를 지향한다는 점도 또 다른 특징으
로 지적될 수 있다. 이로 보아 전언은 그 형식, 방식, 조건들과 밀접하게
관련됨을 알 수 있다.11)

문답체 산문은 문답체 양식의 특성 때문에 논설란과 잡보란을 넘나
들 수 있었다. 문답체는 논변류에 속하는바, 우리 문학사에서 논변류의
글은 매우 다양했다. 실용성의 측면에서는 단지 뜻을 펼쳐 보이는 정도
를 넘어서, 국가의 공용적인 일을 해결하기도 하고 심오한 이론을 전개
하기도 한다. 때로는 날카로운 필치로 상대편의 의견을 집중 공략하기
도 하고, 때로는 신변잡기 정도일 듯한 일화를 소개하면서 뜻을 돌려 말
하기도 한다. 어떤 경우에는 실제 인물과의 논변을 펴기도 하지만, 어떤
경우에는 가상의 인물과 논변을 펼치는 것처럼 꾸며지기도 한다.12) 이
러한 양식상의 특성으로 말미암아 문답체 산문은 국한문체의 '론설란'
과 국문체의 '잡보란'에 쓰일 수 있었다.

문답체를 분석하는 단위로서의 언술은 다음과 같은 구성적인 특수
성을 지닌다.13) (1) 언어적 의사소통 단위로서 구체적인 개개의 언술의

---

11) 문답체 산문이 (국)한자 계층을 상대로 했을 경우에는 논변 전통에 따라 '논설
란'에 수록되는 것이 이에 대한 증거가 될 수 있을 것으로 판단된다. 「韓日人
問答」(1907.7.10. 국한문판과 국문판에 실린 론설), 「時事問答」(1909.4. 24. 국한
문판)
12) 이강엽, 앞의 책, 25쪽.

경계는 담론 주체들이 바뀔 때, 즉 발화자들의 교체(chang of speaking subjects)에 의해 결정된다. (2) 개개의 언술은 특수하게 내적으로 완결된(interior completion) 단위이다.[14] (3) 언술은 절처럼 단순히 대상을 지적하는 데 만족하지 않고, 더 나아가 그의 주체를 표현한다. (4) 언술은 동일한 대상에 대해 이루어진 과거의 언술들과 관계를 맺고, 현재의 언술에 응답할 미래의 언술들과도 관계를 맺는다. (5) 언술은 늘 누군가를 대상으로 하고 있다. 바흐찐은 언어의 단위(units of language)로서의 단어(words)나 문장(sentences)과는 다른, 발화 공동체(speech of communion)의 단위로서의 언술(utterance)을 상정했던 것이다.

문답체 산문은 대개 서술자의 발화가 극히 약화된 형태로 두 발화 주체의 교체로 이어진다. 대부분 발화도 명확한 경계를 이루고 있지만, 「소경과안즘방이문답」과 같은 경우에는 독자가 그 말을 한 주체의 언술을 파악하는 데 어려움이 따르기도 한다. 또한 인물들 사이의 말, 개화가사, 단가 등의 상호 침투 현상이 보인다. 개화기 문답체 산문 언술의 이 같은 특성은 문답체 산문의 특징을 드러내기도 하거니와 언술의 일반적인 특성으로까지 이어진다.

문답체 양식이 쓰일 수 있었던 가장 본질적인 측면은 저자가 그 언술을 계획·의도하고 선택했으며, 수신자를 지향하고 있었던 점일 것이다. 발화 의도는 그 언술의 길이뿐 아니라 언술 주체(인물)의 선택, 장르의 선택으로 이어진다. 또한 그 선택을 통해 저자의 가치 평가가 수반된 표현적 국면을 갖는다. 이 표현적 국면은 수신자, 즉 독자와 만날 때 완성된다.

---

13) M. M. Bakhtin, V. W. McGee trans., 앞의 책, 60-102쪽; T. Todorov, 앞의 책, 83-84쪽.

14) 바흐찐은 언술 완결의 세 가지 국면을 들고 있다. (1) 주제의 의미론적 철저함, (2) 화자의 계획 혹은 발화 의도, (3) 완결성의 전형적이며 구성적인 특유한 형식. M. M. Bakhtin, V. W. McGee trans., 앞의 책, 76-77쪽.

언술은 인간의 활동성의 영역과 주어진 언술이 관계된 일상의 삶의 영역에서 결정된다.[15] 언술의 장르를 선택하고, 구성적 장치를 선택하고, 언어적 비유와 문체를 선택하는 데 결정적인 역할을 하는 것은 바로 수신자이다. 이런 점에서 개화기 문답체 산문은 당시 국문체 독자들의 계몽을 지향(addressivity)하고 있다.

또한 언술은 이념적 측면을 갖는다.[16] 문답체 산문의 주체들은 이념을 명확하게 드러낸다. 소설 속의 인물이 그러하듯이 문답체 산문에 나오는 주체들은 자기 자신의 사상적 세계 안에서 살고 행동하며, 그의 행동과 언술에 구현되는 자기 자신의 세계 인식을 가지고 있다.

이제 구체적인 작품을 들어 이러한 문제를 살펴보고자 한다.

3. 개화기 문답체 산문의 언술 특성

언술은 그것을 표현하는 주체와 그것을 수용하는 수용자의 상호 작용에 의해서 결정된다. 여기에서는 주체들의 언술 특성과 어조문제, 상호텍스트성의 문제 등을 살펴보고자 한다.

1) 최소 서술자와 언술 주체의 선명한 교체

서술자의 언술은 도입부, 맺음부, 인물의 말을 소개하는 부분에 등장

---

15) M. M. Bakhtin, V. W. McGee trans., 앞의 책, 95쪽.
16) (1) 화자와 그의 담론이 언어에 의한 예술적 묘사의 대상이다. (2) 화자는 구체적인 역사에 의해 규정되는 사회적 개인이며, 그의 언술도 '개인적 방언'이 아닌 (맹아적인) 사회적 언어이다. (3) 화자는 언제나 어떤 정도는 이념인(ideologue)이며, 그의 말은 언제나 이념소(ideologeme)들이다. M. M. Bakhtin, 전승희 외 역, 앞의 책, 150-151쪽.

한다. 서술자는 인물이나 사건에 개입하지 않는다.

(가)
일젼에엇더호소경한아이막디를쭈덕거리고모쳐망건가가압흐로지나가눈디
그곳에셔망건일호눈안즘방이가그소셩을불너갈오디"여보게그동안엇지허
여오리맛나지못허엿나"
소경이디답허되"즈연그럿케되엿네마눈그동안슐이나잘먹엇나"
"여보게아모말말게말허면긔가막히네슐을먹기컨니와슐먹눈사롬의입도구
경치못허네"(「소경과안즘방이문답」, 1905.11.17.[17] 밑줄, " " 인용자)

(나)
"참기막힌말일셰"하며허희쟝탄에노리일곡부르면셔막디를두루혀갓더라
그노리에호엿스되"스쳔년오랜나라어이호들망홀숀가오빅년놉흔종스뉘라
셔바라볼가,"(「소경과안즘방이문답」, 1905.12.13. 밑줄, " " 인용자)

「소경과안즘방이문답」은 밑줄친 도입부와 끝부분 외에는 서술자의
목소리가 나타나지 않는다. '소경'과 '안즘방이'의 목소리가 곧바로 교
체되어 나타난다. 그리고 소경과 안즘방이의 목소리의 교체에 있어 어
떤 표지도 없다. 「향로방문의생이라」의 경우 서술자의 목소리는 도입부
와 인물 발화 유도에서, 「거부오해」의 경우 도입부, 끝부분, 인물 발화
유도에 나타난다. 「시사문답」의 경우에도 같은 양상을 보인다.

(가)
근일츈기화창호미엇던션비량인이손을글고놉흔곳에올나안져쟝안디도상
왕리호눈사람을지졉호며고금치란의시비를평론호야
시국의불평홈을긔탄호고강기호마음을금치못혼다호니그션비의셩명은한
아눈시골션비의호문싱이오한아눈셔울선희싱이라

---

17) 이 글에서의 인용은 특별한 언급이 없는 한 『大韓每日申報』에 수록된 것이다.

셔로장황이담화홀즈음에마참무슴령악혼소리들니논지라호문싱이놀라무
러갈오디그무슴소리가그다지령악혼뇨져음에논깁흔산골에 (「시사문답」,
1906.3.8)

(나)
선희싱이미미이우스며왈그디가쳐음들은듯ᄒ거니와가위어린아희가
텬동소리를분변치못함과갓도다그소리논달은것이아니라인쳔동리의쥬등
디로리왕ᄒ논텰의소리라호디호문싱이더욱의심ᄒ야갈오디텰마라ᄒ논것
은무엇이완디그소리가그다지령악혼고선희싱왈그텰마라홈은그디의일은
바 (「시사문답」, 1906.3.8)

(다)
다시할말무엇잇나ᄒ고선희싱이여로허희장탄ᄒ고일어셔니이쩌셕양은셔
산에걸여잇고계으른시논슈풀로도라가더라인ᄒ야구양용의지은자셕양지
산에인영이산란ᄒ고금죠논지산림지이부지인지낙의글 귀를을푸며산에나
려각기집으로도라가니다 (「시사문답」, 1906.4.12)

(가)는 도입부, (다)는 맺음부의 서술자의 말이고 (나)는 인물의 말을
유도하는 서술자의 말이다. 이처럼 「시사문답」의 경우에도 서술자의 목
소리는 도입부, 끝부분, 인물의 발화 유도에 나타난다. 분량면에서는 앞
의 작품보다 크게 나아졌다고는 볼 수 없다. 그러나 「시사문답」의 경우,
시골 선비와 서울 선비가 말을 할 수 있는 시간적 공간적 배경이 앞의
텍스트들과는 다른 모습을 지닌다. 이 텍스트의 경우는 처음과 끝에 나
오는 시공간적 배경이 사건의 시작과 종결이라는 요소에 직접 연결되어
있다.[18]

인물들의 말의 교체는 서술자의 말의 유도에 의해 이루어진다. (나)
에서 보듯이 '～왈', '갈오디' 다음에 인물의 말로 이어진다. 이로 보아

---

18) 김영민, 앞의 책, 76쪽.

앞의 텍스트들처럼 인물들의 말의 교체는 명확하게 이루어져 있다고 볼
수 있다. 개화기 문답체 산문에 나타난 언술 주체들의 명확한 경계는 논
변류 전통으로 이어진 계몽이라는 수사적인 목적과 아직 근대적인 의미
의 상대주의적인 개인주의 사상이 성숙되지 않은 데서 기인한 듯하다.[19]
소경과 안즘방이, 인력거꾼, 시골 노인과 의생, 시골 선비와 서울 선비
등은 그 계층이 뚜렷하다. 이들 발화의 경계가 선명하게 부각되었다.

언술의 명확한 경계 설정은 바흐찐이 말한 이른바 선적 문체에 해당
한다.[20] 그것은 타자의 말을 확실히 유지하려는 경우이다. 문학적인 언
어보다는 수사학적인 언어에서 이러한 경향은 강화된다. 수사학적 언어
는 그것이 갖는 단순한 목적 지향성 때문에 다른 화자의 발화를 취급하
는 데 있어서 문학의 언어보다 자유롭지 못하다. 수사학은 타자의 말과
의 경계를 명확히 하는 것을 필요로 한다. 그것은 말에 대한 소유감각을
예리하게 하고, 확실성을 지니는 문제들에 대해서까지 까다롭게 살피도
록 하는 특징을 갖는다.

타자의 발화에서 계층적 위치의 감각이 강하면 강할수록 타자의 발
화의 경계는 보다 선명하게 되고 외부로부터 그것에 응답하고 주석하는

---

19) 타자의 말과 인용자의 말 사이의 역동적인 상호관계에 대한 사적인 경향들을
검토한 바흐찐은 중세의 권위주의적인 교조주의와 17,8세기의 합리적인 교조
주의에서는 선적 문체를, 18세기 말과 19세기 초의 현실주의적이고 비판적인
개인주의와 현대의 상대주의적인 개인주의에서는 회화적 문체를 갖는다고 말
한다. V. N. Vološnov, 송기한 역, 앞의 책, 제3부 참조.
20) 바흐찐은 타자의 말과의 관계를 드러내는 문제를 선적 문제와 회화적 문제로
나눈다. 선적 문제는 타자의 말에 대한 반응의 기본적인 경향이 타자의 말을
고스란히 그리고 확실히 유지하려고 하는 경우이다. 이때 언어는 타자의 말에
대한 명확하게 확립된 구분을 설정할 수 있다. 그런 경우에 정형과 그 변형은
타자의 말을 가능한 한 명확하게 경계지어 거기에 작자의 억양이 침투할 수
없도록 막아 주고, 타자의 말이 지닌 개인적인 언어적 특성을 응축하고 강화하
기 위해 사용된다. 반면에 회화적 문제는 타자의 말의 자기 완결적인 폐쇄된 상
태를 파괴·분해하려고 하며, 그것의 경계선을 제거하려고 한다. V. N. Vološnov,
앞의 책, 158-171쪽.

경향이 그 속에 침투하는 것은 점점 허용되지 않게 된다.[21]

2) 내적 완결성

언술의 두 번째 자질은 완결성(finalization)에 있다. 이 언술의 완결성은 발화 주체들의 교체 측면이다. 이러한 교체는 화자가 특정한 환경에서 특정한 순간에 그가 바라는 모든 것을 말하거나, 쓰여졌기 때문에 일어난다. 이 언술의 완결성에 대한 가장 중요한 범주는 언술에 대한 응답 가능성이다. 이 가능성은 주제의 의미론적 철저함, 화자의 계획 혹은 발화 의도, 완결성의 전형적이며 일반적인 구성적 형식에 의해 결정된다.[22]

(1) 간접화된 직설의 구현

언술 주제의 지시적이며 의미론적 철저함(exhaustivness)은 다양한 의사소통의 영역에서 근본적인 차이가 있다. 이러한 철저함은 일상·사업·군대·상업 영역에서는 거의 완벽하게 실현된다. 즉 사실적인 질문, 요구, 명령 등과 그에 대한 응답이 이루어진다. 이러한 영역에서는 의사소통의 어떤 표준이 있기 마련이다. 그러나 반대로 창조적인 영역에서는 주제에 대한 의미론적 철저함이 상대적이다.

이러한 점에서 개화기 문답체 산문을 보면 비유법과 간접화된 방법을 끌어들여 시사적인 문제에 대하여 직설적인 논평을 하고 있음을 알 수 있다. 그것은 문답체의 형식을 취하되 수신자의 위치를 감안하여 비유 등의 간접화된 장치를 사용함으로써 어떤 사실에 대한 계몽의 성격을 대화의 형식으로 풀어나가기 때문이다.

---

21) V. N. Vološnov, 송기한 역, 앞의 책, 169-170쪽.
22) V. N. Vološnov, 송기한 역, 앞의 책, 169-170쪽.

(가)

나는아모리싱각하야도알수업는일호가지가잇셔모단친고의게뭇나니니가
인력걸싱이하는고로남북촌지상가도만이가셔보고각쳐연회의나연셜허는
곳에도더러가셔들은즉
정부죠직정부죠-집허니정부의샤죠-집은어여무엇에쓰려는지정부란말은각
디신네들모혀나라일의론허는져소로집죽허거니와
그죠-집은무삼죠-집인지알슈업데정부가마소치는려각집이안인즉말이나소
롤먹이려고죠-집을구할것도아니요혹시골셔는죠-집으로집웅이나담ㄱ튼것
을이기나허거니와져부외셔는그런소용도안일터인즉(……)감안이여러사롬
의말을듯고눙치로싱각ㅎ야보면정부조집이된다홈은정부에셔죠-집을구취
혼다는물이오
정부죠-집이틀엿다홈은여슈히구취가되지못ㅎ얏다는말노알거니와
그죠집을어디쓸소용인지알슈업셔갑갑히지니노라 (「거부오희」, 1906.2.20-22)

(나)

호문싱이이윽히싱각ㅎ다가갈오디니이제알앗도다
소위텰마라홈은텰로룜거를일음이안닌가그러ㅎ나그것이엇지금목슈화토
오힘이구비ㅎ게디얏다ㅎ리오선희싱왈니즈셔히일으리라
그물건됨이젼혀쇠와암무로만들엇슨즉금목이분명ㅎ고셕탄은흑에셔나고
화룜통에물을붓고셕탄에불을핀연후에운동이되니
슈화토가구비치아니혼가그러ㅎ나그것은젼혀금체로되엿슬뿐더러우리나
라의여간빅동이라쳥동이라ㅎ는쇳조각은모다그놈의 (「시사문답」, 1906,3,9)

　(가)는 어떤 사실에 대하여 직설적인 말을 한다기보다는 상식 이하의
인물인 인력거꾼을 등장시켜 말의 오해를 통한 사람들의 웃음을 유도하
고 있다. 이런 점에서 어떤 대상에 대하여 직설적인 문제를 어떤 정형화
된 틀로 짜여진 언술보다는 간접화된 언술이다. 이런 방식은 작가가 이
를 통해 어떤 의미를 드러내기 위한 장치의 역할을 한다.
　그러나 다른 인물의 등장을 통해 이러한 오해는 여지없이 교정을 받

게 된다. 즉 시사적인 문제에 대한 인물의 논평이 가해진다. (나)에서도 호문생의 질문에 선해생이 자세히 설명하는 방식을 취한다. 말을 하되 직접적인 답변을 하기보다 비유적인 말을 사용한다.[23] 당시의 사유방식의 하나인 오행(五行)의 논리를 기차를 설명하는 데 이용하고 있다. 따라서 묻고 답하는 방식이 단지 직설적인 묻고 답하는 것이 아니라 비유나 간접화되는 양상을 보이고 있다. 그러나 인용문 이후로 철로(鐵路) 문제에 대한 논평은 직설적인 논설에 가깝게 전개된다.

(2) 민족 현실 문제의 형상화

발화 계획 혹은 의도는 전체 언술의 길이와 경계를 결정한다. 또한 주제 자체의 선택을 결정하고, 인물이나 사건의 배치, 언술이 구성될 일반적인 형식을 결정하고, 언술의 주관적인 측면과 객관적인 측면을 결합시킨다.

가. 당대 민족의 시사적인 주제

언술의 주제는 언술과 언술의 대상과의 관계라 할 수 있다. 언술의 주제는 일차적으로 작가의 발화 의도에 의해서 선택된 것이다. 작가의 의도에 의해서 언술 주체들은 그들 사이에서 대화를 통해 주제를 생산한다. 그러므로 주제는 작가와 인물들의 상호작용의 산물이라 할 수 있다. 「소경과안즘방이문답」의 경우 매관 매직, 개화의 실상, 매판 관료, 신문이 처한 현실, 교육의 문제 등이 문제가 된다. 「향로방문의생이라」의 경우 매국적 관리, 을사조약 문제, 통감부의 설치 및 외무부의 폐지 문제, 일진회 문제 등이 제기된다. 「거부오해」의 경우 정부 조직, 시정

---

23) 이러한 비유적인 말의 문학성에 대한 논의는 다음 참조. 조남현, 「개화기 소설 양식의 변이양상」, 『개화기문학의 재인식』, 지학사, 1987.

개선, 일본의 통감 문제 등을 다룬다. 「시사문답」 경우 서구 문명의 도입, 관리의 부패, 시정개선, 인재택용, 훈장, 차관 도입, 교육(교사), 정부의 잔치문제, 의병, 도적 문제 등 당대의 시사적인 문제를 다룬다. 이들 주제들은 어느 것 하나도 당대 시사적인 문제에서 벗어나지 않는다. 개화기는 주변 열강의 권력다툼의 와중에서 일제가 서서히 한반도에서 주도권을 잡아가는 시기이다. 따라서 일제와의 관계와 문명화의 문제가 최대의 문제로 부각되었다. 주로 비판적인 시각을 이들 텍스트들은 보여준다. 다음은 문명화의 주제를 두고 대화를 벌인 예이다.

호문싱왈그화륜거가구미각국에셔면져지은것이로되그나라에쇠쏘각이귀
ㅎ얏졋다는말을듯지못ㅎ고
졈졈실리가되야부국강민이되얏스니그것으로ㅎ야돈이업셔질바잇스리오
션희싱이탄식하야왈그런스업을우리국민이ㅎ는것갓흐면
쇠쏘각업셔질염려는시로여지물을모흘근본이될터이지만은감안이혜알리
면그폐단이엇덧타일으리오져구미각국으로말ㅎ게드면무론무슨스업이던
지나라에유익하고인민의게편리ㅎ도록
어디써지연구ㅎ야가며경영ㅎ는고로민국간에방히됨이업시졈졈부강ㅎ데
로나아가그틸로갓흔것도니나라토디에니나라인민이부셜ㅎ야영업ㅎ는것
인즉지금만국이통상ㅎ는판에한푼이라도
외국인의돈이니나라지방에써러질터이지내나라돈을남의나라스람이가질
묘리가업셔졈졈부국강민이된다ㅎ려니와우리나라형편은
그러치못ㅎ야남의게긔지도빌니고심지어물지와역부까지빌니여가며리익
을만들어쥬니무엇이내게리롭다하리오도시우리나라정부이하로
지어빅셩까지모다용우하고혼암하야초츠에는무슨경륜으로무엇을시작하
는체하다가필경셩스치못ㅎ고나종에는홀슈업시남의게쎄앗기고마는지간
쏜인즉가위발죵지하시는체안는것이도로혀상척이니
나라의젼도를싱각하면엇지한심ㅎ고통곡홀일이안일손가 (「시사문답」, 1906.
3.10-13)

　　이 부분은 「시사문답」의 앞부분에 나오는 곳으로 철도에 관해 대화를 나눈 것이다. 호문생이 철도에 대하여 묻자 그 폐해를 선해생이 말하자 거기에 대하여 다시 호문생이 반론을 한 부분에서 시작된다. 이에 선해생은 제 나라의 힘으로 철도 사업을 할 것 같으면 아무 문제가 없을 것이나 그것이 외국의 힘으로 하기 때문에 차라리 안 하는 것만 못하다는 것이다. 선해생은 이러한 말을 선진국의 경우와 대조해 가면서 설득력 있게 말한다. 이와 같이 문명의 이기의 문제를 놓고 처음에 그 화두를 알기 쉽게 설명하고 그 폐해를 주장하는 식으로 언술이 구성되어 있다. 말하고자 하는 주제를 계속해서 화두로 제시하고 거기에 대해 비판하는 방식을 택하고 있다. 그리고 주제가 일단락되면 다음 주제로 이어진다.

나. 비정상 인물과 수직적 인물 배치

　　인물 배치는 언술의 의도를 실현하는 데 대단히 중요한 역할을 한다. 왜냐하면 언술은 말하는 사람의 지식 정도, 계층과 사회적 지위와 아주 밀접하기 때문이다. 개화기 문답체 산문의 경우 당대의 관심사가 되는 주제를 비판적이며 효과적으로 전달하기 위해서 인물 설정이 매우 독특하게 선정되어 있다. 문답체의 전통에서 많은 경우 식견이 있는 사람과 그렇지 않은 인물뿐 아니라 다양한 두 인물이 등장하듯이 개화기 문답체 산문도 그러한 두 인물이 등장하는 경우가 대부분이다. 인물이 텍스트의 제목으로 제시되어 그 이야기 전개 형식을 알 수 있는 경우도 있고, 문답이라는 양식을 제목에 제시하는 경우도 있다. 물론 양자를 모두 수용하는 제목도 있다. 어떤 경우라도 그것이 모순과 부조리 상태에서 그것을 비판하고 깨닫게 해주는 과정임을 짐작케 한다. 「소경과안즘방이문답」, 「향로방문의생이라」, 「거부오해」, 「시사문답」, 「호와묘의문답」 등이 그렇다. 이들 텍스트에는 소경과 앉음뱅이, 거부(인력거꾼)와 사람들,

향로와 의생, 호문생과 선해생 등이 인물로 등장한다. 이름에서 알 수 있듯이 소경과 앉은뱅이의 경우, 이들은 둘 다 정상인과는 거리가 멀다. 호문생과 선해생, 향로와 의생, 거부와 사람들은 대등한 관계를 가질 수 없는 관계임을 짐작하게 한다. 이러한 인물 설정은 작가에 의해 의도적으로 설정된 것으로 작가가 의도한 주제를 구현하기 위한 구성 요소이다.

(가)

아니돈이극귀하여그럿치삼화한푼잇어보기는하눌에별짜기오구화죠차구경홀슈업스니

어느결을에슐먹을슈잇으며먹은들취홀슈잇겟나그젼에는너가문슈소리를질으고도라다니면

이집저집에셔불너들려하로못버러도숨사십량이더니근일에는다리에가리토시가셔도록다여도숨스푼을구경치못허니춤살슈업셔

자네는그러치나도이완에난망건이숨기만맛허도미일스오십량오륙십량을버러고기도스먹고슐도먹엇더니

근일당허여는돈도귀홀쑨아니라며리싹는스람만어셔제각금망건으파라먹으려드는싸닭에싱이업셔죽겟네

그말말게즈네나나는고만두고우리보담십십비잘벌고잘쓰던디상고들도젼문을닷친다도망을호다허니돈은춤귀혼가보데

그려치만아모것도아니호고견복이나입고뒤짐이나지고남북촌지상의집으로만도라다이는사롬들은무엇을먹고스는지우리갓하야셔는돈업스면쏙죽을네(「소경과안즘방이문답」, 1905.11.17-18)

(나)

호문싱왈쳘로는그러호거니와시계자명종던보쥴던화쥴던긔등갓혼 것은

더단유용혼것일가호노라션희싱왈유용호기로말호면어느거시유용치아니홈이아니나나한갓탄식홍바는내토지내물력을들여늬가호지못하고

남의슈중으로돌녀보니는일이원통하도다호문싱왈그열어가지명목의신긔혼말은시골잇슬쩌에보지는못하고남의젼하는말을들오미

그말이심히허황밍낭하게듯고일호도밋지아니하야성각하기를 (……)
져셔양스람등은엇더케하야달은스람이듯고도의심ᄒ고보고도알기얼여온
스업을만들어너엇는지참희한혼일이로다션희셩왈
그스람들도슘두류비가아니오우리와갓치눈들에코흔아잇는인종이로디그
제죠물의특별홈은다른연고아니라다만무엇이던지리치를궁구ᄒ야긔아히
투득ᄒ야너고마난특셩이잇는면고어니와 …… (「시사문답」, 1906.3.13-14)

(가)의 경우는 소경과 앉음뱅이가 등장하여 대화를 나누는 장면이다. 소경과 앉음뱅이는 정상인이 아니라는 공통점으로 말미암아 어느 한 인물이 전적으로 우월할 수가 없다. 그러므로 동등한 상태에서 시사문제를 자유롭게 주고받을 수 있다. 물론 자신이 잘 아는 문제가 나오면 상대의 견해를 수정하거나 자신의 견해를 강화하기도 한다. 그렇지만 이들은 공통의 문제에 대하여 논의를 이끌어간다는 점에서는 공통적이다.[24] (나)의 경우는 호문생과 선해생과의 대화이다. 호문생은 한자로 好問生, 선해생은 先解生이라고 할 수 있다. 묻기를 좋아하는 시골 선비와 먼저 깨달은 서울 선비가 인물로 설정되어 있다. 이들의 대화는 호문생이 묻고 선해생이 답하는 방식으로 되어 있다. (나)의 대화에서도 선해생이 우위에 서서 문호생에게 말하고 있다. 이와 같이 인물 설정은 주제를 구현해 나가고 언술의 양상을 결정하는 데 매우 중요한 구실을 한다.

---

24) 1904년 일제의 지배하에 놓여 있던 당시의 집권층은 화폐제도의 근대화라는 미명 아래 화폐개혁을 단행하였다. 그러나 그것은 근본적으로 우리의 경제를 일제의 경제권으로 예속시키기 위한 예비조치였다. 신구화(新舊貨) 교환의 차등 실시로 우리는 막대한 재산 피해를 강요당한 데다가 또 교환 당시 통화수축으로 대공황이 일어났으나 일반 민중은 신화(新貨)는 말할 것도 없고 구화(舊貨)마저도 구경하기 힘들게 되어 일상생활은 아사지경(餓死之境)을 면치 못할 만큼 궁핍해질 수밖에 없었다. 김영택, 「개화기 무서명 소설에 나타난 현실 비판양상」, 『선청어문』 제24집, 서울대국어교육과, 1996, 441쪽.

다. 문답체 산문의 선택

발화 계획 혹은 발화 의도는 언술이 구성될 고유한 형식을 결정한다. 언술의 안정적인 고유한 형식들, 발화자의 발화 의도는 주로 특정 발화 장르의 선택 속에 드러난다. 이 선택은 발화 의사소통, 의미론적 고려들, 발화 의사소통의 구체적 상황, 그 참여자들의 개인적 구성 등의 주어진 영역의 특정한 본질에 의해 결정된다. 그리고 그 모든 개별성과 주관성을 갖춘 발화자의 발화 계획이 선택된 장르에 적용되고 수용될 때, 그것은 어떤 고유한 형식 안에서 형성되고 발전된다.

타자들의 발화를 들을 때 맨 처음 몇 단어로부터 그 장르를 추측할 수 있듯이, 문답체 산문 텍스트 역시 그것으로부터 우리는 그 장르를 추측할 수 있다. 또한 텍스트의 길이와 어떤 구성적 구조를 예측한다. 이러한 것들은 말의 장르 전통과 관습에 크게 관련된다.

(가)
시골사는로인한아이시국이소요홈을듯고관광추로쥭장마혜에도보로상경하야각쳐로도라단니다가
모쳐약국에드러간즉그약국쥬인의싱이마져과정훈후무러갈오디로인이무숨연고로이심동에올라오셧으며엇지하야힝싁이져리쵸조하온잇가훈디로인이위연쟝탄에갈오디나의ᄉ정은그더가다아는바어니와니가츌싁이후로식부귀팔십년에지금나히팔십이라 …… (「鄕향老로訪방問문醫의生싱이라」, 1905.12.21)

(나)
나는아모리싱각하야도알수업는일훈가지가잇셔모단친고의게뭇나니너가인력걸싱이하는고로남북촌지상가도만이가셔보고각쳐연회의나연셜허는곳에도더러가셔들은즉 …… (「거부오희」, 1906.2.20)

(가)와 (나)는 각각 「향로방문의생이라」와 「거부오해」의 시작부분이

다. 「향로방문의생이라」는 약국 주인인 의생과 시골 노인의 대화로 시작한다. 먼저 약국 주인이 묻고 노인이 답하는 형식으로 되어 있다. 「거부오해」도 거부가 궁금증을 묻는 형식으로 되어 있다. 이러한 문답체 형식은 단지 묻고 답하는 것에서 인물 사이의 대화로까지 이어진다. 이때 인물들의 말은 '묻기를', '가로되', '왈' 등으로 이어지거나 혹은 「소경과 안즘방이」와 같이 서술자의 어떤 말도 없이 직접 인물의 말이 이어지기도 한다. 그러나 묻고 답하는 기본적인 형식은 유지된다고 본다.

문답체 산문은 문답체 전통, 그것을 익혀온 당대 관습과 관련된다. 문답체 산문 텍스트의 저자들은 그것을 통해 의사소통을 꾀했던 것이다. 이 발화 장르는 일상의 언어 형식들보다는 유연성을 지닌다. 묻고 답하는 방식으로만 이루어진 것이 아니라 대화를 지향하기도 한다. 때로는 묻는 자가 반론을 제기하기도 한다. 개화기 문답체 산문은 문답체 전통과 계몽성, 한글 독자층이 어우러져 이루어진 장르이다.

『대한매일신보』에는 박은식, 신채호, 최익, 옥관빈, 변일, 장도빈 등 쟁쟁한 인사들이 필진으로 있었다.[25] 이들 가운데 상당수는 한학의 전통과 관련되어 있다. 그러므로 이들은 논변 전통과 이어질 수 있었다. 신문 사설이 대표적인 경우인데, 이들은 이 논변 전통을 적절히 이용했던 것이다. 그 가운데 선택된 것이 문답체 산문이었으며, 국문독자 대중을 지향하면서 국문체가 선택된 것이다. 한 가지 주목할 점은 논변 문제에서 문답체가 차지하는 성격이다. 문답체는 아주 작은 분량의 정보를 전달하는 간단한 문답에서 많은 분량을 차지하는 문답에 이르기까지 다양하다. 이는 문답체의 형식이 단지 묻고 답하는 형식에서 대화를 지향하는 형식에 이르는 다양함 때문이다. 그러므로 작자가 전하고자 하는 정보에 따라 길이는 자유롭게 조정될 수 있었다. 이렇게 해서 선택된

---

25) 한원영, 앞의 책, 47쪽.

문답체 산문은 당대 소설의 흥미성과 결합함으로써 개화기 문답체 산문의 특징을 이룬다.

3) 비판과 계몽의 어조

발화 장르의 선택은 발화 주체, 즉 저자의 계획에 의해 결정된다. 이 과정에서 언술은 주체들의 주관적 가치평가를 반영하는 표현적 측면을 갖는다. 주관적 가치평가는 언술의 어휘, 문법, 구성적 수단의 선택을 결정하는 중요한 요소이다. 이것은 발화 개인의 문체, 곧 어조의 문제와 관련된다. 가치평가적인 언술 유형은 흔히 칭찬, 시인, 찬성, 환희, 질책, 욕설 등으로 나타난다. 그러나 개인의 가치평가는 인간들의 관계 속에서 형성되는 것이므로 전적으로 개인의 차원이 아니라 사회 차원의 문제가 된다는 점에 주의할 필요가 있다. 어조는 사회적 가치평가의 음성적 표현이다. 주제나 언술에 가치가 부여되어 있다는 사실에 주목한 바흐찐은 문학 작품 구성, 특히 형식적 국면들의 구성에서 가장 중요한 기능을 담당하는 것은 가치론적인 지평이라고 본다.[26]

(가)
호문싱왈우리나하ᄉ람도물건제죠하난ᄌ죠가업다하지못할지라그훈쟝만
드난지죠냔어느틈에비왓는지훈쟝은잘만들어직품짜라ᄎ고보니
보기난훌륭ᄒ되실적을궁구ᄒ면훈쟝이앗갑도다선희싱왈훈쟝이란두글ᄌ
의의무가분명한디우리나라에그훈쟝을ᄎ난ᄌ난부쟝춤쟝각부디신과
한기도잡지못한ᄌ의게무슴군공이잇다ᄒ며각부디신으로의론ᄒ면나라결
단너난쟈의게일만힝ᄒ난재의게무슴훈토가잇다ᄒ리오그훈쟝밧은쟈들이
만일일분이라도ᄉ람의마ᄋᆷ이잇스면엇지황공코붓그럽지안으리오마난그싱
각져싱각도업고(……)나라망케ᄒ난일에디ᄒ야공을쓰은다ᄒ면일등이등을

---

26) T. Todorov, 최현무 역, 앞의 책, 75쪽.

서로닷톨만하거니와

그외에난한한앗토훈쟝이당치아니하도다 (「시사문답」, 1906.3.24-25)

(나)

호문싱왈그는그러흘여니와교육을ㅎ즈ㅎ면학교를

만히셜시ㅎ여야홀터이오학교를셜시ㅎ즈면교스가잇셔야홀터인디근리경

셩니외와각지방에여간학교명싞이잇스디그교스라는자는

어로불변ㅎ는삭고교관갓흔즈이무슈ㅎ니무숨직죠로교육이발달되기를발

아리오션희싱왈그까쏙은달은연고가아니라학부더션이그학교교관을

벼살즈리로알고교육은엇더캐되던지위션권리나부리즈는경륜에서나오는

바어니와그폐단이여러가지엇스니디강학교교스중에

일본스람의월급은가량복원이면본국인의월급은월급은십오원이나이십원

에지나지못흔즉 (「시사문답」, 1906.3.31-4.7)

    (가), (나)는 호문생과 선해생의 대화이다. (가)에서 호문생이 훈장에 대하여 비판적인 어조로 말하고 있다. 선해생은 이어 훈장에 대한 현상 진단과 강력한 비판을 가한다. (나)에서도 호문생은 학교 교육 특히 교사의 문제를 제기하고 있다. 선해생은 그러한 현상이 발생하게 된 이유를 들어 비판하고 있다. 호문생은 다분히 현상 진단과 비판을 하고 있지만 선해생은 그러한 현상에 대한 진단과 원인을 밝히고 비판을 가하고 있다. 이러한 어조는 호문생이 세태에 대한 사실을 전혀 모르고 묻는 인물이 아니라 어느 정도 알고서 거기에 나름대로 비판을 하고 있음을 보여준다. 그러나 그 수준이 피상적이거나 오해한 부분도 있다. 여기에 대해 선해생은 그 원인을 설명하기도 하고, 그 오해를 바로잡아 주기도 한다. 이러한 어조는 작가가 의도한 시사 비판 정신에 의거하여 텍스트를 계획했기 때문이라고 판단된다. 「소경과안즘방이문답」에서 소경과 안즘방이가 주고받는 말은 시사적인 주요한 문제들이며, 이들은 서로 그것에 대해 논평을 하고, 비판을 하기도 한다. 「거부오해」의 경우 거부가 오해

하고 있는 문제에 대하여 사람들이 교정, 비판을 가하는 형식을 취한다. 거부의 말은 언어의 변형을 통한 매우 지적인 비판의 형식을 취한다. 「향로방문의생이라」도 역시 노인의 현실에 대한 한탄과 비판에 이어 의생의 시국에 대한 비판으로 이어진다.

이상으로 보아 개화기 문답체 산문에 나오는 인물들의 말은 시국에 대하여 궁금해하기도 하고, 한탄하기도 하며, 비판적 시각을 지니기도 하고, 원인을 밝혀 논하기도 하는 어조로 가득하다. 이러한 어조는 그들이 시국에 대한 가치평가이다. 시국에 대한 가치 평가 그것은 한마디로 자조와 비판적 어조이다. 그것은 시국이 이 지경까지 이르게 된 사태에 대한 문제제기와 그것에 대한 원인 진단, 그리고 비판으로 이어지는 텍스트들은 현실에 대한 인식과 그 현실을 극복하기 위한 각성을 촉구하는 작가들의 계몽의식이 빚어낸 것이라 할 수 있다.

4) 언술의 상호작용과 노래의 차용

어떤 구체적인 언술은 추상적이며 고립적으로 존재하는 것이 아니라, 본질적으로 발화 공동체 연쇄의 한 고리를 형성한다. 그리고 언술의 경계들은 발화 주체들의 교체에 의해서 결정된다. 언술은 서로 무관심하지도 않으며, 자기 충족적이지도 않다. 그것들은 서로를 자각하고 서로를 반영한다. 이 상호 반영성은 언술의 성격을 결정한다. 언술들은 발화 공동체의 타자들의 언술에 대한 메아리로 가득하다. 그러므로 모든 발화는 주어진 영역의 앞선 언술에 대한 반응으로 여겨져야 한다.[27]

이러한 반응은 다양한 형태를 취한다. 타자의 언술은 직접적으로 언술의 맥락에 들어올 수 있고, 단지 개별적인 단어와 문장들만 도입될 수

---

27) M. M. Bakhtin, V. W. McGee trans., 앞의 책, 91쪽.

있다. 이것들은 언술을 사용하는 저자에 의해서 재해석되고 재평가될 수 있다. 이들 언술들의 상호관계는 그 언술을 사용하는 주체들의 세계관을 나타낸다. 언술은 하나의 세계관의 표명이다. 실제로 대화가 성립되는 것은 이들 세계관의 상이한 표현들 사이에서이다.[28] 이들 타자의 목소리들의 상호작용은 장소, 형태, 정도에 따라 다양하다.[29]

> 인력거군이쏘온가가더소왈소위정부죠직이그처럼신중혼말을나는이쎠까
> 지쏜말만혼엿거니와시정기선혼다시뎡기산된다혼더니참시정기산은작년
> 가을이후로착실혼시정기산이라혼거날겻희잇던쟈이무러갈오더자내는
> 엇더케혼는말인가시정기션이엇지되얏다혼는요인력군왈시정이라혼는말
> 은종로각젼시정이오기산이라혼는말은시정들이전황혼야
> 각처로기산이를미여단닌다는말이안닌가그로미루허보게드만소위지식이
> 잇다는사람도시정기산이되여야혼다혼고일진회원이라
> 일본관인이라혼는스람들도시정기산을식히목뎍이락권고롤혼다츙고를혼
> 다혼니일본스람이나일진회원갓흔쟈는시정기산이를만들여고홈이용혹무
> 괴혼거니와 (「거부오희」, 1906.2.24-25)

인력군은 시정개선(施政改善)이라는 말을 市井改散으로 오해하여 마침내 신구화폐 개혁으로 인한 문제까지 거론하게 된다. 이러한 오해는 그가 시정개선을 어떤 식으로 이해하는가와 직결된다. '시정이라 혼는 말은 종로각젼 시정이오 기산이라 혼는 말은 시정들이 전황혼야 각처로

---

28) T. Todorov, 최현무 역, 앞의 책, 94쪽.
29) 장소 : 타자의 담론을 만나는 곳으로 사람들이 말하는 대상 혹은 그 말이 전달되는 수신자이다. 형태 : 구체적으로 서술자가 담당하고 있지 않은 타자의 담론(패러디, 양식화, 아이러니 등), 구술 혹은 쓰여진 형태로 서술자가 타자의 담론을 재현하는 경우, 직접화법과 등장 인물들의 영역, 타자의 담론이 삽입된 장르. 정도 : 타자의 담론이 전적으로 존재하는 경우(대화), 타자의 담론이 어떤 종류의 물질적 징표로 확인되어 있지 않고 단지 상기되어 있을 뿐인 경우(패러디, 양식화, 변형태), 혼종형성(자유간접화법의 일반화) 등이다. T. Todorov, 최현무 역, 앞의 책, 107-109쪽.

기산이를 미여 단닌다는 말'로 해석한다. 이러한 말의 오해는 인력군의 세계관을 드러낸다. 세상을 그렇게 희화적으로 바라보고 있는 것이다. 앞에서 말한 것처럼, 정부조직을 정부조짚으로, 통감(統監)을 通鑑으로 인식하는 것은 단어를 통한 상호관계 즉 상호텍스트성의 보기가 된다. 인력거꾼의 말에 대한 다른 사람들의 교정은 그들이 대상을 두고 상이한 판단을 내린다는 것을 보여준다. 이런 시정개선 등의 문제는 다른 텍스트에서도 나타난다.

> 오히려정신을찰이지못하고엉벙하눈슈작으로시정기선을혼다인지퇵용을
> 혼다하되
> 이쩌것무엇을실시하엿다난말을듯지못하얏스나인지퇵융은착실혼인지를
> 퇵용하눈모양인대 (……) 각부더신이츳례거름으로 한아둘식호쳔하야셔임
> 하고공쳔이더즌칭하 시졍기션다보앗네 (「시사문답」, 1906.3.24)

　시정개선에 대한 비판은 당시의 시사적 텍스트의 중요한 주제였다. 그러므로 시사 문제에 대한 언술들의 상호작용은 매우 흔히 볼 수 있는 현상이었다. 언술들의 상호작용은 언술의 문제만이 아니라 대상이나 주제에 대한 인물들의 상이한 평가에서도 나타난다. 이러한 현상은 이들 텍스트의 필진들의 관심이 시사적인 것에 있기도 하거니와 당대의 필진이 시대의 문제를 비판적인 시각으로 볼 수 있는 데서 기인한다. 언술들이 만나는 장소는 주체들이 말을 하는 대상일 수 있고, 그 말이 전달되는 수신자일 수도 있다. 앞의 예들은 주체들이 말을 하는 대상에서 만나는 언술들이다.

　다음으로 타자들의 언술을 상기하는 것은 상이한 형태를 띨 수 있다. 이 가운데 구체적인 서술자가 담당하고 있지 않은 타자들의 언술은 이중의 목소리를 감지할 수 있는 언술이다. 이러한 것들에는 양식화, 패러디, 아이러니, 은닉된 논쟁 혹은 드러난 논쟁 등이 있다. 개화기 문답체

산문에서 주목되는 것은 노래를 차용한 가사가 등장한다는 것이다.

(가)

ᄉ쳔년오랜나라어이ᄒ들망홀손가오빅년놉흔종ᄉ뉘라셔바라볼가,
셔산에지는ᄒ는다시도라올나오고동희로가는물은궁진홈이업스리라현인
군ᄌ가어느ᄢ에업다하며란신젹ᄌ가미양득의허단말가
흥망셩쇠는ᄌ고로무상흔즉사롬의알바아니로다력산에밧갈기와위슈변에
고기낙기는
고인의힝젹이니우리도오호에비를ᄶ여ᄉ풍계우에불슈귀ᄒ여블가 (「소경
과안즘방이문답」, 1905.12.13)

(나)

텬디죠판된연후에/일월이싱겨잇고　　일월이싱긴후에/만물이번셩ᄒ고
만물이셩흔후에/사람이귀ᄒ엿고　　　사람이귀흔후에/가옥을건츅ᄒ고
가옥을지은후에/동리가일우엿고　　　(……)
ᄉ농공상업을삼아/안락터평ᄒ올젹예 그공을말흔진디/하나님의죠화시라
(……)
하걸은쥬악흔인군/어이그리무도ᄒ며 왕망진회는흔역젹/어이그리방ᄌ한고
그나라를망케홈도/지공흔신하날이오 (「향로방문의싱이라」, 1905.1.17-18)

(다)

산쳡쳡슈즁즁이라 산이놉파만장이니 그산을넘ᄭᄒ면 사다리를노을만못
ᄒ도다 만일에 ᄉ다리도놋치안코 한거름도것지안코 다만 산이 놉다ᄌ탄
ᄒ면 명일이금일이오 명년이금연이라 하월하일에 그산을 넘어간다긔필
홀가 산쳡쳡슈즁즁이라 물이깁퍼쳔척이니 그물을건너랴면 비를쥰비홈만
못ᄒ도다 만일네 뵈도쥰비치안코 ᄉ공도부으지안코 다만 물이깁다ᄌ탄
ᄒ만 하월ᄒ일에 그물을 건너간다질안홀가 아마도 그산그물을 넘고건너
ᄌᄒ면 ᄉ다리와 션쳑을 쥰비코져 미리미리경영홈이 뎨일상칙이라 니도
져도아이ᄒ고 무졍셰월허송ᄒ면 그산그물이 졀노졀노 평디되기바랄손가
슬프고슬프도다 우리나라형편됨과우리동포젼졍됨은 산쳡쳡슈즁즁에우심

타ㅎ리로다 바라고바라나니 정부디관유지인ㅅ 홀슈업다ㅈ탄말고 ㅅ다리
와션척등을 어셔밧비쥰비ㅎ오 우리논무지ㅎ등의인류라일너무엇 (「거부오
희」, 1906.3.6-7)

　(가)는 대체로 3·4조의 애국가사이며, (나)는 3·4조로 된 경천가사
이다. (다)는 텍스트에 밝혀 놓은 것으로 보면 '자탄가'의 일종이다. (다)
는 인력거꾼이 다른 동료들의 말을 듣고 자신의 오해를 깨닫게 된 후 인
력거를 들고 가며 부른 노래이다. 깨달은 뒤에 부른 이 노래는 계몽적인
성격이 강하다. 인력거꾼은 수신자, 즉 독자들을 지향하고 있다. 이것은
작가가 의도적으로 설정한 것이라 볼 수 있다. 산과 물을 넘고 건너려면
자탄만 하지 말고 미리미리 준비해야 한다는 것이다. 교훈적인 성격이
강한 이 노래는 당시의 민중들의 문학적 관습과 관련되어 있을 것으로
판단된다. 즉 가사의 향유가 일반화되어 있을 것으로 판단되는데, 이러
한 민중들의 문학적 관습을 이 텍스트는 잘 활용하고 있는 것이다. 노래
가 지닌 강력한 리듬과 인식력을 작가는 적절히 사용하고 있다. 이 점에
서는 (가), (나)의 텍스트도 마찬가지이다. (나)는 노인이 깨달은 바를 본
받아 '이천만 동포들이 깨달아 때늦었다 하지 말고 일심단체성을 보아
하루 바삐 나가기를' 바란다는 내용의 말을 듣고 의생이 부른 가사이다.
또한 끝부분에 노인의 화답 단가가 나온다. 단가는 자신의 심정을 토로
하고 비유를 통해 소년, 어부, 목동들에게 당부하는 내용으로 되어 있다.
「향로방문의생이라」의 전체의 내용은 일본과 우리 나라의 불평등한 조
약에 대한 비판과 비분강개가 핵심이다. 그래서 불평등 문제가 부각되
는데 노인과 의생은 현실에 대한 비판과 더불어 대안을 촉구함으로써
취흥에 젖게 된다. 노인이 취흥에 견디지 못해 부른 것이 이 단가이다.
(가)는 소경이 앉은뱅이와 대화를 나눈 후에 떠나면서 부른 노래이다. 현
실에 대한 개탄과 비판, 그리고 그것을 극복해야만 하는 현실에서 정상

적이지 못한 소경과 안즘방이가 서로 도울 수밖에 없는 현실을 두고 소경이 자신을 돌아보며 한탄하는 대목이다. 이와 같이 개화기 문답체 서사 가운데 단가나 가사로 끝나는 텍스트는 '노래'를 차용함으로써 독자들에게 강한 인상과 여운을 주고 있다.

4. 문답체 산문의 전통과 그 전개

개화기 문답체 산문은 개화기만의 독특한 장르가 아니다. 문학 텍스트는 과거의 문학 유산에서 떨어진 진공 상태에서 생산되는 것이 아니듯이, 과거의 문학 전통의 영향을 받기 마련이다. 물론 현재의 문학 텍스트는 미래의 문학 텍스트 생산에도 영향을 주는 것은 새삼 환기할 필요도 없을 것이다.

문답체는 한문학에서 논변류의 한 양식이다. 논변류는 오늘날로 치면 논설문 정도로 생각하기 쉬우나, 논변류의 폭은 대단히 넓었다. 신변잡기 정도의 글에서 이론을 전개하기도 한다. 또한 가상의 인물과 논전을 펴기도 하고, 실용문이라 해도 여유 있고 미문을 구사하는 편이다. 논변류 전통에서는 작은 갈래들이 있는데 그것은 다음과 같다. 論, 辯, 難, 議, 解, 原, 對, 問, 喩. 이 가운데 '對'와 '問'은 어떤 주제를 설정하면서 묻는 데 대한 대답의 형태를 띤다. 그러므로 문답식의 문장이 된다.[30] 개화기 문답체 서사가 '문' 혹은 '문답'의 제목을 표방하고 나선 것은 이러한 문답류의 전통을 이어받은 증거이다. 실제로 이들 텍스트들은 문답의 형식을 취하고 있다. 다만 문답류의 텍스트들이 그렇듯 단순히 묻고 답하는 방식이 아니라 때로는 반론하기도 하고 대상에 대하

---

30) 이강엽, 앞의 책.

여 의견을 개진하기도 한다.

(가)

자허자(子虛子)는 숨어 살면서 독서한 지 30년에 천지의 조화와 성명의 은미함을 궁구하고 오행의 근원과 삼교의 진리를 달통하여 인도(人道)를 경위로 하고 물리를 깨달아 통했다. 심오한 원위를 환히 안 다음에 세상에 나가 남에게 이야기했더니, 듣는 자마다 웃었다

허자가 말하기를.

"작은 지혜와 덥불어 큰 것을 이야기할 수 없고 비루한 세속 사람과 더불어 도를 이야기할 수 없다."

하고, 서쪽으로 연도(북경)에 들어가 선비와 더불어 이것저것 이야기 할 때 여관에서 60일 동안이나 있었으나 마침내 알 만한 사람을 만나지 못했다. 이에 허자가 슬피 탄식하면서 말하기를,

"주공이 쇠했는가? 철인이 죽었는가? 우리 도가 글렀는가?"

하고, 행장을 차려 돌아왔다. (「의산문답」, 『국역 담헌서』, 448-449쪽)

(나)

정월1일 조참이 이미 파하자 사행이 오문을 나왔다. 나는 그 문 옆에서 계부를 맞이하여, 서월랑 앞길에 모여 앉았다. 일행중 정관들은 모두 사모 관대의 차림으로 둘러섰다.

이 때에 여러 관원들이 차례로 퇴조하다가 사행을 보고 많이 모여들어 지켜보았다.

(……)

그들이 서로 하는 말을 대강 들었더니, 대부분 외모의 제도에 대한 것이었다. 내가 나아가,

"노야가 우리들을 자세히 보는 것은 무슨 이유입니까?"

하였더니, 두 사람은 웃는 얼굴을 지으면서,

"귀국의 인물과 의관을 보려는 것입니다."

하였다. 내가,

"우리들의 의관이 노야의 의관과 비교하여 어떠합니까?"

두 사람은 모두 웃으면서 대답하지 않았다. 그들의 직위를 물었더니, 모두 한림이고, 성을 물었더니, 한 사람은 오 한사람은 팽이었다.

두 사람도 우리의 사절 및 통역들의 모대를 착용한 분들의 직위를 묻기에, 나는 사실대로 대강 대답하였다. 그리고 그들의 고향을 물었더니, 오씨는 '산동' 팽씨는 '하남'이었다. (「오·팽문답」, 『국역 담헌서』, 7-8쪽)

(다)

<어떤> 관상쟁이 가 있었는데, 어디서 왔는지 모르며 상서를 읽지 않고, 재래의 관상법을 보뜨지 않았으며, 이상한 법으로 관상을 보므로, 사람들이, "이상한 관상쟁이 "라 불렀다. 고관·신사·남녀·노유들이 다투어 찾아가고 제각기 모셔가 모조리 관상을 보였다. 그는 부귀스럽고 뚱뚱한 사람의 상을 보고는, "당신은 얼굴이 매우 여위었으니, 가족이 천하기를 당신만한 이가 없겠소." 하였고 (……) 내가 이에 목욕·세수·양치질하고, 옷깃을 정돈하여 고름을 매고, 관상쟁이 가 묵고 있는 곳을 찾아가 사람들을 물리치고 말하기를, "그대가 누구누구를 상 보고 무엇 무엇이라 말하였음은 어찌된 까닭인가." 하니 그가 대답하는 말이, "대개 부귀하면 교만하고 건방지며, 남을 능멸하고 업신여기는 마름이 자라나니, …… (「이상자대」, 『국역 동문선』, 246-247쪽)

(가)는 두 가공 인물, 즉 허옹과 실옹의 문답으로 이루어졌다. 이름에서 드러나듯 두 인물은 대립된 세계관을 가지고 있다. 그러나 전적으로 묻고 답하는 틀에서 유연하게 대화의 틀을 시도하고 있다고 할 수 있으며, 서술자의 역할이 중요하게 부각되어 있다. 서술자는 두 사람의 대화 중간 중간에 개입한다. 「의산문답」은 배경이나 인물의 행적이 명백히 드러나 있다. 이런 점에서 작품 바깥에 기대지 않고도 작품 안에서 자족적인 설명이 가능하다는 이야기이며, 작품 안에 독자적인 공간을 설정하고 있음을 의미한다. 더욱이 허자와 실옹이 가상의 인물이고 보면 이런 설정은 다분히 허구적인 데가 있다. 이들은 서술자는 등장 인물 중 어느 한편에 동조하는 성향을 강하게 드러내어 다소 간접화되기는 했지

만 논설을 통한 직접적 주제 구현 방법에서 크게 벗어나지 않는 것이다.[31]

(나)에 이르면 서술자의 역할이 더욱 커진다. 서술자 '나'와 吳湘과 彭冠의 문답을 다룬 것이다. 이 텍스트의 끝부분에 가서는 문답을 마무리하면서 인물에 대한 평가를 가하고 있다.

(다)는 이규보의 작품이다. 서술자 '나'는 이상자를 찾아가 이상자(異相者)의 이야기를 들어주며, 맨 마지막에 그에 대한 총평을 덧보태는 정도이다. 이상자와 '나'의 의견의 합치가 압도적이다. 이와 같은 예문을 통해 알 수 있는 것은 문답체 산문은 다양하게 쓰였다는 점이다. 또한 서술자의 역할이나 인물 사이의 관계도 다양하게 전개되었던 것이다. 이는 서사화 가능성을 지닌 것으로 이후 소설에도 영향을 주었을 것으로 판단된다.[32]

개화기 산문의 제목에 '문답' 혹은 '문'이 붙어 있는 텍스트는 적지 않게 보인다. '론설란'에 쓰인 문답체를 보면 「대주문답(對酒問答)」(『황성』, 1908.1.16. 국한혼용), 「여호와 고양이의 문답」(『대한매일신보』, 1908.3.27. 국문), 「직창문답」(『대한매일신보』, 1908.11.18. 국문) 등이 있고, 『독립신문』에 「외국사람과문답」(1899.1.31), 「자미 있는 문답」(1899.6.20), 「량인문답」(1899.7.6) 등이 있다. 『한성신보』에 「신진사문답기」(1896.7.12 - 8.27), 『대한 그리스도 회보』에 「부자문답」(1898.3.30) 등 많은 문답체 산문이 쓰였다. 그런데 이들 문답체 산문들은 한문, 국한문, 국문 표기가 두루 쓰이고 있으나 국문체가 우세하다. 이것은 당시 신문사의 문체 방침이나 독자층을 염두에 둔 결과라고 말할 수 있다. 『대한매일신보』의 경우 국한문판과 국문판에 같은 문답체 산문을 싣고 있는 경우도 있다. 이러한 경우는 신문 발표 지면과 독자를 고려한 경우라 하겠다(「虎와 猫의 問答」, 1908.3.24, 「여호와 고양

---

31) 이강엽, 앞의 책, 79쪽.
32) 문답체 전통의 서사화 가능성에 대한 연구는 이강엽, 앞의 책 참조.

이의 문답」, 1908.3.24).

이 글에서 살펴본 문답체 산문들은 상기의 문답체들의 전통을 계승한 것이다. 그리고 이들의 전통에 국문독자가 지닌 관습을 활용하여 국문체를 사용했다. 이들이 계몽 의식을 갖고 민중의 각성을 촉구하기 위한 장치로서 문답체를 선택하고, 언술 주체들의 문답을 통해 현실의 문제에 대한 비판적 시각을 나타냈던 것이다. 이러한 문답체 전통은 개화기 이후에도 이어진다. 신채호의 「용과용의 대격전」을 비롯한 「꿈하늘」 등으로 이어지고, 신소설계 작품, 몽유록계 작품 등으로 이어진다. 그리고 현대 소설의 문답 구조로 이어진다.

5. 맺음말

개화기 문학에 대한 연구는 개화기 이후부터 지속되어 왔다. 그러나 아직도 연구되지 않은 많은 부분이 남아 있다. 이 글에서 주목한 개화기 문답체 산문에 대한 연구도 한국 문학의 연속의 차원이나 서사문학의 차원, 풍자문학의 차원에서 논의되어 왔다. 그러나 이 분야에 다각적인 연구는 아직 미흡하다. 특히 문학을 구성하는 중요한 본질적인 요소인 언술에 대한 논의가 심도 있게 되지 않았다. 따라서 이 글에서 주목한 것도 개화기 문답체 서사 문학에서의 언술에 대한 특성이다. 이 특성이 구명되면 개화기의 문답체 산문의 특성뿐 아니라 나아가 신소설과의 연관성과 문학사 전통의 맥락을 해명할 수 있는 단서를 찾을 수 있을 것으로 판단된다. 필자는 이러한 논의를 확대해 개화기 문학 전반에 대한 언술 양상을 구명하는 것을 목표로 삼고 있다.

언술은 추상적인 언어학의 단위가 아니라 말하는 주체들의 구체적인 맥락에서 생산되는 말들이다. 따라서 말하는 주체들이 문제가 되며,

그 언술을 생산하는 의도, 이념 등이 문제된다. 언술은 근본적으로 말을 사용하는 주체들의 상호작용의 산물이기 때문에 상호텍스트성을 벗어날 수 없다.

문답체를 분석하는 단위로서 언술은 말하는 주체들의 교체, 내적인 완결성, 표현(어조)의 국면, 다른 언술들과의 관련성, 수신자 지향성이라는 특성을 지닌다. 이러한 특성을 바탕으로 개화기 문답체 산문의 언술을 분석한 결과 서술자는 도입이나 마무리, 인물의 언술 유도 등 최소한의 역할에 머물러 있다. 인물의 교체도 명확하게 서술자의 유도에 의해서 이루어진다. 다만 「소경과안즘방이문답」에서는 서술자의 유도 없이 인물의 말이 직접 교체되고 있다. 내적 완결성의 측면에서는 텍스트의 주제는 매우 직설적인 언술에 의해 비판적으로 되어 있다. 그런데 인물의 언술을 통해 그것이 간접화되는 측면도 있다. 그것은 대개 지적 수준이 낮은 주체에 의해 나타난다. 「거부오해」의 인력거꾼은 자신의 무지를 통해 오히려 비판이 간접화되는 형식을 취하고 있다. 당대 현실의 시사적인 주제, 비정상적인 인물과 수직적인 인물의 배치, 문답체 산문의 선택은 발화자의 발화 의도를 형상화하는 것들이다. 표현의 측면에서는 서술자와 인물, 인물과 인물 사이의 관계를 나타내는 가치평가의 문제를 지닌다. 개화기 문답체 산문은 서술자의 역할보다는 인물 사이의 가치평가가 문제시된다. 이들은 대상에 대하여 비판적인 태도를 취하고 있으며 계몽의식을 드러내고 있음이 언술 차원에서 확인되었다. 언술의 상호텍스트 차원에서는 언술과 언술 대상에 대한 인용과 가치평가가 활발한 것으로 드러났다. 또한 주목되는 것은 이들 텍스트들이 노래를 차용하고 있다는 점이다. 개화가사와 단가는 언술 주체의 정서 표현을 넘어서 계몽이라는 텍스트들의 효용성을 높이는 역할을 하며 동시에 당대 서정장르와의 연관성을 지닌다.

이들 개화기 문답체 산문은 우리 한문학의 전통과도 접맥된다. 「의 산문답」, 「이상자대」, 「오·팽 문답」 등의 문답체 전통과 연관되며, 개화기 문답체 글들과도 연관된다. 논변류 전통에서 문답체가 지닌 특성은 그것이 정보의 전달뿐 아니라 서술자의 등장, 가상 인물의 등장 등 다양한 폭을 지닐 수 있다는 점에서 서사문학화의 가능성을 지닌다. 이러한 전통 속에서 이 글에서 다룬 『대한매일신보』 소재 개화기 문답체 산문은 수신자, 즉 독자와의 만남을 지향하면서 유일하게 국문체로 창작된다. 개화기라는 사회적 상황, 작자들의 계몽의식, 논변류 전통에서의 문답체, 독자에 대한 지향성이 어우러져 생산된 언술이 바로 개화기 문답체 산문이라 할 수 있다.

II

담론으로서의 소설과 담론 주체

1. 머리말

　이태준은 다양한 기법과 형식을 탐구한 작가로 평가되고 있다. 1925년 『시대일보(時代日報)』에 쓴 「오몽녀(五夢女)」라는 등단 작품에서 1934년 구인회 활동까지의 그의 소설의 특징은 '극적반전(劇的反轉)'으로, 구인회 활동 시기는 개성의 탐구로 요약할 수 있다. 또한 1937년경을 전후로 이태준은 상고주의(尚古主義)로 일컬어지는 고전적 세계를 수용하는 양상을 보여준다.[33] 이 같은 변모를 보이는 이태준의 문학 세계에 대한 논의는 해방 이전에 최재서[34]의 논의와 해방 직후의 방준원, 최태응[35] 등을 들 수 있다. 그러나 이태준과 그의 소설에 대한 본격적인 연구는 최근의 일이다. 기법이나 형식의 측면에서의 논의,[36] 전기적 자료와 텍스트의 확정 문제를 다룬 논의,[37] 문학적 의식의 측면에서의 논의,[38] 사상적 측면에서 본 논의,[39] 작품 구성 원리에 대한 논의[40] 등이 대표적이

---

33) 유철상, 「이태준 단편소설 연구」, 서울대석사학위논문, 1993.
34) 최재서, 「단편작가로서의 이태준」, 『문학과 지성』, 인문사, 1938.
35) 방준원, 「이태준론」, 『백민』, 1946.10.
　　최태응, 「이태준의 비극」, 『사상계』, 1963.1-2.
36) 이익성, 「상허단편소설연구」, 서울대석사학위논문, 1987.
　　유철상, 위의 글, 1993.
37) 민충환, 『이태준연구』, 깊은샘, 1988.
38) 김윤식, 『한국근대문학사상비판』, 일지사, 1987.

다. 문학이 담론을 통한 의미를 형성해 나가는 형상물이라는 전제에서 본다면 이 방면에 대한 연구가 반드시 선행되어야 한다. 그러나 그간 논의는 기법이나 사상의 측면에 치우침으로써 내용과 형식을 아우르는 연구를 소홀히 하였다. 담론 차원에서의 문학 연구를 문제삼는 이유도 여기에 있다.

한 소설의 주제를 다중적이게 하는 장르적, 직업적, 사회적 언어들이 작가(내포작가)나 작중화자, 등장인물의 담론이라는 형태로 작품에 들어온다.[41]

언어의 사회적 다양성은 소설 속에 들어가 구체적인 화자들의 모습을 취해 나타나거나, 대화의 배경으로서 소설적 담론의 특별한 방향을 결정하는 것으로 나타난다. 즉 소설 속의 인간은 다른 무엇보다도 말하는 인간이며, 소설은 자신들에게 고유한 이념적 담론, 즉 그들 자신의 언어를 가지고 소설 속에 들어오는 말하는 사람을 필요로 한다.

기호론적 실천의 구조로서의 소설은 구체적이고 살아있는 총합체로서의 담론을 염두에 둔다.[42] 그런데 소설의 담론은 어떠한 것도 말하는 주체를 떠나서는 존재할 수 없다. 소설을 소설로 만들어주며 소설의 문제적 고유성을 보장해주는 근본적인 조건은 바로 말하는 사람과 그의 담론이라 할 수 있다.[43]

---

39) 김윤식, 「이태준론」, 『현대문학』, 1989.5.
    유보선, 「역사의 발견과 그 문학사적 의미」, 『전후의 한국문학』, 태학사, 1991.
40) 문영진, 「피카레스크 소설에 대한 일 고찰: 「사냥」을 중심으로」, 『논문집』 제61
    집, 한국국어교육연구회, 1997.4.
41) M. M. Bakhtin, 전승희 외 역, 앞의 책, 1988, 149쪽.
42) M. M. Bakhtin, *Problems of Dostoevsky's Poetics*, University of Minnesota Press, 1984,
    181쪽.
43) 이 말을 올바르게 이해하기 위해서는 다음의 세 측면을 주의깊게 구별해야 한
    다고 바흐쩐은 말하고 있다. (1) 소설에서는 말하는 사람과 그의 담론이 언어에
    의한 예술적 묘사의 대상이다. 담론은 이야기를 위한 매우 특별한 형식상의 장
    치들과 어휘의 묘사를 위한 고유한 방식들을 필요로 하는 것이다. (2) 소설 속

그런데 어떤 소설에서 그려지는 모든 것이 화자는 아니며 사람들도 오로지 화자로서만 그려질 필요는 없다. 극이나 서사시 속의 인물과 마찬가지로 소설 속의 인물도 행동할 수 있다. 그러나 그러한 행동은 언제나 이념에 의해 조명되며, 언제나 등장인물의 담론 ─비록 그 담론이 아직까지는 잠재적인 것에 불과하다 할지라도─ 과 연결되어 있고, 이념적인 모티프와 관련되어 명확한 이념적 입장을 표현하게 된다. 소설 속의 사건과 등장인물의 개별적인 행동은 그의 이념적 견해인 그의 담론을 검증하고 또 드러내기 위해서도 본질적인 것이다.[44]

소설 속의 등장인물의 행동은 언제나 명확한 이념적 경계 안에서 일어난다. 그는 서사시의 단일한 세계가 아닌 자기 자신의 사상적 세계 안에서 살고 행동하며, 그의 행동과 담론에 구현되는 자기 자신의 세계인식을 가지고 있다.[45] 다중적 언어세계 내에서 그것의 광범위한 일반적

의 화자는 본질적으로 구체적인 역사에 의해 규정되는 사회적 개인이며, 그의 담론도 '개인적 방언'이 아닌 (맹아상태의) 사회적 언어이다. (3) 소설 속의 화자는 언제나 어떤 정도로든 이념인(理念人, ideologue)이며, 그의 말은 언제나 이념소(理念素, ideologeme)들이다. 소설 속의 특정 언어는 언제나 세계를 바라보는 특정 방식이며, 따라서 사회적 의미를 추구하게 마련이다. 요컨대 말하는 사람 즉 주체의 담론은 특별한 형식적 장치를 갖고 있으며, 사회적 담론이며, 세계를 바라보는 특정 방식이며, 말하는 사람은 이념인이다. M. M. Bakhtin, 전승희 외 역, 앞의 책, 150-151쪽.

44) M. M. Bakhtin, 전승희 외 역, 앞의 책, 151-152쪽.

45) 그러나 과연 어떤 인물의 담론을 묘사하지는 않은 채 그의 행위들을 통해서, 그리고 그 행위들만을 통해서 그의 이념적 견해와 그 이념체계의 핵심을 밝히는 것은 불가능한가? 라는 물음이 제기될 수 있다. 여기에 대해 바흐찐은 "그것은 불가능한 일이다."고 단언한다. 그 이유를 어떤 낯선 이념적 세계가 소리를 내게끔 해주지 않고서, 그리고 우선 그 세계에 고유한 특별한 담론을 밝히지 않고서, 그 세계를 적절하게 묘사한다는 것은 불가능하기 때문이라는 것이다. 결국 어떤 세계에 고유한 이념을 그리는 데에 진정으로 적절한 담론은 그 세계 자신의 담론 ─비록 그 담론 자체가 아니라 오로지 작자의 담론과 연결되는 경우에 한한다 해도─ 일 수밖에 없다. M. M. Bakhtin, 전승희 외 역, 앞의 책, 153쪽.

적용을 추구하는 말하는 사람과 그의 담론이 소설을 소설답게 만들어주는 주체로 규정된다면, 소설문체론의 중심문제는 언어의 예술적 묘사의 문제, 즉 언어의 형상의 문제라고 볼 수 있다.[46]

이러한 소설텍스트를 어떻게 읽을 수 있을까? 세 가지 유형을 상정할 수 있겠는데, 이는 인간관계의 그것과도 통한다. 첫째는 자아의 이름으로 통합을 꾀하는 것으로 예컨대 독자는 그가 읽는 작품 속에 자기 자신을 투사하며, 모든 작가는 그 자신의 사고를 밝히거나 예로 든다. 두 번째의 유형은 "동일화의 비평"으로 독자는 자기 자신이 고유한 입장은 가지지 않으며 단 하나의 입장인 작가의 입장만이 있을 뿐으로 작가의 대변인 역할을 맡는다. 이때 우리는 도취 상태에로의 일종의 용해를 보게 되며, 이는 역시 작가의 자아에 통합되는 것에 불과하다. 셋째로는 바흐찐이 선호하는 대화로, 작가와 독자(비평가)라는 두 입장은 각자가 주장되며(여기에는 통합도 동일화도 없다) 인식은 평등한 "너"와 "나"가 서로 구분된 채 대화의 형식을 취한다. 창작에서 그런 것처럼 바흐찐은 감정이입 혹은 동일화에 준비 단계적인 일시적인 역할만을 주고 있다.[47]

작가가 해낸 방식대로 그리고 몇몇의 해석학적 실증주의자들이 믿는 것처럼 텍스트를 이해하는 것은 충분치 않다. 작가는 늘 자기 작품에 대해서 부분적으로 무의식적이며, 이해의 주체는 텍스트의 의미를 풍부하게 할 의무가 있는 것이다. 그 또한 창조자이기 때문이다. 바흐찐은 이렇게 말한다.

> 미학적 활동의 제일차적 순간은 동일화이다. 나는 등장인물들이 감지하는 것을 감지해야 하고 보고 알아야 하며 그의 위치에 서야 하며 어떤 의미로는 그와 일치해야 한다. (……) 그러나 이 같은 내적 융합의 충일

---

46) M. M. Bakhtin, *The Dialogic Imagination*, Unversity of Texas Press, 1981, 335쪽.
47) T. Todorov, 최현무 역, 앞의 책, 150쪽.

함이 미학적 활동의 마지막인가? (……) 절대 그렇지 않다. 미학적 활동
은 시작조차 하지 않았다. (……) 미학적 활동은 우리가, 동일화의 질료에
형식과 완성을 부여한, 등장인물에서 벗어나 다시금 우리 자신에로, 우리
의 위치로 되돌아올 때에만 시작된다.[48]

미학적 활동은 등장인물의 세계에서 벗어나 우리 자신에게로 돌아
올 때 시작된다는 것은 그것이 독자인 나와 관계 속에서 의미를 획득하
는 대화관계를 갖는다는 것이다. 이것은 바흐찐이 소설텍스트를 이해하
는 방법을 제시한 데에서도 드러난다. 독자는 우선 작가가 이해한 방식
으로, 그의 이해의 한계를 벗어나지 않으면서 작품을 이해하는 일이다.
이 노력의 완수는 매우 어려우며 거대한 영역의 점검을 요구한다는 것
이다. 두 번째는 시간적, 문화적인 그의 외재성(exotopy)을 사용하는 것이
며 (작가에게는 생경한) 우리의 맥락 속에 작품을 위치시키는 것이다.[49] 그
러나 소설텍스트를 이해하는 행위로서의 소설텍스트와의 대화는 이처
럼 반드시 순차적인 것만은 아니다. 그럼에도 불구하고 이것은 소설텍
스트를 이해하는 방법적 전략을 제공해준다.

이 글에서는 소설을 구성하는 주체들의 담론에 주목하고자 한다. 소
설의 언어적 다양성은 인물들을 둘러싼 채 인물영역(character zone)[50]을
창조한다. 이 인물영역은 인물들에 의한 단편적인 발언, 다양한 형태로
숨겨진 채 전달되는 타인의 발언, 여기저기 산재되어 있는 타인의 어휘
나 어구, 작가의 말에 침투해 있는 타인의 어법(생략, 의문, 감탄 따위) 등
에 의해 형성되는데, 이러한 인물영역이야말로 인물의 음성이 이런저런
방법으로 작가의 목소리를 침범하게 해주기 위한 활동의 장이다.[51]

---

48) T. Todorov, 최현무 역, 앞의 책, 99쪽.
49) T. Todorov, 최현무 역, 앞의 책, 109쪽.
50) 이 때 인물영역에는 서술자도 포함된다. 즉 인물영역은 말하는 주체들, 내포독
  자, 서술자, 인물 등을 말한다.

이 글에서는 말하는 주체들의 관계를 통해 드러나는 인물영역에 주목하고자 한다. 그리고 그 인물들의 담론을 통해 텍스트의 의미를 살펴봄으로써 「사냥」이 말하고자 하는 바를 이해하고자 한다.

이 작품은 1942년 2월 『춘추(春秋)』에 실린 것으로, 이 작품에 대한 연구는 많지 않은 편이다. 이명희는 "이 작품은 마음의 안정을 찾지 못하는 지식인의 정신적 방황과 자유에 대한 갈망을 그리고 있다"는 평가를 하고 있다.52) 이익성은 기법의 측면에 주목하여 「사냥」을 복수초점화의 구조 유형으로 분류한다. 그에 의하면 「사냥」은 관찰 대상이 되는 주인공이 다른 주요인물을 초점화하여 소설을 구성하는 소설로 본다.53) 문영진은 "「사냥」은 양을 중심으로 보자면 소품이지만 그 문학적 의미의 중량까지 소품인 것은 아닌 것"으로 평가하고, 「사냥」의 사건 구조와 신체 기능에 대하여 논하고 있다. 그는 특히 「사냥」의 사건 구조를 16세기 중반 스페인에서 발단된 피카레스크 소설과 관련지어 살펴봄으로써, 「사냥」에서 그 흔적을 볼 수 있다고 보았다. 또한 먹기, 웃기, 말하기 등의 기능을 갖는 신체로서의 입에 주목하고, 그것이 인물들에게 어떻게 드러나는가를 살펴봄으로써 「사냥」에 대한 본격적인 의미 해석을 하고 있다.54) 그러나 한 편의 작품을 해석하고 이해하는 것은 단편적인 기법이나 인상적인 분석으로 온전히 이루어질 수 없다. 특히 소설은 다양한 주체들의 말을 통해 의미를 형성해 가는 장르라는 전제에서 볼 때 말, 즉 담론을 떠난 어떠한 논의도 공허해질 가능성이 있다. 이 글은 소설의 담론에서 출발해서 「사냥」의 의미를 해석해보고자 한다.

---

51) M. M. Bakhtin, 전승희 외 역, 130쪽.
52) 이명희, 『상허 이태준 문학세계』, 국학자료원, 1994, 81쪽.
53) 이익성, 「상허 단편소설의 구조와 기법」, 『이태준 문학연구』, 깊은샘, 1993.
54) 문영진, 앞의 글, 1997.4.

2. 담론주체의 담론 양상

「사냥」의 담론에 직접적으로 개입하는 담론주체는 서술자·한·윤·포수·몰이꾼이다. 이들 주체들의 말은 직접 드러나기도 하고, 인물과 인물, 인물과 서술자의 말이 혼합되어 나타나기도 한다. 따라서 인물영역은 인물들 간의 혹은 인물과 서술자 사이의 담론 관계를 통해 조명되어야 한다. 이들 인물영역은 말과 행동55)으로 이루어져 있으며, 이를 통해 인물들은 이념을 드러낸다.

1) 정체성 없는 인물 시각의 말 : 서술자의 담론

「사냥」의 서술자는 서술자가 이야기 속에 있지 않은 3인칭 시점에 해당한다. 부스(W. C. Booth)에 의하면 「사냥」의 서술자는 극화되지 않은 화자로 인물의 담론·시각·심리나 행위 등과 관계를 형성한다.56) 그런데 「사냥」의 서술자의 담론은 일정 부분을 제외하고 인물의 시각과 겹친다. 오히려 인물의 시각을 드러내고 있는 듯하다.57)

심란한 것뿐, 무슨 이렇다 할 병이 있어서도 아니요 <u>자기</u> 체질에 저혈(猪血)이 맞으리라는 무슨 근거를 가져서도 아니였다. 손이 바쁘던 때는, 어서 이 잡무에서 헤여나 조용히 쓰고 싶은 것이나 쓰고 읽고 싶은 것이나 읽으리라 염불처럼 외여 왔으나 이제 막상 손을 더 대이려야 대일 수가 없게 되고 보니 그것들이 잡무만은 아니였던 듯 와락 그리워지는 그 편

---

55) 인물의 말과 행동은 이념에 의해 조명되고, 행동은 등장인물의 담론과 연결되며 이념을 표명한다. M. M. Bakhtin, 전승희 외 역, 앞의 책, 151쪽.

56) W. C. Booth, *The Rhetoric of Fiction*, 최상규 역, 『소설의 수사학』, 한신문화사, 1990, 173-176쪽.

57) 슈탄젤은 이러한 서술을 두고 인물시각적 소설이라 한다. F. K. Stanzel, 안삼환 역, 『소설형식의 기본유형』, 탐구당, 1990.

즙실이요 그 교실들이였다.[58] (184쪽, 밑줄 인용자)

이 인용은 「사냥」의 시작 부분인데 밑줄친 "자기"를 "나"로 바꾸면 인물(한)의 말이나 다름없다. 또한 "이"라는 말은 인물의 시각이 개입된 표지이며, "심란한 것", "와락 그리워지는" 등은 인물의 심리나 감정을 보여준다.

이처럼 이 소설은 인물의 말과 서술자의 말이 아주 가깝게 겹쳐 있다. 이것은 한이 듣지 못하고, 생각하지 못하고, 볼 수 없는 것은 서술자가 말하지 않고 있다는 것으로 증명된다.

저녁상이 나오도록 사냥군은 돌아오지 않았다. 상을 물리고 거리길에 나서 어정거리는 때였다. 쿵소리가 시커먼 평풍처럼 둘린 뒷산 어느 갈피에서 울려 나왔다. 연이어 또 한방 쿵 - 울리었다. 한은 궁금했으나 기다리는 수밖에 없었다. (191쪽)

한이 사냥꾼들을 사냥터에 보내고 혼자 있게 되었는데, 사냥터에서 생긴 일을 서술자는 말하지 못하고 있다. 따라서 서술자는 인물 한의 말에 겹침으로써 오히려 인물 한의 담론에 부속되는 양상을 보여준다.

2) 대화 부재의 폐쇄적인 말 : 한의 담론

한의 담론은 서술자나 인물들의 담론의 관계를 통해 드러나는바, 인물과의 관계에서 드러나는 한의 직접적인 말은 단 한군데에 나타날 뿐이다. 한이 윤을 만나는 부분이다.

월정리에 차를 나리니 윤은 약속대로 두 포수와 함께 홈 - 애 나와 기다

---

58) 『李泰俊文學全集』2, 瑞音社, 1988. 앞으로 인용은 이 텍스트 인용 쪽만 표기.

리고 있었다. 윤은 한의 손을 잡고,
　"그냥 만나선 어디 알겠나?"
하며 의심스럽게 쳐다 보았다. 한 역시 한참 마조 드려다 보지 않을 수
없었다.
　"열다섯해란 세월이 인생에겐 이렇게 긴걸세그려!" (185쪽, 밑줄 인용자)

　이 밖의 한의 생각이나 대상에 대한 시각은 서술자의 말을 통해 드
러난다. 한의 담론이 서술자의 말과 밀착되어 나타난다는 것은 앞에서
살폈다.

　①사람이 안정한다는 것은 손발이 편안해지는데 있는 것은 아니였다. ②
한은 한동안 문을 닫고 손발에 틈을 주어 보았다. ③미다지 가까히 앉어
앙상한 앵도 나무가지 위에 산새 나리는 것도 내다보았고 가락닙 구르는
웅달진 마당에서 싸락눈 뿌리는 소리도 즐겨 보려 하였다. 그러나 하나
도 마음에 안정을 가저 오지 않았을뿐 아니라 점점 신경을 날카롭게 메
마르게 해주는 것만 같았다. 이번 사냥은 이런 신경을 좀 눅여 보려는 한
갓 산책에 불과한 것이었다. (184쪽, 밑줄 인용자)

　①의 말은 서술자의 말인지, 한의 말인지 불분명하다. ②는 '한'이
라는 표지로 인하여 서술자의 말 같지만, '한'을 '나'로 고친다면 인물의
말이라 보아도 무방하다. ③도 서술자의 말인지, 인물의 말인지 불분명
하다.
　따라서 이 인용문은 "한"을 "나"로 바꾸면 서술자의 말이라기보다는
한의 말이라 해도 무리가 없다. 그러니까 한의 마음의 상태와 생각을 드
러낸 것이다. 잡무에서 벗어나니 심란하며, 신경이 날카로워진다는 것
그래서 한은 사냥을 떠나게 되었다는 것이다. 이것을 그는 '야성에의 향
수'로 본다.

아모리 문화에 길들었어도 사람의 마음 한구석에는 야성에의 향수가 늘 대기하고 있는 듯 하였다. (185쪽)

사냥터에서의 한의 담론을 살펴보면, 다음과 같다.

아무튼 사냥 기분은 이 쟁끼 한 마리에서부터 호화스러워지는 것 같았다. (186쪽)

빠안한 촌방에 드러서는 정취엔 한은 도회에 남기고 온 몇 친구가 그리웠다. (187쪽)

눈들이 부성한 이튿날 아침은, 술먹은 뒤처럼 머리가 터븐하고 속이 쓰렸다. 한은 그것이 도리혀 심리적으로는 구수하였다. 꿩 한자웅에 사원이 넘는다는 말을 들으니 더욱 진작 이런 촌에와 밭날가리나 작만하고 총허가나 맡었으면, 하는 후회도 왔다. (187-188쪽)

한은 배는 아직 든든하나 다리가 아펐다. 담배를 피여 물고 꽤 높은 분수령에 앉어 멀리는 첩첩한 산등생이를 내여다 보는 맛과 가까히는 아람찬 참나무들의 드센 가지들을 쳐다보는 것만도 통쾌하였다. (188-189쪽)

이상에서 보듯이 한의 말은 직접 제시되기보다는 서술자의 말과 뒤섞여, 그것도 심정이나 생각이 서술되어 있다. 인물간의 대화적 관계보다는 서술자와 더불어 인물들의 말과 행위를 관찰하고 있다. 이것은 대상에 대한 한의 생각을 나타낼 때도 같은 양상을 보인다.

좌중이 일시에 눈들이 서로 손으로 갔다. 모다 둘씩은 가진 손이였다. 모다 울툭 불툭 마디들이 험한 손이였다. 선한 일이고 악한 일이고 시키는 대로 할뿐인 죄없는 손들이였다. 더구나 꾀로 살지 않고 힘으로 살기에 도회지 사람들의 발보다도 더 험해진 그 순박한 손들에게 이런 야박스런 모욕이란 생후 처음들 일 것이였다. 한은 한편이긴 하나 늙은 포수가 오

히려 얄미웠다. 이 자리에 한손도 그 죄의 기름이 뜨는 손은 없기를 바랐
다. (192쪽)

이 부분은 멧돼지 사건 이후 늙은 포수가 동네 젊은이를 구장 집에
모아놓고 문초를 하는 장면이다. 그런데 여기에서도 서술자를 통해 "얄
미웠다", "바랐다"는 말로 심정을 드러낼 뿐이다. 이것은 끝부분에서도
그렇다.

차가 창동을 지나니 자리가 수선해지는 바람에 한은 깜박 들었던 잠을 깨
였다. 집이 있는 서울이 가까워 온다. 그러나 한은 조곰도 반갑지 않았다.
그는 생각하였다. 단돈 삼십원으로도 다라날 수 있는 그 양복 조끼에게
는 세상이 얼마나 넓으랴! 싶었다. (194쪽)

여기에서도 한이 직접 말하는 것이 아니라 생각을 서술자가 드러내
는 방식을 취하고 있다.

문화의 세계에서 야성의 세계로, 야성의 세계에서 문화의 세계로 즉 잡
무에서 벗어난 심란한 문화의 세계에서 통쾌한 야성의 세계로 들어선 그가
다시 심란한 문화의 세계로 돌아오는 것은 조금도 반갑지 않을 뿐이다.

3) 간접화된 삽화적인 말 : 윤의 담론

한의 15년 전 학생 때 친구 윤은 대서업자로서 사냥을 주선한 인물
이다. 윤의 말은 윤과 한의 직접화법을 통한 인사말로 시작된다. 이어
그의 말은 사냥터로 가는 도중 한에게 한 말을 다시 서술자가 말하는 방
식으로 나타난다.

①여기를 걷는 동안, 한은 윤에게서 대서업자로서 본 인생관이라고 할가

세계관이라 할가 단편적이나마 솔직하긴 한 이야기를 심심치 않게 들었
다. ②결국 민중이란 어리석은 것이라는 것, 이 어리석은 무리들에게 도
의를 베프는 손은 너머 먼데 있는데 그렇지 않은 손들은 그들의 주위에
너머 가까히, 너머 많이 있다는 것이다.
그래 그들은 행복하기가 쉽지 못하다는 것이다. 학창을 처음 나와서 그
들을 위해 의분도 느꼈었으나 자기 하나의 의분쯤은 이른바 홍로점설(紅
爐點雪)에 불과하였고, 그런 모리배(謀利輩)들만의 촌읍 사회에 끼여 일
이년 생계를 세우는 동안, 어느 틈엔지 현실에 영리해졌다는 것이요. 그
덕에 오늘에 이르런 사무실 문을 닫고 이렇게 삼사일씩 나와 놀아도 집
에서 조석 걱정은 않게쯤 되었노라 ③실토하였다. 그리고 읍사람들은 너
머 겉 약고 촌사람들은 너머 무지몽매하다는 것을 몇번이나 ④한탄하였
다. (185-186쪽, 밑줄 인용자)

①은 한이 윤에게서 들은 말을 서술자가 요약적으로 말한 것이다.
서술자는 윤의 말을 대서업자가 본 "인생관", "세계관"이라고 본 것이
다. ②는 한이 들은 윤의 말을 서술자의 말이 개입해서 전달하고 있다.
③,④는 서술자가 직접 개입한 말이다. 따라서 이 부분에서는 한의 말과
윤의 시각, 서술자의 시각이 혼재되어 있다. 윤의 말은 '민중이란 어리석
다. 도의를 베풀지 않는 손은 가까이 있다. 그들은 행복해지기가 어렵다.
모리배들만의 촌읍 사회다. 읍사람들은 약고, 촌사람들은 무지몽매하다'
는 것으로 요약된다. 그런데 윤의 말에 대한 어떠한 직접적인 응답이 주
어져 있지 않다. 객관적 관찰이나 요약에 멈춰 있다. 이후에도 윤의 말
은 직접적으로 드러나지 않고 있다. 그저 사냥을 같이 다니는 정도이다.
그러나 소설의 사건이나 인물의 행동, 인물 등은 인물의 이념에 의해 조
명되고 인물의 담론과 연결된다고 볼 때 윤의 말에 대한 응답적 반응은
읍사람인 포수들과 촌사람인 모리배의 행위로 드러난다.[59]

---

59) 바흐찐에 의하면 플롯 역시 언어들을 상호연결시키고, 상호 대비하여 드러내

4) 타자를 배제한 위압적인 말 : 포수의 담론

"카랑카랑"한 늙은 포수가 사냥에서 주도적인 역할을 한다. 그는 전문적으로 사냥을 하는 사냥꾼이다. 그의 인물 영역은 직접화법으로 혹은 서술자를 통해서 드러난다.

> 늙은 포수는 ①꿩철 따위는 아예 재지도 않는다고 하였고 젊은 포수만이, 우선 저녁 찬거리라도 작만해야 한다고, 탄자를 재이더니 깊섶으로만 꼬리를 휘저으며 달아나는 도무라는 개의 뒤를 딿었다. (185쪽, 밑줄 인용자)

> 열시나 되어 웃마을에 다었다. 카랑카랑한 늙은 포수는 모릿군을 넷이나 다리고 ②일곱시서부터 길을 나와 섰노라고 성이나 있었다. (188쪽, 밑줄 인용자)

①은 포수의 말을 서술자가 인용한 간접인용에 해당하고, ②는 서술자가 포수의 말을 요약 인용한 간접 인용이다. ①, ②는 묘사된 인물의 말에 해당하는 객체화된 말이다.[60] "꿩철 따위는 아예 재지도 않는" 전문 사냥꾼으로 읍에서 살며, 산마을에 사는 몰이꾼들(산마을 사람들)에 대한 우월감에 사로잡혀 있다. 이것은 사냥터에서 몰이꾼을 대하는 태도나 사냥에서 잡은 멧돼지가 도난당한 것을 보고하는 그의 말을 통해 잘 드러난다.

는 과업에 종속한다. 소설의 플롯은 사회적 언어들과 이념들을 드러내고 제시·경험하도록 구성되어야 한다. M. M. Bakhtin, 전승희 외 역, 앞의 책, 188쪽.
60) 바흐찐에 의하면 소설 속의 말은 1. 화자의 최종적 의미상의 판단의 표현으로서 직선적이고 직접적으로 자신의 대상을 향한 말, 2. 객체화된 말(묘사된 인물의 말), 3. 타인의 말을 지향하는 말(이중적 목소리의 말) 등으로 이루어져 있다. M. M. Bakhtin, 김근식 역, 『도스또예프스키의 시학』, 정음사, 1988, 287쪽.

그것을 총질한 늙은 포수는 입술이 파래졌다.
　"이건 이동네사람 짓이 틀림 없죠."
하더니 구장 집을 물었다.
　"구장은 찾어 어떻게 허시료?"
　"가만들 게슈. 내게 맡기슈."
늙은 포수는 구장을 시켜 동네 젊은 사람들을 모조리 구장네 사랑으로 모히게 하였다. (189쪽, 밑줄 인용자)

늙은 포수는 이 동네 사람 짓이 틀림없다고 단정한다. 그러기에 구장 집에 산골동네 젊은 사람들을 모이게 해놓고 위압적인 말을 하고 있다.

　"이게 한 사람의 짓이지 두 사람의 짓두 아닌 것 가지구 이렇게 동네 여러분네를 오시란건 미안헌줄두 모르지 않쉬다만, 사세부득 이쯤 된게니 잠간만 용서를 허슈 …… 내 방법이란 한 가지밖에 없쉬다. 쥐인장 물을 뒤대야만 뜨끈허게 데워 내오슈 …… (생략)" (192쪽)

늙은 포수는 겉으로는 양해를 구하는 척하지만 동네 사람들의 입장, 즉 타자의 입장은 조금도 고려하지 않는다. 그렇기 때문에 동네 사람들 짓이 틀림없다고 단정할 수 있으며, 동네 젊은이들을 심문할 수 있었다. 마침내 늙은 포수는 곤색 양복조끼에게 "철석 귀때기를 갈"기기에 이른다.
　결국 구장이 중개에 나서지만 늙은 포수는 "백원만 물어 노슈. 오늘 이지경 됐으니 사냥헐맛 있게 됐소? 하루두 우린 손해요."라고 한다. 그리고 그 날 세시까지 기다려서 소식이 없을 때 주재소에 고소한다고 한다. 이러한 양복조끼에 대한 늙은 포수의 관념은 다음에 잘 드러나 있다.

　"저따위 덜된 녀석은 몇해 감악소 밥을 멕여야 사람 구실을 헐거요"
　(194쪽)

5) 특권의식을 파괴하는 말 : 몰이꾼의 담론

몰이꾼이 사는 산마을은 월정리에서 30리 정도 떨어진 곳이다. 사냥꾼들이 터를 잡은 마을은 월정리에서 25리 정도 떨어져 있고, 이곳은 이발소, 여인숙, 주재소가 있는 꽤 큰 거리이다. 이 마을에서도 몰이꾼이 사는 마을은 5리 정도 더 들어가야 한다.

사냥꾼 패거리에 합류한 네 명의 몰이꾼 가운데 양복 조끼를 입은 몰이꾼이 주목된다. 그는 서술자에 의하면 "혼솔이 히끗 히끗 닳었으나 곤색 양복 조끼를 저고리 우에 입은 것이나 쳉이 꺾이였으나 도리우찌를 쓴 것이나 지까다비를 신은 것이나 모릿군패에서는 이채였"(189쪽)으며, "그러면서도 얼굴만은 어느 쪽에서 보든지 두리두리한 것이, 흰자위 많은 눈이 공연히 실룽거리는 것이라든지 기중 어리석해 보이는 사람"(189쪽)이다. 그런 그가 사냥 중에 점심을 먹고 늙은 포수와의 대화를 나누는 장면이다.

"아, 자네가 언제 총을 놔봤나?"
늙은 포수가 물었다.
"왜 난 쏘믄 총알이 안 나간답듸까?"
우쭐렁한 대답이었다.
"이런 젠―장 누가 총알이 안 나간댔어! 언제 놔봤느냤지?"
그는 아이처럼 흐하하 웃었다. 그리고 대뜸 신이 났다.
"사람 쏠번하던 얘기 할가유?"
"어듸 들어보세."
"아! 하마틈 맹꽁이쉴 차는걸……"
"요아래 참나뭇굴서 그랬대지?"
"그럼유! 아, 꿩만 보구 냅다 쏘구낫더니 바루 그쪽에 숯굽는 패가 둘이나 섯는걸 금세 보군 깜박 이저벅었지? 가만 보니까 사람이 둘이나 다 간데가 없군요! 맞었음 쓰러졌지 별수 있겠나유? 집으루 삼십육곌 부릴

라는데 아, 한 녀석이 도낄 잔득들구 성큼성큼 내려 오지 않갓나유? 그땐
다리가 떨려 뗄수두 없구 …… 예끼 정칠 이왕 저눔 도끼에 죽느니 총으
루 한방 먼저 갈겨나본다구 총을 바짝 쳐들었죠. ……(중략)…… 아, 쉽이
시커머뭉투룩헌 여간 감때가 아니쥬! 저만큼 오길래 방아쇨 자끈 당겼죠.
아, 귀에선 앵-소리가 낫는데 총이 굴르지주 않구 연기두 안 나가구 저
눔은 그냥 텔레텔레 앞으루 다 왔갓나유! 탄잘 얼결에 재지두 않구 방아
쇠만 댕겻으니 나가긴 뭬 나가유! 아, 인젼 이눔 도끼에 대가릴 직히구
마는구나! 허구 앞이 캄캄해지는데 얼른 정신을 채려보니까 그 잔 벌서
쇠고삐 한기장은 지나서 나려가구 있지 않갓나유? 보니까 한손엔 숫돌을
들구 개울루 도낄 갈러 가는걸 모루구 …… 흐하하 ……"
한바탕 산마루에 웃으판이 벌어졌다. (189-190쪽, 밑줄 인용자)

이 장면은 직접화법으로 되어 있다. 객체화되고 묘사된 인물의 말이
다. 언제 총을 쏴봤느냐는 포수의 물음에 "왜 난 쏘믄 총알이 안 나간답
듸까?"라는 대답으로 응수한다. 포수의 물음에는 몰이꾼이 총을 쏴본 적
이 있는지를 알고 싶다는 의미와 몰이꾼 같은 사람이 총을 쏴 봤을 리
없다는 비아냥의 의미를 동시에 지닌다고 할 수 있다. 몰이꾼의 대답에
는 사실 포수의 질문을 정확히 이해하지 못한 측면과 이것을 알면서도
포수의 의도를 간파하고 오히려 포수를 역공하는 의미가 있다. 문맥으
로 보아 후자의 의미가 강하다. 그러기에 포수는 이 말을 되받아 "언제
쏴봤느냐"는 사실을 되묻는다. 이에 몰이꾼은 웃음으로 되받는다.

그리고 혼자 신이 나서 사람 쏠 뻔한 이야기를 함으로써 사냥꾼들의
웃음을 자아낸다. 그의 이야기는 그의 일행인 몰이군의 "요 아래 참나뭇
굴서 그랬다지?"라는 말로 신빙성이 강화되고 있다. 또한 그의 사춘이
한때 면장으로 총을 가지고 있었다는 사실과 아직도 그가 옆 동네에서
백석지기로 산다는 것이 이를 뒷받침해 준다. 그의 말은 충청도 말투에
웃음을 자아내는 행위로 가득 차 있다. 그러나 몰이꾼의 이야기는 내용

으로 보아 사실이 아닐 가능성이 크다. 이렇게 본다면 늙은 포수를 몰이꾼이 오히려 웃음의 대상으로 보는 관계가 성립한다. 그들의 웃음은 포수가 지닌 특권을 비웃는 것이 되는 것이며, 포수로 대표되는 계층을 비웃는 것이다. 이는 그가 포수와의 계약을 위반한다거나, 삼춘이 삼십 원밖에 줄 수 없는 상황 등으로 보아 그렇다.

앞에서 서술자는 그의 겉모습만 보고 몰이꾼 중 어리숙해 보이는 사람이라 했다. 멧돼지 도난 사건 후 늙은 포수의 뜨거운 물에 손을 담아봄으로써 고기 만진 사람을 찾겠다는 말에 양복 조끼 입은 사람은 "깍지도 껴보고, 무릎 밑에 깔아도 보고, 허리춤을 긁적거려도 보고 나중엔 완전히 떨리어 곰방대를 내여 담배를 담"(192-193쪽)기도 하고, "입에서 놓쳐 버린 곰방대를 화로에서 집노라고 낄낄 매"기도 하고, 드디어는 "화투불보다 더 이글거"리는 얼굴로 변한다.

이런 그가 사촌형이 준 돈 삼십 원을 가지고 주재소에도 포수에게도 나타나지 않는다. 밤이 이슥해서 월정리 역에서 그가 차표를 사는 것을 보았다는 소문이 퍼진다. 그러니까 그는 사촌형이 당부한 것, 즉 "이 돈만으로는 포수가 들을 리가 없으니 (중략) 주재소로 가서 때리는 대로 맞고, 그저 죽을 때라 잘못했노라고 하고", "무사하게 처분해 달라고 빌라"고 한 말을 거부한 것이다. 이것은 면장까지 지냈다는 사람의 현실 논리를 거부하는 것이요, 포수와 주재소로 대표되는 특권층과 억압의 세계를 거부하는 것이다.

3. 서사 구조와 담론의 상관성

소설에 등장하는 등장인물들이 하는 대화와 독백으로 나타나는 순수한 언어들도 언어의 형상을 창출하는 과업에 종속되듯이, 플롯 역시 언어들을 상호 연결시키고 상호 대비하여 드러내는 과업에 종속한다. 소설의 플롯은 사회적 언어들과 이념들을 드러내고 제시·경험하도록 구성되어야 한다. 하나의 담론과 세계관과 이념적 행동에 대한 시험이라든가, 사회·역사·국가적 세계와 소(小) 세계들의 일상적인 모습에 대한 제시(풍속소설이나 기행소설의 경우), 여러 시대의 사회·이념적 세계들에 관한 묘사(회고담 소설이나 역사소설의 경우), 혹은 시대와 사회·이념적 세계와 연관된 연배(年輩) 집단과 세대들에 대한 묘사(교양소설과 성장 소설의 경우) 등이 소설의 플롯에서 이루어져야 하는 것이다. 즉 소설의 플롯은 화자들과 그들의 이념세계를 재현하는 데 기여한다.[61]

「사냥」의 플롯은 이상 세계에서 사냥이라는 비일상(도시인이라는 서술자의 관점에서) 세계로, 다시 일상 세계로 회귀하는 구조로 되어 있다.

(1) 한의 심란한 마음과 사냥을 가게 된 경위
(2) 한의 월정리 도착과 15년 전 친구 윤을 만나고 포수를 만남
(3) 사냥터로 가는 도중의 한과 윤의 대화, 꿩 사냥
(4) 사냥 근거지 동네에 도착 점심 식사, 꿩 사냥, 저녁 식사, 놀이
(5) 늦은 아침 식사 후 사냥, 점심 식사
(6) 포수와 몰이꾼의 대화, 몰이꾼의 이야기
(7) 다음 날 사냥 근거지에 남아 사냥꾼들이 멧돼지를 잡았다는 소식을 들음.
(8) 다음 날 멧돼지의 일부를 도난 당하는 일이 벌어짐, 늙은 포수의 산 동네 젊은 사람 심문, 몰이꾼(곤색 양복 조끼)의 짓으로 밝혀짐, 늙은 포수와 구장의 대화, 한 일행의 사냥, 양복 조끼의 도망
(9) 한의 서울 도착

(1)과 (9)는 서울, (2)~(8)은 사냥터라는 액자형의 구조이다. 사냥터는

---

61) M. M. Bakhtin, 전승희 외 역, 앞의 책, 188쪽.

월정리에서 사냥 근거지까지 약 25리, 여기서 몰이군 있는 산마을까지 5리. 따라서 이들의 활동 공간은 크게 서울, 월정리, 사냥 근거지 마을, 산마을(사냥터)로 볼 수 있다. 시간은 5일간이다. 그런데 이러한 이야기 구조는 앞에서 언급한 사회적 언어들과 이념을 드러내고 그것을 제시·경험하도록 구성된다.

먼저 서술자와 한의 경우 서로의 시각이 밀접하게 교직됨으로써 대상을 바라보고 생각하는 시선이 중첩된다. 이것은 한이 바라보고 생각하는 것에 서술자의 시각이 한정되어 있는 것으로 보아 오히려 서술자의 시각이 한의 시각에 종속되어 있는 형국이다. 그러기에 서술자의 말과 한의 말은 미분화 상태라 볼 수 있으며, 타자로서의 존재는 약화되어 있다고 판단된다. 이 점은 서울에서의 담론 양상에서 더욱 두드러진다.

윤의 담론은 한이 월정리에 도착한 직후에 한을 통해서 간접인용을 통해 제시될 뿐 이후에 후경으로 물러나 버린다. 이것은 윤의 삶이 문제되는 것이 아니라, 윤이 한에게 한 말이 문제이라는 것이다. 윤이 유일하게 전경으로 등장하는 (2)에서 윤의 말은 '민중이란 어리석다. 도의를 베풀지 않는 손은 가까이 있다. 그들은 행복해지기가 어렵다. 모리배들만의 촌읍 사회다. 읍사람들은 약고, 촌사람들은 무지몽매하다'는 것으로 요약된다. 이것은 윤의 말에 대한 어떠한 서술자나 한의 직접적인 응답이 주어져 있지 않고 있다는 점을 통해서도 확인된다. 그렇기 때문에 윤의 말은 문제 제기적 성격이 강하다.

윤이 후경으로 물러난 자리에 포수와 몰이꾼(촌마을 사람들)의 관계가 전경으로 등장한다. (6)에서 (8)에 이른 포수와 몰이꾼의 관계는 이러한 점에서 주목된다. 특히 포수와 몰이꾼의 담론은 이때부터 직접화법이 두드러지게 쓰이게 된다. 서술자는 이들이 타자로서 맞서 있음을 드러내는 것이라 볼 수 있다. 직접 그들의 말을 통해 그들의 이념이 드러나도록 한 것이다.

(6)에서는 늙은 포수가 몰이꾼에 의해 웃음거리가 된다. (8)에 이르면 포수에 의해 몰이꾼(동네 사람)이 '야박스런 모욕'을 당한다. 그리하여 급기야는 마을을 떠나고 만다. 몰이꾼은 윤의 세계에서는 무지몽매한 무리이다. 포수, 즉 읍사람들은 윤의 말에 의하면 너무 겉약은 사람들이다. 윤의 세계에서는 몰이꾼이나 읍사람들이나 모두 모리배들만의 촌읍인 것이다. 따라서 몰이꾼은 그러한 세계를 벗어버리고 도망을 한 것이다. 그러나 그가 도망한 곳이 어디인 곳인가가 중요할 터이다.

(9)에 이르면 한의 세계로 돌아온다. 이 세계는 한에게 '조금도 반갑지 않'게 다가온다. 오히려 "단돈 삼십 원으로 달아날 수 있는 그 양복 조끼에게는 세상이 얼마나 넓으랴! 싶었다."는 생각을 갖게 된다.

따라서 이 소설은 (1), (9)의 외화와 (2)~(8)이라는 내화로 이루어졌다고 볼 수 있다. 내화의 세계의 경험을 통해, 한은 자신의 삶을 반추해 보는 실마리를 찾은 것이라 판단된다. 이러한 서술자와 인물을 통해 이 작품이 말하고자 하는 의미는 무엇인가? 다음절에서 이 점을 살피고자 한다.

4. 작품의 의미 해석

작가는 작중화자가 하는 이야기를 해주는 사람인 동시에 작중화자 자신에 대해서도 말해주는 사람이다. 이야기의 매 순간마다 이중의 차원이 감지된다. 그 하나는 작중화자의 사물, 작중화자의 의미, 작중화자의 정서적 표현으로 채워져 있는 하나의 신념체계인 작중화자의 차원이며, 다른 하나는 비록 굴절의 방식을 통해서이기는 하나 작중화자의 이야기를 통해서, 작중화자의 이야기를 수단으로 자신의 이야기를 하는 작가의 차원이다. 작중화자 자신은 그의 담론, 그가 말한 모든 것과 더불어 이러한 작가의 신념체계 속에 소속된다. 그리하여 우리는 이야기와 이야기 전개 속에서 드러나는 작중화자의 성격을 읽어 내는 동시에 이야기 내용에 겹쳐 놓인 작가의 의도 또한 간파하게 된다.[62] 따라서 바흐찐은 만일 이러한 제2의 차원, 즉 작가 자신의 의도와 강조를 감지하지 못하는 사람은 작품의 이해에 실패한 것이라고 말한다. 그러므로 작중화자(인물)의 차원을 통해 작가의 차원, 즉 작가의 의도를 파악해야 한다.

이 점은 외화(外話)와 내화(內話)의 관계를 해명하는 차원과 관련된 것으로 판단된다. 한의 서울로의 원점 회귀는 피할 수 없는 운명인가? 일단은 그렇다고 볼 수 있다. 그렇다면 한이 받아들이는 삶은 어떤 모습인가?

소설의 앞부분에 나오는 '편집실', '교실', '쓰고 싶은 것이나 쓰고'라는 말로 보아 한의 직업은 교사나 혹은 신문사 기자, 작가인 듯하다. 그렇다면 한은 지식인임에 틀림없다. 식민지 하의 한 지식인인 한은 잡무에서 벗어나 "조용히 쓰고 싶은 것이나 쓰고 읽고 싶은 것이나 읽으리라" 마음먹지만, 막상 일에서 벗어나고 보니 "점점 신경이 날카롭게 메마르게 해주는 것" 같이 느낀다. "심란한 것 뿐"이다. 그래서 한은 사냥이 "이런 신경을 좀 눅여 보려는 한갓 산책에 불과한 것"이라고 한다.

그렇다면 한은 어째서 점점 신경이 날카롭게 되고, 사냥을 다녀왔어도 조금도 서울이 반갑지 않은 것일까?

이것은 표면상으로는 양복 조끼의 몰이꾼의 달아남과 관련된 것으로 볼 수 있다.[63] 몰이꾼은 달아날 수 있어도 한은 달아나지 못할 상황, 즉 그러한 삶을 살고 있다는 데 있다. 그러나 한이 문명의 세계(서울)에서 야성의 세계(사냥)로 탈출하지만 그 야성의 세계조차도 삶의 질곡으로 만연해 있다는 것을 체험한 것이다. 야성의 세계야말로 진정한 인간적 삶

---

62) M. M. Bakhtin, 전승희 외 역, 앞의 책, 127-128쪽.

63) 문영진은 작품의 중점은 후경 속에서 얼핏 그러나 강력하게 드러나는 인물인 곤색 양복을 입은 청년이 늙은 포수와 관계 맺는 대목에 두고 있으며 전체적으로 중요한 아이러니가 감추어져 있고, 바로 이 대목에 이 작품의 참주제가 있음을 주장한다. 문영진, 앞의 글, 3쪽.

이 유린되는 세계인 것이다. 한은 표면적으로 양복조끼 몰이꾼의 탈출로 자신의 심정을 투사한 것이다. 따라서 이 소설은 정체성(Identity)을 확보하지 못하고 있는 지식인의 의식 상태를 드러낸 소설이라 판단된다. 그 지식인의 삶의 상황은 일종의 허위의식이라 하겠는데, 이 같은 상황의 지식인이 앞으로 취할 태도나 행동이 주목된다. 그러기에 「사냥」 이후 이태준의 소설과 행적이 부각된다. 이 점은 당대에 살았던 다른 문학인 예컨대 김남천, 임화 등의 문학인과의 관련 속에서 구명되어야 할 것이다.

앞에서 텍스트는 텍스트 자체에서 온전히 이해될 수 있는 것이 아니라는 점을 밝혔다. 이해는 타자를 '또 다른 자아'로 변형시켜 타자를 외재성의 원칙에 둘 때 가능하다.

당시의 지식인이 취해야 할 태도는 시대적인 상황과 밀접하다. '구인회'의 중심 성원이었으며, 『문장』지의 편집자를 지내기도 한 그가, 조선문화건설중앙협의회 · 조선문학가동맹 · 남조선민주주의민족전선 등의 조직에 참여하다가 1946년 6월경 월북했다는 것은 무엇을 의미하는가?

중일전쟁을 전후하여 일제의 탄압과 폭압은 적극적 저항이 아닌 소극적 태도로 살아나가는 이태준과 같은 지식인에게도 견디기 힘든 시련으로 다가오기 시작했을 것이며, 이런 상황을 맞이하여 그는 과거에 자신이 견지하던 상고주의적 향수와 지향이 현실적으로 무력함을 절실하게 깨닫게 되었을 것이다. 바로 이 점에서 그는 좀더 구체적인 삶의 현실에 눈을 돌리게 되어 「영월 영감」에서의 시대착오적인 삶에 대한 연민, 「패강냉」이나 「토끼이야기」에서와 같은 현실에 대한 깊은 절망감과 분노의 표출 혹은 「농군」이나 「밤길」에서와 같은 서사적 구조의 획득으로 드러난다.[64]

---

64) 김재용 외, 『한국근대민족문학사』, 한길사, 1995, 701-702쪽.

5. 맺음말

　문학은 그 다양성으로 말미암아 여러 차원에서 연구될 수 있다. 그러나 작품을 떠난 어떤 논의도 문학 이해의 본질을 놓치고 말 것이다. 문학 작품이란 삶의 세계를 담론으로 형상화한 것이다. 따라서 말을 사용하는 구체적인 주체가 존재하며, 그 주체들이 엮어 가는 담론을 통해 의미가 형성되어 가는 것이다. 특히 다양한 말하는 주체들이 등장하여 의미를 형성해 가는 소설은 담론차원의 논의가 매우 중요하다. 그러나 이 방면의 연구는 만족할 만한 성과가 없었다. 이태준에 대한 연구도 마찬가지이다. 기법이나 형식, 의식, 사상에 대한 연구는 어느 한 편에 치우친 연구가 되기 쉽다. 이러한 점은 특히 연구자들의 반성을 요한다. 예컨대 작품에 대한 꼼꼼한 해석 없이 어떤 문예지 중심의 활동 문인들을 동일한 경향으로 평가하는 오류를 범하는 경우를 들 수 있다. 내용과 형식을 아우를 수 있을 뿐 아니라 작품과 당대 문화의 차원까지 확장해서 문학작품을 해석할 수 있는 방법론이 필요한 것이다. 문학을 담론의 차원에서 보는 이유도 여기에 있다.

　이런 맥락에서 이태준의 단편소설 「사냥」에서 말하고 있는 주체들의 담론을 분석해 본 결과 다양한 양상을 볼 수 있었다. 이들 주체들의 담론은 「사냥」의 서사구조를 통해 구체적으로 전개되고, 또한 그것을 통해 의미가 드러난다. 바흐찐의 지적대로 플롯은 주체들의 담론의 의미를 드러내는 장치로 작용하는 것이다.

　서술자의 담론은 주인공 한의 담론에 종속될 정도로 한의 담론과 시각이 지배적이다. 서술자의 역할이 약화됨으로써 독자로 하여금 주인공 한과 직접 마주치는 효과가 있으며, 또한 작가의 측면에서는 서술자라는 가면을 통하지 않고 주인공을 직접 형상화하는 방식에 속한다. 이는 작가와 주인공이 같은 지식인이라는 점에 연관되는 것이며, 작가의 맨 얼굴이 드러나는 방식이라고 판단된다. 인물 가운데 특히 주목되는 인물은 늙은 포수와 양복쟁이 몰이꾼이다. 소설의 중반 이후에 이들은 대화에 전면적으로 등장하는데, 이들의 관계에서 벌어지는 사건과 담론은 이 소설의 의미 형성에 결정적인 역할을 한다.

그러나 내화와 외화를 아울러 고려할 경우 한이 문명의 세계에서 야성의 세계로 야성의 세계에서 다시 문명의 세계로 돌아오는 원환구조로 된 「사냥」은 정체성(Identity)을 확보하지 못하고 있는 지식인의 의식 상태를 드러낸 소설이라 판단된다. 그 지식인의 삶의 상황은 '심란한 것', '야성의 향수'로 표상되는 정체성의 상실이라 하겠다. 이 점은 그의 문학 세계와 맞물려 있는 것으로 이태준의 다른 작품의 면밀한 분석과 해석을 통해 규명되어야 할 것이다.

Ⅲ

소설의 대화성과 주체의 이념

1. 머리말

소설은 주체들의 담론[65]으로 형상화되어 있다. 주체가 사용하는 이 다양한 담론은 소설의 의미를 구현하는 구체적인 매체이다. 따라서 주체들이 활동하고 있는 담론의 양상이 어떻게 이루어져 있으며, 담론과 주체의 이념의 관계는 무엇이며, 담론이 소설을 이해하고 해석하는 데 어떠한 역할을 할 수 있는지 살펴야 할 것이다.

담론이 소설의 해석과 평가에 있어서 중요한 역할을 할 수 있다고

---

65) 담론(discourse)은 연구 영역에 따라 강조점이 다르다. 푸코, 알튀세, 페쉐 등의 담론이론은 담론을 '말하기/쓰기의 제도화된 양식'으로 본다. 이들은 담론이 쓰인 제도적인 측면과 함께 이데올로기적 측면에 주목한다. 채트먼, 쥬네뜨, 바르뜨 등의 구조주의 이론에서는 담론을 이야기를 표현하는 매체로 본다. 따라서 이들은 담론의 구조적인 측면을 주목한다. 반면에 바흐찐은 소쉬르 류의 구조주의 담론이론과 담론을 심리현상이나 단순한 이데올로기의 반영으로 보는 이론들을 모두 비판한다. 그는 구체적인 상황에서 활동하는 주체들의 말을 주목한다. 이들의 말은 타자를 지향하며, 타자의 말에 대한 응답을 지향한다. 이들 주체들의 말은 담론을 구성한다. 물론 주체들이 사용하는 말은 그들의 이념과 관련된다는 점도 소홀히 하지 않는다. 이 글에서 주목하고자 하는 것도 바로 이런 측면이다.

위의 이론들이 갖는 담론에 대한 함의는 문학을 다양하게 바라볼 수 있게 한다. 이러한 담론의 유용성을 망각한다거나, 담론을 어느 한 측면으로 몰아가는 경직된 사고는 편협성을 면치 못한다. 그것은 다루고자 하는 대상, 곧 문학의 말의 속성이 다양하고 풍부한 데서 기인하는 자연스런 현상이기 때문이다.

본다면 그 동안 소설의 담론에 대한 연구가 부족했다는 것은 반성할 필요가 있다.

염상섭 문학에 대한 연구는 1960년대 이후에 활발히 전개되었다. 그 결과 염상섭의 문학은 우리 문학사에서 일정한 성과를 이룩했다는 평가에 이르게 되었다.

염상섭 문학에 대한 연구는 문예사조적인 연구,[66] 작가론적인 연구,[67] 문학사회학적인 연구,[68] 기법적인 연구,[69] 담론차원의 연구[70] 등을 들 수 있다. 이 가운데 특히 담론차원의 연구는 기존 연구의 편향성을 극복하고 작품에 대한 새로운 해석을 할 수 있다는 점에서 주목된다. 『삼대(三代)』와 관련된 연구도 이 같은 범주로 묶을 수 있다.

『삼대』와 관련하여 이 방면의 연구는 『한국현대소설구조연구』[71]에

---

66) 백 철, 『조선신문학사조사』, 신구문화사, 1968.
　　정명환, 「염상섭과 졸라」, 『염상섭 문학연구』, 민음사, 1974.
　　김학동, 「자연주의 문학론」, 『한국근대문학연구』, 서강대인문과학연구소, 1969.
　　이어령, 「이해와 모순의 여울목」, 『사상계』, 1973.
　　김치수, 「자연주의재고」, 『한국문학의 이론』, 민음사, 1974.
67) 신동욱, 「염상섭론」, 『창조』 제26호, 1972.10.
　　홍사중, 「염상섭론」, 『현대문학』 제105-108호, 1963.9-12.
　　김종균, 「자아실현과 시대인식」, 『한국근대작가연구』, 삼지원, 1985.
　　김윤식, 『염상섭연구』, 서울대출판부, 1987.
68) 정호웅, 「식민지 현실의 소설화와 역사의식」, 『세계의 문학』 제41호, 1986. 가을.
　　김 현, 「식민지시대의 문학」, 『문학과 지성』, 1971, 가을호.
　　유병석, 「염상섭 전반기 소설연구」, 서울대박사학위논문, 1985.
　　김윤식, 『한국근대문학양식논고』, 아세아문화사, 1980.
　　유문선, 「식민지시대 대지주계급의 삶과 역사적 운명」, 『민족문학사연구』, 창작과비평사, 1991.
　　김동환, 「1930년대 한국 장편 소설 연구」, 서울대박사학위논문, 1993.
69) 김종균, 「염상섭소설의 구조적 고찰」, 『국어국문학』 제51호, 1971.
　　구인환, 「염상섭의 소설고」, 『김형규교수정년퇴임기념논문집』, 1976.
　　박혜주, 「염상섭 단편소설 연구」, 이대박사학위논문, 1993.
70) 우한용, 「염상섭소설의 담론구조」, 『한국현대소설구조연구』, 1990.
71) 우한용, 『한국현대소설구조연구』, 삼지원, 1990.

서 이루어졌다. 이 글은 기존 연구의 편향성을 비판하고, 언어 차원의 연구를 주장함으로써 작가의 담론 개입, 담론의 대화적 관계, 대화와 서술의 관계, 인물의 성격과 담론구조, 사상과 담론의 양상 등을 논구함으로써 이 방면 연구의 단초를 보여준다. 또한『한국문학의 근대성과 탈근대성』[72]에서 나병철은 리얼리즘 소설을 독백적 소설과 대화적 소설의 두 유형으로 보고,『삼대』를 대화적 소설로 보는 관점에서 인물의 대화성에 주목하고 있다. 그러나 이 글은 담론 양상과 이념과의 관련성을 소홀히 다룸으로써 한계가 있다. 그럼에도 불구하고 이 논문과 앞의 우한용의 글은 염상섭 문학에 대한 새로운 관점을 보임으로써 해석의 다양성과 새로운 문학사적 평가가 가능하다는 점에서 의의가 있다.

이 글에서는 선행 연구를 적극적으로 수용하면서, 소설의 대화성에 주목하고자 한다. 그러기 위해서 대화성[73]에 따른 소설의 유형을 살펴보고『삼대』[74]를 통해 구체적으로 분석해 보고자 한다. 나아가 담론과 이념의 관계를 고찰하고자 한다. 그리하여 문학텍스트에 대한 새로운 해석과 평가의 가능성을 탐구하고자 한다.

---

72) 나병철,『한국 문학의 근대성과 탈근대성』, 문예출판사, 1996.
73) 소설의 주체들은 본질적으로 타자를 지향한다. 따라서 주체의 담론에는 타자의 말이 수용되거나 타자의 말에 반응을 보이기도 한다. 이처럼 소설에서 타자의 담론과 주체의 담론이 상호작용하는 본질적인 성질을 대화성이라 한다. 이 대화성의 정도는 소설마다 다르게 나타나는데 크게 타자의 담론에 대한 수용과 반응이 활발하고 주체와 타자의 담론이 독자성과 자율성을 유지하는 대화적 담론과 그렇지 않은 독백적 담론으로 양분할 수 있다. 바흐찐은 소설의 대화성을 소설을 이해하는 중요한 조건으로 본다.
74) 이 글에서 분석 대상으로 삼은 소설은 동아출판사 발행『삼대』(1996)이다. 이 소설은『조선일보』(1931.1.1-9.17)에 연재된 소설이다.

2. 소설의 담론과 이념

지금까지의 『삼대』에 대한 논의는 "1930년 무렵 식민지 서울 한복판에 살았던 한 중산층 집안의 보수적 현실주의 이념을 탐구한 작품"[75]이라는 평가로 수렴된다고 볼 수 있다. 이러한 평가는 작품을 작가의 단일의식을 드러내는 것으로 보거나 작품은 하나의 주제를 담고 있는 것으로 보는 입장이다.[76] 그러나 장편소설을 전적으로 어떤 단일한 주제를 지닌 것으로 보기에는 무리가 따른다. 예컨대 인물을 중심으로 작품을 읽어나갈 경우 어느 인물의 관점에서 작품을 읽느냐에 따라 작품의 의미가 달라질 수 있다. 이러한 차이는 인간의 삶을 가장 포괄적으로 담고 있는 장편의 속성에서 비롯되는 것이다. 따라서 소설을 해석하는 관점도 달라질 필요가 있다. 다양한 관점에서 소설을 해석하는 방향에서 나가야 한다. 이런 점에서 소설의 담론에 주목하는 관점은 의의를 지닌다.

소설의 해석에서 담론을 떠난 논의는 논리적 근거가 약화될 수밖에 없다는 점과 담론은 주체의 이념을 드러낼 수밖에 없다는 것을 전제로 한다면, 작가의 말과 인물의 말의 관계에 따라 소설을 두 유형으로 나눌 수 있다.

하나는 말의 유형이나 그 유형의 구성배치가 어떠하든 간에, 작자의 의미 부여나 가치 판단은 그 밖의 어떠한 것보다도 우위에 서서, 애매성이 없는 통일된 전체로 형성되지 않으면 안 되는 독백적 소설이다. 이 경우 작품의 어느 부분이나, 어느 말 속에서 타인의 말을 강조한다는 것

---

75) 김윤식・정호웅 공저, 『한국소설사』, 예하, 1995, 177쪽.
76) 이러한 인식중심의 단일 논리는 헤겔과 루카치에 닿아 있다. 헤겔과 루카치에게서 찾을 수 있는 진행형 의식의 일원적이고 끊임없이 상향이동하려는 몸부림 대신 바흐찐은 역사를 지속과 대화의 지속적인 경쟁으로 본다. M. Holquist, *Dialogism*, Routledge: London and New York, 1990, 75쪽.

은 작자 자신의 직접적인 말이나 굴절된 말을 나중에 한층 더 강하게 들리게끔 하기 위한 작자의 속셈에 불과하다. 하나의 말 속에서 두 목소리가 서로 우위를 차지하기 위한 어떠한 논쟁도 사전에 결정된 일이며, 그것은 보여 주기 위한 그럴싸한 논쟁에 지나지 않는다. 완벽한 의미를 가진 작자의 의미부여는 조만간 하나의 말을 중심으로 하나의 의식으로 집중하게 되며, 모든 말은 하나의 목소리로 집중하게 되어 있다.[77]

반면에 대화적 소설은 독백적 단일 양식이나 단일 의미에 예속되지 않는, 각각 독점적이고 자율적인 말이나 의미를 극도로 긴장된 역동적인 관계 위에 놓는다. 여기서는 작가의 말 대신에 인물들의 혼성된 말들이 들려온다. 인물들의 말은 작가에 대해 타자성을 지닐 뿐 아니라 인물들 각자에 대해서도 타자성과 대화성을 가진다.[78]

이렇게 소설을 본다면 소설을 단일 논리로 보는 편협성에서 벗어날 수 있다. 소설은 단일한 관점을 드러내기도 하고, 단일한 관점으로 수렴될 수 없는 의미를 드러내기도 한다. 이러한 소설의 차이는 소설 속의 담론의 차이로 연결된다. 바흐찐에 따르면 소설 속의 담론은 화자의 최종적인 의미상의 판단의 표현으로서 직선적이고 직접적으로 자신의 대상을 향한 담론과 재현된 인물의 말인 객체화된 담론, 이중적인 목소리의 담론인 타자의 담론을 지향하는 담론으로 유형화 할 수 있다.[79] 여기

---

77) M. M. Bakhtin, 김근식 역, 앞의 책, 293-294쪽.
78) 나병철, 앞의 책, 324쪽. 전자에는 염상섭의 「만세전」과 이기영의 『고향』을 들 수 있다. 후자에는 염상섭의 『三代』, 김남천의 「경영」, 「맥」을 꼽을 수 있다.
79) 바흐찐에 의하면 소설 속의 담론은 다음과 같이 유형화된다(M. M. Bakhtin, *Problems of Dostoevsky's Poetics*, Unv. of Minnesota Press, 1984, 199쪽).

Ⅰ. 화자의 최종적인 의미상의 판단의 표현으로서 직선적이고 직접적으로 자신의 대상을 향한 담론.
Ⅱ. 객체화된 담론(재현된 인물의 말)
  1. 사회 전형적 결정 요소가 지배적인 담론
  2. 개인적 결정 요소가 지배적인 담론

에 대한 자세한 논의는 다음 장에서 다루고자 한다.

산문 작가에게 있어서 세계는 타인의 말로 가득 차 있다. 그러기에 소설에서의 담론은 담론 주체들의 관계를 파악하는 중요한 지표가 되며, 소설을 이해하는 데 극히 중요한 의미를 지닌다.

소설을 소설로 만들어 주며, 소설의 문제적 고유성을 보장해주는 근본적인 조건은 바로 말하는 사람과 그의 담론이다. 그런데 말하는 사람, 즉 주체의 담론은 특별한 형식적 장치를 갖고 있으며, 사회적 담론이라는 점, 세계를 바라보는 특정 방식을 갖고 있다는 점에서 담론은 단순히 말 자체가 아니라 세계관 내지 이념과 연관된다.

그런데 어떤 소설에서 그려지는 모든 것이 화자는 아니며 사람들도 오로지 화자로서만 그려질 필요는 없다. 극이나 서사시 속의 인물과 마찬가지로 소설 속의 인물도 행동할 수 있다. 그러나 그러한 행동은 언제

Ⅲ. 타인의 담론을 지향하는 담론(이중적 목소리의 담론)
   1. 단일 방향의 이중적 목소리를 가진 말
     a. 양식화
     b. 서술자의 서술
     c. 작자의 의도를 전해주는 인물의 비객체화된 담론
     d. 일인칭 서술
   2. 여러 방향을 가진 이중적 목소리의 말
     a. 모든 뉘앙스를 가진 패러디
     b. 패러디풍의 일인칭 서술
     c. 패러디 풍으로 재현된 인물의 담론
     d. 액센트를 바꾼 타인의 말의 모든 전달
   3. 능동적 유형(반영된 타인의 담론)
     a. 은닉된 내적 논쟁
     b. 논쟁적으로 채색된 自傳과 告白
     c. 타인의 말을 곁눈질하는 모든 담론
     d. 은닉된 대화

이 도식은 물론 추상적 성격을 띠고 있다. 구체적인 말은 여러 변종과 유형에까지도 동시에 속할 수 있다. 뿐만 아니라 구체적으로 살아 있는 콘텍스트 속에 있는 타인의 말과의 상관관계는 역동적인 성격을 띠고 있다.

나 이념에 의해 조명되며, 언제나 등장인물의 담론—비록 그 담론이 아직까지는 잠재적인 것에 불과하다 할지라도—과 연결되어 있고, 이념적인 모티프와 관련되어 명확한 이념적 입장을 표현하게 된다. 소설 속의 사건과 등장인물의 개별적인 행동은 그의 이념적 견해인 그의 담론을 검증하고 또 드러내기 위해서도 본질적인 것이다.[80]

어떤 세계의 고유한 이념을 드러내는 데에는 그 세계의 담론일 수밖에 없다. 어떤 이념적 세계가 말을 하게 한다는 것은 곧 그 말을 사용하는 주체의 담론과 이념이 밀접한 관련을 지닌다는 것을 의미한다.

3. 담론의 유형과 특성

『삼대』의 담론은 몇 가지 유형으로 나눌 수 있다. 이 유형은 물론 주체들과 그들의 관계를 통해서 드러나는 것들이다. 중요한 것은 주체들

---

80) 소설 속의 등장인물의 행동은 언제나 명확한 이념적 경계 안에서 일어난다. 그는 서사시의 단일한 세계가 아닌 자기 자신의 사상적 세계 안에서 살고 행동하며, 그의 행동과 담론에 구현되는 자기 자신의 세계인식을 가지고 있다. 그러나 과연 어떤 인물의 담론을 묘사하지는 않은 채 그의 행위들을 통해서, 그리고 그 행위들만을 통해서 그의 이념적 견해와 그 이념체계의 핵심을 밝히는 것은 불가능한가? 라는 물음이 제기될 수 있다. 여기에 대해 바흐찐은 “그것은 불가능한 일이다.”고 단언한다. 그 이유를 어떤 낯선 이념적 세계가 소리를 내게끔 해주지 않고서, 그리고 우선 그 세계에 고유한 특별한 담론을 밝히지 않고서, 그 세계를 적절하게 묘사한다는 것은 불가능하기 때문이라는 것이다. 결국 어떤 세계에 고유한 이념을 그리는 데에 진정으로 적절한 담론은 그 세계 자신의 담론—비록 그 담론 자체가 아니라 오로지 작자의 담론과 연결되는 경우에 한한다 해도—일 수밖에 없다. 다중적 언어세계 내에 뚜렷한 하나의 언어로서 사회적인 의미와 보다 광범위한 일반적 적용을 추구하는 말하는 사람과 그의 담론이 소설을 소설답게 만들어주는 주체로 규정된다면, 소설문체론의 중심문제는 언어의 예술적 묘사의 문제, 즉 언어의 형상의 문제라고 볼 수 있다. M. M. Bakhtin, 전승희 외 역, 151-153쪽.

의 담론은 그들의 이념을 드러내고 있다는 점이다. 따라서 담론은 늘 주체들의 이념과의 관계에서 살펴야 한다. 이 장에서는 바흐찐의 논의에 따라 『삼대』의 담론을 몇 가지로 유형화하고 그 특성을 밝히고자 한다.

1) 작자의 직접적인 말

재현의 원천인 실제 세계와 작품에 재현된 세계 사이에는 명확한 범주상의 경계선이 존재한다. 그러나 종종 재현된 세계와 텍스트 외부의 세계를 혼동하는 경우가 있다. 속류 반영론자들이 그 경우이다. 마찬가지로 어떤 작품의 창조자인 저자와 인간으로서의 저자를 혼동해서도 안 되며, 텍스트를 재창조하고 새롭게 만드는 여러 다양한 시기의 청중이나 독자를 그 당대의 수동적인 청중이나 독자와 혼동해서는 안 된다. 이런 모든 혼동은 방법론상으로 허용될 수 없는 것들이다. 그러나 이러한 범주상의 경계선을 절대적으로 침투할 수 없는 것으로 받아들이는 것(이렇게 되면 모든 것을 지나치게 단순화할 뿐 아니라 독단적으로 세세하게 구별하는 데에 빠질 우려가 있다.) 또한 허용될 수 없다. 즉 아무리 이 두 세계 사이에 놓여 있는 범주적인 경계선이 바뀌지 않는다 하더라도, 이들 세계는 서로 분리할 수 없게끔 얽혀 있고 끊임없이 서로 작용한다.[81]

소설이 다양한 주체들이 개입하는 담론 형상물이라는 점을 고려한다면 오히려 작가나 독자의 개입이 당연하다 하겠다. 다음은 작가가 개입하고 있는 부분이다.

경애가 상훈이의 첫 편지를 받은 지 다섯 달도 못 되어서 경애는 학교를 나오고야 말았다. 그 다섯 달 동안의 생활을 <u>독자는 궁금히 생각하리라.</u> 그러나 지나간 일을 후벼파서 백일하에 내놓은들 무슨 소용이 있으랴.

---

81) M. M. Bakhtin, *The Dialogic Imagination*, Unversity of Texas Press, 1981, 252-257쪽.

<u>필자는 앞길이 바쁘니 수시수처에서 다시 보고할 기회가 있겠거니와</u> 경
애는 그때 학교를 나오면서 서울을 떠났다. (100쪽, 밑줄 인용자[82])

　학교 교원으로 있을 당시의 경애가 상훈의 첩이 되는 과정을 서술하
면서 작가가 개입한 장면이다. 물론 작가는 독자까지도 의식하고 있다.
그런데 이 때 개입한 '필자'는 전후 관계로 보아 『삼대』를 서술해 가는
서술자와 다를 바가 없다고 판단된다. 필자가 '수시수처에서' 보고할 기
회가 있다고 했는데, 그 보고자가 다름 아닌 서술자일 것이기 때문이다.
그 보고 내용은 이렇다.

　이 방은 언제 보나 산뜻하고도 아늑하고 반가웠다. 방이 반가운 것이 아
니라 이 방이 주는 인상이나 과거의 연상이 반갑고 유쾌한지 모르는 것
이다. 오 년 전―그때도 이런 겨울날이었지만 그때와 변한 것은 조선식
으로 꾸며 놓았던 보료며 (중략) 방안을 휘 돌려다보니 처음 경애와 이
방에 들어앉을 때의 생각이 아름다운 꿈처럼 머리에 떠올라 오는 것이
다. (168쪽)

　상훈이가 경애를 만나기 위해 K호텔에 들렀다가, 오 년 전에 경애와
있었던 관계를 회상하는 부분이다. 이 부분이 위에서 말한 다섯 달 동안
의 생활의 일부에 해당된다. 이렇게 본다면 필자는 서술자이며 동시에
작자에 해당한다.

　덕기는 다시 안심이 되면서 그 발기를 자세자세 들여다보고 앉았다…….
<u>필자는 여기에 조씨 집 재산이 어떻게 분배되었는가를 잠깐 공개할 필요
가 있다.</u>

　귀순이(수원집 소생) ― 오십 석

---

82) 앞으로 작품 인용에 사용된 밑줄이나 번호는 필자에 의한 것임.

수원집 – 이백 석

덕희(덕기 누이) – 오십 석

덕희 모(며느리) – 백 석

덕기 처 – 오십석

상훈 – 이백 석

덕기 – 천오백 석

창훈 – 현금 오백 원

지주사 – 현금 이백 원

이것은 물론 대략 쳐서 그렇다는 것이니, 그 중에 수원집의 이백석 같은 것은 상훈이의 이백 석의 거의 갑절이나 될 것이요, 또 덕기의 천오백 석 이라는 것도 나머지를 다 쓸어 맡긴 것이니 실상은 이천 석까지는 못 가도 천칠팔백 석은 될 것이다. (354-355쪽)

이 부분은 서술자가 덕기의 행위를 서술하다가 밑줄친 부분부터 작가가 개입한 부분이다. 그런데 작가가 개입한 부분도 덕기가 읽고 있는 '발기'의 내용을 서술자가 밝히고 있다고 볼 수 있다. 따라서 '서술자 = 작가'의 관계가 성립한다고 판단된다. 이렇게 본다면 서술자는 작가와 근접해 있음으로써 작가의 말을 하고 있음을 알 수 있다.

작가와 서술자의 직접적인 말은 플라톤(Plato)이 말한 디에게시스 (diegesis)에 해당한다.[83] 대상을 향한 직접적인 말은 자기와 자기의 대상 밖에 모르며 거기에 최대한 적응하려고 노력한다. 이것은 건축가의 계산에 들어 있는 필요 불가결한 것이면서 전체적 건축으로 볼 때는 소용되지 않는 재목이다.[84]

---

83) 데이비드 롯지, 「바흐친과 현대 소설의 담론」, 『바흐찐과 문학이론』, 문학과지 성사, 1997, 316쪽.

84) 양식화와 유사한 것으로서 구성상 작자의 말을 대신하는 서술자의 서술(3유형) 이 있다. 그것은 문어의 형태로 전개되기도 하고, 구어의 형태(예컨대 『태평천 하』의 서술자)로 전개되기도 한다. 여기서도 타인의 말투는 이야기를 진행시키

『삼대』의 서술자는 인물의 말을 끌어와 논평하기도 하고, 인물의 시점에서 인물의 생각을 서술하기도 하고, 서술자 자신의 서술을 시도하기도 한다.

> (가) 그러나 없는 사람이 있는 친구와 어울리면 병정 노릇이나 하는 것 같은 일종의 굴욕을 느끼는 것도 사실이겠고, 또 그렇게 구칙칙하거나 더럽게 굴지 않고 자기의 자존심을 더럽히지 않으려는 것이 취할 모라고 아직 경력 없는 덕기건만 돌려 생각도 하는 것이었다. (17쪽)
>
> (나) 주부의 눈에 비친 덕기는 해끄무레하고 예쁘장스러운 똑똑한 청년이었다. 이 여자에게는 조선인이라는 경멸하는 마음은 벌써 없었으나 그 해끄무레하고 예쁘장스러운데다가 학생복이나마 값진 것을 조촐하게 입은 양으로 보아서, 어느 부잣집 아기거니 하는 생각이 들어서 약간 경멸하는 마음이 들었다. (18쪽)
>
> (다) 이 여자는 올 가을에 처음으로 이 장사를 벌인 터이라, 드나드는 손님이 하도 많지만, 이런 장사에 찌들어서 여간 것은 눈에 띄지 않을 만치 신경이 굳어지지 못한 탓이랄까, 여하간 여염집 여편네의 호기심으로 처음 보는 남자마다 유난히 호기심을 가지고 인금 나름을 하는 것이다. (18쪽)
>
> (라) 피혁이는 보도 듣도 못 하던 김병화더러 애인과 같이 반찬가게나 벌이고 생활안정이나 하여서 살이나 피둥피둥 찌라고, 수륙 만리의 머나먼 길을 갖은 고초를 다 겪고 다녀간 것인가 ……
>
> 피혁이가 그 돈을 줄 때 다만 홍경애의 손만을 거쳐 넘어가게 한 것이 실수라고도 할 것이다. (381쪽)

는 데 작자에게 필수불가결한 입장과 시점으로서 작자에 의해 사용된다. 순수하게 객체화된 서술자의 말은 그가 주인공 중의 하나이고 구어체서술의 일부를 담당하고 있을지라도 있을 수 없다(M. M. Bakhtin, 이득재 역, 앞의 책, 275쪽). 작가는 자신의 목적을 위해 서술자의 말을 사용하여, 자신과 타인의 말 사이의 거리를 우리로 하여금 명확하게 느끼도록 해준다. 또한 서술은 작가의 구상을 직접적으로 표현하는 직선적인 작자 자신의 말이 될 수가 있다.

(가)는 인물의 심리를 서술한 것이고, (나)는 주부의 시각을 통한 덕기에 대한 생각을 서술한 것이고, (다)는 서술자가 주부에 대한 서술을 한 것이다. 그리고 (라)는 서술자가 사건의 밖에 서서 사건을 바라보고 생각하기도 하고, 거기에 대한 견해를 밝히기도 한 것이다.[85] 이러한 담론은 직접적인 지시적 이해(말의 제1유형)를 계산에 둔 직접적 대상을 향한 말, 즉 이름짓고, 전달하고, 표현하고, 묘사하는 데 사용되는 말이다.

2) 객체화된 담론

묘사된 혹은 객체화된 말(제2의 유형) 가운데 가장 전형적이고 널리 쓰이는 형태는 주인공의 직접화법(直接話法)이다. 이 직접화법은 직접적인 지시적 의미를 띠고 있지만 작자의 말과 동일한 평면상에 있지 않고, 그것을 전망할 수 있는 거리를 두고 떨어져 있다. 주인공의 직접화법은 그 자신의 대상의 시점에서 이해될 뿐만 아니라 그 스스로가 특징적이고 전형적이고 색채적인 말로서 나름대로의 방향성을 가지고 있는 대상이다. 직접화법으로 된 부분만 인용해 보면 다음과 같다.

> "글세, 갈 새가 있을라구요. 아무쪼록 가겠습니다마는 누구든지 보내십쇼 그려."
> "어디서 오셨어요?"
> "김선생요? 편찮아 누우셨어요."
> "못 나오면 좀 들어가 보아도 좋을까요?"
> "잠깐 가만히 계세요."
> "조군인가? 들어오게!"

---

85) 이러한 서술자의 서술은 '섬세한 묘사와 정치한 기교와 면밀한 관찰'의 중요성에 눈떴고 이로써 새로운 단계로 나아갈 수 있었던 것과 관련된 것으로 판단된다. 김윤식·정호웅 공저, 앞의 책, 166쪽.

“웬일인가? 주호가 술병이 났나?”
“어서 들어오게. 에 추워!” (47-49쪽)

　　이런 화자의 직접화법은 서술자의 콘텍스트 속에 위치해 있다. 즉 서술자의 담론과 인물의 발화라는 담론의 중심과 단위가 두 개 있는 셈이다. 인물의 담론은 타인의 말로서 특수한 성격적 윤곽이나 전형을 가진 사람의 말로서 취급되고 있다. 그러나 예문의 객체화된 직접화법은 논쟁적인 말로 바뀌게 된다. 인물과 인물의 담론이 논쟁적인 성격을 띤다는 것은 인물들의 이념이 부딪힌다는 것이다. 인물들의 이념이 부딪히지 않는 곳에서는 객체화된 인물들의 직접적인 말이 사용된다. 상훈이 조부가 덕기에게 물려준 재산을 털기 위해 며느리와 나누는 대화 장면이 그렇다.

　　　　“이놈(상훈의 손자―인용자)은 몸 성하냐? 어디 나갔니?”
　　　　“안방에서 잡니다.”
　　　　“애, 무얼 하시나 좀 건너가 봐라.“
　　　　“그저 잡니까?”
　　　　“응, 애, 잠깐 들어오너라.”
　　　　“무얼 찾으세요?”
　　　　“사랑, 문갑 열쇠 어디 있는지 아니?”
　　　　“모르겠어요, 거기 어디 있겠어요.”
　　　　“다른게 아니라 내 물건 하나를 초상 중에 문갑 속에 넣어 둔 것이 있는데, 경찰서에 곧 갖다 뵈어야 이 애가 놓여 나올 테구나…….”
　　　　“넌 정말 모르니?” (503쪽. 직접화법만 인용)

　　이 부분은 시아버지와 며느리의 관계에서의 대화이다. 그렇기 때문에 논쟁적인 요소를 찾을 수 없고 객체화된 직접화법으로 되어 있다. 이러한 양상은 병화가 원삼에게 훈계조로 대화하는 장면에서도 잘 드러난다.

요컨대, 객체화된 직접화법은 인물의 말이 독립적이지 못하고 서술자의 말에 종속되어 있으며 후자 속에서 하나의 요소로 포함되어 있다. 인물의 말은 작가적 이해의 객체로서 취급되고 있지, 결코 그 나름대로의 지시적 방향성의 시점에서 취급되고 있지는 않다. 반대로 작자의 말은 그 나름의 직접적인 지시적 의미를 띤 방향 속에서 문체론적으로 다루어지고 있다.[86]

3) 은닉된 논쟁

바흐찐은 내부적으로 논쟁적인 말―적대적인 타인의 말을 탐색해 보는 말―은 실제적인 일상적 말과 마찬가지로 문학에서도 흔히 볼 수 있는 현상이지만 문체 형성상 대단히 중요한 의미를 지닌다고 말한다.[87] 일상적 언어에서 '남의 채소밭에 돌 던지는' 식의 모든 말과 '가시돋친' 모든 말은 거기에 속한다. 또한 자기 자신을 미리 거부하는 비하시킨 수사로 가득 찬 말, 실언, 양보, 핑계 등의 말이 있다. 이러한 말은 타인의 말이나 대답, 반박을 앞에 두기도 하고 예감하기도 하면서 마치 웅크리고 앉아 있는 듯하다.

『삼대』의 첫 장인 '두 친구'를 보면 병화가 덕기를 찾아왔는데, 만나

---

86) 객체화된 말은 오로지 대상만을 향하고 있지만 동시에 그 말 자체는 타담론 주체가 지향하는 대상도 된다. 그러나 이 별도의 지향은 객체화된 말의 내부로 들어가지 않고 그 말의 의미나 어조를 바꾸는 일이 없이 그 말을 하나의 총체로서 받아들여 자신의 과제에 따르게 한다. 그것은 객체화된 말 속에 다른 지시적 의미를 넣을 수 없다. 객체가 되어버린 말은 마치 자신이 그것을 깨닫고 있지 못하는 것과 같다. 이는 자기가 하는 일을 남들이 보고 있다는 사실을 깨닫지 못하고 있는 사람과도 같다. 따라서 객체화된 말은 직접적인 단일 목소리의 말처럼 들린다. M. M. Bakhtin, 김근식 역, 앞의 책, 273쪽.

87) M. M. Bakhtin, 김근식 역, 앞의 책, 283쪽.

자마자 하는 그들의 대화는 은닉된 논쟁의 말로 시작한다.

> 머리가 텁수룩하고 꼴이 말이 아니라는 조부의 말눈치로 보아서 김병화
> 가 온 것이 짐작되었다.
>   "야─그러지 않아도 저녁 먹고 내가 가려 하였었네."
> 덕기는 이틀만에 만나는 이 친구를 더욱이 내일이면 작별하고 말터이니
> 만치 반갑게 맞았다.
>   ①"자네 같은 부르주아가 내게까지! 자네가 작별하러 다닐 데는 적어
> 도 조선은행 총재나……."
> 병화는 부옇게 먼지가 앉은 외투 주머니에 두 손을 찌른 채 딱 버티고
> 서서, 이렇게 비꼬는 수작을 하고서 껄껄 웃어 버린다.
>   ②"만나는 족족 그렇게도 짓궂이 한마디씩 비꼬아 보아야만 직성이 풀
> 리겠나? 그 성미를 좀 버리게."
> 덕기는 병화에게 '부르부아, 부르주아'하는 소리가 듣기 싫었다. 먹을 게
> 있는 것은 다행하다고 속으로 생각지 않는 게 아니나 시대가 시대이니만
> 치 그런 소리가─더구나 비꼬는 소리는 듣고 싶지 않았다. (12쪽)

①은 병화의 말이다. 병화의 말은 덕기를 지향하는 은닉된 논쟁으로
충만하다. 서술자는 이 말을 "비꼬는 수작"이라고 하고 있다. ②는 덕기
의 응답이다. 덕기는 병화의 말이 자신을 비꼬는 말임을 알고 있다. "부
르조아"라는 말에 덕기는 어떤 시대적인 위압감을 느끼고 있다. 그런데
덕기가 병화의 비꼬는 논쟁투의 말에 적극적인 대응을 하는 것이 아니
라 "그 성미를 좀 버리게"라고 말하는 정도이다. 이념의 갈등이나 사상
의 갈등의 차원까지는 이르지 못한다. 덕기도 병화의 일방적인 비꼼에
당하지만은 않는다. 덕기 역시 병화의 논리로 되받아친다(13쪽). 그러나
이내 병화의 말에 의해 다시 대응된다. 그런데 병화의 말은 병화가 집에
서 나옴으로써 덕기의 반응으로 이어지지 않고 있다. 이들의 은닉된 논
쟁투의 말은 결말을 보지 못한다.

"그런 귀족 취미는 넣어 두게. 양식 한 접시면, 이 사람아, 살 한 되가 넘네. 그런 넉넉한 돈이 있거든 나 같은 유위한 청년의 사업에 보태게."

"구렝이 제 몸 추듯 잘도 추네만 좀더 유위해지면 삼 년 동안은 고무 공장 계집애의 밥을 먹고 들어앉을 셈일세그려."

①덕기도 지지 않았다.

"우리집 주인 딸이 무척 마음에 키이나 보이그려."

"자네 신세도 딱하고 그 계집애도 가엾으니까 말일세."

"내 신세가 왜 딱한가?

하고 병화는 약간 불쾌한 기색을 보이다가,

②"그러기에 자네 같은 무위의 프티 부르는 크게 반성하여야 한다는 말일세."

하는 어조가 지금까지의 농담과는 다르다.

"이건 무슨 딴전인가. 그러나 대관절 어딘가?"

"다― 왔네." (15-16쪽)

병화의 말에 덕기도 지지 않고 맞받아 말하고 있다. 그러나 병화의 말, 즉 ②에 대한 더 이상의 덕기의 응수가 없다. 지금까지의 덕기와 병화의 말은 서로 맞선 형국이지만 결국은 병화의 목소리로 기우는 양상을 보인다.

이러한 현상은 『삼대』의 인물 가운데 사상적인 편향을 보이는 인물군인 병화, 홍경애, 주부 등을 대할 때 분명해진다.[88] 이들은 덕기의 의식을 제약하는 거멀못의 역할을 한다. 덕기는 병화나, 경애, 주부가 자기를 비꼰다는 생각에 눈치만 볼 수밖에 없는 상황이다(26-27쪽). 그들은 덕

---

88) 사상적인 편향을 보여주는 인물군은 다음과 같다.
   (가) 김병화(교역자) 부·모, 김병화, 피혁, 장훈
   (나) 필순부(혁명가)·모(전여교사), 필순
   (다) 홍경애 부(애국자)·모, 홍경애, 딸
   김윤식, 『염상섭연구』, 서울대출판부, 1989, 576쪽.

기에게는 "딴 세상" 사람으로 보인다. 그러기에 원삼에 대한 병화의 훈계(252-253쪽)나 김의경에 대한 병화의 연설(259쪽)이 가능한 것이다. 그러나 소설이 전개됨에 따라 덕기는 자신의 목소리를 내게 된다. 즉 개화기 세대인 아버지 상훈과 친구인 병화 등과도 일정한 거리를 획득하게 된다. 이러한 덕기의 이념은 병화와 덕기의 편지에서 잘 드러난다.

사상적 편향을 지닌 인물들의 대화적 관계가 같은 수준에서 형성되는 것이 아니다. 일과 사랑의 논리(234쪽)에 서 있는 경애는 병화를 비웃음의 대상으로 보고 있다(225쪽).

그런데 덕기의 말은 가족을 대할 때는 달라진다.[89] 부친 상훈과의 관계에서는 덕기의 말이 압도적인 형국이다.

> 부친이 아들의 공부에 대하여 묻는 것은 처음이다. (중략)
> "경도제대로 들어갈까 하는데요."
> "그럴게 무어있니? 경성 제대로 오면 입학에 경쟁이 심한 것도 아니요 또 집안 형편으로도 좋지 않으냐."
> "글쎄올시다. 그래도 좋겠지요." (중략)
> "그렇게 해라. 그렇게 하는 게 무엇보다도 집안 형편에 좋고."
> ①부친은 말끝을 아물리지 않았다. 실상은 '내게도 좋겠다'는 말을 하려다 만 것이다.(중략)
> "무슨 과가 지망이냐?"
> "법과를 할까 보아요." (중략)
> "법과보다는 경제과나 상과를 하면 어떻겠니?"
> "경제과는 해도 좋지만 상과는 싫어요."

---

89) 가계와 관련된 등장 인물은 다음과 같다.
   (가) 조의관, 부인, 수원집(서조모), 귀순
   (나) 상훈, 부인, 홍경애(첩), 김의경(첩), 창훈
   (다) 덕기, 덕기처, 덕희, 문기
   (라) 아들(아가)
   김윤식, 앞의 책, 574쪽.

여기에도 덕기는 몽롱하나마 제 속다짐이 있는 것이었다.
　"아무래도 좋지……."
②부친은 아무쪼록 아들의 말을 거스르지 않으려는 듯이 가벼이 대답을
해 집어치우고 나서 목소리를 낮추어서, (127-129쪽)

　덕기 부친이 말끝을 맺지 못하고, 아들을 눈치보는 말을 하는 것은
재산 상속과 관련된다. "돈―그 돈도 아직 생긴 돈은 아니나―하여간 돈
앞에는 아들에게도 머리를 숙이게 되는 것이다."(128쪽) 그러나 덕기가
똑같은 문제를 가지고 병화와 대화를 나눌 때는 다른 말의 양상으로 변
한다. 병화가 덕기를 비꼬는 말투로 변하고 만다(129쪽).
　덕기 부친 상훈이 '아비된 성검'을 세우려는 것도 전적으로 체면을
유지하기 위한 것이다. 홍경애와 그 딸의 문제를 놓고 벌이는 덕기와 그
의 부친과의 논쟁에서도 그렇다(133쪽). 덕기 부친이 덕기에게 한 말은
"이때까지 교회 사람이나 일반 사회에 대하여 경애와 아무 관계가 없는
듯이 변명하기 위하여 내려온 말을 자식에게도 되풀이한 것에 지나지
않는 것"(134쪽)이다. 그러기에 아버지로서 화를 참는 수밖에 없었던 것
이다. 조상훈이 조의관과 언쟁을 벌인다거나, 조의관 사후 사망 원인을
규명하기 위한 해부 문제에서 가족의 위치를 찾지 못하는 것은 이러한
맥락에 닿아 있다. 드디어는 재산을 스스로 훔쳐가는 사건을 일으키게
되고(33장), 결국 경찰서에서 덕기 앞에서 모욕당하기에 이른다(533쪽).
　덕기와 그의 조부 조의관의 관계에 이르면 사정은 달라진다. 덕기는
이미 조부의 명을 받고 조부의 집에 들어와 살게 되었거니와 덕기에게
조모의 제사를 지내고 떠나라는 엄명을 받고 어떠한 응답적 대화를 하
지 않는다. 덕기와 그의 조부는 대화적 관계가 성립될 수 없는 지경이다.

4) 은닉된 대화

『삼대』에서 편지가 하는 역할은 매우 중요하다. 특히 덕기와 병화의 사이에 오가는 편지는 그들의 내면이 드러남에 따라 두 세계를 이해하는 단서를 제공한다. 일반적으로 편지는 직접적인 대화의 형태가 아니기 때문에 상대방의 사상 혹은 삶의 태도를 무리 없이 비판하기에 적합한 양식으로 알려져 있다. 그리고 동일한 장면에서 이루어지는 대화와 달리 다른 인물에 대한 언급이 자유롭다는 특징을 갖고 있다.[90]

편지라는 형식 그 자체는 아직 말의 유형을 결정하지는 않는다. 그러나 편지는 그 속성으로 보아 제3유형의 마지막 변종의 말, 즉 반영된 타인의 말이 적합하다[91]고 할 수 있다. 편지는 원래 상대방 수신자의 입장에 민감하다. 편지는 대화의 응답과 마찬가지로 특정인을 향해 있고 그 사람이 취할 수 있는 반응이나 대답을 고려에 넣고 있다. 이 부재의 상대를 계산한다는 일이 편지의 큰 특징이다. 이러한 특징을 바흐찐은 은닉된 대화성[92]이라 한다.

> (가) 자네에게 충실한 친구임을 표시하여 또 자기의 신용을 자랑하려 왔던 것은 아닐세마는 필순 양을 만나고 가는 것만은 왔던 보람이 있는 것 같으이. 그러나 <u>실없는 말을 할 줄 모르는 나이니 웃으며 이 글을 쓰지는 못</u>

---

90) 우한용, 앞의 책, 1990, 239-240쪽.

91) M. M. Bakhtin, 김근식 역, 앞의 책, 296쪽.

92) 상대방 대화자의 응답을 빠뜨리고 있으나 공통적인 의미는 조금도 파괴되지 않은 두 사람의 대화를 상상해 볼 수 있다. 두 번째 대화자는 눈에 보이지 않는 곳에 있고 그의 말소리는 들리지 않지만, 그 말소리의 깊은 흔적이 첫 번째 대화자의 실재하는 모든 말을 결정한다. 오로지 첫 번째 대화자 혼자서 이야기하고 있지만 이것이 대화임에는 틀림없다. 게다가 이 대화는 대단히 긴장되어 있다. 그 이유는 실재하는 말 모두가 한마디 한마디 신경써서 대답하고 보이지 않는 상대에게 반응하고, 이야기되지 않은 타인의 말을 자신의 밖에서, 자신의 배후에서 가리키고 있기 때문이다. M. M. Bakhtin, 이득재 역, 앞의 책, 284- 285쪽.

<u>하는 것일세.</u> 내가 없어지면 자네가 담배를 굶을 듯하기에 내 벤또값을 두고 가네…… 일전에 실없는 말로만 하였지만 참 정말 필순 양이 공부할 의향이면 기별만 하게. 어떻게든지 도리는 있을 것이니……. (181쪽)

(나) 여보게, 바커스 퀸(여왕)의 우박 같은 키스―아니 실상은 진눈깨비 같은 키스이었던지 모르지만―어쨌든 불의에 맛보는 그 키스의 촉촉한 쾌감이 자네의 전송을 방해하여서 그날은 정거장에 못나간 것일세. 이것은 자랑이 아니요 핑계도 아니라 나에게도 난생처럼 당하는 행복의 절정(?)이 있었다는 것을 정직하게 고백―보고하는 것일 뿐일세. (중략) 왜 안 가고 싶을까마는 차마 발길이 나서지를 않네그려. 머리도 좀 깎을 생각이 나고 옷의 먼지도 털로 싶고 될 수 있으면 크림도 발라 보고 싶으니 <u>이 사람! 자네 웃으려나? 웃지 말게! 정말일세.</u> 자네 일전에 그 굉장한 편지와 함께 내 담뱃값을 두고 갔데마는 이번에는 어쩌면 자네가 크림값까지 대어야 할지 모르겠네, 하하…… (중략) 모르면 몰라도 자네도 아마 소위 첫사랑의 경험이 없는 모양이지만 나도 동정(童貞)은 지키지 못하였으나 연애한 경험은 없네. (중략) 훗일 그 애(필순-필자)의 배우자를 선택한다면 나 같은 무능자도 못쓰겠지만 자네 같은 유위의 청년도 거절하여야 할 것일세. (중략) 자네 생각에는 내가 홍경애라는가 하는 여자를 사랑할 자격이 있겠나. 자격 심사부터 해보아 주게. 아마 자네가 필순에게서 무자격한 것 이상으로 무자격할 것은 나도 모르는 것은 아닐세. 그러나 여보게, 나 보기에는 그 여자가 암만해도 보통 여자 같지는 않으이. (184-187쪽)

(다) <u>자네는 왜 그렇게 밤낮 으르렁대나? 비꼬지 않으면 노기를 품지않고는 말이 아니 나오나?</u> 필순 양에 대한 이야기로만 하여도 그렇게 심하게 말할 것은 없지 않겠나? (중략―서술자의 필순 행위 서술) 자네는 투쟁의 욕-이라니보다도 습관적으로 굳어버린 조그만 감정 속에 자네의 그 큰 몸집을 가두어 버리고 쇠를 채운 것이 나 보기에는 가엾으이. (중략) <u>그건 고사하고 내게까지 그 소위 계급투쟁적 소감정으로 대하는 것이 옳은 일일까?</u> (중략) 투쟁은 극복의 전(全)수단은 아닐세. 포용과 감화도 극복의 유산탄만한 효과는 얻는 걸일세. 투쟁은 전선적, 부대적 행동이라 하면 포

용과 감화는 징병과 포로를 위한 수단일세. <u>포용과 감화도 투쟁만큼 적극</u>
<u>적일세. (중략) 나도 내길을 걷노라면 자네들에게도 유조한 때도 있고 유</u>
<u>조한 일도 없지 않으리라는 말이세.</u> (237-239쪽)

(가)는 덕기가 서울을 떠나면서 병화집에 들러 남긴 편지이고, (나)는
병화가 덕기에게 한 편지이고, (다)는 덕기가 병화에게 한 답장 형식으로
되어 있는 편지를 필순이 훔쳐보는 것을 서술자가 옮겨적고 있다. (가)~
(다)의 편지 어느 것이나 부재의 상대를 생생히 반영하고 있다. 편지의
청자는 적극적으로 개입하는 형국이다. 그리고 이 편지들에는 평소에
할 수 없는, 하지 못한 말들이 가득하다. 그 속에는 개인적인 사생활에
서부터 이념 문제에 이르기까지 화자의 내면이 드러나 있다. 중요한 것
은 병화 쪽에 기운감이 있는 덕기와의 대화가 이제는 편지를 통해서 덕
기의 생각이 명확히 전달되고 있다는 점이다. (다)의 밑줄친 부분은 그
한 예이다. 덕기야말로 덕기의 길을 가겠다는 입장이 확고하다. 따라서
『삼대』는 어떤 인물의 목소리가 압도되어 나오는 독백적 소설이라기보
다 인물의 목소리가 독자적인 영역을 확보하고 있다고 판단된다.

4. 주체의 이념과 담론

소설에서는 말하는 사람과 그의 담론이 언어에 의한 예술적 묘사의
대상이라는 점, 소설 속의 말하는 사람은 사회·역사적 개인이며, 그의
담론도 사회적 언어라는 점, 그리고 소설 속의 말하는 사람은 언제나 이
념인이라는 점이다. 소설 속의 특정 언어는 언제나 세계를 바라보는 특
정 방식이라 할 수 있다.
앞에서 『삼대』의 담론은 주체의 관련 속에서 파악해 볼 때, 작가는

타자로서 서술자를 상정하고 있는 것이 아니라 작가가 직선적이고 직접적으로 자신의 대상을 향한 말을 하고 있음을 살폈다. 인물들의 담론은 인물들의 관계에 따라 이중적 목소리를 지니기도 하고, 객체화된 직접화법으로 제시되기도 한다. 『삼대』는 덕기와 병화를 중심으로 타인의 담론이 적극적으로 개입함으로써 이중적 목소리를 드러내는 점이 특징이라 할 수 있다. 이러한 담론 양상은 주체들의 이념과 불가분의 관련을 맺고 있는바 이제 주체들의 이념과 담론의 관련 양상을 살펴보고자 한다.

『삼대』의 인물은 세 유형으로 나누어 볼 수 있다. 조의관·조상훈·조덕기의 3대를 중심으로 한 조씨 일가의 인물군(A), 김병화·피혁·장훈·필순 부·홍경애 부 등 이념적 인물군(B), 매당집과 수원집을 가운데 두고 뭉친 퇴폐적 인물군(C)이다.[93] 그러나 이러한 유형 구분은 가계나 사상, 매당이라는 범주로 인물들을 묶음으로써 그 범주에 속한 인물들의 이념적 차이를 드러내지 못하고 있다. 또한 서술자라는 담론 주체를 간과하고 있다. 이는 인물 중심의 연구 방법이 지닌 필연적인 한계이다. 따라서 작품의 의미를 올바르게 해석하기 위해서는 작품에 간여하는 구체적인 담론 주체들을 살피지 않을 수 없다. 이러한 해석은 종래의 해석과는 다른 결과를 가져올 수 있다.

종래의 연구는 리얼리즘의 '전망'이라는 개념이나 혹은 현재의 관점에서 작품을 평가하거나, 작가의 세계관과 작품의 직접적인 관련에서 『삼대』를 평가한다. 이러한 평가는 염상섭의 세계관을 곧바로 작품에 대입하거나, 역사적 당위성을 강조하는 입장에 서 있다. 그러나 당대 식민지 사회에서 지주계급이나 중산층의 몰락을 역사발전의 단계로 볼 때 과연 옳은 방향인가 하는 점도 고려되어야 하며, 『삼대』의 작품세계가 다루고 있는 현실 자체가 그러한 당위성을 전제로 하고 있지 않음에도

---

93) 김윤식, 『염상섭 연구』, 앞의 책, 574-582쪽.

그것을 요구하는 식의 평가는 재고되어야 한다.[94]

조상훈의 이념은 주체들의 담론을 통해 드러난다. 『삼대』의 첫 부분을 보자.

> 덕기는 안마루에서 내일 가지고 갈 새 금침을 아범을 시켜서 꾸리게 하고 축대 위에 섰으려니까, 사랑에서 조부가 뒷짐을 지고 들어오며 덕기를 보고,
> "애, 누가 찾아왔나 보다. 그 누구냐? 대가리 꼴하고…… 친구를 잘 사귀어야 하는 거야. 친구라고 찾아온다는 것이 왜 모두 그 따위 뿐이냐?"
> (중략)
> "당치 않은! 삼동주 이불이 다 뭐냐? 주속(紬屬)이란 내 나쎄나 되어야 몸에 걸치는 거야. 가외(可畏) 저런 것을 공부하는 애가 외국으로 끌고 나가서 더럽혀 버릴 테란 말이냐? 사람이 지각머리가 ……."
> 하며 부엌 속에 쪽치고 섰는 손주며느리를 쏘아본다. (11쪽)

『삼대』 첫 부분부터 조의관은 당당한 말투를 갖고 있다. 며느리에게 제사를 지내고 돌아가라는 엄명이나, 제사 문제를 놓고 아들 조상훈과 벌이는 논쟁에서도 잘 드러난다. 이러한 당당한 말투는 그가 세상을 바라보는 이념에 닿아 있다. 그 이념이란 '사당과 금고'로 요약된다.

족보 있는 양반 가문을 이루는 것과 재산을 지키고 이어갈 자손을 얻는 것이 그의 평생의 오입이다(105쪽). 이를 중산층 보수주의라고 말하는 것이 일반적이다. 그렇기 때문에 제사문제에 그렇게 신경을 곤두세우고, 재산관리에 애쓰는 것이다. 이러한 이념으로 그는 다른 주체들과 곳곳에서 충돌을 일으킨다. '제1충돌'에서는 ××조씨 중시조인 ○○堂 할아버지의 치산(治山)과 묘막을 짓는 문제로 상훈이와 창훈이의 논쟁을 듣고 조의관이 한말과 제24장 '집'에서 조의관이 덕기에게 한 당부에서

---

94) 김동환, 앞의 글, 15-16쪽.

잘 드러난다. 이렇게 볼 때 '사당과 금고', '평생의 오입'이 조의관의 이념이다. 그러기에 그 이념에 대치되는 이념과는 논쟁이 있게 마련이다. 그 대상은 주로 아들 상훈과의 논쟁이다. 이러한 것은 논쟁적 담론으로 나타난다. 그러나 수원집과 손자 덕기와는 다른 담론 양상을 보인다. 이것은 수원집은 조의관의 평생 오입의 대상이며, 혈통을 잇게 해 줄 인물이라는 점과 덕기는 가계를 이어갈 인물이라는 점에서 조의관과 논쟁의 소지가 없기 때문이다.

조상훈은 다른 여러 주체들과 관련되어 있다는 점에서 주목된다. 종래의 연구는 주로 조의관, 조덕기, 김병화에 초점을 두었다. 그러나 조상훈은 이들 모든 인물과 관련되어 있다는 점에서 더 주목을 요하는 인물이다.

조상훈은 제3장 '이튿날'에서 등장한다. 제사를 지내는 문제를 가지고 조의관과 조상훈이 다투는 장면이다(42-43쪽). 조의관의 말은 문제의 본질을 벗어난 다소 시비조의 말이다. 이에 대해 상훈은 분명하게 자신의 입장을 말한다. 조의관이 감정 대립을 하고 있다는 것을 알 수 있다. 이 논쟁은 애초부터 결말이 있을 수 없었다. 그러기에 이 둘의 대화는 노인의 중재에 의해서 일시 중단될 수밖에 없다.

조상훈이 생각하는 자신의 이념은 소위 '제삼제국'론(45쪽)이다. 자신이 살아온 시대상과 덕기 세대의 시대상의 귀일점을 찾으려는 것이다. 그러나 개화기 지식인이었던 그가 위선적 이중생활이나 이중성격에서 벗어날 수 없었다는 것은 그의 이념이 얼마나 설득력이 없는가를 반증해 준다. 덕기는 이러한 의견에 대하여 반대하고 싶지는 않은 것은 아니었으나, "역시 구습상 부친에게 반대할 수도 없고 또 제 주제에 길게 논란할 수도 없는 터이어서"(45쪽) 그만두고 만다. 덕기는 부친이 봉건시대에서 지금 시대로 건너오는 외나무다리의 중턱에 선 것 같다고 생각한다. 그러기에 상훈은 아버지 조의관에 대하여 거리를 두기도 하면서도 매당집을 드나드는 이중 생활을 하고 있다. 제사 문제나, 대동보소 문제를 가지고 조의관과 첨예한 논쟁을 벌이면서도 마작을 한다거나, 퇴폐적 행위에서는 객체적 담론을 나타낸다. 이러한 연유로 조의관 시신의 해부문제로 상훈이 친척들로부터 무시당하기도 하고 재산을 훔친 일로 모욕을 당하기도 한다.

조덕기나 김병화의 이념도 다른 인물들의 관계를 통해서 드러난다. 『삼대』의 첫 장부터 덕기와 병화의 담론은 상대방의 담론 주체에 능동적으로 작용하는 논쟁으로 시작한다. 이 논쟁에서 병화의 담론이 덕기의 담론을 압도하는 형국이다. 이러한 양상은 홍경애를 만났을 때에도 이어진다. 병화, 주부, 홍경애로부터 자본의 관계가 무너짐으로써 덕기의 존재도 무너지게 된다. 그러나 덕기와 병화가 주고받는 편지는 덕기와 병화의 이념을 드러내고 있다는 점에서 주목된다. 물론 편지라는 간접화된 방법이기는 하나 편지가 갖는 특성이 상대방을 지향하면서 늘 그의 반응이나 대답을 고려하고 있다는 점에서 덕기나 병화의 이념을 파악하는 중요한 담론 양식이다.

경도로 돌아가기 전에 김병화와 조덕기는 여러 차례 논쟁을 벌인 바 있는데 근본적으로 김병화는 서로가 교제해 나가기가 어렵다고 판단한다(57쪽). 이러한 상황에서 조덕기가 병화에게 자신의 변명이나 이해를 구하는 것이 아닌 강한 어조로 자신의 생각을 전하는 일은 병화와 이제 이념 차원에서 맞설 수 있다는 것을 의미한다. 덕기는 자신의 평소의 생각을 확인하고 자신의 길을 가겠다는 점을 명확히 한다. 이를 두고 동정자(同情者, sympathizer)의 논리로 설명하고 있는 것이 일반화되어 있다. 그러나 동정자로서의 조덕기의 의식은 미미한 형태로 나타나 있다는 점에서 비판받고 있다.[95] 조덕기의 행동은 김병화의 이념에 대해 심정적으

---

95) 김동환, 앞의 글, 19쪽.

로만 동조하고 있다는 것이다. 그러나 조덕기의 이념을 파악하기 위해서는 병화와의 관계 뿐 아니라 조덕기 자신의 생각을 종합적으로 검토해 볼 필요가 있다.

덕기가 부친과의 대화에서 한편으로는 반감이 있다가도, 한편으론 부친에 대한 가엾은 생각과 동정하는 마음을 갖게 된다. 이러한 이해와 동정하는 마음은 덕기가 의경이 문제를 놓고 논쟁할 때도 드러난다(제29장). 그리고 조부가 물려준 금고 열쇠에 대한 생각에 이르면 자신의 처지를 돌아보기까지 한다.

'내 일생에 하지 않으면 안 될 가장 중대한 일은 이 금고 여닫는 것과 사당문을 여닫는 것 두 가지밖에 없단 말인가? 마치 간수가 감방문을 여닫듯이. 그리고 그 중대한 사업이 이 자리에서부터 시작되는 것이다.'(352-353쪽)

이러한 갈등은 덕기가 필순이를 두고 하는 생각에 이르면 더욱 뚜렷해진다. 덕기는 유물론적으로 기울어진 자기의 사상과는 모순이 되지나 않는가 하는 생각을 한다. "필순이가 주위 환경에 지배되지 않고 第一天性이 흔들리지 않는다는 말은 심령의 최후 승리를 믿는 유심적 해결에 기울어지려 함이 아닌가도 싶다"(434쪽)는 것이다. 그러나 덕기는 분명한 판단을 내리지 못하고 있다. 덕기는 필순과의 관계를 통해 자신의 이념적 갈등을 겪게 된다. 그리고 덕기는 "자기의 감정이 올곧지 못한 것을 혼자 분개"(474쪽)하기에 이른다.

김병화의 이념은 조덕기와의 대화나 주고받는 편지에 잘 나타난다. 일상의 측면에서 김병화는 조덕기와의 대화에서 추상적이고 감정적인 '비꼬는' 말투를 사용한다. 그러나 중반부에 오가는 편지에 이르면 조덕기의 입지에 대하여 철저하게 부정하고 있다. 김병화의 이러한 태도 변화는 조덕기가 없는 상태에서 또 다른 생활, 즉 홍경애와의 애정 문제를 통한 생활을 찾을 수 있으리라는 가능성에서 나오는 것으로 보이며 더구나 지금껏 조덕기에 대해 비굴할 수밖에 없었으나 이제 조덕기의 아버지가 타락한 모습을 보게 된데서 오는 비판적 입각점을 확보한 측면도 강하게 작용한다[96]고 볼 수 있다. 여기에서 중요한 것은 홍경애의 등장이다. 물론 덕기에게도 필순이의 존재가 문제적이다. 홍경애나 필순이 병화나 덕기의 생활이나 이념에 중요한 역할을 한다는 점은『삼대』를 해석하는 하나의 단서를 제공할 수 있다고 판단된다.[97]

홍경애를 만남으로써 병화의 삶은 변화되었다. 이것을 덕기는 아직 눈치를 못 채고 있었던 것이다. 이후에는 병화는 일본인 반찬가게를 인수해 장사를 하게 된다. 반찬가게는 무언가라는 장훈이의 물음에 병화는 "보호색(保護色)! 사람에게도 보호색은 필요한 걸세."(414쪽)라는 대답을 한다. 그러나 이러한 대답은 설득력을 잃고 있다. 해외에서 유입된 자금을 가지고 해야 될 자신의 임무는 망각하고 있다. 오히려 생활 세계에 함몰되고 있는 것이다.

5. 맺음말

이 글은 기존 소설 연구에 대한 반성에서 출발하여, 소설 연구에서의 담론 연구를 통한 내용과 형식을 아우르는 방법론의 필요성을 강조하였다. 염상섭 소설에 대한 연구도 방법론의 편향성에서 벗어나지 못하고 있다. 소설은 말하는 사람들이 엮어가는 담론 구성체라는 전제에서 보면, 담론 주체들의 구체적인 담론 양상을 살펴야 할 것이다. 이 주체들은 자신의 이념의 조명을 받으며, 이념을 담론을 통해 실천한다. 따

---

96) 김동환, 앞의 글, 30쪽.
97) 나병철, 앞의 책, 332-338쪽 참조.

라서 담론 주체들의 담론을 살피는 것은 그 주체들의 이념과의 관계를 살펴야 한다.

『삼대』는 서술자의 담론은 곧 작가의 담론으로 이어지는 직접적으로 대상을 향한 담론이다. 이것은 작가가 서술자를 자신과 최대한 밀착한 결과이다. 그러니까 서술자를 작가는 거리를 느낄 수 있는 타자로서 설정한 것이 아니라 자신의 말의 영역에 속하는 서술자를 설정한 것이다. 그리고『삼대』는 인물 간의 논쟁으로 가득 차 있다. 타인의 시선을 의식하는, 타인의 담론이 적극적으로 주체의 담론에 개입하는 내적으로 논쟁적인 말로 점철되어 있다. 또한 편지 형식은 덕기와 병화의 이념을 드러내는 중요한 역할을 담당한다. 편지는 상대방을 늘 염두에 둔다는 점, 상대방을 의식하고 예상되는 응답과 대응을 한다는 점에서 일종의 은닉된 대화라 볼 수 있다. 은닉된 논쟁이나 은닉된 대화는 단일방향의 작가의 직접적인 말이나 객체화된 직접화법과는 달리 이중적 목소리를 가진 담론이다.

물론 소설의 담론은 주체의 이념과 밀접한 관련성을 지닌다.『삼대』에서는 주체의 이념이 첨예하게 대립될 때는 논쟁적인 담론이 나타난다. 반면에 그렇지 않은 경우에는 객체화된 말이나 대상을 지시하는 직접적인 말의 양상을 보인다.

특히『삼대』를 이해하는 데 있어서 종래의 연구들은 작가와 덕기의 관계에 주목하여 중도적 보수주의를 표현한 작품으로 평가하였다. 그러나『삼대』는 어느 한 주체에 의해 다른 주체들의 이념이 압도되어 지배하는 단일한 담론이 아니다. 각 주체들은 자신의 고유의 이념을 가지고 다른 주체들과 대화적 관계를 형성하고 있다. 물론 장훈이나 원삼이, 의경이 등은 자신의 고유한 의식을 지니지 못하고 있지만 여타 다른 주요 인물들은 자신의 의식을 갖고 있다. 그렇다고 이들이 완전한 의식을 가지고 있다고 보기에는 많은 점에서 한계를 지닌다. 그럼에도 불구하고 주체들이 독립된 영역을 확보함으로서 대화적 관계를 형성하고 있다는 점은 주목할 만하다. 이를 두고 대화적 소설이라 할 수 있다.

담론주체들의 대화에 간여하는 요소들과 대화의 양상을 살펴보는 것은 차후의 과제로 남긴다. 이러한 연구는 국어교육뿐 아니라 문학교육에 시사하는 바가 클 것으로 판단된다.

Ⅳ

소설의 담론윤리적 특성

1. 머리말

이 글은 소설의 담론[98]윤리 특성을 구명하는 것을 목적으로 한다. 이를 위해 소설 담론의 특성과 그 윤리적 의미를 살펴봄으로써 소설의 담론윤리적 시각을 정립하고자 한다. 논의에 앞서 이 글의 핵심 용어를 분명히 하고자 한다. 소설은 다양한 주체들의 담론으로 형상화된 담론 조직체이다. 이 때의 담론은 주체가 자신의 이념, 가치관, 신념, 태도 등을 실현하는 구체적이며 살아있는 총체성 속의 언어이다. 그러므로 소설담론은 주체들의 구체적이며 살아있는 총체성 속의 언어적 형상물이라 할 수 있다. 윤리는 인간이 공동체의 바람직하고 의미 있는 삶을 추구하기 위한 보편적인 규범이다. 담론윤리란 인간(주체)이 공동체의 바람직하고 의미 있는 삶을 추구하기 위한 보편적인 담론 규범을 말한다. 그러므로 담론윤리는 공동체의 바람직한 삶, 보편성과 규범성을 그 속성

---

98) 바흐찐은 담론이라는 말에 새로운 관점을 제공해 준다. 토도로프에 의하면 바흐찐의 담론 개념은 다음과 같다. "담론은 구체적이며 살아있는 총체성 속의 언어이다. 담론은 구체적인 총체적 현상으로서의 언어이다." 『도스토예프스키 시학의 문제점』에서 바흐찐은 "담론은 언어학의 객관적인 대상으로써의 언어가 아니라, 구체적인 살아있는 총체성의 언어"라고 본다(J. Hawthorn, *A Concise Glossary Contemporary Literary Theory*, Edward Arnold, 1994). 이 글에서 '담론'은 주체가 자신의 이념, 가치관, 신념, 태도, 관념 등을 실현하는 구체적이며 살아 있는 총체성 속의 언어라는 의미로 쓴다.

으로 한다. 규범성은 인간이 지켜야할 성질과 관련된다. 보편성은 그것이 개인에 속하는 것이 아니라 공동체 차원의 것임을 말한다. 그리고 공동체의 바람직한 삶은 담론윤리가 담론의 차원만이 아닌 인간 공동체의 바람직한 삶과 관련된다는 것을 의미한다. 그러므로 소설의 담론윤리는 구체적이며 살아있는 총체성 속의 언어적 형상물을 이루고 있는 주체들이 바람직한 삶을 추구하기 위한 보편적인 담론 규범이라 할 수 있다. 바람직한 삶은 주체의 담론을 제약하는 질곡으로부터 벗어나는 과정을 통해 성취될 수 있는 것이며, 이것은 주체(들)의 대화적 관계를 통해서 가능하다는 것이 이 글의 가정이다. 이것은 주체에 몰입하는 폐쇄적인 담론과 그것을 제약하는 제도나 상황을 부정하는 관점을 전제로 한다. 이를 논증하고 소설의 담론윤리적 시각을 모색하는 것이 이 글의 과제이다.

윤리에 대한 논의는 대게 윤리학에서 다루어 왔다. 문학연구와 문학교육과의 관련에서 논한 것은 우한용을 들 수 있다.[99] 그는 문학연구의 관점과 윤리의 문제를 다룸으로써 문학연구의 윤리적 시각의 성격과 의의를 밝히고 있다. 또한 문학교육의 목표, 문학의 속성, 문학의 형상성, 문학적 소통 등의 윤리적 성격을 논한 바 있다. 특히 문학작품과 독자의 관계에서 문제삼을 수 있는 윤리성을 다루고 있다는 점에서 문학교육에서 다룰 윤리의 문제에 대한 한 가능성을 시사하고 있다는 점에서 의의가 있다. 본고는 이러한 논의를 바탕으로 소설의 담론윤리를 문제삼고자 한다.

분석 대상 작품은 최인훈의 『광장(廣場)』(『새벽』 39, 1960.11)으로 한다. 이 작품을 선택한 이유는 이 작품이 50년대의 작품 경향과는 확연히 구별되는 60년대를 연 작품으로 평가되기 때문에 문학사적으로 주목되는 작품이거니와 담론주체의 상황에 따른 대응 양상이 문제적이기 때문이

---

99) 우한용, 「문학교육의 윤리적 연관성에 대한 연구」, 『사대논총』 제55집, 서울대학교사범대학, 1997.

다. 아울러 『광장』에 대한 담론차원의 접근은 본격적으로 이루어지지 않았다는 것도 그 이유 가운데 하나이다.

2. 소설의 담론과 윤리의 상관성

인간이 동물과 다른 점은 언어를 가졌다는 것과 윤리성을 존중한다는 점이다. 언어와 윤리는 인간에게 없어서는 안될 기본 요소이다. 그러므로 윤리적 현실이 윤리적 삶을 의미하며, 그것이 나와 세계(타자)의 관계를 떠나서는 존재할 수 없다고 할 때 언어활동이야말로 나와 세계를 떠나서는 존재할 수 없는 것이다.[100] 현실적으로 도덕(윤리) 규범이 어느 인간 사회에서든 기존의 사회질서를 유지하기 위한 수단의 구실을 해왔다고 한다면,[101] 언어규범도 언어 생성 때부터 사람들에 의해 교육되고 전승·변화됨으로써 의사소통을 유지하는 구실을 해왔다고 볼 수 있다. 문제는 지향하고자 하는 규범이 무엇이냐 하는 것이다. 특히 제도권의 교육을 고려해 볼 때 이러한 문제는 매우 중요하게 부각될 필요가 있다. 언어활동을 어떤 관점에서 바라보느냐에 따라 의사소통에 막대한 영향을 줄 수 있기 때문이다.[102]

---

100) 윤리적 현실은 윤리적 의식과 그 영역을 같이 한다. 이 때의 윤리 의식이란 선악관념을 포함한 가치의식을 말한다. 또한 윤리적 현실에서 실천성과 모든 사실들이 인간 관계에서 이루어졌을 때를 전제한다는 점이 강조된다. 이 글에서 사용하는 담론윤리는 주체와 타자(세계)의 삶이 대화적 담론을 통해 이념, 가치, 세계관, 태도 등을 실현하는 실천 규범이라 할 수 있다. 이것은 담론의 윤리적 측면 즉 타자와의 끊임없는 대화를 통한 어떤 합일점을 찾아가는 실천의 측면을 강조한다. 그것은 자족적이고, 억압적인 상황을 배제한다.

101) 소흥렬, 『윤리와 사고』, 이대출판부, 1989, 22쪽.

102) 인간활동의 모든 다양한 영역들은 언어를 포함하고 있다. 이러한 사용의 성질과 형식들은 인간 활동의 영역들만큼이나 다양하다. 언어는 인간 활동의 다양한 영역들에서 참가자들에 의해 개별적이고 구체적인 담론들과 언어적 문체

소설 담론은 작가와의 관계, 독자와의 관계, 사회와의 관계 그리고 소설 자체의 차원에서 다루어질 수 있다. 담론윤리의 시각에서 이들은 각각 작가의 소설 생산과 관련된 윤리 문제, 독자의 소설 수용과 관련된 윤리 문제, 일상 담론 주체들과 관련된 윤리 문제, 소설을 이루는 담론 주체들의 윤리 문제와 관련된다. 소설 생산과 관련된 윤리 문제는 작가가 세계에 대한 가치 판단을 어떻게 형상화하고 있느냐 하는 문제이다.[103] 독자의 소설 수용과 관련된 윤리 문제는 독자가 형상화된 소설을 수용하는데 따른 윤리적 성격이 문제된다. 미적 범주라든지, 가치의 형상화, 동화(감염) 등과 수용의 윤리성이 문제된다. 또한 소설의 담론은 일상 담론의 모습을 온전히 지니고 있다는 점에서 일상 담론 주체들과 관련된 윤리성을 문제삼을 수 있다. 이는 소설 담론과 일상 담론의 관계에서 파생되는 윤리성을 문제삼음으로서 소설 담론의 윤리성을 일상 담론 윤리의 차원으로 확대할 수 있다는 것을 말해주는 것이기도 하다.

소설을 이루는 담론 주체들의 윤리 문제는 주체의 행위라든지 사고 등의 윤리성을 문제삼을 수 있고, 주체들의 담론의 사용과 관련된 윤리성을 문제삼을 수 있다.

등을 통해서 각각의 인간 활동의 영역들을 반영하기 마련이다. M. M. Bakhtin, *Speech Genres and Other Late Essays*, McGee, V. W. trans., University of Texas Press, 1986, 60쪽.

103) 이 점에 대해 루카치는 소설의 윤리 문제의 중요성을 인식하고 그것을 작가의 윤리와 연관시켜 논의한 바 있다. 소설의 경우 각각의 형상화에서 보여지는 윤리적 의도는 가장 구체적인 내용 안에서 작품 그 자체를 구성하는 하나의 요소이다. 그렇기 때문에 소설은 예술적으로 가장 크게 위험에 처해 있는 장르로서 많은 비평가들에 의해 반예술(Halbkunst ; 半藝術)로 규정되었던 것이다. 그러므로 소설의 문제는 소설가의 의식 속에 있는 추상적이고 윤리적인 것을 작품의 본질적인 것으로 만드는 것이다. 이런 작품에서는 현실이란 일종의 부재 상태, -혹은 같은 의미로- 타락한 모습의 양태로만 존재할 것이다(L. Goldmann, 앞의 책, 19쪽). 루카치가 소설은 작가의 윤리가 작품의 미학의 문제가 되는 유일한 문학장르라고 말한 것은 이런 의미에서이다(G. Lukács, *Die Theorie des Romans*, 반성완 역, 『소설의 이론』, 심설당, 1985, 92-93쪽).

소설 담론의 윤리성을 다루고자 할 경우 소설 담론을 바라보는 시각을 정립할 필요가 있다. 이는 곧 소설의 담론을 작가라는 단일한 존재가 생산해낸 담론으로 볼 것인가 하는 것과, 소설 담론은 작가라는 한 개인의 생산물이 아니라 소설에 참여하는 주체들의 역동적인 관계 속에서 형상화된 것으로 볼 것인가라는 관점의 차이로 이어진다. 전자의 관점은 구조주의 이론이 대표적이다. 이들은 작가가 소설을 독자에게 일방적으로 전달하는 구조로 보고 있으며, 소설을 내포독자 혹은 서술자의 담론으로 축소시켜버리는 관점을 취한다. 이렇게 되면 소설이 지닌 다양한 주체들과 담론의 측면이 사상되어버리게 된다. 이에 반해 후자의 관점은 소설 담론을 보는 새로운 시각을 제공한다. 바흐찐의 일련의 이론이 대표적이다. 그에 의하면 소설이란 다양한 주체들의 담론이 형상화되어 있는 경연장이다. 소설은 발화 장르 가운데 하나로 가장 다양한 일상 담론들을 포용한다.[104]

소설은 다양한 주체들이 담론을 통해 자신들의 이념, 사고, 가치관 등을 실천하는 장르이다. 이 주체들은 근본적으로 다른 주체들과 대화를 지향하고 있다는 점에서 역동적인 관계를 형성한다. 이러한 점에서 주체들의 담론은 윤리의 측면을 지닌다고 할 수 있다. 윤리는 주체의 판단과 선택, 가치관 그리고 주체들의 관계와 관련되기 때문이다. 이는 결국 소설담론의 윤리성의 토대가 되는 형상성을 어떻게 볼 것인가의 문제로 귀착된다.

소설의 담론은 주체가 타자를 바라보는 관점 내지 시각 그리고 관계와 밀접하게 관련된다. 타자를 보는 시각 내지 타자와의 관계는 주체의

---

104) 소설은 일상 대화, 사적 편지 등 1차 장르를 포용하는 2차 장르에 해당한다. 2차 장르에는 소설, 드라마, 과학 연구물, 논평 등이 해당된다. 이 가운데 소설은 가장 다양한 발화를 포용하고 있는 장르이다. 여기에서 발화 장르는 발화의 상대적으로 안정된 유형을 말한다(M. M. Bakhtin, 앞의 책, 60-102쪽).

담론을 통해 드러나기 마련인바, 주체의 담론에 등장하는 타자성의 정도에 따라 담론의 양상은 달라진다. 타자성이 희박한 경우 그것은 고립된 독백적 담론이 될 것이며, 타자성이 풍부할 때 대화적 담론이 될 것이다. 전자는 폐쇄적 시각과 관점을 드러내며 후자는 개방적 시각과 관계를 드러낸다. 담론이 어떻게 윤리성을 띨 수 있는가라는 문제, 즉 담론 행위가 윤리로 전환되는 지점이 이것이다. 앞에서 담론윤리는 규범성과 보편성을 전제로 한다고 했다. 이들은 당위성과 관련되는데 주체들의 담론 행위가 지향해야할 규범을 속성으로 하는 것이 바로 담론윤리라 할 때 소설 담론의 윤리성을 논할 수 있는 근거가 된다.

소설의 내용은 작가의 현실적 대화적 상황이 하나의 작품에서 재현된 것이며, 등장인물과 작가, 등장인물 간, 작가와 독자, 독자와 등장인물 간의 끊임없는 대화적 관계로 재현된다. 이러한 주체들의 대화적 관계는 늘 앞선 말에 대한 응답이며, 누군가를 지향하는 관계라 할 수 있다. 대화 참여자들 사이에 존재하는 관계들은 서로 다른 담론 주체들 사이 곧 의사소통의 과정에서만 가능하다.[105] 그러므로 대화 참여자들의 관계는 대화적 관계를 형성하게 된다.

소설의 대화 참여자들은 크게 소설 내적 차원과 외적 차원으로 나눌 수 있다.[106] 소설 내적 차원의 주체는 서술자와 인물들이다. 소설 외적

---

105) 바흐쩐은 관계들의 종류를 질문과 대답의 관계, 주장과 반박의 관계, 주장과 동의의 관계, 제안과 수락의 관계, 명령과 집행의 관계 등을 들고 있으며, 이러한 관계는 언어의 단위들이나, 언어의 체계 내에서 혹은 언술 내부에서는 불가능하다고 본다. M. M. Bakhtin, 앞의 책, 72쪽.

106) 내적 담론은 개인 의식의 기본적인 매개체가 되게끔 한다. 의식은 신체적 수단(발성기관)에 의해서 융통성 있게 표현될 수 있는 실체를 가져야만 발전할 수 있는 것이다. 말은 정확히 그런 종류의 기호적 실체이다. 말은 말하자면 내면에서 움직이는 기호로서 사용되며, 말은 외적 현상으로 발성되지 않더라도 기호로서 기능할 수 있다. 따라서 내적 발화(일반적으로 내면화된 기호)로서의 개인의식의 문제가 언어철학에 있어서 중요한 문제 중의 하나가 된다. V. N. Vološnov, 송기한 역, 앞의 책, 한겨레, 1988, 23-24쪽.

차원은 작가, 독자들이다. 물론 이들의 대화적 관계는 그렇게 명확하게 구분되는 것은 아니다. 그러나 어디까지나 소설 외적 대화 참여자들은 소설을 통해서 유추할 수 있는 주체들이란 점에서 소설 내적인 주체들이 일차적인 관심의 대상이 될 수 있다. 그러므로 소설의 서술자와 인물들이 엮어 가는 대화적 관계는 소설을 담론 차원에서 바라보는 기초적 차원이다.[107] 이러한 대화적 관계에서 담론윤리가 성립된다.

주체의 담론은 발성 기관을 통해 타자에게 표현되는 외적 담론과 자기 자신에게 하는 의식의 기호적 실체인 내적 담론으로 나뉜다.[108] 내적 담론에서 문제되는 것은 우리가 우리 자신에게 이야기할 때, 이차적인 목소리가 해내는 역할에 관한 것이다.[109] 그런데 이 내적 담론은 외적 담론으로 드러나 타자들과 대화적 관계를 형성할 때 진정한 의미를 지니게 된다. 내적 담론에 머물 때 그것은 독백에 머물 가능성이 커진다. 물론 이것이 외적 담론과 대화적 관계를 형성할 때는 주체의 새로운 담론관계가 성립되는 것이다.

이 글에서는 소설 담론의 내적 참여자들 곧 서술자, 인물의 담론을

---

107) 본고에서 일차적인 관심을 소설 내적 차원에 둔다는 것이지 작가와 독자의 윤리 문제를 도외시하는 것은 아니다. 전자는 소설 생산에서 후자는 소설 수용에서 다루어질 성질이다.

108) V. N. Vološnov, 송기한 역, 앞의 책, 23-24쪽.

109) 내적 담론에서 문제되는 것은 우리가 우리 자신에게 이야기할 때, 이차적인 목소리가 해내는 역할에 관한 것이다. 토도로프에 의하면 1. 이차적인 목소리가 우리가 속해 있는 사회 집단의 전형적인 목소리일 경우 : 일차적인 목소리와의 갈등은 한 개인이 이 사회 집단의 규범과 직면하면서 생기는 갈등이며, 2. 이 두 목소리 사이의 일종의 동등한 관계가 성립되는 경우, 우리가 동시에 두 개의 사회 집단에 속해 있다고 느끼는 것을 의미하며, 여기에서의 갈등은 아직 역사 속에 명백히 드러나 있지 않다는 것이며, 3. 이차적인 목소리가 안정된 위치를 차지하고 있지 않지만, 순간의 단순한 정황이 만들어내는 일련의 통일성이 없는 반작용으로 이루어져 있다면, 이는 인간이 그의 환경인 한정된 집단에서 소속을 잃었기 때문이며, 이때 그는 이성을 잃을 위험이 있다는 것이다. T. Todorov, 최현무 역, 앞의 책, 105쪽.

대상으로 한다. 그것은 담론 주체 간의 차원과 주체 자신의 담론 차원(내적 담론, 외적 담론)을 문제삼는 것이다. 전자는 서술자와 주인공을 중심으로, 후자는 주인공을 중심으로 논의하도록 한다.

주체의 담론활동이 윤리성을 띤다면 그것은 당위적 규범을 전제로 하는 것이다. 그러므로 담론윤리는 당위적 규범으로 존재한다고 할 수 있다. 독백 차원에 머무는 주체의 폐쇄성이나 외적 상황 논리에 의해서 주체와 세계(타자)의 대화적 관계가 성립할 수 없는 것은 담론윤리에 어긋나는 것들이다. 따라서 규범으로 존재하는 담론윤리를 정립하기 위해서는 그로부터 벗어난 양상을 검토하고 그것이 지닌 문제나 윤리적인 의미를 논하지 않을 수 없다.

3. 담론의 특성과 윤리적 의미

이 장에서는 서술자와 주인공, 주인공, 주인공과 타자들 간의 담론 특성과 그 윤리적 의미를 살펴보고자 한다. 이들은 각각 소설 담론을 구성하는 전형적인 요소이기도 하다. 여기에서는 『광장』이 지닌 담론 특성과 그 윤리성을 살펴보고 결론을 제시할 수 있는 논거로 삼고자 한다.

1) 주인공과 서술자의 담론 : 관념을 매개하는 밀착된 일방성

『광장』의 서술자는 인물 특히 주인공의 관념을 매개하는 데 많은 부분을 할애한다. 물론 대상에 대한 해석이나 관찰도 상당 부분을 이루고 있다. 인물들 사이의 대화는 필요한 경우 외에는 극히 자제되어 있는 양상이다. 오히려 인물들의 대화도 주인공의 관념을 드러내는 역할을 할 정도이다. 이런 점에서 서술자는 인물들이 활발히 소통작용을 하도록

하는 주체이기보다는 주인공에 밀착해서 그의 관념을 드러내는 역할을
한다고 보아야 한다.

서술자의 말과 인물의 말의 대화적 관계는 위의 예문에서 볼 수 있
듯이 세 유형으로 분류된다. 서술자의 말에 아무런 표지 없이 직접 인물
의 말이 끼여드는 경우, 인용되는 말의 표지로 인용되는 경우, 서술자의
말이 인물의 말로 대체되어 버리는 경우가 그것이다. 서술자의 서술 속
에 인물의 말인지 서술자의 말인지 구별할 수 없는 경우도 있다. 이러한
것은 서술자와 인물이 밀착해 있다는 증거가 된다. 이런 양상은 나아가
주인공인 '나'의 말로 대체된 듯하다. 이것은 주인공의 독백에 해당한다.
서술자는 뒤로 물러나 있고 인물이 전면에 등장하는 경우이다. 『광장』
의 마지막 제4장에 이르면 이런 현상은 심화된다.

> 송환 등록이 시작됐을 무렵 갈팡질팡하던 생각이 떠올랐다. 제 삼국에
> 갈 수 있다는 말을 들었을 때 바로 자기를 위해 마련된 조항이라고 ①그
> 는 생각했었다. 중립국. 아무도 ②나를 아는 사람이 없는 땅. 하루 종일
> 시가를 까 다닌대도 어깨 한번 치는 사람이 없는 도시. ③내가 어떤 사람
> 이었던 지도 모를뿐더러 알려고 하는 사람도 없다. 병원 문지기라든지
> 소방서 감시원이라든가 극장의 매표원, 그런 될 수 있는 대로 정신을 쓰
> 는 율이 적고 그 대신 똑 같은 동작을 하루 종일 계속만 하면 되는 직업
> 에 종사할 테다. 수위실 속에서 ④나는 육체의 병을 고치러 오는 사람들
> 을 바라본다. 나는 문간을 깨끗이 소제하고 아침저녁으로 꽃밭에 물을
> 준다. (292쪽)

①에서는 서술자가 인물의 생각을 전달하는 역할을 한다. 하지만
②~④의 표지를 통해 알 수 있듯이 인물의 담론이 쓰이고 있다. 아무런
매개 없이 서술자의 담론에서 인물의 담론으로 넘어가고 있다. 이처럼
서술자는 인물과 넘나드는 관계를 설정함으로써, 인물의 생각(담론)을 인

용하기도 하고, 인물의 담론(생각)을 직접 드러내기도 하고, 인물의 생각 (담론)을 인물보다 우위에서 서술하기도 한다.

그런데 서술자와 인물(주인공)의 이 같은 담론 특성은 크게 두 가지 양상을 갖고 있다. 하나는 앞의 (가), (나)에서 알 수 있듯이 주인공의 말이 서술자의 말에 압도되는 것이고, 다른 하나는 위의 예문과 앞의 (다)에서 볼 수 있듯이 주인공의 말이 압도적인 경우이다. 이러한 양상은 서술자와 주인공이 대화적 관계를 형성하지 못하고 있다는 것을 의미한다. 어느 한쪽이 일방적으로 담론을 이끌어갈 때 타자의 생각이나 담론의 인용이 있을 뿐 담론 주체들의 논평이나 질문·대답, 주장·반박 등의 대화적 관계는 볼 수 없다.

2) 주인공의 내적 담론 : 불안정한 내면의 표출

앞에서 서술자와 인물 사이의 담론 특성을 살펴봤는데, 여기에서는 인물의 담론 특성을 살펴보고자 한다. 특히 주인공의 내적 담론에 주목하고자 한다. 주인공의 내적 담론은 주로 서술자와의 관계 속에서 드러난다. 앞의 예문에서 볼 수 있듯이 주인공의 내적 담론은 서술자의 말속에 인용부호 없이, 혹은 뚜렷한 인용 표지를 통해, 혹은 서술자의 말과 혼성되어 나타나는 양상을 볼 수 있다.

이명준은 철학도 삼학 년으로서 세계와 삶에 대한 결론보다도 "사람이 무엇 때문에 살며 어떻게 살아야 감격을 가지고 살 수 있는지를 알"(245쪽)고자 했으며, 일상사에 관한 한 그는 아무런 의미도 느낄 수 없는 인물이다. 그러므로 영미와 태식의 삶으로 표상되는 일상의 삶은 명준에게는 별 의미가 없었다. 그러나 명준은 그의 삶의 터전이 그들이 살고 있는 집이었기에 이들과의 관계를 단절할 수는 없는 처지이다. 그러므로 명준은 이중의 얼굴을 지닐 수밖에 없었다. 일상의 얼굴과 내면의 얼굴이 그것이다. 이러한 얼굴은 구체적으로 담론을 통해 실현된다. 남한에서의 일상의 담론이야말로 '사교'의 담론을 벗어나지 못하고 있다. 내면의 담론은 명준을 일상으로부터 벗어나게 하는 목소리다.

이명준은 그저 지내려면 좋은 사람들임에 틀림없으나 '사무치는' 이야기 같은 것은 아예 취미 없어 하는 사람들, 즉 일상 사교계에 속하는 사람들과 거리를 느낀다. 이런 공간에서 그가 대하는 일상인과의 대화는 지극히 형식적인 사교의 담론이다. 이런 일상의 삶 속에서 명준은 자신의 내면의 목소리를 드러낸다. 다음과 같이 자신의 삶에 대한 회의와 반성이 서술자의 목소리와 교직한다.

(가)

영미가 가자는 곳에 대개는 가주었다. 그러면서 어느 장소에서나 그는 서먹서먹한 느낌을 금할 수가 없었다. 실컷 맛본 끝에 오는 권태가 아니라 애당초부터 (이게 아닐텐데, 이런게 아니지) 하는 배척이 앞섰다. 생활에 불감증이 되었다고 믿고 싶지는 않았다. 왜냐하면 그는 무엇인가를 구하고 있었기 때문에. 다만 문제는 자기가 무엇을 구하고 있는지 자기도 모른다는 것과 그의 주위의 생활이 그가 구하고 있는 것은 아니라는 점만은 그의 후각으로 분명히 느끼고 있다는 사실이었다. (245쪽, 밑줄 인용자)

(나)

가장 정직(!)하게 판단해서 부조리하게 밖에는 느껴지지 않는 <에고>의 불안을 달래기 위하여 <힘껏 산다> <시간의 한 점 한 점을 피 한 방울처럼 진하게 산다> <수없이 꼬꾸라져서 수없이 정강이를 벗기더라도 말쑥한 정강이를 가지고 늙느니 보다는 낫다> 이렇게 속으로 부르짖어 보지만 어떻게 하면 힘껏 살 수 있는지 도시 캄캄했고 피처럼 진한 시간은 어디 숨었는지 꼬리도 찾을 수 없을 뿐 정강이를 벗기자면 걸려서 넘어갈 돌이 있어야 하는데 그의 발뿌리에 걸리는 것이라곤 아무것도 없었다. (247쪽, 밑줄 인용자)

(가), (나)는 서술자의 담론에 주인공의 내면의 담론이 뚜렷한 표지로 인용된 경우이다. (가)에서 명준이 일상의 삶과 자신이 추구하는 삶의 괴리를 겪고 있음을 보여준다. 명준의 내적 담론은 일종의 이차적인 목소리에 해당한다. 이 목소리는 안정된 위치를 확보하지 못하고 있는 듯하다. 서술자의 목소리에 불쑥 나타나는 것으로 보아 통일성이 없는 반작용의 모습을 띤다. 일상의 세계에서 소속감을 상실한 목소리이다.[110] (나)에서 보듯 "부르짖어 보지만" 어떻게 하면 힘껏 살 수 있는지조차 알 수 없는 지경이다. 명준이 갈구하는 생활은 "쉴새없이 활동하고 쫓아가고 하더라도 순수한 감격 속에 젖어가면서 살 수 있는 생활"임이 드러난다. 그러나 이러한 생활은 남에서도 북에서도 찾지 못한다. 이런 때 명준의 내면에서는 절망의 목소리가 울려 나온다.

이명준의 절망과 전망 부재는 세계와 자신이 지향하는 삶과의 괴리에서 비롯된다. 이러한 괴리에서 비롯되는 내면의 목소리는 매우 불안정할 수밖에 없다. 명준은 다른 주체들과 대화적 관계로 발전하지 못한다. 그러기에 명준의 목소리는 독백의 형식을 띤다. 이 점은 명준이 서술자를 대신해서 독백의 목소리를 장황하게 드러내는 부분에 잘 나타난다. 이러한 불안정을 해소하는 방법을 명준은 은혜와 윤애에게서 찾았다. 그러나 그녀들 역시 명준과의 대화에 실패하게 된다.

이러한 세계와 자신이 지향하는 삶과의 괴리는 주체들의 진정한 소통을 방해한다. 따라서 주체의 일상과 내면의 부조화를 초래하게 된다. 이처럼 진정한 소통이 이루어지지 못하고 대화가 제약될 때 담론윤리의 문제가 발생하게 된다. 인간 사회가 윤리적 사회인 것은 자유의지를 가지고 합리적으로 판단할 수 있는 사람들이 그런 자유를 누리면서 하나의 집단사회를 형성하여 살아가기를 원하기 때문이다. 그러기에 윤리의

---

110) 앞에서 논의한 토도로프가 분류한 유형 중 세 번째에 해당한다.

문제는 인간 행동의 선택이나 판단에 관한 것이며 거기에 관련된 가치
관의 문제를 포함하고 있다.[111] 마찬가지로 인간이 언어 행위를 한다는
것은 공동체의 타자성을 전제로, 말을 하는 매순간 자신의 이념과 신념,
가치관을 실천하는 행위를 하는 것이다. 이런 점에서 공동체 속에서 자
유의지에 따라 합리적인 소통행위를 하지 못하는 것은 진정한 언어 행
위가 이루어지는 것이라 하기 어렵다.

3) 인물들의 담론 : 관념의 과잉과 대화의 결핍

앞에서 서술자와 주인공의 담론 특성과 그 윤리적 의미, 주인공의
내적 담론의 특성과 그 윤리적 의미를 살펴보았다. 여기에서는 인물과
인물간의 담론 특성과 그 윤리적 의미를 살펴보고자 한다. 주인공과 인
물들 간의 대화는 주로 직접화법으로 되어 있다. 그것은 전체에 비하면
적은 부분을 차지하고 있지만 대화의 상대나 상황, 주제에 따라 그 성격
은 달라진다.

(1) 독백적 관념의 과잉

명준이 영미나 태식과의 대화에서 일상의 차원을 벗어나지 못하는
반면에, 고고학자이자 여행가인 정 선생과의 대화에서는 다른 양상을
보인다. 결혼이나 미이라에 대한 이야기는 정 선생이 주도권을 가지고
말을 한다. 그러나 정치, 경제, 문화와 관련된 현실의 문제를 이야기할
경우 명준은 자신의 관념을 주도적으로 말하게 된다. 명준의 말에 정 선
생은 구체적인 어떤 응답적 반응을 보이지 않는다.
　　명준은 탐욕과 배신과 살인의 광장이 한국의 정치 광장이며, 경제의

---

111) 소홍렬, 앞의 책, 20쪽.

광장에는 모조리 도둑질한 물건이 범람하고 있는 곳이며, 문화의 광장에는 무정견의 꽃이 만발한 곳이라고 본다. 그러기에 밀실만 풍성하고 광장은 사멸했다는 것이다. 광장이 비어 있는 곳, 그곳이 남한이라는 것이다. 한 페이지에 걸친 명준의 말에는 남한 현실을 보는 명준의 관념이 드러나 있다. 이후 이들의 대화는 진척되지 않는다. 명준의 목소리가 더욱 커지고, 정 선생은 목소리가 더욱 작아지는 상황이 된 것이다. 명준은 정 선생이 우상처럼 생각한 것을 부순 쾌감을 만끽하고 있는 것이다. 그러나 정작 "그 텅빈 광장으로 시민을 모으는 나팔수는 될 수 없을까?"라고 묻는 정 선생의 질문에는 명준은 이렇다할 대답을 하지 못한다. 명준은 다만 내적인 힘을 쌓겠다고 대답한다. 이러한 편협한 명준의 관념에 대한 비판은 여러 논자들에 의해 제기된 바 있다.

북에서 명준의 현실 비판 부분에서도 같은 양상이 나타난다. 명준이 아버지에게 그 동안의 감정을 토로하는 대목(275쪽)에서 아버지는 어떤 반박도 하지 않는다. 명준은 자신이 월북하게 된 동기와 남한과 북한에 대한 비판을 한다. 그에 의하면 '당'이 주인이며 인민은 어리석고 몽매하며, 공산당원들은 치사하고 비굴하고 게으른 개들이라는 것이다. 정 선생과의 대화에서는 정 선생이 명준의 말에 '나팔수'로서 대응하지만, 아버지와의 대화에서는 어떤 응답도 하지 않는다. 다만 아버지는 명준에게 이불을 덮어주는 행동을 보일 뿐이다.

명준의 독백적 관념을 표출하는 이러한 말에 대한 정 선생과 아버지의 반응 부재는 어떤 의미를 지니는가? 이 점은 명준의 세계 인식과 맞닿아 있다. 정 선생과의 대화에서는 정 선생이 명준에게 "왜 시민을 모으는 나팔수가 되지 못하느냐?"는 질문을 던진 것은 명준의 논리가 전혀 현실적인 힘을 가지지 못하는 추상적인 관념에 불과하며 자신 이외에는 자신 있게 드러내지도 못하는 내적 독백임을 드러낸 것이라는 점이다.112) 이러한 추상적인 관념의 과잉은 언어의 긍정적인 힘을 발견하지 못하는 데서도 확인할 수 있다. 호르크하이머와 아도르노도 언어에 대한 급진적 불신론을 펴면서 언어의 현실 현혹성을 경고하고 있다.[113] 그들이 모색하는 세계와 인간에 대한 진리가 언어 내적인 맥락에서 충족될 수 없다고 판단했을 때 언어에 대해 취할 수 있는 대안은 언어 내에서의 의사소통이 아니라 언어 외적인 입지점에서 언어가 차단하고 있다고 생각되는 사태의 실상에 도달하기 위해 언어의 외피를 끝없이 벗겨내는 부정의 작업이었다. 그러나 이 부정적 비판이론도 언어의 매개를 통한 의사소통을 지향한다고 본다면 언어 내부의 차원을 도외시할 수는 없는 것이다. 언어는 또한 객관 현실을 개괄하고 추동하는 긍정적인 측면을 지니고 있다. 그러나 명준은 후자를 무시함으로써 그 언어들이 객관 현실의 소산이라는 사실을 빠뜨린 것이다. 문제는 언어가 아니라 그것의 궁극적 생산자인 객관 현실일 터인데 주인공의 체험과 작가의 시선은 여기까지 미치지는 못하였던 것이다.[114]

주체의 관념은 타자와의 대화적 관계를 통해 형성되지 않을 때 그것은 또 다른 밀실이 될 가능성이 크다. 주체가 자신의 생각이 아무리 옳다고 판단해도, 그것은 타자의 관점에서 보았을 때 그릇될 수 있는 것이다. 이러한 주체의 고립된 관념이 행동으로 연계될 때 사회윤리의 문제가 발생한다. 인류는 폐쇄된 밀실에서 이루어진 사고가 행동으로 이어질 때 그것이 인간 사회에 끼치는 많은 문제점을 경험해 왔다. 명준이

---

112) 김동환, 「<중도적 인물> 설정과 소설적 전망」, 『한국소설의 내적 형식』, 태학사, 1996, 231쪽.

113) 그들은 개념적 사고로 획득한 대상의 본질이라는 것이 언어를 통해 인간들 사이의 교류관계에서도 보편적 이념으로 강화·재생산됨으로써 대상에 응당 내재화되어 있는 그의 잠재력까지 사전 억제한다고 보았다. M. Horkheimer & T. W. Adorno, *Dialektik der Aufklärung*, 김유동·주경식·이상훈 역, 『계몽의 변증법』, 문예출판사, 1996; 홍윤기, 「하버마스의 언어 철학」, 『하버마스의 사상』, 나남출판사, 1996, 참조.

114) 김윤식·정호웅, 『한국소설사』, 예하, 1995, 349쪽.

보인 관념의 과잉은 세계와의 대결과 타자와의 대화보다는 여인과 제3
국 그리고 자살로 이어진다. 그러므로 이러한 주체의 관념성은 담론윤
리의 차원에서 극복해야 할 문제이다.

(2) 대화적 관계의 붕괴

명준이 남과 북의 현실에 대한 비판을 할 때는 관념이 지나칠 정도
로 드러난다. 그러나 그가 대남 방송을 한 월북한 아버지 때문에 경찰서
에서 취조 받을 때는 반대의 상황이 진행된다. 필요 이상의 대화 외에는
할 수도 없거니와 대화는 붕괴된다. 남과 북이 분단된 상황에서 남한의
경찰은 반공이념의 명분에 따라 개인의 인권을 침탈하고 있었다. 대화
가 지속될 수 없는 상황, 그것은 '광장'과 '밀실'이 대화적 관계로 형성
될 수 없는 상황이다.

명준이 S서에서 취조받는 장면(259쪽)에서 형사와 명준의 대화는 단
절된 모습으로 나타난다. 그것은 권력의 폭력이 자행되는 또 다른 밀실
이다. 형사의 말과 폭력은 명준의 에고의 방 즉 명준의 '밀실'을 붕괴시
킨다. 명준은 폭행을 당하면서도 오히려 "마음이 평정해지는 걸" 느낀
다. 그는 "혁명가들도 이런 식으로 당"한다고 생각하면서, 처음으로 아
버지를 그의 몸으로 느낀다. 그는 자기 부친의 이름이 모욕당하는 자리
에서 아버지에 대한 애정이 생기는 것을 인식한다. "멀리 있던 아버지가
바로 곁에 있다는 사실을" 깨달은 것이다. 그러나 그는 아버지와 자신이
폭행을 당한 사실과 어떤 관계가 있는가를 구체적으로 생각해보지 않는
다. 두번, 세번 호출을 받으면서 불안과 공포 속에서 살아간다. 이명준이
윤애에게 달려간 것도 이런 이유에서이다.

명준은 북에서도 외부, 즉 '광장'에 의한 폭력을 겪게 된다. 신문사에
근무하면서 만주 파견 때 쓴 기사를 당원들이 문제삼고 나왔을 때 그는
더 이상 자신의 관념을 밀고 갈 수 없었다. 자신으로서는 과오를 범하지

않았지만 과오를 인정해야만 하는 상황. 그것은 남한의 경찰서에서 느꼈던 자아, 곧 '밀실'의 붕괴를 다시 맛보는 것이었다.

명준이 외부의 폭력에 의해 자아가 붕괴되는 것을 느낀 것은 남과 북, 양쪽이었다. 더 이상 자신의 생각을 펼칠 수 없는 상황에서 남한에서 그랬던 것처럼 북에서도 그는 여인, 즉 은혜를 찾게 된다. 외부에 의한 내면 붕괴는 여인에 대한 집착을 강화하는 역할을 한다. 그러나 그는 이러한 대화의 단절을 가져온 상황 혹은 객관적인 현실에 대해 적극적인 대응을 하지 못한다. 오히려 그는 남한에서는 세계의 폭력 앞에서 마음의 평정을 찾기도 하지만, 그가 찾아온 북한에서는 그러한 것도 찾아볼 수 없게 된다.

앞에서 관념의 과잉은 주체의 주관의 차원과 관련된다면, 남한에서의 경찰서 취조 사건과 북에서의 자아비판 사건은 객관적 현실과 관련된다. 주관으로의 경도나 객관 현실에 대한 대응의 부재는 둘다 바람직한 현상이라 보기 어렵다. 그러므로 이러한 현상에서 벗어나는 것은 담론윤리의 실천으로 이어진다. 담론윤리는 주체의 담론실천과 관련되기 때문이다.

주인공과 세계의 관계는 단절의 연속이었다. 인간이 주체와 주체로서 관계를 형성하지 못하고, 주체와 객체 혹은 객체와 객체의 세계에 머문 것이다. 어느 한 쪽이 일방적으로 타자를 압도한다든지, 타자들이 주체와 관계를 맺지 못하고 사물의 세계로 전락한다는 것은 인간다운 삶과 배치되는 것이다. 또한 자유의지에 의한 주체의 담론 행위가 부당하게 제약을 받을 때 윤리의 문제가 발생한다. 이러한 담론의 제약을 벗어나는 한 방법으로 일상과 내면의 조화, 내부와 외부의 조화, 이념과 육체의 조화를 추구하는 것이 있을 수 있다. 그러나 영혼과 사물 세계의 타락, 내면성과 외부세계의 이원성으로 특징되는 현실은 그러한 조화를 어렵게 한다.[115] 그렇다고 해도 이러한 현실을 당위성으로 받아들일 수는 없는 것이다. 인간 삶을 제약하는 것들을 제거하고, 바람직하고 의미 있는 담론 행위를 실현하기 위해서는 보편적 당위적 규범이 필요하다. 그것 가운데 하나는 주체들이 자기를 반성하고 다른 주체들과 끝임 없는 대화를 시도하고, 대화를 가로막는 장애를 제거해 나감으로써 삶 속에서 담론이 제약되지 않는 세계를 만들어 가는 것이다.

4. 맺음말

이 글은 문학(국어)교육에서 왜 윤리(도덕)가 문제되는가에 대한 답을 모색하고자 하는 과정에서 쓰여졌다. 윤리의 문제는 공동체 속에서 인간 행동의 선택이나 판단에 관한 것이며 거기에 관련된 가치관의 문제를 포함하고 있다. 마찬가지로 언어 행위를 한다는 것은 주체가 공동체 속에서 말을 하는 매순간 가치관, 신념, 이념을 실천하는 행위를 하는 것이다. 이런 때 우리는 말하는 주체들의 말의 규범성, 다른 사람과 더불어 살면서 말을 한다는 것이 의미하는 것 즉 담론의 윤리 문제를 생각해 보지 않을 수 없다. 남과 더불어 산다는 것은 의사소통이 전제가 된다. 이 의사소통이 제약당하고, 자기 중심적이 될 때 진정한 언어 행위라고 보기 어렵다. 이런 점에서 소설의 담론 주체들의 담론 행위는 윤리적 측면에서 논의할 수 있다. 그런데 소설 자체가 주체들의 다양한 담론의 실천으로 이루어져 있기 때문에 그 양상도 다양하다. 그러므로 소설에서 담론의 양상을 분석하고 그 의미가 무엇인지 물음으로써 바람직한 담론 실천이 이루어지기 위한 조건은 무엇인지 따져보아야 할 필요성이 제기된다.

---

115) J. Schramke, *Zur Theorie des modernen Romans*, 원당희 · 박병화 역, 『현대소설의 이론』, 문예출판사, 1995.

이 글은 담론윤리는 규범성, 당위성, 공동체의 바람직한 삶을 전제로 한다는 점에서 출발했다. 그리고 소설의 담론윤리를 구체적이며 살아있는 총체성 속의 언어적 형상물을 이루고 있는 주체들이 바람직한 삶을 추구하기 위한 보편적인 담론 규범이라 규정했다. 바람직한 삶은 주체의 담론을 제약하는 질곡으로부터 벗어나는 과정을 통해 성취될 수 있는 것이며, 주체(들)의 대화적 관계를 통해서 가능하다는 가정에서 출발했다. 이것은 주체에 몰입하는 폐쇄적인 담론과 그것을 제약하는 제도나 상황을 부정하는 관점을 취한 것이다. 이를 위해『광장』을 선택해서 담론의 특성과 그 윤리적 의미를 논의했다.

『광장』의 경우 우선 서술자와 주인공의 밀착된 담론 양상을 볼 수 있다. 그러나 서술자와 주인공은 타자들의 담론과 대화적 관계를 형성하지 못하고 일방적인 관념성을 드러낸다. 또한 주인공의 일상의 담론과 내면의 담론은 부조화를 이루고 있다. 내면의 담론은 삶에 대한 갈등을 드러내는 목소리이다. 그러나 내면의 목소리는 순간의 통일되지 않은 목소리로 매우 불안정한 상태이다. 따라서 소속감을 잃게 되는 결과를 예측할 수 있다. 주인공은 남한에서도 북한에서도 소속감을 잃게 되고 결국 제삼국으로도 가지 못하게 된다. 주인공은 여인을 통해 문제를 해결해 보고자 한다. 그러나 그 또한 실패하게 된다. 이명준이 타자들과 행한 담론도 현실 비판의 부분에 이르면 관념의 과잉을 보여주거나, 대화적 관계가 붕괴된다.

이명준의 담론이 타자와 대화를 지속하지 못하는 이유 가운에 하나는 제도적인 폭력을 들 수 있다. 남한에서의 경찰과 북한에서의 자아비판이 그 예이다. 이러한 주체들의 단절을 극복하기 위해서는 담론 사용에 있어서 어떤 방향성이 필요하다. 인간은 언어를 사용할 때 대화의 단절을 겪는다. 거기에는 여러 원인이 있겠지만 크게는 제도(세계)의 측면과 주체의 측면에서 볼 수 있을 것이다. 그것은 제도가 주체들의 자유로운 담론 실현을 억압한다거나, 주체가 타자와 대화적 관계를 모색하지 못한다는 것을 의미한다. 『광장』에서 전자는 제도의 폭력으로, 후자는 주체의 관념의 과잉 내지는 일방성으로 나타난다.

담론의 실천은 담론 그 자체에 한정되는 것이 아니다. 그것은 담론과 세계의 역동적인 작용을 통해 실천된다. 그렇다면 바람직한 의사소통이 이루어질 수 있는 즉 담론윤리의 실현 가능태는 양자를 고려하는 것이 되어야 할 것이다. 이 점에서 바흐찐이 상정하고 있는 주체들의 대화적 지향에 어떤 규범 원리를 제공해 줄 수 있지 않을까 판단한다. 부정적인 권위와 권력을 끌어내리고 폭로함으로써 어떠한 부당한 소통 억압으로부터 해방시키고, 담론 주체들의 대화적 관계를 형성함으로써 더불어 살 수 있는 사회를 형성하는 토대를 마련한 방법이 그것이다. 인간, 생명, 존재, 언어에 대한 가치, 생성과 창조를 강조하는 바흐찐의 대화적 사유는 권위적인 담론을 생산하는 세계를 무너뜨리고 설득력 있는 대화적 세계를 지향하고 있다.

이런 점에서 주체와 외부 세계가 이원화되어 있고, 주체의 한계나 외부의 상황에 의해 담론의 실천이 제약을 받을 경우 주체가 취할 수 있는 방법은 세계에 대한 창조적 부정의 정신과 대화적 실천이라 할 수 있다. 주체가 속한 공동체의 타자들과 함께 제약하는 상황에 대해 끊임없이 대화를 제기하고, 주체 자신의 반성과 대화를 시도함으로써 담론윤리는 실천되는 것이다. 요컨대 담론윤리는 규범성, 당위성, 실천성, 대화성, 보편성 등을 그 속성으로 한다 할 것이다.

소설이 인간 담론의 가능한 실현태를 가장 풍부하게 담고 있다는 점에서 이러한 소설에 대한 담론윤리의 논의는 일반 담론윤리의 차원으로 확대할 수 있는 가능성이 있을 것이라 본다.

V

모더니즘소설의 미적 전략

1. 머리말

전후세대 문학의 새로움은 세계가 자아를 압도하는 상황에서 전통을 철저히 부정하고, 카타스트로피로서의 전쟁 체험을 형상화한 것이라 할 수 있다. 반면 4·19세대 작가들의 새로움은 전후세대를 비판하고, 4·19 이후 자본주의적 근대화가 초래한 여러 문제를 형상화하고 있다는 점이 지적될 수 있다. 그러므로 그 형상화의 특성을 밝힘으로써 새로움의 의미를 밝히는 것이 일차적인 과제이다.

1960년대 문학을 두고 "문학에 대한 인식의 비로소 싹틈"이라 본 김주연116)은 4·19 세대 소설의 특징을 '인물의 개인화와 인간 소외'라는 항목 하에 인물의 자기 세계의 확보와 "사소한 것의 사소하지 않음에 대한 발견"으로 요약하고 있다.117) 그러나 이들은 허무의식 내지는 소재를

---

116) 김주연, 「새시대 문학의 성립 : 인식의 출발로서의 60년대」, 『김주연평론문학선』, 문학사상사, 1992. 이러한 특성을 김승옥, 박태순, 서정인, 이청준, 박상륭 등의 작품을 통해 확인하고 있다.

117) 이러한 새시대 문학 의식의 기본 심리가 되고 있는 소시민 의식은 현대문학이 지향하는 개성적 인간의 현현이라는 이념과 연결된다는 점을 지적한다(김주연, 앞의 글, 44쪽). 김주연의 논의는 문학과 근대성과 관련될 터인데, 그는 이 문제에 대하여 깊이 있는 천착을 보여주지 못했다. 김현도 4·19 세대의 특성 가운데 하나를 도시화의 문제 곧 근대성의 문제와 관련시킨 바 있는데 그 역시 그 관련 양상을 깊이 있게 다루지는 못했다(김현, 「60년대 문학의 배경과 성과」, 『분석과 해석/보이는 심연과 안보이는 역사 전망 : 김현 문학전집

모르는 질병에 휩싸임으로써 자기 풍자의 시니시즘, 환상적인 자살-죽음을 선택하고 만다는 평가를 받기도 하였다.[118] 이 같은 평가 이면에는 19세기말의 보들레르 언저리에 있는 포즈로서의 환상이라는 논자의 관점이 놓인다.[119] 물론 이러한 관점은 이들이 대학에서 불문학, 영문학, 독문학을 전공한 고등교육을 받은 지식인들이라는 점에서 일면 타당하기는 하지만, 텍스트와 근대성의 관련양상을 1960년대의 역사적 현실과 다층적으로 고려하지 않은 한계를 지닌다. 김현의 지적처럼 60년대는 4·19와 5·16이 가져온 긍정성과 부정성에서 자유로울 수는 없다.[120] 더욱이 이 시대가 근대화 과정이 확산, 심화되는 시대임을 간과해서는 안 된다.[121]

이 글에서 밝히고자 하는 것은 바로 '소재를 모르는 질병, 환상' 등의 이면에 있는 본질이다. 따라서 김승옥을 중심으로 한 모더니즘에 대한 논의로 이어감으로써 1960년대 문학의 한 특성을 밝히고자 한다. 논의는 주로 김승옥 문학을 대표하는 것으로 평가되는 「무진기행」, 「서울,

---

7』, 문학과지성사, 1992). 근대성의 문제에 천착해 들어간 최근의 논의 가운데 공종구의 논의가 있다(공종구, 「김승옥 소설의 근대성」, 『현대소설연구』 제9호, 1998.12).

118) 김윤식, 「앓는 세대의 문학」, 『현대문학』, 1969.10.
119) 김윤식, 「60년대 문학의 특질」, 『운명과 형식』, 솔, 1992.
120) 김 현, 앞의 글, 239쪽.
121) 이승만 정권이 물러난 뒤 박정희 정권은 경제 개발 논리를 전면에 내세움으로써 한국에서의 자본주의가 가속화되기에 이른다. 예속독점자본을 중심으로 한 고도의 경제 성장은 사회적 생산력을 급격히 높였다. 1962~1971년의 연평균 경제성장률은 8%를 웃돌았고 국민 총생산과 1인당 국민총생산은 각각 두 배로 늘었다. 이 점에 대해서는 다음 참조.
박태순·김동춘, 『1960년대의 사회운동』, 까치, 1991.
이종오 외, 『1950년대 한국사회와 4·19 혁명』, 태암, 1991.
한국민중사연구회 편, 『한국민중사2』, 풀빛, 1986.
한국사회사연구회, 『현대 한국 자본주의와 계급문제』, 문학과지성사, 1988.
한국사회사연구회, 『현대 한국의 자본 축적과 민중 생활』, 문학과지성사, 1989.

1964년 겨울」을 중심으로 다른 작품으로 확장해 가고자 한다. 이를 위해 서사를 상황에 대한 상징적 반응으로 보고 문학과 역사의 관계에 주목하는 방법론과 담론의 대화성에 주목한 방법론을 취하고자 한다.[122]

2. 문체 생산의 미적 전략

미적 전략이라는 용어는 도덕적·정치적 교정 작업을 의미하는 것이 아니라, 어떤 이유에서건 세계와 그것 고유의 소재를 半자율적인 활동으로서의 지각이라는 견지에서 재약호화하고 다시 쓰는 전략[123]을 지칭한다. 이러한 미적 전략을 이미지, 이야기 구조, 의식의 측면에서 살펴보고자 한다.

---

122) 제임슨이 "항상 역사화하라!(Always historicize!)"(F. Jameson, *The Political Uncon-scious : Narrative as a Socially Symbolic Act*, London : Methuen, 1981, 9쪽)고 언급하고 있듯이, 서사는 큰 이야기 속에서 다시 말해질 때 온전히 그 의미가 드러날 수 있다. 역사가 "자유의 영역을 획득하기 위한 집단적 서사"(F. Jameson, 앞의 책, 19쪽)라면, 역사에 대한 상징적 반응인 서사는 역사에 접근할 수 있는 통로이다. 따라서 문학을 읽는다는 것은 문화적 산물이 사회적 상징행위라는 것, 문학은 공동체의 운명에 대한 상징적 사유의 한 형태로 읽어야 한다는 것을 의미한다(제임슨은 리얼리즘과 모더니즘, 포스트모더니즘은 상황에 대한 상징적 반응이라는 면에서 동일한 위치를 부여한다). 물론 문학을 상징행위로 보는 관점은 알튀세의 '부재 원인'(absent)이나 라캉의 '실제'(the Real)로서의 역사를 받아들임으로써 속류 맑스주의자들의 소박한 반영론이나 '텍스트 밖에는 없다'는 텍스트 지상주의에서 벗어나 있다. 한편 M. M. Bakhtin은 담론의 대화성에 주목함으로써 언어의 계급성과 역동성을 주장하고 있다는 점에서 이 글의 논점에 근거를 제공해 준다.

123) F. Jameson, 앞의 책, 230쪽.

1) 의식의 조작과 이미지

김승옥 소설에 나타나는 이미지는 이미 여러 논자들이 주목한 바 있다. 유종호에 의하면 김승옥 소설을 감수성의 혁명이라 평가하게 하는 중요한 요소는 이미지이다. 그는 "새로운 재능이나 감수성 또는 개성의 출현에 부수될 수 있는 찬부 양론의 개입이 끼여들 여지도 없이 김승옥은 세대의 신구를 초월해서 즉각적으로 만장일치의 공인된 평가를 받을 수 있다"[124]고 주장한다. 이러한 논리는 이후 많은 연구자들에 의해서 받아들여지는데 현상적인 해석 수준을 넘어서기가 어렵다고 판단된다.

연구자들 논의의 핵심에 놓인 「무진기행」에서 무진의 안개로 상징되는 이미지는 환상의 공간을 지배하고 있는 감각 중추의 역할을 한다. 안개가 '진주해온 적군'이나, '여귀가 뿜어내 놓은 입김'[125]으로 강렬하게 역동화되어 있다. 이러한 비유는 안개의 이미지를 강화하는 역할을 한다. 회화적인 선명성은 김승옥의 여타 작품이나 서정인 등 4·19 세대의 모더니즘 계열의 작품에서 전략적 요소이다.

김승옥이 『산문시대』 1호에 발표한 작품[126]에서 보이는 '푸른색의 진한 안개' 이미지는 그의 문학을 이루는 특성 가운데 하나이다. 특히 김현으로부터 거의 독보적이라는 평가를 받는 김승옥의 작품에서 이미지의 사용은 작가의 의식 세계를 드러내는 미적 전략이라 볼 수 있다. 이러한 방식은 객관 세계의 충실한 재현보다 '미적 주관성'에 의한 구성 차원이 강조된 결과이다. 그러나 흔히 논의되듯 미적 주관성이 역사와는 무관한 진공 속에서 이루어지는 것은 아니다. 그러므로 미적 주관성

---

124) 유종호, 「감수성의 혁명 : 김승옥」, 『비순수의 선언』, 민음사, 1995, 424쪽.
125) 『김승옥 소설전집 1』, 문학동네, 1995, 126쪽. 앞으로 『전집』 권수와, 인용 쪽만 표기.
126) 김승옥, 「乾」, 『산문시대』 1, 1962.6, 38쪽.

에 의해 구성되는 감각이 역사성을 가지고 있다는 점을 주목할 필요가 있다. 감각 지각은 관념적인 양을 다루는 과학이나, 계산, 측량, 이익에 의해 지배되는 화폐 경제에서는 교환가치를 갖지 않게 된다. 이 감각 지각의 사용되지 않는 잉여 능력은 오직 새로운 半자율적인 활동 속에서 재구성될 수 있는바, 이 활동은 특정한 대상을 생산한다. 체험 자체의 성질이 명확한 인식을 거부하는 것과 관련된다면, 이러한 점은 부각될 수밖에 없을 것이다. 안개와 같이 방향 감각을 상실하게 된 시대에서 미적 주체의 '환상' 혹은 감수성으로 드러나는 감각 이미지 생산은 이러한 점과 관련되어 있는 것으로 판단된다. 그리고 전후세대 작가들의 작품에서 보이는 사변(에세이)적 경향은 상대적으로 감각의 차원과 불균형을 이루었던 것도 주목할 필요가 있다. 결국 4·19 세대의 새로움, 감수성의 혁명은 이러한 차원에서 이해되어야 한다.

　4·19 세대의 문학 특성 가운데 하나인 자기 세계(사적 세계, 개인성)의 확보는 半자율성 문학의 확보를 통해 가능하다. 자기 세계의 확보는 김현이 지적하고 있듯이 의식의 조작을 통해 가능한바, 인물들의 세계는 이러한 방식으로 형상화되어 있다.127) 예컨대 「무진기행」에서 여선생의 노래를 듣는 윤희중의 의식 내부에는 무자비한 청승맞음, 절규, 광녀의 냉소, 시체가 썩어가는 듯한 무진의 냄새가 작위적인 문장으로 구성되어 있다(137쪽). 이 같은 감각적 의식의 조작은 「서울 1964년 겨울」에서 드러나듯이 사소한 것에 대한 인물들의 유희적 조작을 보여준다. 자기 세계를 갖는다는 것은 타인들이 소유하지 않은 것을 소유하지 않으면 안 되는데, 이 같은 의식의 조작을 통해 도달한 것은 의식의 개별화이다. 이러한 의식의 단자성은 에피소드의 나열, 문단의 단절 등으로 나타난다. 이러한 특성은 김승옥 소설 문체의 큰 특징을 이루고 있는바, 「확인

---

127) 김　현, 「구원의 문학과 개인주의」, 『사회와 윤리 : 김현소설론집』, 일지사, 1974.

해본 열다섯 개의 고정관념」, 「환상수첩」, 「생명연습」, 「力士」, 「누이를
이해하기 위해서 또는 어떤 癡漢 素描 習作」, 『60년대식』 등에서 확인
할 수 있다. 예컨대 「누이를 이해하기 위해서」(『산문시대』 4, 1963.6, 403쪽)
에서 확인할 수 있는 단절된 문단은 의식의 개별화와 관련되어 있다고
판단할 수 있는데, 이것은 주관 차원에서 멈추는 것이 아니라 매개를 통
해 역사와 연결되어 있다는 점을 주목할 필요가 있다. 이러한 미적 전략
은 파편화를 매개[128]로 근대 사회와 연결된다. 이로 인해 정신 내부의
분화를 일으키고 의식의 개별화와 자율성을 초래하게 된 것이다.

　　이러한 의식의 조작과 문체 전략은 삶의 파편화와 개인의 단자화의
내면화 과정을 드러낸다. 그의 작품에서 핵심 사건을 구성하고 있는 것
가운데 죽음은 이러한 것과 관련된다. 죽음은 당대의 시대적 상황과 관
련되어있거나 시대의 부정적인 측면들을 드러내고 있다는 점에서 문제
적이다. 「서울 1964년 겨울」에서 외판원의 죽음, 『환상수첩』에서 윤수의
죽음, 정우의 자살, 「무진기행」의 여인의 죽음, 「생명연습」에서 정순의
죽음, 『60년대식』에서 도인의 자살 시도 등이 그렇다. 작가는 『환상수
첩』에서 임수영의 입을 통해 "죽음, 그 엄청난 허망 속으로 어떻게 하면
자기를 내던질 생각이 조금이라도 난단 말인가!"(『전집』 2, 77쪽) "다시 한
번 말하고 싶지만 중요한 것은 어떻게 해서든지 살아내야 한다는 문제

---

128) 문학이 '사회적 상징 행위'라 할 때 사회와 문학을 연결해주는 이 같은 매개
　　(mediation)는 각기 다른 대상 혹은 층위에 대하여 동일한 언어를 사용함으로
　　써 방법적으로 사회적 삶의 통일성을 복원하고, 각기 떨어져 있는 요소들이
　　궁극적으로는 동일한 역사 과정의 부분이라는 점을 명시할 수 있다는 점에
　　주목할 필요가 있다. 매개 개념은 전통적으로 변증법적 철학과 맑스주의 자
　　체가 부르주아 학문들의 전문화된 구획들을 깨뜨리고 겉보기에는 이질적인
　　듯한 사회적 삶 일반의 현상들을 연관지으려는 그들의 임무를 정식화해 온 방
　　식이다. 제임슨은 매개를 구조적으로 별개인 둘 이상의 대상 혹은 부문에 균
　　등하게 적용될 수 있는 분석적 용어 혹은 약호의 창으로 규정한다. F. Jameson,
　　앞의 책, 40쪽.

일 것이라고 나는 확신한다."(『전집』 2, 76쪽)는 말을 한다. 타락한 인물을 통해 타락한 시대 속에서 살아갈 길을 찾는 것은 개인의 파편화와 더불어 그것에 대한 일종의 문제 의식을 드러내는 것이라 하겠다.

2) 이야기 구조와 물화

소설의 미적 전략은 이미지와 의식의 차원에서도 이루어지지만 이야기 전개, 즉 플롯[129]의 차원에서도 이루어진다. 모더니즘이 삶의 파편화, 물화 과정의 내면화를 통해 드러내는 것이자, 그것에 대한 문제 의식이라는 양가성을 지닌다는 점은 앞에서 확인한 바 있다. 이 같은 현상을 플롯의 차원에서 구명해 보고자 한다.

「서울 1964년 겨울」에서 외판원의 죽음은, 죽음 그 자체로 보면 하나의 사고일 뿐이다. 그러나 외판원의 죽음이 서술자인 나와 대학원생인 안 그리고 아내와의 관계 속에 놓일 때 사건의 차원으로서 의미를 갖는다.[130] 선술집 공간에서 안과 나는 침묵과 대화가 단절적으로 이어지는

---

129) 프랭크 커머드는 인간은 베르그송이 말한 '이야기를 꾸미는 능력'을 갖고 있을 뿐 아니라 단순히 생물학적인 차원과는 다른 종류의 문제들을 설정한다는 점(F. Kemode, *The Sense of an Ending*, 조초희 역, 『종말의식과 인간적 시간』, 문학과지성사, 1993, 53쪽)을 환기시키고 있다. 그러므로 단순히 생물학적인 차원이 아닌 문제 설정을 통해 이야기를 꾸미는 행위는 상징행위에 속한다 하겠다. 카시러에 의하면 인간은 무엇보다 상징으로서의 인간으로 이해될 때 가장 잘 규정될 수 있다. 이러한 견해는 서사를 인간의 상징 행위로 보는 제임슨의 견해에 닿는데, 이때 상징 행위로서의 이야기 행위는 역사의 모순을 상징적으로 해결하는 행위이기도 하다. P. 리꾀르에 의하면 이야기를 한다는 것은 플롯짜기(emplotment)라 하겠는데, 이는 시간에 형식을 부여함으로써 시간을 인간화시킨 구성물의 한 모델이 된다(F. Kemode, 위의 책, 57쪽). 시간에 형식을 부여한다는 것은 사건의 측면에서 보자면, 사건을 구성해 간다는 것을 뜻한다. 그러므로 서사는 플롯짜기를 통해 형상화된 상징 행위의 산물이라 할 수 있다.
130) 질 들뢰즈의 사건 개념을 논의하고 있는 이진경에 의하면 사고란 사물의 상

관계에 놓인다. 이들 사이에 외판원이 끼여듦으로써 서사의 추동력을 얻게 된다. 이렇게 접합된 계열은 공간의 이동이 가능해지고 외판원의 죽음이라는 반전(peripeteia)으로 향한다. 이 반전에 이르기까지 중국집, 양품점을 들르는 행위와 불구경, 월부 책값을 받으러 간 행위가 이어진다.

아내와 외판원의 계열을 연결하는 의미소[131]는 죽음이고, 안과 나의 계열을 연결하는 것은 자기소유이고, 안과 나, 외판원의 계열을 연결하는 것은 돈이다. 이들의 만남은 돈을 매개로 이루어진 것이며, 중국집·양품점 들르기, 불구경 하기, 월부 책값 받기 등도 돈과 관련되어 있다. 물론 외판원의 아내와도 이들은 돈을 매개로 연결되어 있다. 핵사건이라 할 수 있는 나와 안, 외판원의 만남과 안에 의해 가능해진 여관 행, 외판원의 죽음도 돈에 의해 매개된다. 결국 사소한 것에 집착하는 안과 나의 자기 소유의 계열은 돈을 매개로 한 외판원의 계열과 접속되고, 이 계열은 외판원의 죽음을 통해 각자의 계열로 분리된다. 안과 내가 집착한 자기 소유의 세계에 외판원의 죽음은 끼여들 틈이 없다. 타자로서의 외판원은 자기 소유의 대상이 될 수 없으므로, 관심의 대상이 될 수 없다.

이 같은 도시적 인간관계의 불모성, 자기 소유의 세계는 근대 사회

태가 시·공간적으로 유효화한 것이며, 사실에 관한 범주이다. 반면 사건이란 어떤 사물의 상태나 사실을 다른 상태나 사실에 연관짓는, '관념적' 성격이 개입된 범주이다(이진경, 「들뢰즈 : '사건의 철학'과 역사유물론」, 『탈주의 공간을 위하여』, 푸른숲, 1997, 17쪽).

131) 그레마스는 우리가 의미단위를 따로 떼어서 인식하는 것이 아니라, 다른 의미단위들을 배경으로 해서 인식하며, 그 때문에 우리가 무엇을 인지하는 데 있어서는 분류작업이 그 기본전제가 된다는 사실에서 출발한다. '남성적'인 것과 '인간적인' 것은 '총각'의 의미관점 내지 의미요소들이며, '여성적'인 것과 '인간적'인 것은 '처녀'의 의미관점 내지 의미요소들이다. 단어들의 그러한 의미관점 내지 최소 의미 단위를 의소(Sem)이라 부른다. 텍스트연관을 통해 단의화한 단어를 의미소(Semem)라 한다. 이러한 의소나 의미소들은 연구되는 대상어에 속하는 것이 아니라 메타어적 구성물에 속한다. 허창운 편저, 『현대문예학의 이해』, 창작과비평사, 1989, 118-129쪽 참조.

가 몰고 온 자본주의의 합리화와 물화, 파편화가 상징화된 것이다. 사소한 것을 통해 형성되는 자기 세계에서조차도 배제된 외판원은 물적 대상으로 전락한다. 이 같은 현상은 다양한 전통적 혹은 자연적 단위들을 부분 요소로 분해하여, 도구적 혹은 수단/목적의 이항적 논리에 따라 기능하는 보다 효율적인 체계로 재조직화하는 과정인 합리화 과정[132]을 통해 보편화된다. 루카치(G. Lukács)는 물화라는 용어를 단순히 가치 평가를 나타내는, 그리고 다양한 모더니즘 스타일에 대한 거부를 나타내는 약식부호에 불과하다[133]는 평가를 내리기는 하지만, 그가 모더니즘과 일상 생활의 물화를 연결시킨 것은 타당하다 하겠다. 이들에 의하면 모더니즘과 물신화는 자본주의 사회의 모순적인 내적 논리와 역동성을 표현하는 과정의 부분이다.

이러한 물화, 파편화의 과정을 「서울 1964년 겨울」은 사건의 전개 과정을 통해 보여주고 있는 것이다. 나와 안의 계열, 외판원과 그의 아내의 계열이 전개되어 가는 과정에서 단절과 배제가 이루어진다. 도시적 인간관계의 불모성, 자기 소유의 세계는 이야기를 관통하는 돈이라는 의미소를 통해 물화의 과정을 보여준다. 이 같은 플롯의 전개는 김승옥 소설에서 흔히 볼 수 있는 에피소드의 나열, 장별 사건 전개 등과 관련된다. 「생명연습」, 「건」, 「누이를 이해하기 위해서」, 「확인해본 열다섯 개의 고정관념」, 「무진기행」, 『환상수첩』, 『60년대식』 등에서도 확인된다. 그러나 이러한 미적 전략은 매개를 통한 의식의 파편화를 드러내는 과정이기도 하면서, 모순 상황에 대한 무의식적인 절망적 반응만을 보이지 않다는 점을 주목할 필요가 있다.

「서울 1964년 겨울」에서는 외판원의 죽음 이후 인텔리인 안은 뭔가의 두려움에 싸이게 된다. 이야기가 처음과 끝 사이에서 이루어진다는

---

132) F. Jameson, 앞의 책, 227쪽.
133) F. Jameson, 앞의 책, 227쪽.

점에서 끝에서 이루어지는 이야기는 이야기 전체에 미치는 영향이 크다고 한다면, 「力士」에서 속이야기의 화자인 공원청년의 지극히 규격화된 행위에 대한 저항 행위, 「누이를 이해하기 위해서」에서 화자의 "도시에서 침묵을 배워왔던 네가, 도시에서 조리에 맞지 않는 감정의 기교만을 배운 나보다 얼마나 훌륭했던가"라는 자조 섞인 성찰, 「무진기행」에서 무진에서 서울로 돌아오는 중에 화자가 느낀 심한 부끄러움, 『환상수첩』에서 수영이 "살아야 한다"고 한 말,『다산성』에서 돈을 벌어다가 친척들에게 주고 어디론가 사라져버린 영감 등은 주목할 필요가 있다. 그러나 이러한 것들이 적극적인 정치적 실천을 내포하는 저항으로 이어지는 것은 아니다. 『60년대식』(『전집』 3, 328쪽)에서 볼 수 있듯이 '그'로서는 역사 자체의 실체는 알 수 없지만, 역사 속에서 공존하는 대상들을 통해 당대의 모순을 접할 수밖에 없다. 거대 서사에 대한 확고한 전망을 통해 형상화하는 작품과 다른 양상을 보이는 것도 이러한 것과 무관하지 않다. 역사의 참모습은 시간의 경과를 전제로 한 인식 작용을 통해서만 볼 수 있기 때문이다. 이것은 모더니즘이 지닌 양가성을 드러내는 것이며, 김승옥 소설에서도 확인할 수 있는 특성이기도 하다.

3. 화해 불가능한 자기 음성의 세계와 환멸

문학을 해석하는 과정은 다시 읽기와 다시 쓰기의 과정이라 할 때, 해석의 지평은 확장되고 재구성될 필요가 있다. 문체론 혹은 이야기의 사건 구조(플롯)의 차원에서 이루어진 서사와 사회 현상을 매개를 통해 해석하는 행위는 작품이 상징 행위에 속한다는 전제에서 출발한다. 개별 텍스트로서의 문학은 이제 이 텍스트를 생성해내는 "집단적 계급적 담론의 형태 안에 재구성될 필요가 있다".[134] 이 점을 밝히기 위해 앞에서 집중적으로 분석한 「서울 1964년 겨울」을 중심으로 살펴보고자 한다.

「서울 1964년 겨울」에 등장하는 인물들은 안, 서술자인 나(김), 그리고 외판원이다. 안은 스물 다섯 살, 대학원생이자 부잣집 장남이다. 나는 스물 다섯 살짜리 시골 출신, 고등학교를 나오고 육군사관 학교를 지원했다가 실패하고 나서 지금은 구청 병사계에서 일하고 있다. 외판원은 서른 대여섯 살, 서적 월부 판매원이다. 안은 부르주아 집안의 인텔리이고, 나와 외판원은 가난뱅이 노동자들이다.

서술자인 나는 "꿈틀거리는 것을 사랑하"느냐는 안의 질문에 젊은 여자 아랫배의 움직임을 사랑한다는 말을 한다. 김의 대답은 신선한 것과 꿈틀거리는 것, 오르내리는 것과 꿈틀거리는 것을 혼동한 것이지만, 어쨌든 꿈틀거리는 것에 대한 무의식적 사고를 보여준다. 이 무의식적 사고는 서술자의 욕망의 통로로써 그것은 자기가 발견한 자기소유의 세계이기도 하다. 이 같은 무의식의 발현은 그가 육사를 지원했던 적이 있다는 점과 구청 병사계에서 일하고 있다는 것과 무관하지 않다. 김과는 달리 꿈틀거리는 것을 '데모' 같은 데서 찾는 안은 다른 차원을 갖는다. 그러므로 이들의 대화는 침묵으로 빠진다. 이윽고 안이 김의 생각을 수용하여 이들의 대화는 이어지지만, 꿈틀거림을 데모에서 찾고 있고, "서울은 모든 욕망의 집결지"라는 안의 말을 이해하지 못하는 김으로 인해 대화는 중단된다.

계급간의 담론은 바흐찐(M. M. Bakhtin)에 의하면 대화적(dialogical)이다.

---

134) F. Jameson, 앞의 책, 76쪽. 이 점에 관하여 M. M. Baktin은 상세히 밝힌 바 있다. 그는 의사소통과 그 형태는 물질적 토대로부터 분리되지 않는다는 점을 분명히 하고, 언어는 동일한 기호를 사용하는 공동체 내에서 대립하는 사회적 이해에 의하여, 즉 계급투쟁에 의하여 결정된다는 입장을 취한다. 이런 점에서 언어는 계급투쟁의 각축장이 되며, 원심력과 구심력의 집단적인 투쟁의 무대가 된다. 이 점에 관하여는 다음 참조. V. N. Vološnov, *Marxism and The Philosophy of language*, 송기한 역, 『마르크스주의와 언어철학』, 흔겨레, 1988.

이 때 계급간의 대화성은 '적대적 모순(antagonistic contra- diction)'을 드러
내는 개념에 가깝다. 그러므로 대화적 관계란 계급들의 화해 불가능한
요구와 입장들의 형태를 띤다[135]고 말할 수 있다. 꿈틀거림에 대한 '여
자의 아랫배'와 '데모'의 대립은 첨예한 입장들의 형태를 띤 기호들인
것이다. 안은 4·19 무렵 대학생이었고, 4·19의 선봉에 대학생이 포함
되어 있다는 점은 부인할 수 없는 사실이다. 1960년대가 4·19의 영향
에서 자유로울 수 없다면, 안으로서는 이러한 자의식에서 벗어나기 어
려웠던 것이다. 이들의 대화가 지속될 수 있었던 것은 "자기의 음성을
자기가 들을 수 있는 취한 사람의 특권(『전집』 1, 207쪽)" 차원에서 이루어
진다. 이것은 비트겐슈타인에 의하면 '말하다 - 듣다'의 차원이지 '가르
치다 - 듣다'의 차원은 아닌 것이다.[136] 말하기/듣기의 차원은 나에게 타
당하다면 다른 모든 사람들에게도 타당하다는 사고 방식인 독아론으로,
타자에게 말하는 주체로서 '목숨을 건 도약'을 필요로 하는 가르치기/배
우기의 차원은 아닌 것이다.

안과 김의 대화가 지속될 수 있었던 것은 안이 김의 "자기의 음성을
자기가 들을 수 있는 취한 사람의 특권" 차원의 대화를 수용했기 때문이
다. 따라서 이들의 대화는 자족적인 자기 세계를 드러내는 파편화된 대
화를 벗어나지 못한다. 이들의 자기소유의 세계는 결국 "김형과 나는 서
로 다른 길을 걸어서 같은 지점에 온 것 같(『전집』 1, 211쪽)"다는 안의 말
에서도 확인된다.

나와 안의 '여인의 아랫배'와 '데모'로 집약되는 팽팽한 입장의 차이
는 화해 불가능한 입장만을 확인한 채 자기 음성의 세계와 쉽게 타협하
고 만다. 고통의 삶 속에서 이들과 대화를 시도하는 외판원의 세계는 이
들의 세계에 끼여들 틈이 없다. 인텔리의 세계에서 밀려난 노동자의 목

---

135) F. Jameson, 앞의 책, 85쪽.
136) 柄谷行人, 『探究 I』, 송태욱 역, 『탐구 1』, 새물결, 1998.

소리를 확인할 수 있다. 바흐찐이 주목하고 있듯이 구심력의 언어가 원심력의 언어를 압도하고 있다. 인텔리의 구심력의 언어는 자기 세계라는 파편화된 물화로 나타남으로써 당대 역사, 사회사적 맥락을 같이 한다. 그러나 "그냥 뭔가 뿌듯해지는 느낌이 들기 때문에 밤거리로 나온다"(『전집』1, 211쪽)는 안의 밤에의 심연에는 환멸의 무의식이 있다. "이지점이 잘못된 지점이라고 해도 우리 탓만은 아닐 거"(『전집』1, 211쪽)라는 지독한 환멸이 놓여 있다. 그는 육사를 지원한 적이 있고, 적당히 자기 세계를 즐길 줄 아는 기회주의자인 나로부터 "안경을 번쩍이고 앉아 있는 친구는 틀림없이 부잣집 아들이고, 높은 공부를 한 청년이다. 그런데 왜 그가 이래야만 되는가?"(『전집』1, 209쪽)라는 질문을 받는다. 이에 대하여 안은 실제로는 그렇지 않은지도 모르지만 모든 것에서 해방된 것을 느끼는 밤거리를 배회한다고 말함으로써 맞선다. 그러나 사물의 틈에서가 아니라 사물을 멀리 두고 바라보게 된다는 것, 그것이 의미 있다는 논리는 외판원의 죽음을 통해 두려움으로 변한다. 안이 외판원의 죽음에 대하여 예견하고 있었다는 것, "혼자 놓아두면 죽지 않을 줄 알았"다는 것, 그것이 최선의 유일한 방법이라고 생각하지만 자신의 행위에 대한 두려움이 무의식에 놓여 있었던 것이다. 안의 두려움(『전집』1, 244쪽)이란 양가적 심리에서 나온 것이다. 현실 속의 사소한 것의 사소하지 않음의 발견과는 거리가 먼 파편화된 개인 세계를 보여준 안은 자신이 "거짓말을 하고 있었던 것 같은 느낌이 든다"(『전집』1, 206쪽)는 목소리를 간헐적으로 드러낸다. 이 목소리는 자신이 바라보는 세계가 "사실은 의미가 있는지도 모르지만 난 아직 그걸 모"(『전집』1, 210쪽)른다는 안의 고백에 의해서 강화된다. 이러한 내면적 개인의 세계를 낭만적 환멸이라 할 수도 있겠는데, 이러한 낭만적 환멸은 "어느 의미에서 삶의 꿈과 진실이 비현실화되어 버린 현실적 상황에서 그를 기억하고 살아가는 자의 끊임없는 자기환멸과 오욕스러움, 그리고 죄의식에서 비롯되는, 무언가 삶이

뒤틀려버렸다는 모순적인 감정"137)과 그것은 깊이 관련되기도 한다.『환상수첩』의 주인공이 서울에서의 삶을 포기하고 낙향한다거나,『60년대식』의 고등학교 사회교사인 도인이 자살을 기도하는 것도 환멸과 관련된다. 도인이 자살하고자 하는 심정을 밝혀 놓은 부분을 보면, 시대가 답답하여 견딜 수 없다는 것, 그 답답함으로 고통받고 있다는 것을 증명하기 위해 자살을 기도한다(『전집』3, 202쪽)는 것이다. 그러나 도인은 타락한 옛 애인의 모습을 통해서 자살을 포기하게 된다. 이러한 환멸의 감정은 주인공 안이 대학시절 4·19와 5·16, 근대화로 파편화되어 가는 삶을 동시에 경험했다는 점에서 유추할 수 있다. 말하자면 1960년대의 상황 속에서 역사의 긍정성과 부정성을 동시에 본 인텔리의 의식을 나타낸다 하겠다. 이러한 의식은 그 무렵 대학에서 학창시절을 보낸 작가 의식으로 이어질 수 있다.138) 이 점은 제임슨(F. Jameson)이 서사를 특수한 상황에 대한 상징 행위라 규정하고, 상황을 그대로 반영하여 내면화하는 이데올로기적 측면과 그 상황을 뛰어 넘고자 하는 유토피아적 성향을 동시에 주목한 점에 비추어본다면 보다 분명해질 것이다.139)

---

137) 한상규,「환멸의 낭만주의: 김승옥론」,『1960년대 문학연구』, 예하, 1993, 54쪽.
138) 물론 이것은 한 개인의 차원이 아니라 당대 인텔리들의 의식을 드러낸다는 점에서 집단적이기도 하다. 이들의 환멸 의식은『산문시대』를 이루고 있는 일련의 작가들에게서 볼 수 있는 집단의식이다. 그러므로 '환멸'은 이 집단을 상징하는 이념소(ideologeme-제임슨에 의하면 이념소란 "사회 계급의 본질적으로 적대적인 집단적 담론의 이해가능한 최소단위"이다(F. Jameson, 앞의 책, 76쪽). 이념소는 개념적 신념체계나 추상적인 가치체계뿐 아니라, 근본적으로 서사적 특성을 가지고 있다.)라 할 수 있다. 추상적 개념과 서사적 특성을 동시에 지니고 있는 이념소로서의 환멸은『산문시대』에 실린 작품들을 통해 확인할 수 있다.
139) 루카치는 모더니즘이 구체적인 현실에 대한 불안을 반영하고 있음에도 불구하고 그 불안을 상황에서 떼어내어 인간의 존재조건으로 현상시키는 데에서 주관성이라든가 시간성에 대한 집착 등이 나타나는데 결국 이것은 사회주의적 전망하의 구체적 가능성이 아닌 주관 속에서의 무한한 추상적 가능성의 문학을 가져온다는 것이다. 제임슨은 비록 드러난 현상은 같을지라도, 모더니

4. 1960년대의 세력장: 문화혁명의 과정으로서의 모더니즘

김승옥은『산문시대』와 더불어 문단에 등장한다.『산문시대』[140]가 5호까지 나오는 동안 그는「건」,「생명연습」(1호),『환상수첩』(2호),「누이를 이해하기 위해서」(4호),「사디시아시스」(5호) 등 3호를 제외하고 빠짐없이 소설을 발표하였다. 그리고 1962년 한국일보에 등단한 작품「생명연습」은『산문시대』 1호에 실리기도 했다. 이런 점으로 미루어 보건대『산문시대』는 김승옥 문학의 모태와 같은 역할을 한다 할 수 있다.

1960년대 초반『산문시대』의 출현은 집단적인 동인지라는 점에서 주목된다. 1950년대 전후 세대가 개별 작가들이 모인 작가군으로 대재앙의 소용돌이를 새로움이라는 형식의 창출로 밀고간 점과 비교해보면 그 의미가 확연해진다.『산문시대』 동인들의 집단이 출현하면서 "태초와 같은 어둠 속에 우리는 서 있다"[141]고 선언함으로써 새로움을 주장했듯이, 전후 세대의 새로움은 이어령이 "우리는 화전민이다"는 선언에서 이루어진 것이다. 김윤식은 김승옥의 감수성이 대학 강단의 외국문학 속에서 익힌 포즈 이상일 수 없음을 논의하고 있지만,[142]『산문시대』가 4·19와 5·16의 틈바구니에서 부정의 정신 운동 과정에서 출현했다는 점, 집단적인 출현인『산문시대』야말로 1960년대 문학의 가장 확실한 싹이었다는 점, 그리고 그 확실한 싹은 김승옥에서 찾을 수 있다는

즘은 우선 특수한 상황에 대한 나름의 상징적 해결이라는 점을 주목해야 한다고 주장한다. 이경덕,「Fredric Jameson의 역사주의적 상상력」, 연세대박사학위논문, 1996, 62-63쪽.

140)『산문시대』는 3호까지는 강호무, 김산초, 김성일, 김승옥, 김치수, 김현, 최하림이 동인이었고, 4호에는 서정인, 염무웅이 가담하였다. 5호에는 곽광수가 가담하였다.『산문시대』는 1962년 6월에 1호가 나온 뒤 1964년 9월, 5호가 나왔다. 소설은 김승옥, 최하림, 강호무가 중심이 되어 발표하였다.

141) 김윤식,『운명과 형식』, 솔, 1992, 162쪽.

142) 김윤식, 위의 책, 162쪽.

점을 지적하고 있다는 것은 주목할 필요가 있다. 이러한 언급은 그가 60
년대를 현실원칙(산업화)과 환상원칙(추상적인 서구 근대의 인문과학의 허상)
사이의 자장에서 찾고 있음을 통해서도 확인된다.[143] 이 점은 김현도 상
세하게 논한 바 있는데,[144] 새로움의 싹이 서구의 영향권에서 형성되었
다고 보는 관점에서는 일치한다. 그러나 이러한 서구의 영향을 부정할
수는 없지만, 그보다 이러한 문학이 배태된 거시적인 맥락을 고려해야
할 것이다. 4·19와 5·16의 자장 속에서 형성된 환멸과 자본주의적 생
산양식의 중심으로 접근해 들어가는 역사적 상황이 『산문시대』를 가능
하게 한 동력이다. 이것은 역사 속에서 4·19에서 얻게 된 역사 진보의
신념과 5·16에서의 좌절감을 동시에 보아버린 인텔리의 의식이자, 파
편화된 세계 속에서 문학의 자율성을 추구해가는 과정이기도 하다.[145]
이 점이 전후 세대와 4·19 세대의 근본적인 차이이다. 소위 '문화혁명'
으로 포괄할 수 있는 이들의 출현은 다양한 리얼리즘과 공존함으로써
모더니즘의 줄기를 형성했던 것이다.

　　이들 작가의 환멸은 정신 내에서의 노동의 분화과정과 결합함으로
써 장구한 역사 과정을 드러내는 서사를 생산하게 된다. 마음(mind)의 합
리적인 양화 기능은 인간 관계를 파편화된 자기 세계로 드러내고, 감각

---

143) 김윤식, 앞의 책, 66쪽.
144) 김　현, 「60년대 문학의 배경과 성과」, 『분석과 해석』, 문학과지성사, 1992. 여
　　기에서 그는 4·19 세대의 특징을 분단의 문제, 대학교육/대중 매체의 문제,
　　도시화의 문제에서 검토한다. 4·19 세대는 매개항 없이 서구의 문물을 받아
　　들이는데 니체, 키에르케고르, 헤겔, 프로이트, 카뮈, 사르트르, 말로 등의 외
　　국문인들을 전범으로 삼고 있음도 지적한다.
145) 하정일은 60년대 문학이 보여주는 서사성의 요체는 성찰이라는 전제에서 출
　　발하여, 60년대 문학을 세계에 대한 성찰 방향과 자기 성찰 방향으로 정리한
　　바 있다. 전자에는 이호철, 하근찬, 김정한, 박태순 등이 속하고, 후자에는 최
　　인훈, 김승옥, 이청준 등이 속한다. 그러나 이런 분류는 방법론상의 필요에 의
　　한 것이지 어떤 작가가 양측면을 넘나들 수 없는 것은 아니다. 하정일, 「주체
　　성의 복원과 성찰의 서사」, 『1960년대 문학연구』, 깊은샘, 1998.

지각은 새로운 반(半)자율적인 활동 속에서 재구성된 것이다. 말하자면 외부 세계의 객관적인 파편화가 정신의 파편화를 수반함으로써 새로운 문학의 형성에 이르게 한 것이다. 앞에서 살펴본 미적 전략의 본질은 여기에 있다.

그렇다면 이러한 미적 전략이 의미하는 것은 무엇인가? 이 점을 해석하기 위해 제임슨(F. Jameson)이 말하는 해석학의 마지막 지평인 역사적 지평을 참고할 필요가 있다. 그것은 "전체로서의 인간 역사라는 궁극적인 지평"인데, 이 단계에서 제임슨이 중심에 두는 것은 바로 생산양식의 개념이다. 왜냐하면 어떠한 담론들도 동일한 생산양식, 즉 동일한 기호체계에서 가동되는 것이기 때문이다.[146] 그렇지만 고전적인 마르크스주의 생산양식 개념은 각 단계의 단절을 통한 선적 이동을 내포하고 있기 때문에, 개별적 생산양식 개념으로는 문화현상을 포착해 낼 수 없다.

한 사회의 사회구성체는 다양한 공시적 체계 혹은 생산양식으로 구성되어 있고 그들 각각은 역동성과 일종의 메타공시성이라 부를 수 있는 시간 기획을 지니고 있다는 점에서 논의를 출발한다면,[147] 이들을 포괄하고 있는 문화는 보다 생산적으로 논의될 수 있을 것이다. 윌리암스(R. Williams)가 헤게모니를 태동하는 것, 지배적인 것, 잔여적인 것의 공존으로 보았듯이, 제임슨은 문화 속에서 모순의 공존을 보고 있으며, 이러한 모순의 적대적인 관계의 확산을 문화혁명으로 보고 있다. 이렇게 볼 때 『산문시대』의 소설들은 1960년대 소설들이 공존하는 세력장 속에 위치한다. 1960년대 소설은 다양한 주제적 경향을 보여주고 있는 리얼리즘의 소설들과 모더니즘의 소설, 4·19 세대의 소설과 전후세대의 소설이 공존하고 대립하는 세력장을 형성한다. 이 속에서 1960년대는 문학과 삶의 일치를 내세운 아방가르드적 경향의 전후문학은 퇴각하고, 김

---

146) 오민석, 「프레드릭 제임슨의 해석론 연구」, 경희대박사학위논문, 1997, 94쪽.
147) F. Jameson, 앞의 책, 97쪽.

승옥으로 대표되는 4·19 세대의 문학이 전면으로 부상한다. 이 부상의 이면에는 당대 현실에 대한 인텔리의 의식과 근대화가 있었다.

부르주아 문화혁명은 기존의 주체를 단자화된 주체로 변화시켜 새로운 상황에 적응시키고, 새로운 공간을 산출하며, 질을 양으로 변화시킨다. 이러한 문화혁명의 과정은 베버의 합리화 과정, 루카치 및 프랑크푸르트학파의 사물화의 과정과 일치한다.[148] 그러나 서사가 모순에 대한 상징적 해결임을 전제할 때, 모더니즘의 역사적 상황에 대한 반응을 간과할 수는 없는 것이다. 이렇게 볼 때 모더니즘은 더욱 사물화되고 파편화되어 가는 세계에 주체를 적응시키는 이데올로기적 역할을 하면서 동시에, 수량화된 세계에서의 질과 진정성의 장소, 합리화된 시장체계 속에서의 감정의 장소 역할을 한다고 할 수 있다.[149]

5. 맺음말

전후세대와 신세대의 논쟁에서 신세대가 주장한 핵심은 언어와 문학에 있었다. 그러므로 4·19세대의 문학을 이해하기 위해서는 그것의 핵심을 파악해야 한다. 그러나 1960년대의 문학을 곧바로 이들의 문학으로 환치해서는 곤란하다. 1960년대는 이들의 문학이 부상하기 시작했으며, 기성 세대들은 여전히 창작 활동을 했으며, 일부 기성 세대와 전후세대들은 분단과 6·25에 대한 거시적인 시각을 갖기에 이른다. 또한

---

148) 제임슨은 사물화의 과정은 역사적 과정으로서 시장 자본주의, 제국주의, 다국적 자본주의에 각각 리얼리즘, 모더니즘, 포스트모더니즘을 대응시키고 있다. 그것들은 그 과정에서의 일정한 반응, 상징적인 해결 방식이다. 물론 그가 문화혁명 속에 공존하는 모순들에 주목하고 있듯이 앞의 제 경향들은 상호 공존할 수 있다는 점을 간과할 수 없다.
149) 이경덕, 앞의 글, 55쪽.

외세와 민중의 삶에 대한 관심과 이에 대한 문학적 형상화가 이루어진다.

1960년대 초반을 연 김승옥은 『산문시대』를 통해 등장한다. 1960년대 벽두에 집단적으로 등장한 『산문시대』는 집단의식을 보여준다. 이 땅에 새로운 문학을 심겠다고 농부와 탕자의 역할을 선언한 그들은 문학의 상상력과 질서의 근원을 체험·현실에 찾은 전후세대를 비판하고, 문학이 '언어로 된 하나의 질서'임 표나게 내세웠던 것이다. 그러나 그들의 문학은 4·19와 5·16의 긍정성과 부정성, 1960년대에 가속화되는 근대화를 떠나서는 논의가 불가능하다. 이러한 점에서 이들 문학의 정체는 역사와 문학의 길항 관계 속에서 포착되어야 한다고 판단할 수 있다. 서사를 역사의 거시적인 맥락에서 파악하고자 하는 제임슨의 논의는 이런 맥락에서 참고할 만하다.

이 글에서는 1960년대 모더니즘을 알맹이 없는 단순한 포즈나 환상의 차원에서 바라보는 관점이나, 주관성을 과도하게 강조함으로써 모더니즘의 거시적 차원의 역사성을 간과하는 관점들을 넘어섬으로써, 김승옥을 중심으로 한 1960년대 모더니즘 문학의 특성을 밝히고자 하였다.

감수성의 혁명이라 일컬어지는 김승옥 소설의 이미지는 전후세대의 관념적 경향에 대한 부정과 체험의 명확한 인식의 불가능성, 그리고 문학의 예술적 자율성 획득을 지향하는 의식에서 비롯된 것이다. 인물의 자기 세계의 확보는 사소한 것에 대한 유희적 조작을 보여주는데 그것은 문체의 차원에서는 에피소드의 나열, 응집성이 배제된 문단의 배열 등으로 나타난다. 이것은 삶의 파편화와 개인의 단자화가 작품으로 형상화되는 과정이자 그것에 대한 문제 의식을 드러낸다고 할 수 있다. 이 같은 특성은 플롯을 통해서도 확인할 수 있다. 「서울 1964년 겨울」은 이러한 양가성을 보여준다. 그리고 자기 세계를 주장하는 인물들은 화해 불가능한 자기음성의 세계를 보여주는바 그것은 인물들의 적대적인 모순을 드러낸다. 이러한 자기 세계의 이면에는 4·19를 통한 역사의 진보에 대한 가능성과 5·16을 통한 그 좌절을 동시에 본 인텔리의 의식을 나타내는 환멸이 놓여 있다. 이러한 특성을 갖고 등장한 1960년대 김승옥의 소설은 모더니즘의 이데올로기와 수량화되어 가는 세계 속에서의 감정의 장소를 동시에 지님으로써 리얼리즘 계열의 소설과 함께 1960년대 문학의 세력장을 형성하였다.

앞으로의 과제는 1960년대 모더니즘 문학 전반의 성격을 구명하고, 그것이 1960년대 문학의 세력장 속에서 어떤 위치를 차지하고 있는지 그리고 그 관계는 무엇인지를 구명하는 것이다.

I

문학 이해의 문화론적 시각

1. 문학과 문화의 관계

1) 문학을 보는 관점

문학이란 무엇인가? 이 물음을 두고 많은 사람들이 그 해답을 찾으려고 노력했다. 그러나 지금까지 문학에 대하여 완벽한 설명을 제시한 경우는 없었다고 할 수 있다. 그것은 문학이라는 대상 자체의 성격에서 기인한다. 문학은 어느 한 면에서만 바라볼 수 없는 복합적인 성격을 지니고 있기 때문이다. 우리가 문학을 이러이러한 것이라고 정의를 내리는 순간 문학의 많은 부분은 배제되고 만다. 말하자면 '장님 코끼리 만지기'가 되고 만다. 문학의 이러한 복합적이고 다양한 성격은 문학의 무한한 가능성을 말하는 것이기도 하다.

문학에 대한 많은 정의 가운데 가장 포괄적이고 일반적인 정의는 "언어라는 매체를 통한 인생의 표현"이라는 것이다. 우리가 살아가는 삶의 언어적인 표현이 문학인 것이다. 우리의 삶을 표현하는 방식에는 여러 가지가 있지만 유독 언어적인 관련을 일컬어 우리는 문학이라고 명명한 것이다. 우리의 삶을 표현하는 방식에는 여러 가지가 있을 수 있다. 리듬으로 표현할 수도 있고(음악), 점과 선, 색으로도 표현할 수 있다(미술). 그런데 문학은 우리가 쓰는 말로 표현한 것을 일컫는다. 이것이 다른 예술 영역과 구별되는 점이다.

언어라는 것은 그것을 쓰는 사람이 있기 마련이고, 그 언어와 분리될 수 없는 생각이 있을 뿐 아니라, 그것은 일정한 형식으로 나타나기 마련이다. 일상의 언어와 문학의 언어가 따로 있는 것이 아니다. 문학에서 쓰이고 있는 언어는 일상의 언어와 다를 바가 없다. 이것은 언어라는 매개를 통한 표현이라는 공통점을 말하는 것이지, 표현의 양식적 측면에서의 차이점을 무시하는 것은 아니다. 우리의 언어활동 가운데 공통분모와 그 표현 양식 고유의 영역을 아울러 살펴야 하는 이유가 여기에 있다. 그렇기 때문에 문학은 일상언어나 다른 언어가 가지고 있는 언어활동 부분을 포함하고 있을 뿐 아니라 문학 고유의 언어활동 부분이 있다.

또한 문학은 인생의 표현이기도 하다. 인생 곧 삶이라는 것은 인간의 수만큼 다양하다고 할 수 있다. 같은 부모에서 나온 쌍둥이나 가족의 삶조차 다른데 하물며 다른 처지에 놓인 인간과의 차이란 헤아릴 필요조차 없다. 인간의 삶에는 기쁨이 있고, 슬픔이 있고, 노여움이 있고, 즐거움이 있다. 또한 거기에는 깨달음과 꿈이 있다. 그리고 인간의 삶에는 이것들로 포용할 수 없는 많은 모습이 있다. 이 모든 것을 담고 있는 것이 바로 문학이라는 것이다.

그러나 문학이 "언어라는 매체를 통한 인생의 표현"이라는 것으로 문학을 완벽하게 정의했다고는 볼 수 없다. 이 관점은 문학을 생산한 작가나, 문학을 읽는 독자, 나아가 문학을 생산하고 유통되고 수용되는 문화적인 맥락을 소홀히 하고 있다. 문학을 언어라는 매체를 통한 인생의 표현으로 보는 관점은 문학을 문학 자체에서 바라보는 한계를 지닐 수밖에 없다.

문학을 고정된 대상으로 보는 관점에서 의미작용의 실천인 작용태(作用態)로 보는 관점이 필요하다. 문학의 매재로서의 언어는 언어 그 자체의 문제가 아니다. 문학에서의 언어는 언어를 사용하는 사람과 그 말을 듣는 사람 곧 상대자가 고려된 것이다. 문학의 언어는 이들 주체들의 언어활동의 매재인 것이다. 따라서 문학의 의미는 언어를 사용하는 주체들은 의미작용을 통해 드러나는 역동적인 관계인 것이다.

문학을 이렇게 의미작용의 실천인 작용태로 보는 관점을 취한다면, 문학을 바라보는 보다 넓은 시야를 가질 수 있다. 문학의 이러한 의미작용의 실천에 참여하는 주체들은 문학을 생산한 작가, 문학텍스트 내의 말하는 사람들, 그리고 이 문학텍스트를 대하는 독자들이다. 그런데 이들 주체들은 일방적인 말을 전달하거나 이해하는 주체들이 아니라 서로 말을 주고받는 대화적 관계에 놓여 있다는 점에 주목해야 한다. 이 주체들의 관계 속에는 말이 있으며, 삶이 있으며, 인생을 바라보는 관점이 있으며, 깨달음이 있다. 즉 문학은 주체들의 삶의 모습이자 관계를 표현한 것이라고 할 수 있다. 이들 주체들은 동시대 사람들일 수 있고, 먼 과거의 사람일 수 있다. 그러기에 문학을 통하여 역사 속의 다양한 사람들의 삶의 모습을 발견하게 되는 것이다. 이러한 현상은 문화의 측면에서 이해할 수 있다. 문화는 삶을 실천하는 제반규칙과 의미의 발견과 연관되는 것이기 때문이다.

2) 문화에 대한 관점

인간이 동물과 다른 점은 신체상의 차이뿐만 아니라 도구의 제작과 사용, 언어 사용, 경험의 누적과 전달 등을 들 수 있다. 이처럼 인간은 동물과 본질적인 차이를 가지고 있는데, 이를 두고 문화라는 개념을 가지고 설명한다.

흔히 문화라는 말은 문화인, 문화생활 등으로 사용되는 의미로 연상된다. 이 때의 문화는 고급스럽고 세련되었으며 지적 수준이 높은 것 등을 나타내는 말이다. 고급문화(high culture)를 의미하는 이러한 관점은 고급문화에 대치되는 의미를 갖는 저급스럽고 세련되지 못했으며, 지적 수

준이 낮은 대중문화(popular culture)를 상정하고 있다. 이스트호프(A. Easthope)에 의하면 20세기에 들어와 고급문화와 대중문화 사이의 분할을 설명하는 논의는 세 가지가 있다. 첫째는 리비스(F. R. Leavis) 등이 제시한 개인 심리학과 도덕적 개인주의에 의거한 자유주의 이론으로서, 대중문화는 다양한 형태로 소망의 충족을 제공하는 한편 본격소설은 그 엄격성으로 인해 독자들의 '실제의 삶'을 가능하면 적절하게 다루는 데 도움을 준다는 것이다. 이러한 관점은 자기 기만에 저항할 수 있는 개인과 그렇지 못한 사람, 엄격히 현실원리를 고수할 수 있는 사람과 무기력하게 쾌락원리에 복종하는 사람간의 구분에 기초하고 있다. 둘째로는 프랑크푸르트 학파의 이론으로서 그들은 루카치의 부르주아 문화의 물화에 대한 분석을 받아들여 생산양식이 문화적 반응을 결정한다는 점을 강조한다. 이러한 관점에 서면 비록 초월적인 영역인 체하는 고급문화가 엘리트주의적이고 기만적이긴 하지만, 최소한 고급문화의 그러한 초월성은 상품에 대해 소외되지 않은 대안이 될 수 있다는 것이다. 셋째로는 알튀세주의라고 할 수 있다. 이 이론은 지배계급의 이데올로기가 지니는 상대적인 자율성을 강조한다. 이러한 관점에 의하면 대중문화는 이데올로기에 의해 규정되는 것으로, 고급문화는 상대적으로 그렇지 않은 것으로 보고 있다. 이스트호프는 고급문화/대중문화라는 문화적 구분을 견지하고 있는 이와 같은 견해들은 대중을 바보로 취급하고 있다는 점에서 공통점이 있다고 지적하고, 대중들은 '문화 중독자'들이 아니며, 무감각하고 나태한 사람들로 평가 절하해야 한다는 믿음은 결코 정당화될 수 없다고 비판한다.[150]

또한 정치, 경제, 사회, 문화로 나눌 때 사용하는 문화의 개념을 상정할 수 있다. 이 때의 문화에는 문학, 예술 등이 포함된다. 신문이나 잡지, 혹은 행정부 조직에서 다루어지는 문화라는 개념이 여기에 속한다.

---

150) A. Easthope, *Literary into Culture Studies*, 임성훈 역, 『문학에서 문화연구로』, 현대미학사, 1994, 제5장 참조.

문화인류학에서는 이러한 좁은 의미의 문화 개념이 아니라, 보다 넓은 생활 전체를 포함하는 의미에서의 문화라는 것을 사용하기도 한다. 그들에 의하면 문화란 인간이 집단을 이루어 살아가는 삶의 과정에서 빚어진 삶의 규칙과 질서를 뜻한다. 그 삶이 표현하고 있는 행위와 행위를 이루어내는 전과정의 사고, 그리고 그에 관련된 삶의 현상은 현상 자체라기보다는 삶의 방향을 이끌어 주는 역할을 한다. 문화를 이렇게 폭넓게 정의하는 것은 어디까지나 동물과 인간을 구별하기 위하여 자연 대 문화로서 대치시킨 문화라는 것이다.

인간의 언어 사용은 인간을 동물과 구별해주는 가장 큰 변별점이자 문화의 요소이다. 인간이 언어를 사용한다는 것은 언어활동을 뜻한다. 프라이(N. Frye)에 의하면 인간이 언어를 가지고 활동하는 영역은 넓지만, 그 사용 목적과 양식, 쓰임에 따라 몇 개의 부류로 나눌 수 있다. 일상 회화의 언어 차원, 실용 언어·기술 용어 차원, 문학적 언어 차원 등이 그것이다. 그에 의하면 일상언어나 실용적 감각을 지닌 언어는 원시적이다. 반면에 인간적 경험의 가능한 모델을 구축하는 능력인 상상력의 산물인 문학은 인간에게 있어서 없어서는 안될 귀중한 문화적 자산이다. 발달된 어떠한 문명 사회에 있어서도 국어는 문학으로 바뀌어진다는 사실을 상기할 때 문학은 언어문화를 이해하는 척도가 된다.

상상력을 꿈꾸는 힘이라고 할 때 그것을 표현하는 매재는 언어이다. 언어를 상징적 상호작용의 관점에서 본다면, 상징적 교섭작용(symbolic interaction)의 틀을 문화로 보는 관점과 통하게 된다. 따라서 "언어적 형상화의 상징적 교섭작용과 그 결과"[151]를 문학이라 한다면 그것은 문화의 한 모습으로서 주체들의 실천이 강조된 문화가 된다.

이상의 논의를 고려해 볼 때 문학에서 문화에 대한 논의는 문학을

---

151) 우한용, 『문학교육과 문화론』, 서울대출판부, 1997, 9쪽.

둘러싼 제반 현상에서 보아야 한다. 따라서 문화는 문학이 생산되고 향유되는 삶의 현상으로서 이해할 필요가 있다. 문학현상이란 문학을 두고 이루어지는 역동적인 현상이라는 점에서 문화의 한 지절이라 할 수 있다. 이를 두고 '문학적 문화'라 할 수 있다. 문학은 문학을 생산하고 향유하는 사람들의 삶이 문제되기 때문에 문학텍스트 자체의 의미를 넘어선다. 그러기에 살아가는 사람들의 삶이 문제되는 것이다. 이러한 것의 단적인 예가 문학에 나타나는 성의 문제이다.『차타레부인의 사랑』,『자유부인』,『반노』,『즐거운 사라』,『내게 거짓말을 해봐』등은 작가, 문학텍스트, 독자, 사회·문화의 문학 현상과 관련된다는 점에서 문학과 문화의 문제를 어떻게 봐야 하는지에 대해 시사하는 바가 크다.

문학과 문화의 관계를 논할 때에 주의할 점이 있다. 그것은 문학이 도외시된 채 문화만 논의되는 문화 환원주의에 빠질 위험이 있다는 것이다. 따라서 문학은 예술에 속하고 예술은 문화에 속한다는 소박한 문화 환원론적 논리나, 일상 생활의 모든 문학적 행위가 문화에 속한다는 문학 해체적 논리는 지양 극복되어야 한다.

3) 문학과 문화의 연관

문학은 언어문화에 속한다. 문학은 언어를 사용하는 주체들이 언어를 매개로 삶을 형상화한 것이다. 따라서 문학을 논할 때 언어가 문제되고, 그 언어를 사용하는 주체가 문제되고, 그 언어를 사용하는 주체들의 삶이 문제가 된다. 그 주체들의 언어활동을 통해 형상화되는 삶이란 문화를 형성할 뿐 아니라 이념을 드러내기도 한다. 예컨대 언어 주체의 언어 행위가 의식(ritual)이라는 당대 문화와 관련되는 양상을 들 수 있다. 의식이란 일정한 시간의 경과를 통한 공동체의 합의를 토대로 형성된 문화라는 점을 고려할 때, 문학과 의식의 연관은 문학과 문화의 관련을 보여준다.

　다음은 김소월의 「초혼(招魂)」이라는 시이다. 이 시를 읽고서 문학과 문화의 관계를 생각해 보자.

　　　산산이 부서진 이름이여!
　　　허공(虛空) 중에 헤어진 이름이여
　　　불러도 주인 없는 이름이여!
　　　부르다가 내가 죽을 이름이여!

　　　심중(心中)에 남아 있는 말 한 마디는
　　　끝끝내 마저 하지 못하였구나.
　　　사랑하던 그 사람이여!
　　　사랑하던 그 사람이여!

　　　붉은 해는 서산(西山) 마루에 걸리었다.
　　　사슴의 무리도 슬피운다.
　　　떨어져 나가 앉은 산 위에서
　　　나는 그대의 이름을 부르노라.

　　　설움에 겹도록 부르노라.
　　　설움에 겹도록 부르노라.
　　　부르는 소리는 빗겨 가지만
　　　하늘과 땅 사이가 너무 넓구나.

　　　선 채로 이 자리에 돌이 되어도
　　　부르다가 내가 죽을 이름이여!
　　　사랑하던 그 사람이여!
　　　사랑하던 그 사람이여!
　　　　　　　　　－ 김소월, 「초혼(招魂)」 전문

　작가는 시적 화자를 통해서 독자에게 이 시를 들려준다. 이때의 독자는 「초혼」이 쓰여진 무렵(이 시는 시집 『진달래꽃』(1925.12)에 실려 있다)의 독자일 수 있고, 지금 이 시를 읽는 독자일 수도 있다. 이 시를 이해하기 위해서는 작가 - 작품 - 독자의 역동적인 관계를 사회·문화적 맥락에서 고찰해야 한다.

이 시를 두고 "이 세상을 떠난 연인을 부르며 처절하게 비탄하는 노래, 강렬한 어조와 직선적 표현을 통해 님을 잃은 슬픔이 표출된 보기 드물게 격한 작품"이라고 볼 수도 있다. 그런데 「초혼」을 두고 이렇게 보는 것은 문학 작품 내의 이해 수준에 그친 관점이다. 혼을 부르는 것은 우리의 삶과 어떤 관련이 있는가? 이것을 묻고 답하는 과정에서 이 시는 문화적 맥락에서 이해될 수 있다.

초혼 즉 혼을 부르는 행위는 하나의 의식(ritual)이며 그 제도적 장치가 구비되어 있다. 혼을 불러오기 위한 표현 방법은 두 가지이다. 하나는 사방에 혼을 잡아먹는 괴물들이 있으니 유랑하다가 봉변당하지 말고 돌아오라는 위협수단이고, 다른 하나는 혼의 귀환을 기리고 달래는 수단인바, 이런 수법은 어느 나라 초혼굿에 있어서나 공통되는 현상이기도 하다. 혼에 대한 생각은 중국과 우리가 큰 차이가 없음을 알 수 있거니와, 만일 이 문제를 발생적 근거에서 찾는다면 인간의 영원한 염원인 죽음의 극복문제와 결부될 것이다. 그것의 인간적 승화과정이 이른바 의식화인 것이다.

떠났던 혼이 다시 돌아온다는 사상, 즉 병이나 죽음에서 혼이 돌아오면 소생한다는 믿음에서 초혼사상이 발생된 것이다. 초혼사상이란 인위적으로 죽은 자와 병든 자의 혼을 찾으려는 적극성을 띤 행위이다. 이러한 적극성이 보편적일 때 의식화라는 문화적 장치가 요청됨은 필지의 현상이다. 초혼을 제도적 장치로 체계화한 『예기(禮記)』에서는 이를 '복(復)'이라 한다. 죽게 되면 집 위에 올라가 혼을 불러 말하기를 '아무개 돌아오라'했다는 것은 그 '이름'을 부른다는 뜻이다. 죽음만큼 인간의 관심사가 없었기에 초혼의 문제는 장례절차의 첫머리에 놓인다. 그래서 초혼에서 시작된 장례식은 돌을 쌓아 봉분을 만들고, 소나무와 잣나무를 배열하여 심는 일로 끝나는 하나의 장례문화가 형성된 것이다. 이러한 달램을 받지 못한 혼은 원혼(怨魂)이 되어 떠돈다. 그 원혼의 세계는 공포의 세계이다. 이를 정상으로 돌리는 길은 진혼굿뿐이다. 우리 문화에서도 진혼굿은 여러 곳에서 볼 수 있다,

혼을 달래는 공물(供物) 중의 하나가 시인(김소월)일 때 그 시인이 소속된 집단은 최소한의 파탄을 면할 수 있었을 것이다. 여기에 이르면 김소월이 왜 일제하에서 「초혼」이라는 작품을 쓰게 되었는가를 이해할 수 있다.152)

이처럼 「초혼」을 작가 - 작품 - 독자 그리고 사회적·문화적 맥락에서 이해하는 것이 문학과 문화의 관계에서 작품을 읽는 것이라 할 수 있다. 그러나 문화가 문화로서 존재하는 것은 사회와의 관계를 통해서다. 그러므로 작품을 생산하고, 전달하고, 수용하는 문학현상 혹은 문화현상은 그 사회적 의미와 끊임없는 상호작용 속에 놓인다고 볼 수 있다. 이것은 곧 문학이 문학현상에 참여하는 주체들의 상징적·역동적인 관계 속에 놓인다는 의미이다. 이것을 문학적·문화적 실천이라고 부를 수 있다.

2. 문화 실천으로서의 문학

문학을 의미작용의 실천인 작용태로 보는 관점을 취한다면, 문학이란 언어를 매개로 한 인간의 삶과 세계에 대한 총체적인 관계이자 구체적인 실천에 해당한다. 그 구체적인 실천의 양상은 다양한 모습을 띨 수

---

152) 김윤식, 『한국근대문학사상비판』, 일지사, 1984, 제3장 1절 참조.

있지만 다음과 같은 몇 가지 양상을 들 수 있다.

1) 주체들의 대화

문학은 어느 한 개인의 자족적인 감정의 토로에 그치는 것이 아니라 여러 말하는 주체들이 대화적 관계에 있음을 주목하지 않을 수 없다. 문학텍스트를 생산하는 주체는 늘 누군가를 지향하기 마련이다. 이 누군가는 작품 속의 독자일 수 있고 작품 밖의 독자일 수 있다. 그리고 문학텍스트에는 다양한 인간의 삶이 형상화되어 있는데 이들 인간의 삶이 고립된 것이 아니라 늘 관계 속에서 즉 대화적 관계 속에 있다는 점이다. 그러므로 문학텍스트를 둘러싼 인간들의 관계 즉 작가, 문학텍스트, 독자의 관계는 복합적인 관계를 형성한다. 이들은 인간의 삶을 떠나서는 존재할 수 없는바, 이러한 인간의 삶의 양상들이 대화적 관계를 형성하는 것이 문학의 문화적 실천의 한 국면이다.

바흐찐(M. M. Bakhtin)은 인간은 근본적으로 대화적 존재라고 했다. 인간은 자기 자신과 대화를 나눌 수 있고, 타인과 대화를 나눌 수 있다. 인간의 대화적 산물로서의 문학은 인간의 구체적인 문화적 실천의 모습이다. 다음은 채만식 단편소설의 일부이다. 이 작품을 읽고 이 문제에 대해 생각해 보자.

> 그러자 마침 생각하니깐 오늘이 말복이야. 그래, 온 여름 내내, 그 생지옥에 처박혀 있으면서, 연계 한 마리두 못 얻어먹구 꼬치꼬치 야윈 게 애차랍기두 허구, 또 태호두 며칠 설사 끝에 눈이 빠아꼼하구, 에라 남대문장에나 가서 연계를 두어 마리 사다가 삶어 주리라구, 태호를 앞세우구 나섰지. (중략)
> 그랬지. 누가 글쎄 동복을 지성으로 끄내 입구, 그 야단을 떨었을 줄이야 꿈엔들 생각했수? (중략)

하마 조끔 뭣했으면 내가 미칠 뻔했다우, 허겁이 아니라. 시댁두 시댁이
지만 집에서 만약 어머니가 아시면, 기절을 하셨지.

그래 겨우 정신을 채려가지구, 그 얼뚱애기를 데려다가 마룻전에 걸터
앉히구서, 모자를 벗기구, 저구리를 벗기구, 조끼를 벗기구, 부채질을 해
주구 하면서 대체 어디를 갔다가 오느냐구 제쳐 물으니깐, 종로! 종로를
갔다 온대요. 자그만치 종로를.

나는 기가 막혀서 울다가 웃었구려.

젊은이 망녕은 참나무 몽둥이루 곤치다는데, 이건 몽둥이질을 하잔 말두
안 나구. 아닌게아니라, 국수를 늘리느라구 거기 마루에 놓아둔 방망이가
돌려다보입디다!

  "아아니 여보, 말쑥한 여름 양복은 두어두구서 무슨 내력으루 이걸 끄
내 입구, 종로는 또 무엇하러 가신단 말이요?"

  "속 모르는 소리 말아. 이걸 떠억 입구 이걸 푸욱 눌러 쓰구, 저 이글
이글한 불볕에! 어때? 온갖 인간들이 더우에 항복하는 백기(白旗) 대신
최저한도루다가 엷구 시언헌 옷을 입구서 그리구서두 허어덕허덕 쩔매
구 다니눈 종로 한복판에 가 당당하게 겨울옷을 입구서 처억 버티구 섰
는 맛이라니! 그게 어떻게 통쾌했는데!"

연설조루 팔을 재저으면서 마구 기염을 토하겠지.

  "남들이 보구 웃잖습디까?"

  "그까짓 속충(俗蟲)들이 뭘 알아서? 어허허 그 친구 토옹쾌허다! 이 소
리 한 번 치는 놈 없구, 모두 피쓱피쓱 웃기 아니면 넋나간 놈처럼 멍허
니 입을 벌리구서 치어다보구 섰지."

보니깐 그 두터운 양복 밖으루 땀이 뱃겠지. 얼마나 더웠어!

  "그리구 참, 내 올라오면서 싸전가게 앞으루 지내 와봤는데……"

  "무어랍디까?"

  "그저, 안녕히 다녀오셨느냐구. 그런데 말이야, 그 앞을 지내오면서, 가
만히 생각하니까, 썩 유쾌하겠지!"

  "진작 그러실 거지."

  "응, 길을 피해서 돌지두 말구, 맘을 터억 놓구서, 고개를 들구서 팔을

커다랗게 치면서 그 앞을 어엿하게 지내왔단 말이야, 아주 당당히. 그래!
그게 해방이란 거야, 해방! 해방은 유쾌한 거야!"
사뭇 우줄거리는데 얼굴은 보니깐, 그새처럼 침울하기는 침울해두, 말소
리는 애기같이 명랑하겠지!
재갸 말대루 통쾌하구 유쾌하구 한 덕분인지 모르겠어두, 닭국에다가 국
수를 말어 주니깐, 큰 바리루 하나를 다 먹구 또 주발루 반이나 먹더군.
그러니 말이유. 그게 요행 병을 돌려서 그러는 거라면, 오죽 기쁠 일이우.
그렇지만 불행히 병이 도저가는 증조라면 그 일을 장차 어떡헌단 말이우?
　　　　　　　　　　　　　　　　　　　　　　　－ 채만식, 「소망(少妄)」에서

　　이 소설은 1938년에 발표된 채만식의 단편소설 「소망(少妄)」의 후반
부이다. 우선 작품을 보면 이야기를 하는 사람은 부인이고, 이 부인의
말을 듣는 사람은 나타나지 않고 있다. 이 소설 전체로 보아도 이 부인
의 말을 듣는 청취자는 구체적으로 나타나지 않는다. 그러나 그 청취자
는 이 부인의 언니임을 알 수 있다. 그러니까 이야기를 하는 서술자(부인)
와 그의 언니와의 대화적 관계로 이야기가 진행되지만, 언니 즉 청취자는
표면에 명시적으로 드러나지 않고 서술자의 말을 통해서 드러나고 있다.
그리고 서술자와 서술자의 남편이 이 소설의 주된 대화적 주체들이다.
　　이 소설은 말복 날 주인공이 겨울옷을 입고 종로를 활보하고서 통쾌
함을 맛보고, 싸전 가게 앞으로 지나온 것을 두고 해방감을 맛보는 이야
기이다. 이를 두고 서술자는 걱정하며 의사에게 시집가서 매우 행복해
보이는 언니에게 남편의 이상한 행동거지를 설명하면서 남편을 정신과
의사에게 보여야 한다고 주장하는 이야기이다. 이 소설은 서술자, 피서
술자, 인물들간의 관계를 통해 오히려 작가와 독자의 대화적 관계가 강
조되는 소설이다. 말하자면 독자는 서술자가 전달하는 이야기와 인물의
관계를 대비해 봄과 아울러, 인물의 말과 행위를 통해 작가가 말하고자
하는 바를 묻게 되는 것이다.

말복날 어째서 주인공은 겨울옷을 입고 종로 한복판에서 활보하게 되었는가? 그것을 두고서 왜 통쾌함을 느꼈는가? 주인공은 어째서 다른 사람들을 속충이라고 했는가? 주인공은 어째서 싸전가게 앞으로 오면서 해방감을 맛보았는가? 서술자는 왜 이러한 행위를 보고 병이 도저가는 행위라고 염려하고 있는가? 과연 주인공의 행위는 어떤 의미를 지니고 있는가? 이 소설을 통해서 작가가 말하고자 하는 것은 무엇인가?

상식적으로 생각건대 말복 더위에 대로를 활보한다는 것은 두 가지 경우이다. 하나는 정신병자의 행위이고 또 하나는 그러한 행위를 통해 자신의 의도를 드러내기 위한 것이다. 여러 정황으로 보아 작가는 후자의 경우를 택해 독자와 대화를 시도하고 있다. 그런데 문제는 이러한 인물들의 삶이 식민지하의 당대 삶과 분리해서 생각할 수 없다는데 있다. 작가는 이러한 삶의 모습을 문학텍스트를 통해 독자와의 대화를 시도함으로써 문화적 실천을 행하고 있는 것이다.

2) 삶의 총체적 체험 추구

고도로 정보화된 산업사회로 접어든 현실의 삶은 단편적, 즉흥적 경험을 추구하게 되었다. 지식의 습득도 문자 매체를 통해서만이 아니라 전자 미디어나 영상 미디어에 의존하는 경향이 높아졌다. 세계는 해체되고, 가치관, 사회와 개인, 개인과 개인 사이의 분열이 일반화되었다. 그 가운데 인간도 자아상실과 불안, 좌절, 소외, 원자화, 왜소화 등을 면치 못하게 되었다. 이것은 현대 산업자본주의 사회의 심각한 문제로 지적되는 것들이다.

이러한 문제를 해결하는 실마리는 여러 방면에서 구할 수 있다. 무엇보다 문학을 통한 해결의 실마리는 인간의 삶에 대한 반성에서, 혹은 인간 본질의 확인을 통해서, 삼라만상의 다양한 의미를 터득하는 것 등

에서 찾을 수 있다. 이를 두고 삶의 총체적 체험이라고 할 수 있겠는데
이것이 가능하게 해주는 것은 문학이다. 문학은 단편화된 삶을 온전히
드러내고, 연결시키고 사회, 역사 속에서 살아가는 다양한 삶의 모습을
드러낸다. 이것 또한 문화실천으로서의 문학의 한 측면이다. 다음은 최
승호의 「무인칭의 죽음」이라는 시이다.

뒷간에서 애를 낳고
애가 울자 애가 무서워서
얼른 얼굴을 손으로 덮어 죽인 미혼모가
고발하고 손가락질하는 동네사람들 곁을 떠나
이제는 큰 망치 든
안짱다리 늙은 판사 앞으로 가고 있다.

그 죽은 핏덩어리를
뭐라고 불러야 서기(書記)가 받아쓰겠는지
나오자마자 몸 나온 줄 모르고 죽었으니
생일(生日)이 바로 기일(忌日)이다
변기통에 붉은
울음뿐인 생애,
혹 살았더라면 큰 도적이나 대시인이 되었을지 그 누구도 점칠 수 없는

그러나 치욕적인 시 한 편 안 쓰고 깨끗이 갔다
세발자전거 한 번 못 타고
피라미 한 마리 안 죽이고 갔다.
단 석 줄의 묘비명으로 그 핏덩어리를 기념하자

거기에서 떨어져
변기통에 울다가
거기에 잠들었다.
— 최승호, 「무인칭의 죽음」 전문

시인은 이 시대의 미혼모의 문제가 미혼모 개인의 문제가 아니라 우리 모두의 문제라는 것을 이 시를 통해 말하고 있다. 공동체에서 어린 소녀를 파멸의 경지에 이르게 한 것도 우리들이요, 공동체에서 어린 미혼모를 추방한 것도 우리들이요, 법정에 세운 것도 우리들이라는 것을 보여준다. 그리하여 시인은 '미혼모' 사건을 통해 우리를 돌아보게 하고 나를 반성하게 한다. 이러한 반성적 인식을 제공하는 것은 문학텍스트의 본질 가운데 하나이다.

3) 다양한 인간 삶의 형상화

문학텍스트 가운데 소설은 인간의 삶을 가장 온전하게 표현할 수 있는 장르이다. 인간에 대한 탐구야말로 인류 역사에 있어서 커다란 문제였다. 인간이란 무엇이며, 인간이란 어떠한 존재이며, 인간의 본질은 무엇인가를 끊임없이 묻고 있는 것이 소설이다. 소설이란 그러니까 사람 사는 이야기이다. 이 사람 사는 이야기에서 독자는 인간들의 삶에 감동을 느끼기도 하고, 인간이란 어떤 존재이며, 사람답게 사는 것이 무엇인지를 깨닫게 된다. 이상의 「날개」에서는 인간을 어떻게 그리고 있는지 살펴보자.

'박제가 되어 버린 천재'를 아시오? 나는 유쾌하오. 이런 때 연애까지가 유쾌하오.
육신이 흐느적흐느적하도록 피로했을 때만 정신이 은화처럼 맑소. 니코틴이 내 횟배 앓는 뱃속으로 스미면 머리 속에 으레히 백지가 준비되는 법이오. 그 위에다 나는 위트와 패러독스를 바둑 포석처럼 늘어놓소. 가증할 상식의 병이오.
나는 또 여인과 생활을 설계하오. 연애 기법에마저 서먹서먹해진, 지성의 극치를 흘깃 좀 들여다본 일이 있는, 말하자면 일종의 정신 분일자(精神

奔逸者) 말이오. 이런 여인의 반(半)—그것은 온갖 것의 반이오.—만을
영수하는 생활을 설계한다는 말이오. 그런 생활 속에 한 발만 들여놓고
흡사 두 개의 태양처럼 마주 쳐다보면서 낄낄거리는 것이오. 나는 아마
어지간히 인생의 제행(諸行)이 싱거워서 견딜 수가 없게쯤 되고 그만둔
모양이오. 굿바이. (중략)
그 33번지라는 것이 구조가 흡사 유곽이라는 느낌이 없지 않다. 한 번지에
18가구가 죽—어깨를 맞대고 늘어서서 창호가 똑같고 아궁지 모양이 똑같
다. 게다가 각 가구에 사는 사람들이 송이송이 꽃과 같이 젊다. (중략)
나는 그러나 그들의 아무와도 놀지 않는다. 놀지 않을 뿐 아니라 인사도
않는다. 나는 내 아내와 인사하는 외에 누구와도 인사하고 싶지 않았다.
(중략)
사정을 하면 이렇게 비가 오는 것을 눈으로 보고 알아 주겠지. 부리나케
와 보니까 그러나 아내에게는 내객이 있었다. 나는 너무 춥고 척척해서
얼떨김에 노크하는 것을 잊었다. 그래서 나는 보면 아내가 좀 덜 좋아할
것을 그만 보았다. 나는 감발자국 같은 발자국을 내면서 덤벙덤벙 아내
방을 디디고, 그리고 내방으로 가서 쭉 빠진 옷을 활활 벗어 버리고 이불
을 뒤썼다. 덜덜덜 떨린다. 오한이 점점 더 심해들어 온다. 여전 땅이 꺼
져 들어가는 것만 같았다. 나는 그만 의식을 잃어버리고 말았다.(중략)
내가 잠을 깨었을 때는 날이 환히 밝은 뒤다. 나는 거기서 일주야를 잔
것이다. 풍경이 그냥 노오랗게 보인다. 그 속에서도 나는 번개처럼 아스
피린과 아달린이 생각났다.
아스피린, 아달린, 아스피린, 아달린, 맑스, 말사스, 마도로스, 아스피린,
아달린.
아내는 한 달 동안 아달린을 아스피린이라고 속이고 내게 먹였다. 그것은
아내 방에서 아달린 갑이 발견된 것으로 미루어 증거가 너무나 확실하다.
무슨 목적으로 아내는 나를 밤이나 낮이나 재웠어야 됐나?
나는 밤이나 낮이나 재워 놓고 그리고 아내는 내가 자는 동안에 무슨 짓
을 했나?
나를 조금씩 조금씩 죽이려던 것일까? (중략)

나는 거기 아무 데나 주저앉아서 내 자라 온 스물 여섯 해를 회고하여
보았다. 몽롱한 기억 속에서는 이렇다는 아무 제목도 불그러져 나오지
않았다.

나는 또 내 자신에게 물어 보았다. 너는 인생에 무슨 욕심이 있느냐고,
그러나 있다고도 없다고도, 그런 대답은 하기가 싫었다. 나는 거의 나 자
신의 존재를 인식하기조차도 어려웠다. (중략)

우리 부부는 숙명적으로 발이 맞지 않는 절름발이인 것이다. 내가 아내
가 제 거동에 로직을 붙일 필요는 없다. 변해할 필요도 없다. 사실은 사
실대로 오해는 오해대로 그저 끝없이 발을 절뚝거리면서 세상을 걸어가
면 되는 것이다. 그렇지 않을까?

그러나 나는 이 발길이 아내에게로 돌아가야 옳은가 이것만은 분간하기
가 좀 어려웠다. 가야 하나? 그럼 어디로 가나?

이 때 뚜우 하고 정오 사이렌이 울었다. 사람들은 모두 네 활개를 펴고
닭처럼 푸드덕거리는 것 같고 온갖 유리와 강철과 대리석과 지폐와 잉크
가 부글부글 끓고 수선을 떨고 하는 것 같은 찰라, 그야말로 현란을 극한
정오다.

나는 불현듯이 겨드랑이가 가렵다. 아하, 그것은 내 인공의 날개가 돋았
던 자국이다. 오늘은 없는 이 날개, 머리 속에서는 희망과 야심의 말소된
페이지가 딕셔너리 넘어가듯 번뜩였다.

나는 걷던 걸음을 멈추고 그리고 어디 한 번 이렇게 외쳐 보고 싶었다.
날개야 다시 돋아라.

날자. 날자. 날자. 한 번만 더 날자꾸나.

한 번만 더 날아보자꾸나.

— 이상, 「날개」에서

　　1936년에 발표된 「날개」는 모더니즘 소설의 특징을 갖고 있다. 모든
자연스러운 일상생활로부터 소외된 자기 혼자만의 방안에 스스로 갇힌
상태에서 혹심한 자학과 거만한 자기 만족을 느끼는 이율배반성은 모더
니즘 소설의 특징이다. 그 중 대표작이라 할 만한 「날개」는 식민지 자본

주의 사회에 살고 있는 지식인의 소외와 모순을 그린 작품이다.

작가는 지식인 주인공이자 화자인 '나'를 매춘으로 생계를 꾸려나가는 아내에 기생하여 먹고사는 무능력자로 그리고 있다. 주인공은 정상적인 부부관계라는 일상적인 가족관계를 부정하고, 돈을 매개로 아내와 아내의 내객과 내가 관련 맺고 있는 현실의 생활세계를 관념적으로 부정하고자 한다. 작가는 인간과 물질 세계로부터의 철저한 소외를 겪고 있는 인물을 보여주고 있는 것이다.

그러나 문제는 그러한 사회적 관계를 포함한 현실적 삶에서 비롯된 인간의 소외를 폐쇄된 공간 속의 인간의 내면심리로 절대화시키고 물신화시켜 그것을 영원불변한 인간조건으로 바꾸어 버렸다는 점에 있다.

이 작품을 통해 독자들은 다양한 인간의 삶 가운데 하나인 주인공 '나'의 삶을 대하게 된다. 문학텍스트는 무수한 인간들의 삶을 그리고 있다. 독자들은 그 속에서 인간이란 어떤 존재인가를 깨닫고 자신을 돌아보는 힘을 얻게 된다. 이것이 문화적 실천으로서 문학이 갖는 힘이다.

4) 무한한 상상력의 고양

문화실천으로서의 문학의 속성 가운데 빠뜨릴 수 없는 것이 상상력이다. 문학에서의 상상력은 언어적인 상상력이라고 할 수 있다. 언어적인 상상력이라면 이미지를 만드는 기술 혹은 이미지를 형성하는 심적인 능력을 떠올리게 되지만, 상상력이 그렇게 단순한 범위에 국한되지 않는다.

상상력은 이성과 정서를 모두 포함하는 종합적 정신능력을 말한다. 즉 인간적 경험의 가능한 모델을 구축하는 능력인 것이다. 이렇게 본다면 상상력은 인간의 삶의 기반을 이루고 있다는 것을 알 수 있다. 상상력은 일상언어생활에서도, 과학적 법칙을 발견하는 데 있어서도 없어서는 안될 요소이다. 이러한 상상력은 문학을 언어로 형상화하는 데 없어서는 안될 중요한 정신작용이다. 문학이 비록 현실의 거울이고 마음의 빛이라고 하지만, 문학은 현실과 마음을 있는 그대로 드러내지는 못한다. 작가는 그의 상상력으로 그리고자 하는 대상을 조정한다. 이럴 경우 문학은 대상을 모방하지만 모사하지는 않는다고 말한다. 이것이 문학이 상상력을 다루되 사실을 다루는 역사나 신문기사와도 다른 점이며, 있는 그대로의 모습을 담은 영화나 사진과도 다른 점이다. 그러니까 문학은 상상력을 통한 인간 경험의 가능한 경험을 언어로 구축한 것이라고 할 수 있다. 이 상상력은 작가가 문학텍스트를 생산할 때 작용할 뿐 아니라 독자가 문학텍스트를 감상할 때도 작용한다. 그러기에 상상력은 인간의 삶을 언어로 실천하는 없어서는 안될 중요한 요소이다. 다음은 이청준의 「이어도」의 일부이다. 이 작품을 읽고 상상력이 어떻게 작용하는지 생각해 보자.

> 긴긴 세월 동안 섬은 늘 거기 있어 왔다.
> 그러나 섬을 본 사람은 아무도 없었다.
> 섬을 본 사람은 모두가 섬으로 가 버렸기 때문이었다.
> 아무도 다시 섬을 떠나 돌아온 사람은 없었기 때문이었다.

1

해군 함정까지 동원한 수색전은 작전 2주일 만에 완전히 끝이 났다. 마라도(馬羅島) 한 곳을 제외하고 나면 제주도 남단으로부터 동지나해 일대의 광막한 해역 안에는 섬 비슷한 것 하나도 떠올라 있는 것이 없었다. 예정된 해역 안을 갈아엎듯이 누비고 다닌 두 주일간의 치밀한 수색전에도 불구하고 배들은 끝내 섬을 찾아 낼 수 없었다.
섬은 없었다. 배들은 다시 항구로 돌아왔다.
작전 임무가 끝난 것이다.
보기에 따라서는 도깨비 장난 같은 수색이었다. 결과야 어느쪽이든 한가지 조그만 사고만 없었더라면, 이제 이 해역 안에 파랑도라는 섬이 실재

하지 않는다는 사실이 확인된 이상 작전 임무 자체는 그런대로 원만히
완수되어진 셈이었다.

그런데 작전 중에 한 가지 개운찮은 사고가 일어났다.

천 남석(千南石) 기자—파랑도 수색 현장 취재를 위해 두 주일 전 출항
날부터 작전함정에 함께 승선해 온 남양일보사 천 남석 기자의 영문 모
를 해상 실종 사고가 생긴 것이다. (중략)

2

천 기자의 실종 사고가 그 날 밤 그의 이어도 이야기와 어떤 관련이 있
을 지도 모른다는 선우 중위의 추측은 터무니없는 상상이 아니었다.

이어도—그 이어도에 관해서는 선우 중위로서도 물론 이번 작전과 관련
해서 어차피 상당한 이해를 가지고 있었다. 이어도에 관한 이야기는 파
랑도 수색작전이 시작되기 전서부터 충분한 조사가 행해져 있었다. 그리
고 그 이어도는 실상 작전의 한 간접적인 동기가 된 섬의 이름이기도 했
다. 그것은 이를테면 오랜 세월 동안 이 제주도 사람들의 입에서 입으로
이야기가 전해 내려온 전설의 섬이었다. 천리 남쪽 바다밖에 파도를 뚫
고 꿈처럼 하얗게 솟아 있다는 전 제주도 사람들의 피안의 섬이었다. 아
무도 본 사람은 없었지만, 제주도 사람들의 상상의 눈에서는 언제나 선
명한 모습을 드러내고 있는 수수께끼의 섬이었다. 그리고 누구나 이승의
고된 생이 끝나고 나면 그 곳으로 가서 새로운 저승의 복락을 누리게 된
다는 제주도 사람들의 구원의 섬이었다. 더러는 그 섬을 보았다는 사람
도 있었지만 이상하게도 한 번 그 섬을 본 사람은 이내 그 섬으로 가서
영영 다시 이승으로는 돌아오지 않았기 때문에 그 모습을 분명하게 말할
수 있는 사람은 아무도 없는 섬이었다.

언제부턴가 이 곳 제주도 어부들에게선 이어도가 아니라 그 이어도와 비
슷한 또 하나의 섬 이야기가 전해지기 시작하고 있었다. 파랑도의 소문
이 생겨난 것이다. 파랑도의 소문은 이어도하고는 달리 좀더 구체적이고
널리 퍼져 나갔다. 망망 대해 어느 물길 한 굽이에 잿빛 파도를 깨고 솟
아오른 파랑도의 모습을 보았다는 어부들이 곳곳에서 나타났다. 섬을 보
았다는 사람들은 한결같이 하늘과 바다를 걸어 자기의 말이 거짓이 아님

을 단언했다. 이윽고 파랑도 소문의 주변에는 서서히 현실적인 이해 관계가 얽히기 시작했고, 보다 더 구체적인 관심 속에서 소문의 근원이 떠져지기 시작했다. 사람들은 그것이 혹시 썰물 때만 잠깐 모습을 드러냈다가 밀물 때가 되면 다시 수면 아래로 가라앉는 거대한 산호초 더미가 아닌가 의심했다. 그게 정말로 섬의 모양을 갖춘 것이라면 남해 지도가 온통 다시 고쳐 만들어져야 할 참이었다. 사람들은 마침내 이어도의 전설을 생각해냈다. 옛날부터 이 바다의 어디엔가는 이어도라는 섬이 숨어 있다는 구전이 전해 내려오는 터이었다. 이어도에 관해서는 언젠가 그것을 보았노라는 사람의 전설도 남아 있고 아직도 제주도 일대에는 그 이어도에 관한 분명한 민요까지 남아 있지 않느냐. 이어도 전설은 아마 파랑도의 실재에서 비롯된 제주도 사람들의 구전에 의한 또 다른 전설의 하나일 것이다. 파랑도의 실재 가능성은 이어도의 전설로하여 좀더 분명해질 수 있을 것이다. 파랑도를 찾아보자. 그리하여 당국은 마침내 파랑도의 수색 작전을 계획했고, 결국은 파랑도고 이어도고 이 세상엔 그런 섬이 실재하지 않는다는 사실이 확인되기에 이른 것이다.

— 이청준, 「이어도」에서

작가는 「이어도」를 통해 험하고 믿을 수 없는 바다를 삶의 터전으로 삼고 있는 제주도 사람들에게 전설처럼 전해 내려오는 섬 이어도의 존재가, 어떻게 환상의 낙원을 형성하고 있으며 또 그것이 어떻게 구체적인 삶과 관계지어지고 있는가를 상상력을 통해 탐구해 나가고 있다. 이어도는 한 번 가면 다시 돌아올 수 없는 섬이라고 할 때 이청준이 그린 이어도는 죽음의 섬이다. 그런데 언제부턴가 제주도 사람들 사이에선 이 죽음의 섬을 이승의 생활 속에서 설명하려는 버릇이 생기고 있었다, 그들에게는 이어도라는 꿈이 있기 때문에 현세의 고된 질곡들을 참아 낼 수 있었으며, 언젠가는 그 섬으로 가서 저승의 복락을 누리게 된다는 희망 때문에 이승에선 어떤 어려움도 달게 견딜 수 있었다면, 그 섬은 죽음의 섬이기를 넘어서 구원의 섬이 된다. 이어도가 일상적인 삶과 사고의 바

끝쪽인 상상의 세계에 존재하면서도 현세의 생활까지 간섭해 오고 있음을 통해, 우리는 배를 타지 않으면 안될 운명에 있는 제주도 사람들의 삶을 이해하고 그 고통스러움 속에 열려 있는 정신적 탈출구를 보게 된다.

작가는 인간사의 모든 것을 이해하고 상상하여 글을 쓰는 사람이라면 독자는 그 글이 뜻하는 세계를 이해하고 상상할 수 있어야 한다. 정보 산업 사회에서 소외되고, 파편화되고, 정서가 메말라버린 물질화된 삶의 질곡에서 벗어날 수 있는 길은 삶을 더 풍요롭게 하는 길을 찾는 것이다. 그 길이 창의성을 바탕으로 한 상상력의 세계이며, 이 상상력의 세련이야말로 우리가 문학을 향유하는 이유 가운데 하나가 된다.

5) 주체의 이념 실천

앞에서 살펴 본 문학현상은 문화의 한 현상이다. 인간이 문학을 생산하고, 소비하는 활동은 인간의 활동 가운데 가장 중요한 일이다. 왜냐하면 인간은 언어를 떠나서는 살 수 없고, 언어를 표현하는 어떤 양식을 창조하고 수용한다는 것을 떠나서는 존재할 수 없기 때문이다.

인간은 언어활동을 통해 자신의 이념을 드러낸다. 언어활동, 즉 담론의 실천은 곧 의미를 약호화하는 주체 내부의 체계 속에서 이루어진다. 물론 그 주체는 개별적 주체라기보다는 사회적인 주체이다. 언어가 갖는 사회적 성격은 주체의 어떠한 개별적인 특성조차 언어적 실천을 통해 사회화되고 만다. 그리고 이들 사회적 주체가 드러내는 의미작용의 실천은 그 주체의 이념을 통해 규정된다. 이념을 인간과 사회집단의 정신을 지배하는 표상들의 체계라고 규정한다면, 이들 사고와 표상 체계는 언어적 의미 작용의 체계로 구체화된다. 그리고 이념은 한 사회 속의 단일 혹은 다수 집단의 특수한 이해 관계를 대변한다.

주체들의 언어적 실천을 통해 형상화되는 문학은 주체들의 이념을 드러낸다고 할 수 있다. 그런데 문학은 어떤 단일한 주체의 언어로 이루어진 것이 아니라, 다양한 주체들이 엮어 가는 언어로 되어 있다. 그렇기 때문에 문학텍스트에는 언어를 통해 형상화되는 다양한 주체들의 이념이 담겨 있다고 할 수 있다. 바흐찐은 문학에서는 말하는 사람과 그의 담론이 언어에 의한 예술적 묘사의 대상이라는 점(담론은 이야기를 위한 매우 특별한 형식상의 장치들과 어휘의 묘사를 위한 고유한 방식들을 필요로 한다), 문학 속의 화자는 본질적으로 구체적인 역사에 의해 규정되는 사회적 개인이며, 그의 담론도 '개인적 방언'이 아닌 '사회적 언어'라는 점, 문학 속의 화자는 언제나 어떤 정도로든 이념인(ideologue)이며, 그의 말은 언제나 이념소(ideologeme)들이라는 점에서 문학에서의 담론과 이념의 관계를 중시하고 있다. 이것은 특히 다양한 주체들의 담론의 형상물인 소설에서 두드러지는 특성이다.

소설에서 그려지는 모든 것이 화자는 아니며 사람들도 오로지 화자로서만 그려질 필요는 없다. 극이나 서사시 속의 인물과 마찬가지로 소설 속의 인물도 행동할 수 있다. 그러나 그러한 행동은 언제나 이념에 의해 조명되며, 언제나 등장인물의 담론—비록 그 담론이 아직까지는 잠재적인 것에 불과하다 할지라도—과 연결되어 있고, 이념적인 모티프와 관련되어 명확한 이념적 입장을 표현하게 된다. 소설 속의 사건과 등장인물의 개별적인 행동은 그의 이념적 견해인 그의 담론을 검증하고 또 드러내기 위해서도 본질적인 것이다.

어떤 세계의 고유한 이념을 드러내는 데에는 그 세계의 담론을 동원할 수밖에 없다. 어떤 이념적 세계가 말을 하게 한다는 것은 곧 그 말을 사용하는 주체의 담론과 이념이 밀접한 관련을 지닌다는 것을 의미한다. 언어(담론)와 이념의 관계를 『삼대』를 통해 알아보자.

『삼대』를 지탱하고 있는 핵심은 일반적으로 祖·孫 두 가장이 완강하게 이어 견지하는 중산층의 보수적 현실주의라는 것이다.

조상훈의 이념은 주체들의 담론을 통해 드러난다.『삼대』의 첫 부분을 보자.

> 덕기는 안마루에서 내일 가지고 갈 새 금침을 아범을 시켜서 꾸리게 하고 축대 위에 섰으려니까, 사랑에서 조부가 뒷짐을 지고 들어오며 덕기를 보고, "애, 누가 찾아왔나 보다. 그 누구냐? 대가리 꼴하고……친구를 잘 사귀어야 하는 거야. 친구라고 찾아온다는 것이 왜 모두 그 따위 분이냐? (중략)
> "당치 않은! 삼동주 이불이 다 뭐냐? 주속(紬屬)이란 내 나쎄나 되어야 몸에 걸치는 거야. 가외(可畏) 저런 것을 공부하는 애가 외국으로 끌고 나가서 더럽혀 버릴 테란 말이냐? 사람이 지각머리가……?"
> 하며 부엌 속에 쪽치고 섰는 손주며느리를 쏘아본다.
>
> — 염상섭,『삼대』에서

『삼대』첫 부분부터 조의관은 당당한 말투다. 손자에게 제사를 지내고 돌아가라는 엄명이나, 제사 문제를 놓고 아들 조상훈과 벌이는 논쟁에서도 잘 드러난다. 이러한 당당한 말투는 그가 세상을 바라보는 이념에 닿아 있다. 그 이념이라 '사당과 금고'로 요약된다.

> 조의관에게는 평생 오입이 세 가지 있다. 하나는 을사조약 한창통에 그때 돈 이만 냥, 지금 돈으로 사백 원을 내놓고 사십여 세에 옥관자를 붙인 것이니 차함은 차함이로되 오늘의 조의관이란 택호(宅號)가 아주 터무니없는 것이 아니요, 또 하나는 육 년 전에 상배하고 수원집을 들여앉힌 것이니 돈은 여간 이만 냥으로 언론이 아니나 그 대신 귀순이를 낳고 또 여든 다섯에 죽을 때는 열다섯 먹은 아들을 두게 될지 모르는 터인즉 그다지 비싼 오입은 아니나, 맨 나중으로 하는 오입이 이번 대동보소를 맡은 것인데 이번에는 좀 단단히 걸려서 이만 냥의 열곱 이십만 냥이나 쓴 것이다. — 염상섭『삼대』에서

    족보 있는 양반 가문을 이루는 것과 재산을 지키고 이어갈 자손을 얻는 것이 그의 평생의 오입이다. 이를 중산층 보수주의라고 말하는 것이 일반적이다. 그렇기 때문에 제사문제에 그렇게 신경을 곤두세우고, 재산 관리에 애쓰는 것이다. 이러한 이념으로 그는 다른 주체들과 곳곳에서 충돌을 일으킨다. '제1충돌'에서는 ××조씨 중시조인 ○○당(堂) 할아버지 치산(治山)과 묘막을 짓는 문제로 상훈이와 창훈이의 논쟁을 듣고 조의관이 한 말과 제24장 '집'에서 조의관이 덕기에게 한 당부에서 잘 드러난다.

    "어서 가거라! 여기는 너 올 데가 아니야! 이 자식아! 나이 오십줄에 든 놈이 철딱서니가 없이 무엇이 어쩌고 어째? 조상을 꾸어 왔어? 꾸어 온 조상은 자기네 자손만 도와? 배우지 못한 자식!"
    영감은 금세로 숨이 너머가려는 사람처럼 헐떡거리며 벌건 목에 푸른 힘줄이 벌렁거린다. 상훈이는 여전히 고개를 숙이고 한 구석에 섰다. (중략)
    "공부가 중하냐? 집안 일이 중하냐? 그것도 네가 없어도 상관없는 일이면 모르겠다만 나만 눈 감으면 이 집이 어떻게 될지 너도 아무리 어린 애다만 생각해 봐라. 졸업이고 무엇이고 다 단념하고 그 열쇠를 맡아야 한다. 그 열쇠 하나에 네 평생의 운명이 달렸고 이 집안 가운이 달렸다. 너는 그 열쇠를 붙들고 사당을 지켜야 한다. 네게 맡기고 가는 것은 사당과 그 열쇠-두 가지뿐이다. 그 외에는 유언이고 뭐고 다 쓸데없다. 이때까지 공부를 시킨 것도 그 두 가지를 잘 모시고 지키게 하자는 것이니까 그 두 가지를 버리고도 공부를 한다면 그것은 송장 내놓고 장사 지내는 것이다. 또 공부는 그만큼 했으면 지금 세상에 행세도 넉넉히 할 게 아니냐?"
    ― 염상섭, 『삼대』에서

    '사당과 금고', '평생의 오입'이 조의관의 이념이다. 그러기에 그 이념에 대치되는 이념과는 논쟁이 있게 마련이다. 그 대상은 주로 아들 조상훈과의 논쟁이다. 이러한 것은 논쟁적 담론으로 나타난다. 그러나 수원집과 손자 덕기와의 다른 담론 양상을 보인다. 수원집은 조의관의 평생 오입의 대상이며, 혈통을 잇게 해줄 인물이라는 점과 덕기는 가계를 이어갈 인물이라는 점에서 조의관과 논쟁의 소지가 없기 때문이다.

이렇듯 소설(문학)은 주체들의 언어(담론)적 실천과 관계를 통해서 이념을 드러낸다. 이 이념을 드러내는 방식과 양상은 곧 가능한 우리의 삶의 모습이기도 하며, 작가의 이념적 실천이자 독자의 내면화와 연결된다는 점에서 중요한 문학적 실천인 것이다.

3. 문학 현상의 문화

문학현상은 문학이 이루어지는 내적 외적 제반 조건을 가리킨다. 즉, 작가와 작품과 독자의 역동적인 작용태(作用態)를 뜻하는 동시에 문학을 둘러싸고 있는 사회, 역사, 문화적 조건까지를 포괄하는 개념이다.

작가는 당대 사회·역사·문화의 조건 속에서 자신의 세계관과 개성을 통해서 문학 작품을 생산해낸다. 그러기에 작가마다 삼라만상을 다루는 방식이 다를 수밖에 없다. 이 때의 작가는 문학적 의미를 생산해내는 한 주체로서 자리잡게 된다. 생산된 텍스트는 인간이라는 주체들이 언어를 통해 의미를 주고받는 관계를 형성하고 있다. 이들 역시 사회·역사·문화적 배경을 갖고 있는 존재들이다. 그러나 이렇게 생산된 문학텍스트라 할지라도 독자의 개입 없이는 그 의미가 실현되지 않는다. 이 때의 독자는 자신의 개인적 경험과 사회·역사·문화적 배경에 따라 작품을 대하게 된다. 그렇기 때문에 독자에 따라서 이해와 감상의 폭과 깊이가 다른 것이다. 따라서 작가, 문학텍스트, 독자는 문학의 의미를 드러내는데 필수적인 요소가 된다.

그런데 문학 현상이라는 것이 오늘날 단순하지만은 않다는 것이 문제이다. 작가가 처해 있는 상황이나 세계에 대한 인식, 문학적 형상화 능력, 매체의 활용에 따라 문학텍스트는 다양하게 존재한다. 작가도 정보 산업 사회에서 과거 전업 작가로서의 위치를 벗어나고 있다. 즉 발표 매체의 다원화로 작가의 층도 그만큼 다양해졌다는 말이다. 컴퓨터 통신을 통해서 글을 발표한다든지, 자신의 글을 출판 시장에 직접 발표한다든지 하는 일은 이제 비일비재하다.

오늘날과 같이 영상 매체가 발달한 시대에는 독자들은 문학텍스트를 재래의 책의 형태로만 접하지 않는다. 신문, 잡지는 물론 라디오, 텔레비전, 컴퓨터 등의 통로를 통해서 소통되기도 한다. 이러한 결과 독자의 요구가 문학 창조자에게 더 직접적으로 작용하고, 대중적이고 상업적인 영향력이 문학 창조에 가해질 것이라는 우려도 해 볼 수 있다. 그런가 하면 문학 작품이 독자에게 다가갈 수 있는 통로가 다양해짐에 따라 이전에는 상상할 수 없었던 소재나 주제상의 변화가 나타날 수 있다. 그러나 이러한 변화는 문학 창조의 환경이 변하는 것이지, 문학 창조의 본질 자체가 달라지는 것은 아니다.

작가에 의해서 창조되고 여러 소통 경로를 통해 전달되는 문학텍스트는 독자에 의해서 읽혀질 때 생명을 지니게 된다. 따라서 문학의 수용은 문학의 창조와 함께 문학을 완성하는 축이라고 할 수 있다. 문학텍스트를 읽는 것을 작가의 의도를 찾는 것으로 본다든지, 작품 자체의 언어적 구조를 찾는 것으로 본다든지 하는 것들은 작품을 수용하는 독자를 소홀히 했다는 점에서 비판받을 수 있다. 이 때 문학을 수용하는 독자는 사회·역사적인 존재이며 그 시대의 문화적 자아로 존재한다. 따라서 문학이 생산·유통·수용되는 문학 현상은 하나의 문화 현상이다. 문학은 그것을 생산하는 주체, 그것을 수용하는 주체와 문학의 요소들 간의 상호주관적인 역동적 작용을 함으로써 개인의 상상력을 세련시키고, 총체성을 체험하게 하며, 문학적 문화를 고양시키는 문화적 산물로 볼 때

라야 제 모습을 온전히 드러낸다.

4. 문학적 문화를 위하여

문학적 문화란 인간이 소외로부터 벗어나 인간다움과 가치를 최대한 발휘하는 문화이다. 이러한 문화는 과학적 사실을 구명하거나 물질 문명을 축적한다고 해서 이룩되는 것은 아니다. 오히려 그러한 것들은 인간을 인간다움으로부터 멀어지게 하는 그리하여 인간성의 파멸로까지 이르게 할 위험을 안고 있다. 오늘날 물질 문명의 발달이 이것을 증명해 주고 있다. 물질 문명의 풍요로움은 곧 정신적 문화의 빈곤을 가져왔다. 그렇다고 해서 문명의 발달이 가져온 긍정적인 면까지 부정되는 것은 아니다. 기아와 질병, 자연 재해 등으로부터 인간을 해방시키는 측면에서는 긍정적인 평가가 가능하다. 이러한 것의 근저에는 근대 과학적 합리주의가 깔려 있다. 이 과학적 합리주의는 자연을 정복하여 이를 이용할 수 있는 방법을 제공해 주지만 인간을 자연으로부터 유리시키는 결과를 낳았으며, 과학기술의 발전으로 인한 인간의 소외현상을 가져왔다는 점에서 문제가 있다.

그렇다면 물질문명의 폐해를 극복하고 인간성을 회복하는 방법은 없을까? 적어도 그러한 것을 찾을 수 있도록 하는 어떤 매체는 없을까?

이 질문에 대한 하나의 답으로 문학을 제시할 수 있다. 문학은 끊임없이 인간의 인간다움에 대하여 질문하고 답한다. 작가는 작품을 통하여 독자와 삶의 문제를 놓고 대화를 나누고자 한다. 그리하여 독자로 하여금 반성적 성찰을 할 수 있도록 하며, 인간의 본질을 보여주고자 한다. 또한 인간은 파편화된 존재가 아니고 이 세계와 인간의 총체적 관계를 보여주고자 한다. 그리고 언젠가는 인간적 가치가 훼손되지 않는 세계에 도달할 수 있다는 꿈을 보여준다. 이 모든 것은 작가의 상상력을 통해 가능한 것이다. 이 또한 작가의 몫인 것만은 아니다. 우리 모두의 것이라는 것을 문학은 보여주고 있다.

문학적 문화의 고양을 통해 인간은 인간성이 소외되는 현실을 넘어서고 인간 존재에 대한 혼란을 벗어날 수 있다. 문학은 진정 문학의 존재 의의가 사라지는 그 날을 지향하고 있는 것이다.

II

인간스러움의 회복과 장인으로서의 글쓰기
- 이청준론 -

1. 머리말

　문학의 본질은 문학이 다루는 대상의 측면들을 비출 때 가장 뚜렷하게 나타난다. 즉 그것은 상상의 세계, 허구의 세계이다. 그러나 상상의 세계는 현실을 떠나 초월적으로 존재할 수 없다. 말하자면 문학작품은 단순한 객체가 아니라 복잡한 의미와 관계를 가진 다층적 성격의 고도로 복합적인 조직인 것이다.[153] 특히 소설은 서술적 산문(narrative prose)으로 허구를 통하여 인생을 표현하는 창작문학의 한 장르[154]라 할 때 그 인생을 표현한 상상의 세계는 매우 다양할 것이다. 이렇게 볼 때, 우리 현대 소설사에서 작품의 질과 양적 측면뿐 아니라 작품 세계에서 풍성함을 지니고 있는 작가들 중에 특히 이청준은 주목할 만하다.

　이청준에 대한 연구는 그의 첫 작품인 「퇴원」이 발표된 직후에서부터 지금까지 비평, 논문, 작품 해설, 월평 등으로 끊임없이 이어졌다. 그것은 그가 작품을 지속적으로 발표하고 있다는 데에서 그 이유를 찾을 수 있지만, 무엇보다 그의 소설이 지니고 있는 독특한 세계에서 찾아야 할 것이다. 그만큼 그의 소설 세계는 넓이와 깊이가 있다.

---

153) 르네 웰렉, 「문학의 본질」, 『문학이란 무엇인가』, 문학과지성사, 1983, 9-12쪽.
154) 구인환·구창환, 『문학개론』, 삼지원, 1987, 317쪽.

 이청준에 관한 주요 논고를 보면, 작가의 작품뿐만 아니라 주로 작가의 의식세계 및 문학세계를 논한 작가론으로 오생근, 김현, 이태동, 김치수, 신동욱, 정과리, 김윤식 등의 논의가 있다.[155] 다음 작품론으로 현길언, 김병익, 이남호, 김현, 이태동, 이동하, 김치수, 김주연, 황현산, 권오룡 등의 논의가 있다.[156] 또한 낙원의식과 관련하여 김종회, 구인환 등의 논의가 있고,[157] 신화의 측면에서는 김지원, 이보영 등의 논의가 있다.[158] 이 밖에 월평, 서평, 대담 등도 있다.

 이청준에 대한 평가는 아직도 그가 작품 활동을 하고 있는 당대의 작가라는 점과 시각과 방법에 따라 다양하게 논의되고 있는데, 대체로

---

155) 오생근, 「갇혀있는 자의 시선」, 『문학과 지성』 5권 3호, 1974.8.
　　　 김　현, 「장인의 고뇌」, 『현대 한국문학의 이론』, 민음사, 1972.
　　　 이태동, 「부조리 현상과 인간의식의 진화」, 『세계의 문학』 2권 3호, 1979.9.
　　　 김치수, 「언어와 현실의 갈등」, 『현대문학』, 제309호, 1980.9.
　　　 신동욱, 「진실을 탐색하는 이야기꾼」, 『우리시대 작가의 모순의 미학』, 개문사, 1982.
　　　 정과리, 「용서, 그 타인됨의 세계」, 『겨울광장』, 한겨레, 1987.
　　　 김윤식, 「이청준론」, 『우리소설을 위한 변명』, 고려원, 1990.
156) 현길언, 「문제 탐색을 위한 다층적 플롯」, 『한국 소설의 분석적 이해』, 문학과비평사, 1990.
　　　 김병익, 「진실과의 갈등」, 『병신과 머저리』, 홍성사, 1985.
　　　 이남호, 「소설쓰기와 작가의 시대적 역할」, 『쓰여지지 않은 자서전』, 중앙일보사, 1987.
　　　 김　현, 「자유와 사랑의 실천적 화해」, 『당신들의 천국』, 문학과지성사, 1985.
　　　 이태동, 「구원과 생명력의 바다」, 『흐르지 않는 강』, 홍성사, 1984.
　　　 이동하, 「한국 대중소설의 수준」, 『해방 40년의 문학』, 민음사, 1985.
　　　 김치수, 「말과 소리」, 『박경리와 이청준』, 민음사, 1982.
　　　 김주연, 「억압과 초월 그리고 언어」, 『남도사람』, 문학과비평사, 1987.
　　　 황현산, 「정지된 세계의 알레고리」, 『현대소설』, 1990, 봄.
　　　 권오룡, 「잃어버린 나를 찾아서」, 『키작은 자유인』, 문학과지성사, 1990.
157) 김종회, 『한국소설의 낙원의식 연구』, 문학아카데미, 1990.
　　　 구인환, 『근대 문학의 형성과 현실인식』, 한샘, 1983.
158) 김지원, 「원형의 샘」, 『현대문학』 제295호, 1979.7.
　　　 이보영, 「시원의 모색」, 『이청준』, 은애, 1977.

그의 작품에서 나타난 제재나 인물 혹은 사건들이 반일상적인 면이 나
타나긴 하지만 그것은 일상의 문제를 지적 방법을 통하여 상징화한 것
이라는 점에서 일치하고 있다. 그러나 그 가능성이 현실과의 관련에서
볼 때 한없이 허약할 수 있는 가능성이 있다는 비판적 시각도 있다.[159]
이상의 평가는 그 나름대로 근거가 있지만, 소수의 작품을 대상으로 한
성급한 평가보다, 편견 없이 그의 작품세계의 본질 탐구에 주력하는 것
이 바람직하겠다.

이에 본고는 이청준 문학의 전반적인 특성과 더불어,「해변 아리랑」
을 중심으로 문학 세계의 특질을 살펴봄으로써 그의 문학세계의 본질의
일단을 구명해보고자 한다.

2. 귀향 연습과 한풀이의 탐색 과정

이청준의 소설을 접하는 독자들은 그의 독특하고 다양하게 펼쳐지
는 상상력의 세계로 들어가게 될 것이다. 1965년 사상계에「퇴원」을 발
표함으로써 문단에 나온 이청준은, 30여 년 가까이 지속적인 작품 활동
을 해오면서『별을 보여드립니다』,『이어도』,『당신들의 천국』,『소문의
벽』,『남도사람』,『비화밀교』,『키 작은 자유인』등의 많은 창작집을 내
놓았으며 이상 문학상, 대한민국 문학상 등을 수상한 바 있는 중견 작
가이다. 그의 방대한 작품에서 드러나는 것처럼 이청준은 '그가 볼 수
있고 느낄 수 있고 생각할 수 있는' 모든 것들이 소설의 제재를 이룬다
는 지적[160]이 있을 만큼 폭넓은 관심을 보여 왔다. 그러나 이것이 아무
런 연관성이 없이 고립적으로 이루어지는 것은 아니다.

---

159) 권오룡, 앞의 글.
160) 김 현,「대립적 세계 인식의 힘」,『이청준』, 은애, 1977, 17쪽.

그의 문학 세계를 통해 우리는 진정한 삶, 본래적 가치를 추구하는 한 소설가의 장인 정신을 볼 수 있다. 그에게 있어서 소설 쓰기야말로 진정한 삶, 본래적 가치의 강도에 비례하는 것이다. 때로는 부자연스럽고, 불가능하며 또 주관적인 내용의 작품을 써온 것은 사실이나 그것은 허위적인 사실에 대한 기록이 아니라, 공중 높이 떠있는 '연'이 땅 위의 실과 연결되어 있듯이 존재의 본질적인 현실과 밀접한 관계를 맺고 있는 상상력으로 이루어진 문학이다.[161] 이청준이 출발한 현실이란 구체적으로 4·19와 5·16에서 출발한다. 4·19와 5·16을 체험한 이 세대의 의식의 분열증은 그와 무관한 것이 아니며, 그에게 있어서 문학한다는 행위는 「쓰여지지 않은 자서전」에서 보듯 전짓불 뒤에 몸을 감춘 고문관과의 치열한 싸움이며, 작가는 그것을 고도의 지적 방법을 사용하여 형상화시키는데, 그 형상화된 모습은 고향 체험적인 소설로 나타나며, 유토피아적 체험의 소설 그리고 압제와 폭력의 상징성을 탐구한 소설 등으로 나타난다.

우리는 그의 소설 속에서 사회적 인간관계에서 남보다 앞서고자 하는 서주호 검사와 사회와 동떨어진 북호정 사람들(「과녁」)을 만나고, 백만장자 정신병자(「조만득 씨」)를 만나고, 한 맺힌 여인의 흥얼거림(「해변 아리랑」)을 듣고, 그토록 이어도를 찾아 헤매는 천기자(「이어도」)를 만날 수 있다. 또한 이 땅에 천국은 가능한 것인가(「당신들의 천국」)라는 문제와 만날 것이며, 정신의 가장 근원적인 양태인 종교 혹은 제의(祭儀)에 관심을 돌리면서 보이지 않는 힘과 힘의 질서(「비화밀교」)를 볼 것이다. 그러나 동시에 우리는 이처럼 다양한 그의 소설 세계 속에서 응어리로 맺힌 삶에서 울려오는 소리를 간과해서는 안될 것이다. 그것은 일련의 「가위 밑 그림의 음화와 양화」라는 부제를 단 소설과 깊게 관련된바, 그의 소설

---

161) 이태동, 「부조리 현상과 인간의식의 진화」, 『이청준論』, 三人行, 1991, 25쪽.

쓰기가 중단 없이 지속되어 온 것은 이 풀어야 할 응어리가 많다는 것이고, 그 응어리는 진정한 삶이 이루어지지 않는 한 끊이지 않을 것이며, 따라서 그의 소설 쓰기도 계속될 것이다.

그렇다면 그의 심층에 자리잡고 있는 응어리의 성제는 무엇이며, 그것은 어떠한 모습으로 드러나는가. 그것의 핵심은 고향과 작가의 관계라 할 수 있다.

이청준의 문학을 대할 때 다음의 두 가지 측면에서 낯익음과 낯설은 측면을 느끼게 된다. 하나는 그의 소설이 보여주고 있듯이 이야기를 이끌어 가는 기술 방법 및 제재의 다양함이고, 다른 하나는 그가 지속적으로 제기하고 있는 본질적 가치 혹은 인간다운 삶을 다루고 있다는 것이다. 한 작가가 작품을 쓰는 행위는 인간과 세계에 대한 이해와 인식의 창조적 행위인데, 그것의 형상화는 작가의 추체험과 상상력의 발로라 할 수 있다. 물론 작품을 쓰는 행위가 단순한 창조적인 작업이 아닌 이상 문학 행위에 대한 진지한 자기 모색을 끊임없이 계속해야 할 것이다. 이런 점에서 볼 때 소설가 이청준은 철저한 장인 정신을 발휘하고 있는 작가라 할 수 있다. 이청준은 왜 쓰는가에 대하여 다음과 같이 말한 적이 있다.

> 작가는 자유의 질서로써 독자를 지배하고 싶어한다. …… 그는 자신의 작품으로 문열어 보인 그 자유의 질서에 의해 독자들의 삶을 보다 넓고 자유로운 세계에로 해방시킴으로써 그 자신도 그의 지배욕과 복수 그리고 그의 개인적인 삶의 모든 욕망들로부터 스스로를 해방시키고, 그의 삶을 보다 깊이 사랑하고 보다 넓게 실현해 나갈 수가 있게 된다. 그리고 한 작가의 개인적인 삶의 욕망과 그의 독자에 대한 책임 사이의 배반 없는 상호 창조 관계가 성립될 수 있게 된다. ―「지배와 해방」에서

그러니까 그가 생각하는 자신과 독자의 삶을 보다 자유로운 세계로

해방시킴으로써 삶을 보다 깊이 사랑하고 넓게 실현해 나가게 하는 데 있다고 요약할 수 있다. 그는 이와 같이 문학의 이상향을 성취하기 위해 세계에 대한 이해와 인식의 폭을 끊임없이 확대해 나가고 있는 지적 작가라 할 수 있다. 이러한 그의 문학세계는 구체적으로 「퇴원」 이후 몇 가지 계열로 묶어 볼 수 있다. 김종회는 그의 작품을 1) 고향 체험의 소설, 2) 복고적 예인(藝人)을 다룬 소설, 3) 유토피아적 체험의 소설, 4) 언어의 사회학적 고찰에 관한 소설, 5) 산업 사회의 문제를 다룬 소설, 6) 존재의 절대 고독에 관한 소설, 7) 압제와 폭력 상징성을 탐구한 소설[162]의 유형으로 분류한바 있지만 사람의 삶의 양식 가운데 그가 자신의 삶과 이 세계를 어떻게 이해하고 그 고유의 가치관을 어떻게 실현해나가는가 하는 것들과 연관시켜볼 때, 그의 소설은 고향을 축으로 하여 고향의 공동체 삶을 다룬 것(「남도 사람」, 「눈길」, 「해변 아리랑」 등)과 도회의 공동체 삶의 양상을 다룬(「언어 사회학 서설」시리즈, 「빈방」, 「소문의 벽」, 「이교도의 성가」 등) 것으로 나눌 수 있으며, 이 밖에 일반적 삶의 진정성과 숨겨진 세계의 비밀을 탐색해 보려는(「이어도」, 「황홀한 실종」, 「시간의 문」, 「비화밀교」, 「살아있는 늪」, 「자유의 문」, 「당신들의 천국」 등) 것으로 묶어볼 수 있다.[163] 그러나 이것은 어디까지나 작위적 요소가 많으며, 200편에 가까운 그의 작품을 분류하기란 그리 쉬운 것도 아니다. 중요한 것은 각 작품에 대한 정당한 해석과 평가가 이루어져야 하며 그것을 토대로 그의 작품 세계에 대한 총체적인 구명을 해야하는 데 있다.

그의 작품 가운데 상당수는 인물의 기억을 끄집어내는 것으로 되어 있다. "내게는 그 비슷한 데다 무얼 잊어 놓은 기억조차 없는데"(「퇴원」), "무슨 원죄 의식 같은 거였다고 할까 …… 나는 20년이 지나서도 마을

---

162) 김종회, 「유토피아 소설의 상상력과 현실의식」, 『어문연구』 제59·60합병호, 일조각, 1988, 387쪽.
163) 이청준·이위발 대담, 「문학의 토양을 이룬 반성의 정신」, 『이청준論』, 165쪽.

사람들의 얼굴을 분간하지 못했다.”(「살아 있는 늪」), “……가장 오랜 기억이 그 바닷가 산기슭의 밭머리 시절이었기 때문이다.”(「해변 아리랑」), “사고가 난 것은 1년 전 일이었습니다.”(「가수(假睡)」), “8·15 해방 이듬해에 돌아가신 아버지는 단 한 상도 당신의 사진이라는 것을 남거놓은 것이 없으셨다.”(「가위 밑 그림의 음화와 양화.1–머릿 그림」)

그 기억의 근저에는 고향이 자리잡고 있는데, 그의 인물의 가장 두드러진 특징은 고향을 찾아갈 경우 원죄의식과 같은 부끄러움을 느낀다는 것이다. 이러한 소설들은 고백체적 성격이 강하며 그의 소설에 있어서 고향 체험은 상당한 비중을 갖는다. 그것은 소설가로서 첫발을 내디딘 「퇴원」에서부터 선명하게 드러난다. 소학교 3학년 때, 광에 가득히 쌓아 올린 볏섬 사이에서 어머니와 누이의 속옷을 깔아 놓고 낮잠을 즐기다가 아버지에게 발각되어 이틀이나 감금되었다는 것(「퇴원」), 아버지의 죽음으로 편모의 슬하에서 가난하게 살아왔다는 것이 일종의 가위눌림으로 존재한다는 것(「가위 밑 그림의 음화와 양화」), 늙고 가난한 노인 때문에 어쩌다 한번씩 있어온 20년 동안의 고향 나들이 길이 까닭 없이 원죄의식을 느낀다는 것(「살아 있는 늪」) 등. 그의 소설의 부끄러움은 그 자신의 부끄러움이라는 것을 이청준은 이렇게 말하고 있다.

> 고향길이 두렵고 부끄러운 것은 그 치름과 길 닦음이 아직 모자라고 스스로 용서를 못 구한 탓일 게다. 그러니 나의 귀향 연습은 아직은 좀더 계속해나갈 수밖에. 쓸모 없이 버려진 한 뼘 작은 땅을 거기 얻어 내 삶의 정성과 믿음을 묻고 싶은 간절한 소망으로……소설을 쓰는 것도 실은 그 일을 대신하고 있음에 다름 아닌 것이다. (311쪽)

이 점은 그가 체험한 삶과 밀접한 연관이 있는데, 그의 소설에서는 구체적으로 아픈 상처의 기억을 지니거나, 어느 한편 균형 잡힌 정신을 지니지 못하고 살아가는 사람들이 등장한다. 그의 소설은 그 상처의 사연이나 치유의 과정에서 우리 삶의 진실이나 세계의 심상을 보여준다.

그의 아픈 상처의 상징적 의미는 소리(노래)에 잘 드러난다. 정과리는 그것을 남도 소리라 보고 그것은 자신을 회복하는 것에 집착하지 않고 스스로 타인이 되어 타인 속으로 흘러 들어가 넓게 퍼지는 것[164]이라고 보았다. 소리를 구태여 남도창이라 하지 않아도 그것은 인류가 보편적으로 지니고 있는 유희적 본능이 곁들여져, 삶의 진정성을 빼어나게 지니고 있는 양식이다. 소리가 질서를 본질로 한다는 것을 전제로 할 경우, 삶의 질서의 파괴는 곧 소리의 파괴로 나타나기 마련이다. 「해변 아리랑」의 어머니가 소리를 잃게 되는 것도 이런 맥락이다.

그렇다면 작가는 결국 소리의 본래의 모습을 찾는 행위를 지속적으로 계속해 왔던 것이다. 맺힌 소리를 푸는 것, 그것은 맺힌 삶을 푸는 것과 등가일 터이다. 그 맺힘이 커질수록 공동체는 그 본래의 의미 공간을 상실하고 사회의 거대한 교환 구조에 매몰될 것이다. 이지점이 이청준 문학이 우뚝 서있는 봉우리이다.

3. 삶의 맺힘과 맺힘의 삶

1) 바닷가 외딴 산기슭 : 죽음과 재생의 공간

한 작가에게서 그 작가의 독특한 세계를 발견한다고 하는 것은 비평이 해야 할 중요한 일 가운데 하나일 뿐 아니라, 나아가 그 세계가 가지고 있는 의미를 분석해낸다고 하는 것은 그 작품을 제대로 읽어내는 방법이 될 것이다. 그러나 문학이 사실의 기록이 아닌 작가에 의해서 재창조된 세계라는 것을 감안할 때에 그것이 생각만큼 쉬운 것은 아니다. 더

---

164) 정과리, 앞의 글, 411쪽.

군다나 문학 작품이 일정한 양식으로 존재하며, 그 양식이라는 그릇 속에는 내용물이 있게 마련인데 그렇게 해서 작가는 독특한 세계를 창조한다. 「해변 아리랑」의 서두는 이렇게 시작된다.

> 아이는 바닷가 외딴 산기슭 밭가에서 태어났다, 라고 하는 것은 세월이 지나 아이가 자란 다음까지 가장 오랜 기억이 그 바닷가 산기슭의 밭머리 시절이었기 때문이다.

아이가 태어난 곳이 바닷가 외딴 산기슭 밭가라고 한 것은 그가 어른이 되어서도 가장 오랜 기억으로 살아있기 때문이다. 그곳은 이 소설의 중심 무대이기도 한데, 바다 혹은 바닷가는 이청준 소설에서 지속적으로 보여지는 무대이기도 하다. 「바닷가 사람들」, 「이어도」, 「석화촌」, 「침몰선」, 「남도사람」, 「선학동 나그네」, 「섬」 등이 그런데, 우리는 그것이 직간접으로 작가의 고향 체험과 연결된다는 것을 어렵지 않게 짐작할 수 있다.

> 바닷가 산기슭에 일곱 마지기 짜리 밭갈이 한 자리가 있었다. 어머니는 여름 한철을 날마다 그 밭갈이 일로 해를 보냈다. 콩과 목화와 수수들을 조금씩 나눠 심은 밭에서 여름 내내 얼굴을 태우며 김을 매고 수확을 거뒀다.[165]

융, 바슐라르, 엘리아데 등은 바다를 원초적 이미지로서, 신화적 의미에서, 혹은 문화인류학적 관점에서 모든 생명의 어머니이면서 영원성을 상징하는 동시에 죽음과 재생, 창조와 소멸, 시초와 종말의 상징으로 보았다. 이청준의 소설에서 이러한 면들은 쉽게 찾아볼 수 있다. 「이어도」를 볼 경우 바다를 생활 근거지로 삼고 있는 제주도 사람들에게 '이

---

165) 이청준, 「어린날의 추억 독법」, 『말없음표의 속말들』, 나남, 1986, 201쪽.

어도'는 언제부턴가 자연발생적으로 실재하는 하나의 신비로운 공간이다. 그러나 그 신비로운 공간이 환상의 섬이면서 죽음의 섬이고, 또한 재생의 섬이기도 한 것이다.

> 선우 중위도 아시겠지만 이어도란 원래 이 제주도에선 사람이 죽어 저승으로 가서 그 저승의 삶을 누린다는 죽음의 섬 아닙니까? (……) 언젠가는 그 섬으로 가서 저승의 복락을 누리게 된다는 희망 때문에 이승에선 어떤 괴로움도 달게 견딜 수가 있노라고 말입니다. 죽음의 섬이 마침내 구원의 섬이 된 것이지요. — 「이어도」에서

「해변 아리랑」의 아이는 한여름 햇빛, 그 한낮의 볕발 아래 밭귀퉁이 무덤가 잔디에서 이마에 불태우는 햇덩이를 동무삼아 하염없는 원망 속에서 어머니를 기다렸다. 그의 어머니 금산댁은 한루 종일 "우우 우우 노랫 가락도 같고 울음 소리도 같은" 암울스런 음조를 바람기에 흩날리며 밭일을 하다가 해가 기울고 산그늘이 어둑어둑 밭이랑을 덮어 내려와야 비로소 소리를 그치고 아이에게로 왔다. 그것은 아이의 기억 속에 뒷날까지 살아 남은 생애 최초의 세상 모습이자 그 여름의 나날의 경험이었다. 아이는 이를테면 그 여름 밭가의 무덤터에서 생명이 태어난 셈이었고, 그 하늘의 햇덩이와 구름장, 앞바다의 물비늘과 돛배들을 요람으로 삶의 날개가 돋아 오른 셈이었다. 그러던 아이가 세월이 흘러 그 아이의 어머니와 형, 누이를 그곳 아버지의 무덤가에 묻어주고 자신이 묻힌 곳은 그곳이 아니라, 물비늘 반짝이는 바다였다. 그는 그가 생전에 한나절씩 주저앉아 바다를 내려다보던 돌밭가 언덕에 자신의 묘비가 되어 바다로 간 자기 묘지를 지켜보게 되었다.

「바닷가 사람들」의 소년이 「이어도」에 와서 적극적으로 신비의 낙원을 찾아 나섰다면, 「해변 아리랑」에서는 어린 시절 자신이 그토록 괴로워했던 해변가를 떠났다가 죽어서라도 다시 찾은 재생의 공간이 된다.

「바닷가 사람들」의 소년이 하늘과 땅과 바다, 즉 천계와 이승과 지옥의 삼계(三界)가 만나는 합일점인 막막한 대해의 수평선 너머의 세계를 늘 동경했듯이 그 동경의 실현은 곧 죽음으로써만 가능한 공간이라는 것을 다시 한번 확인할 수 있다.

작품의 무대인 바닷가 외딴 산기슭 밭가는 일상적 삶에서 흔히 볼 수 없는 공간이다. 만일 작품의 공간이 일상의 삶에서 흔히 볼 수 있는 그것이라면 인물/세계의 대립보다 인물/인물의 얽힘에 초점을 두고 있는 소설에서 세계는 단순히 배경으로 물러앉기 십상이나, 반일상적 공간 내에 위치함으로써, 이청준적 인물들의 삶은 거꾸로, 사람 전체에 관계된 보편적 삶의 내용을 개념적으로 축약한 알레고리로 읽어내도록 독자를 유도한다.166)

본래적인 가치의 세계에 대한 형언할 수 없는 그리움을 이청준은 인간스러움이라 했으며, 그 인간스러움을 찾는 행위야말로 소설의 본질에 육박하는 것이다. 아이가 그토록 지루하고 원망스러운 바닷가 외딴 산기슭을 떠나는 순간 그의 여행은 시작된 것이다. 소년의 나이 열 여섯 되던 해 꽃샘바람이 유난히 사납던 날, 그가 찾고자 하는 것을 찾아 떠난다. 그러나 그는 결국 그곳에서 한 발자국도 벗어날 수 없었다. 그가 찾아 떠난 것은 일차적으로 많이 배우고 돈 많이 벌어서 어머니를 편안히 모시는 것이다. 그러나 그는 시간이 갈수록 이러한 것과 거리가 멀어지고 만다. 그가 떠난 지 열두 해 째 되는 해에는 노래를 짓는 사람이 되어 보겠다고 했는데, 그가 노래를 짓는 사람이 되려는 것은 그것이 바로 어머니와 어머니의 노래를 사랑하는 일이며, 어머니에게로 돌아오지 않고도 어머니 곁에 함께 있을 수 있는 길이기 때문이라는 것이다. 그는 정처 없는 노래꾼으로 고향길이 아예 어려워졌다. 고향 길을 떠난 그는

---

166) 정과리, 앞의 글, 394쪽.

세계와의 대결에서 승리하려고 노력했다. 그러나 그는 그것의 한계에 직면했던 것이며, 이 때 그는 그의 기억을 그렇게도 사로잡고 있는 노래의 세계와 접목을 시도하게 된다. 노래에의 접목은 무엇인가. 그것은 다름 아닌 그의 유년 시절의 기억이다. 그가 세계와의 대결에서 실패하고 새로운 출발을 할 수 있었던 것은 기억 속에 살아 있는 어머니의 노래이며, 그것을 통해서만이 겨우 본질적인 것이 확보되는 셈이다.

2) 남도 소리의 정체 : 소리의 수용과 확산 구조

> 금산댁은 그러나 아이의 기다림에는 아랑곳없이 무한정 밭이랑만 오가고 있었다. 우우 우우 그 노랫가락도 같고 울음소리도 같은 암울스런 음조를 바람에 흩날리며 조각배처럼 느릿느릿 밭이랑을 오고 갔다. (중략) 아이의 도랑물길 다리가 더위와 허기에 지쳐 덜덜 떨려 오도록 금산댁은 내처 언제까지나 밭이랑만 무한정 떠돌고 있었다.
>
> ― 「해변 아리랑」에서

점심도 없이 휴식도 없이 점심 때가 되면 어쩌다 콩밭 무 뿌리로 제 허기를 달래고, 아이에겐 수수모개를 잘라다 꽁댕이를 씹게 할 정도로 무슨 필생의 업보처럼 여름밭 김매기로 긴긴 해를 보낼 수 있게 한 근원은 어디인가.

현상적으로는 그것이 노동이라는 것, 거기에는 소리가 자리한다는 것이다. 그 소리는 개인적 흥얼거림에서 끝나지 않는 일상적 사람들의 깊은 애환이 담겨있는 문학적 형태로서의 남도소리를 의미한다. 우리의 고단한 역사 속에서 끊임없이 변주를 거치며 면면히 내려온 소리는 그 역사 속의 민중의 한을 표현하고 있다고 흔히 얘기된다. 소리는 한을 표현하는데 그치지 않고 한을 풀어내는 적극적 의미를 지니기도 한다. 작가는 「다시 태어나는 말」에서 김석호 씨의 입을 빌어 이렇게 말하고 있다. "사람들은 흔히 남도 소리를 한의 가락이라 말들 하지요. 하지만 그 걸 좀더 옳게 말하자면 한풀이 가락이라고 말해야 할 거외다. 남도 소리 는 우리의 마음 속에 그 몹쓸 한을 쌓는 것이 아니라, 거꾸로 그 한으로 굳어진 아픈 매듭들을 소리로 달래고 풀이내 준 것이란 말이외다. 그래 그 한의 매듭이 깊은 사람에겐 자기 소리로 그것을 풀어내는 일 자체가 삶의 길이 되는 수도 있는 거지요."167)

소리와 삶은 분리될 수 없다. 한이 "인생살이 한평생을 살아가면서 긴긴 세월 동안 먼지처럼 쌓여 생기는 것"(「남도사람」)이라면, 그것을 소 리로 풀고, 소리로 풀 것이 많음은 삶으로 맺힌 것이 그만큼 많다는 것 이다. 그렇기에 소리가 맺힘으로 다가오는 터이다. 소리에 대한 애환이 깊어갈수록 아직도 아픈 맺힘 속에 있다는 것을 의미한다. 그렇다면 어머 니의 맺힘이란 무엇이며, 그 맺힘을 어떠한 방식으로 극복하고 있는가.

그의 어머니가 하루 종일 노랫가락을 뽑으며 일을 했던 곳은 "그녀 를 만나기 전 아이들의 아배가 혈혈 단신 낯선 마을을 찾아들어 몇 년씩 걸러서 일궈 낸 밭"이다. 그리고 이제는 해방 이듬해 돌림병으로 죽은 남편의 서럽게 혼백이 외롭게 잠들어 누운 땅이기도 하다. 뿐만 아니라 그곳은 그녀의 딸아이의 가엾은 원혼이 함께 떠돌고 있는 땅이기도 하 다. 그러기에 그 소리는 한풀이의 소리가 아니라 오히려 한이 맺힌 소리 로 나타난다. 딸아이를 전실 자식을 둘이나 거느린 늦서른 홀아비에게 어린 것을 버리듯 혼례도 못치른 채 헌옷 보퉁이 하날 달랑 손에 들려 낯설고 물선 반백리 산중길을 저 혼자 따라 보낸 후 그녀의 바람소리 같 은 입 속 읊조림도 그만큼 더 무성해진다. 바닷가 돌밭 이랑에서 뿐 아 니라 집안에서까지 늘상 같은 소리가 떠돈다. 딸아이가 떠나기 전 큰아 이의 떠남이 있었다. 큰아이가 집을 떠나자 금산댁은 바닷가 돌밭 출입

---

167) 정과리, 앞의 글, 409쪽.

이 더욱 잦아진다.

우리는 여기에서 맺힘의 근원은 떠남이라는 것을 알 수 있다. 그 떠남은 어떠한 형태로든 정착하지 못하는 떠돎의 구조를 지닌다. 왜 떠남이 떠돎의 구조를 지니는가. 그것은 못다한 고통을 풀지 못하였기 때문이다. 그렇다면 맺힌 한을 푸는 것은 너무도 자명해진다. 삶의 고통을 없애는 것일진대, 그것은 현실적으로 불가능한 것이다. 우리는 이미 우리가 사는 세계 속에서 삶의 고통을 해결할 수 없게 되었다. 그러기에 소리를 통해서 삶의 고통에 참여하는 과정 속에서 삶의 무게를 감당할 도리밖에 없는 것이다. 금산댁의 남편이 죽고, 아이들이 그녀의 품을 떠날 때, 무엇보다 그 떠난 아이들로부터 좋지 못한 소식이 들려올 때, 금산댁의 소리는 더욱 무성해지는 것이다. 그러나 세월이 지나면서 맺힘이 더해갈 때, 한 여인으로서는 감당하기 어렵게 되는 것이다.

> 금산댁은 이제 새삼 눈물조차 흘리지 않았다. 큰 아이의 죽음은 실상 어제 오늘의 일은 아니었다. 그 상서롭지 못한 기다림의 세월들……. 그것은 어쩌면 그동안 마음속에 미리 자리 잡아온 일이었을 수도 있었다. 눈물 따위는 오히려 부질없기만 하였다. 그녀는 차라리 마음이 덤덤했다. 이제는 외딴 밭고랑의 입 속 읊조림조차 남부끄러웠다. 고향 동넬 찾아올 아들의 혼백을 기다리재도 하늘 낯들고 지낼 수가 없었다.
>
> ―「해변 아리랑」에서

여기에서 금산댁이 할 수 있는 길은 두 가지, 즉 하나는 자신이 떠남에 가담을 하든지 아니면 어떤 절대적인 존재에 의탁을 해야한다. 그 어떤 절대적인 것이 존재하지 않을 경우 전자를 선택하게 될 것이다. 결국 그녀는 자신의 맺힘을 푸는 방식으로 떠남을 선택했다. 자신의 손으로 죽은 자식의 혼백을 거둘 수 없다는 것, 그것이 그녀를 바닷가 외딴 산기슭에서 서울로 떠나게 한 원인이었다. 이제 더 이상 그녀 혼자서 감당

할 수 없게 된 것이다.

그녀의 떠남이 가능하게 된 것은 이처럼 자발적 떠남이 아니라 소리를 더 이상 낼 수 없는 그곳에서 더 이상 살 수 없다는 데 있다. 때로는 그것이 어떤 숙명에 의해 소리를 더 이상 낼 수 없게 된다(「남도사람」). 더군다나 그것이 소리꾼에 의해 중단된 것이기에 더욱 중층적 한이 되는 것이다. 그러나 그녀의 떠남이 영원한 떠남이 아닌 것은 그녀의 아들이 소리꾼이라는 점이다. 「남도사람」에서는 그녀의 딸이 그녀를 계승한다. 거기에서 그녀의 아들은 소리꾼인 아버지 아닌 아버지를 증오하여 그와 그의 딸인 여동생의 곁을 떠나지만 결국 그들의 노래 소리에서 한치도 벗어나지 못하고 다시 그들을 찾아 나선다. 그녀의 딸은 소리꾼인 아버지에 의해서 눈을 잃어가면서 소리를 하는데, 그녀의 아버지가 죽고 얼마 뒤에 그녀 역시 길을 떠난다.

「해변 아리랑」에서 그녀의 막내아이는 바닷가 외딴 산기슭 밭가에서 태어났다고 했을 때, 소리는 아이의 최초의 경험으로써 생명의 요람의 일부인 점에서 막내의 삶을 통하여 실현될 가능성이 있는 것이다.

이처럼 소리의 구조는 정착과 떠남을 넘어서 수용과 확산의 구조이다. 그것은 세상의 한을 받아들임으로써 거두며, 그 거두어진 한 자체를 세상으로 무한히 퍼지게 한다.

「이어도」의 천남석의 어머니는 찬바람 모질게 부는 날 돌짝밭에서 이어도 소리를 흥얼거리면서 일을 하다가 세상을 떠났다. 천남석이 어렸을 때는 어머니의 이어도 소리가 짜증스러웠다. 그것은 어머니의 한스런 생활이 저주스러웠기 때문이다. 그러던 그가 이어도 술집의 여인으로 하여금 잠자리에서 항상 이어도 노래를 부르게 했다는 사실과 떠남의 극단인 죽음으로써 모든 섬사람들의 신념체계인 이어도를 지켰다는 것은 소리의 수용과 확산의 구조를 보여준다.

3) 훼손된 세계의 극복 방식 : 머뭄과 떠남의 의미

이청준의 글쓰기 행위는 본질적 가치의 추구에 있다면 그것은 구체적으로 어떻게 드러나고 있는가. 우리는 앞에서 반일상적 공간이 주무대이며, 소리의 수용과 확산과정을 통해 진정한 삶에 대해 질문을 하고 있는 작품 세계를 볼 수 있었다. 그러나 그것들은 본질적으로 현실 세계와 동떨어진 것이 아니라 오히려 그러한 제재와 구성 방법에 의해 세계에 대하여 진정성을 추구하고 있다고 보여진다. 일상 세계에서 비켜서 있다는 점에서 작가가 암시하는 세계는 추상적 인간 존재론적 조건이나 피안의 안식처와 관련되어 있다고 볼 수도 있을 것이다. 그러나 "이청준의 세계는 정신주의의 세계이되 추상성을 목표하는 것이 아니라 현실을 움직이는 힘의 원리를 탐색하려한다는 점에서 현실적이며, 또 이청준의 세계는 현실의 밖으로 나가보려는 노력에도 불구하고 다시 현실로 귀환하지 않을 수 없는 사람들의 세계라는 점에서 비극적인 현실주의이다."[168]

이런 점에서 「해변 아리랑」은 고도의 상징성을 띤다고 보아야할 것이다. 그것은 '1) 아이는 바닷가 외딴 산기슭 밭가에서 태어나다. 2) 그의 형이 돈 많이 벌어 오겠다며 그곳을 떠나다. 3) 그의 누이는 전실 자식을 둘이나 거느린 늦설은 홀아비에게 시집을 가다. 4) 그도 드디어 공부가 끝나고 돈이 벌어지면 돌아올 결심을 하고 그곳을 떠나다. 5) 그의 누이가 서방놈 매질에 허리가 부러져 운신을 못하다가 죽게 되다. 6) 그의 형이 배에서 병을 얻어 죽다. 7) 금산댁이 그곳을 떠나다. 8) 그가 어머니 금산댁의 유골을 아버지 묘 옆에다 묻고 나서 형의 유골을 그 옆에다 묻다. 9) 그의 유분은 바다에 뿌려지고 돌밭가 언덕에 비목이 세워지다.'라는 핵단위를 갖고 있다. 아이의 원초적 요람은 바닷가 산기슭 밭머리이

---

168) 김 현, 「떠남과 되돌아옴」, 『이청준論』, 三人行, 1991, 124쪽.

다. 그곳은 어머니의 노랫가락이 있고, 물비늘 반짝이는 눈부신 바다가 있고, 오래오래 하늘을 아껴가며 흘러가는 구름덩이가 있고, 환청 같은 날개짓 소리를 남기고 사라져 가는 멧새가 있었다. 그러나 그 한가롭고 절절한 적막감 속에서 아이는 무료하게 어머니를 기나리곤 했다. 그 아이는 자라면서 어머니 금산댁의 음습한 노랫가락과 가엾고 딱한 누이의 소식들을 견디면서 자신이 얼마나 답답하고 초라한 존재인가를, 그것이 얼마나 보람이 없으며 남루한 삶인가를 알고서 집을 떠난다. 여기에서 그가 구하고자 했던 것이 무엇이었던가를 주목할 필요가 있다. 그의 형은 그것이 돈이었으며, 그 소년도 역시 돈이었다. 그의 누이의 그것은 시집살이라는 새로운 미지의 세계였다.

그러나 그들이 나선 곳은 이미 훼손된 세계였다. 그들은 바닷가 외딴 산기슭 밭가를 떠나는 순간 세계의 폭력 앞에 질곡되고 만다. 그 모습은 그의 형과 누이의 죽음으로 나타나며, 그로 하여금 노래꾼이 되지 않을 수 없게 만든다. 바닷가의 삶이 보람 없고 남루한 삶이라고 비판하면서 그곳을 떠난 그가 그토록 지겹게 들어왔던 어머니의 소리를 잇는 소리꾼이 된 것이다. 이것은 참으로 아이러니가 아닐 수 없다. 김현은 "이청준의 비극적 현실주의는, 삶에 과연 의미가 있는가, 삶에 어떠한 의미가 있는가를 탐색하는 탐색의 정신주의"라고 하면서, 그의 세계관을 다음과 같이 정리하고 있다. "<1)이곳에는 삶의 의미가 없다; 2)삶의 의미는 다른 곳에 있다; 3)그러나 놀라워라, 다른 곳이 바로 이곳이다.> 는 구조를 갖고 있다. 이곳 외에 의미가 있을 수 없다라는 게 그의 정신주의-현실주의의 실제적 전언이다."169)

훼손되지 않은 세계의 인물이 훼손된 세계에 나서게 되면 여지없이 무너져 내리는 것을 보여준다. 이것은 무엇을 의미하는가. 우리는 여기

---

169) 김 현, 앞의 글, 130쪽.

에서 소설의 본질을 생각해 볼 수 있을 것이다. 이청준의 글쓰기의 발상법이 인간스러움의 회복에 있다든가 그것을 고백체라 규정하지만 그럴수록 그것은 서사시적 세계에의 형언할 수 없는 그리움의 천명에 다름 아니었다. 그 열도가 강하면 그럴수록 그것은 마침내 소설형식의 가능성의 증명으로 나아가는 길에 지나지 않았다.[170] 말하자면 바닷가가 서사시적 공간이라면 그곳을 벗어난 곳은 곧 소설적 세계인 것이다.

> 그래서 나는 늘 고향과 대처의 삶을 반반씩 오락가락 나눠 살아오는 격이다. 실제로 사는 곳은 서울 쪽이 대부분이지만, 적어도 마음만은 늘 그런 식이다. 생활은 도회에 머물러 있으면서도 서울살이는 늘 임시 거류지의 기분일 뿐이다. 언젠가는 결국 그곳으로 돌아가야지.[171]

그의 소설이 지향하는 세계가 근본적으로 서사시적 세계라면 온당 그 세계의 회복을 위한 철저한 방법이 있어야 하지 않았을까. 그 방법 찾기의 하나가 기억과 회상에 의한 소설 세계의 전개였다. 이청준 문학 세계를 지적인 면에서만 볼 경우 그것은 일면만을 보는 것이며 "그를 한 국적인 작가이게끔 한 점은 「눈길」에서 선명히 드러나듯 그가 고향에 대해 갖고 있는 속죄의식"이다.[172] 이청준 자신이 말했듯이 "소설을 쓴 건 고향과 어머니"였던 것이다.[173] 소설 속에서 그는 고향을 떠나 고향으로 돌아오는(죽어서) 구조로 되어 있지만 그것은 이청준에게 있어서 아직도 끝나지 않은 여로인 것이다.

> 그 떠남(서울에서)과 돌아옴(고향으로)은 한두 번으로 마감되질 못하고 아직도 매양 같은 식의 꼴이다. 여러 가지 현실적인 이유 탓도 있겠지만,

---

170) 김윤식, 「이청준론」, 『우리 소설을 위한 변명』, 고려원, 1991, 26쪽.
171) 이청준, 「삶으로 맺고 소리로 풀고」, 『이청준論』, 三人行, 1991, 10쪽.
172) 김윤식, 위의 글, 64쪽.
173) 이청준, 위의 글, 9쪽.

아직은 '함께 사는 삶'에 적지 않은 아쉬움이 남아 있는 까닭이다.[174]

4. 이청준 소설의 넓이와 깊이

한국문학은 쉬지 않고 변모하면서 새로운 양상과 그 지향성을 보여주고 있다. 그것은 면면히 계승되어 오면서 형성된 한국문학의 통시적인 축과 새로운 발생적인 의욕의 발현인 공시적인 문학 현상의 상호 응전에 의해 변모되어 간다.[175] 이청준이 처음 문단에 나온 60년대는 4·19와 5·16으로 시작되는 사회의식의 각성기였다. 전쟁의 상흔이 가시지 않은 50년대는 전쟁과 그것으로 인한 인간 실존의 문제가 문단의 주요 제재였다. 그러나 이시기의 문학은 그것을 객관적인 시선으로 볼 수 있는 여유와 능력을 지니지 못한 한계를 지니고 있었다. 이 점이 60년대와 구별되는 한 요소이지만 전쟁의 파장을 딛고 서서히 성장하기 시작한 시민의식은 새로운 패러다임으로 세계를 볼 수 있는 안목을 요구하고 나섰다. 문학도 예외는 아니어서 50년대와는 다른 방법에서 세계를 바라보고 그것을 형상화 할 수 있는 움직임이 대두하게 되었다. 그것이 바로 이청준으로 대표되는 이른바 지적인 문학이다. 그와 동시대의 작가인 김승옥, 박태순 등에서도 이런 특징이 없는 바는 아니나, 60년대를 지적인 측면으로 끌어올린 것은 이청준이다.[176] 이러한 측면은 그의 최근의 작품에서도 나타나는데, 그것은 작가 자신이 세계를 대하는 태도가 지적이라는 측면만을 의미하는 것이 아니라 그것을 형상화하는 방법에 있어서도 지적이라는 것이다. 그는 유년시절의 체험을 독자로 하여금 보

---

174) 이청준, 위의 글, 10쪽.
175) 구인환, 『근대문학의 형성과 현실인식』, 한샘, 1983, 8쪽.
176) 김윤식, 앞의 글, 620쪽.

편적 인식구조에 의해 상징적으로 읽게 하고 있으며, 작중인물이 보여주는 불안이나 우울, 정신적 상처, 신경증적 경향 그리고 작중인물이 현실계와는 다소 거리가 먼 인물들을 등장시킴으로써 오히려 독자로 하여금 작가가 삶의 진실이나 세계의 심상을 드러내는 작업에 참여하도록 하고 있다. 이점은 그의 소설의 공간적 배경에서도 마찬가지이다. 이 같은 경향은 「퇴원」 이후 최근의 작품집인 『키 작은 自由人』에 이르기까지 두드러진 특징인데, 그는 그것을 작가의 주관의 개입을 억제한 채 격자소설 형식을 통해서 표현하고 있다. 이태동은 "이청준의 이러한 주제가 현대 감각이 짙은 그의 독특한 소설미학인 '그로테스크 시학'과 격자소설 형식을 통해서 표현되지 않았더라면, 그의 작품들이 예술적으로 큰 성공을 거둘 수 없었을 것"[177]이라고 평하고 있다.

그의 이러한 소설세계를 70년대에 들어서 문제시된 이른바 민중문학의 시각에서 보면 한갓 관념의 유희일지도 모른다. 그러나 어느 한 면만의 시각으로 속단하는 것은 문학의 가능성을 망각한 편협한 생각이다. 이것은 80년대에 들어서 더욱 심각해지는데, 80년대 후반기 이후 현상적으로 드러난 세계사적 기류는 문학의 존재 양태 문제를 더욱 성찰할 수 있게 한다. 그런데 그가 이룩한 가능성은 그의 작품이 말해주는 것이다. 이런 점에서 우리는 이청준의 문학 활동을 주목하지 않을 수 없다.

작가 정신은 사상성을 심화시키려는 의식적인 면과 예술성을 정화시키려는 기법적인 면에서 첫째, 인간 존재의 해명 정신 둘째, 고발과 지향적 정신 셋째, 미의식을 추구하는 장인정신 등으로 나누어 볼 수 있다.[178] 그러나 이것들은 작품에서 어느 한 면만 나타나는 것이 아니라 혼재되어 나타나는 것이다. 이렇게 볼 때 이청준 문학의 폭과 깊이를 더해준 이청준 문학의 뿌리인 고향 문제를 둘러싼 작품들은 작가의 의식

---

177) 이태동, 앞의 글, 54쪽.
178) 구인환, 앞의 책, 131-135쪽.

적인 면과 기법적인 면에서 다양한 모습을 지니고 있다. 이청준 문학에서 고향형 소설이 문학사적으로 문제시되는 것은 그의 우수한 작품의 상당수가 이 유형에 속한다는 것이고, 그의 소설의 원천이라는 데 있다.

두루 알고 있듯이 소설은 근대 의식의 성상과 나란히 전개되어 온 것으로 "신에 의해서 버림받은 세계의 서사시"[179]라고 볼 수 있다. 따라서 서사시가 그 자체로 완결된 삶의 총체성을 형상화한다면, 소설은 형상화하면서 숨겨진 삶의 총체성을 찾아내어 이를 구성하고자 한다.[180] 본격적인 근대화 작업이 60년대를 지나 70년대 이후에 이루어졌다면, 사용가치에서 교환가치에로의 중심이동이 더욱 심화되었을 것이다. 이때에 고향 공동체의 파괴는 근대화와 비례했을 것이며, 따라서 거기에서 파생되는 삶의 질곡된 모습들은 한의 모습을 띠게 된 것이다. 물론 그 한은 우리 민족에게 보편적으로 존재해온 한을 아우르는 중층적인 것이다. 이런 의미에서 60년대 중반 이후 문학적 공간을 갖고 있는 이청준의 문학에서, 고향과 그것과 관련하여 파생되는 한은 개인의 모습이자 민족의 그것이기도 하다.

5. 맺음말

이상에서 우리는 이청준 문학의 전반적 특성을 살펴보고, 그의 문학의 뿌리라고 할 수 있는 고향문제를 둘러싼 작품, 특히 「해변 아리랑」을 중심으로 그의 문학 세계의 본질의 한 면을 살펴보았다. 그러나 그의 풍부한 문학 세계를 한마디로 요약하기는 어려울 것이다. 많은 논자들이 다양한 각도에서 그의 문학 세계를 구명해 보려고 했다. 그럼에도 불구

---

179) G. Lukács, *Die Theorie des Romans*, 반성완 역, 『소설의 이론』, 심설당, 1985, 113쪽.
180) G. Lukács, 반성완 역, 앞의 책, 76쪽.

하고 이청준 문학을 파악하는 데 있어서 미진함은 피할 수 없다. 그것은 그가 대상을 이해하고 파악하는 것과 그것을 형상화하는 방법이 지적이라는 측면과 그것을 올바로 해석해내는 해석자의 타당한 시각과 방법의 측면에서 오는 것이다. 문학의 연구는 크게 형식주의적 방법과 문학 사회학적 방법이 있는데, 이청준 문학에 대하여 어느 쪽이든 연구 업적이 미진하다. 본고도 이러한 한계에서 크게 벗어나지 못하고 있지만 이청준 문학을 이해하는 핵심을 고향문제에서 찾고, 거기에 얽힌 인간들의 삶과 한을 이해하는 것이 그의 문학의 본질에 곧바로 진입할 수 있다는 것을 살펴보았다. 고향은 우리 근대사에서 훼손된 공간을 상징하며, 그 훼손으로 말미암아 맺힘 곧, 한이 우리 민족에게는 보편성을 띠고 있으며, 그러기에 이청준이 체험한 혹은 작품 세계는 개인적 차원을 뛰어넘는 것이다. 결국 지금까지의 그의 문학 행위는 공동체 삶의 질곡에서 해방되어 진정한 인간성과 공동체를 회복하기 위한 것이라고 볼 수 있다. 그러기에 그는 도시(타향)와 고향을 부단히 들락거리면서 「가위 밑 그림의 음화와 양화」를 들춰내고 있으며, 남도 소리-이청준에게 있어서 글 쓰는 행위-를 부르고 있는 것이다.

Ⅲ

시대의 고통을 이겨내는 이야기
- 『움트는 겨울』론 -

1. 창작에 이르는 길

　문학은 우리 삶의 모습을 특정한 형식에 담아낸 언어 형상물이라 할 수 있다. 문학 연구자들은 문학의 구성 요소를 분석 설명하거나, 그것을 인간의 삶과의 관계 속에서 해석해낸다. 그러나 정작 왜 많은 사람들이 문학이라는 모닥불 주위에 모여드는가에 대해서는 시원스럽게 밝혀주고 있지 않다. 같은 맥락에서 "왜 우리는 소설(문학)을 창작하는 것인가?"라는 물음을 던질 수 있다. 문학 창작은 인간의 창작 욕망에서 비롯된다고 말하면 그만이다. 그러나 과연 그러한가?

　우리는 상당 기간 동안 문학 창작 수업을 하면서 실제로 창작을 해오고 있다. 그러나 만족할 만한 성과를 거두고 있는지는 의문이다. 더군다나 고도의 정보화가 진행되고 있는 후기산업사회에서 문학의 위기가 운운된 지도 오래다. 이러한 시각에서 보면 문학은 사람들로부터 외면당하고 있을 뿐 아니라, 전망까지 불투명하다. 실제로 많은 젊은이들은 인터넷, TV, 영화, 만화, 컴퓨터 게임 등에 많은 시간을 할애하고 있다. 그러니 소설(문학)을 읽고, 나아가 그것을 창작하는 여유를 갖는다는 것은 어쩜 불가능할지도 모른다. 이러한 우려를 낳게 하는 것은 교육적인 목적 하에 어느 정도 강제성이 부과된 학교 현장에서조차, 문학을 수용하고 창작하는 향유 능력이 과연 일정한 성과를 얻고 있는가 묻는 것으로 족하다.

그러나 사태가 절망적인 것만은 아니다. 문학은 시대를 달리하면서 어떤 형태로 건 변신을 해왔다. 정확하게 말하면 문학이 변신한 것이 아니다. 인간이 문학의 형식을 바꾸어온 것이리라. 왜냐하면 문학은 인간의 삶을 떠나서는 존재할 수 없기 때문이다. 또한 과격하게 말하자면 인간은 문학 없이는 살 수 없는 존재이기도 하다. 그것이 인간의 숙명일지도 모른다. 따라서 문학의 자생력을 기르는 길은 곧 인간의 자생력을 기르는 일로 이어지는 길이기도 하다.

이런 점에서 우리는 창작에 대하여 진지하게 생각해 볼 때이다. 문학이 '인간다움, 혹은 인간답게 사는 일'에 기여할 수 있는 길에 창작이 놓여 있다.

여기에서 우리는 창작에 대한 접근을 달리할 필요가 있다. "무엇이 우리로 하여금 창작을 하도록 하게 하는가?" "창작의 근본 동인은 무엇인가?" "무엇에 우리는 관심을 두어야 하는가?" "소설 쓰기는 우리의 삶과 어떤 관련이 있는가?" 등. 이러한 문제에 대하여 구인환의 일련의 소설들은 문제를 야기한다.

2. 고통과 희망의 여정으로서의 삶

구인환은 「동굴 주변」(1960, 『문예』), 「판자집 그늘」(1961, 『현대문학』)로 문단에 나온 후 단편 「산정의 신화」, 「벽에 갇힌 절규」 등 150여 편, 중편 「입주기」, 「촛불 결혼식」 「살아있는 날들」 등 13편, 장편 『움트는 겨울』, 『일어서는 산』(상, 하), 『별들의 영가』, 『동트는 여명』, 『산밑 사람들』(1-3), 『불타는 서울』 등 8편을 세상에 내놓았다. 문단에 나온 후 학문의 길을 걸어가면서 40여 년 동안 이만한 작품을 남긴다는 것은 쉬운 일이 아니다. 최근 한 잡지(『시사문예』 2001.3) 인물 연구에서 구인환을 특집으로 다루면서 "성실과 부지런함이 몸에 밴" 작가라고 부른 것은 바로 이러한 이유 때문이다. 그러나 그것만으로 작가를 온전하세 평가했다고는 볼 수 없다. 따라서 무엇보다 중요한 것은 작가의 작품 세계이다. 구인환의 작품을 면밀히 검토해 보면, 큰 흐름을 발견할 수 있다. 그것은 작가가 살아왔던 삶에 기초한 기억으로서의 이야기하기이다. 그렇다면 그가 작품 속에 형상화하고 있는 삶이란 무엇인지 묻지 않을 수 없다.

가령 그의 데뷔작인 「동굴주변」과 「판자집 그늘」을 보자. 여기에 등장하는 '거지'와 '꼬방동네 사람들'은 어떤 이유에서건 억압하고 억압받는 비인간적인 관계를 형성하고 있다. 그로 인해 억압받는 사람들은 고통을 겪고 있다. 작가가 이들 인물을 통해 인간 실존 문제를 제기하면서, 이른바 '낙원의식'을 표상하고 있는 것도 고통이 그 근원에 자리잡고 있기 때문이다. 인류사에 있어서 고통과 낙원의식은 비례한다고 말할 수 있다.

작가가 살아온 삶은 고통의 여정이었다 할 수 있다. 작가는 어린 시절과 청년시절을 일제 강점기와 혼란스런 해방공간에서 보냈다. 그리고 인생의 황금기라 할 수 있는 20세 초반에 6·25를 맞이해야 했다. 그리고 이 땅의 지식인이자 소설가로서 4·19, 5·16, 12·12, 5·18, 6·29 등 현대사의 파란 많은 사건들의 소용돌이 현장 속에 있었다. 그가 살아온 길은 환희와 영광보다는 절망과 고통의 시간이 많았다고 보아야 한다.

3. 역사 속의 수난자들의 이야기: 기억과 현실 초극의지

그렇다면 작가가 『움트는 겨울』을 통해 겪었던 삶은 무엇이고, 왜 그는 그것을 이야기해야만 하는가? 작가는 『움트는 겨울』의 후기에서 다음과 같이 말한다.

『움트는 겨울』에선 6·25 상황에서 집요하게 생을 추구해 가는 젊은이의 생활을 그리려고 했다. 민족적 비극인 6·25의 현장성이 있는가 하면 강인한 지향성이 나타나기도 한다. 6·25의 피해의 상흔을 안고 처절하게 울부짖는 그들의 강인한 삶의 의지는 어떻게 비상하려는 것일까. 거기엔 역사 의식에 대한 투영도 있고, 현실을 초극하려는 절규도 있으며, 사랑이 얽힌 로망도 있으리라. 그러나 그것은 우리의 것이 되었을 때 새로운 의미를 가지게 될 것이다.

작가가 밝혀 놓았듯이 『움트는 겨울』은 6·25를 시대적 배경으로 한다. 부산을 공간으로 당시를 살아가는 사람들의 삶을 그리고 있다. 6·25란 우리들에게 무엇인가를 묻는 것은 새삼스럽다. 그것은 우리 민족사뿐 아니라 인류사에 있어서 일대 획을 긋는 사건이다. 우리 민족에게 6·25는 대재앙(catestrophe)이다. 작가는 그 한가운데 있었다. 그러므로 6·25는 개인에게 고통이면서 동시에 우리 민족에게 고통을 안겨준 사건이다. 그 사건은 6·25 체험 세대에게는 트라우마이다.

리꾀르(P. Ricoeur)가 서술한 바 있듯이 우리의 일상적인 삶에서 우리는 '(아직) 이야기되지 않은' 이야기들, 이야기되기를 요구하는 이야기들, 이야기에 닻을 내리는 지점을 제공하는 이야기들을 보려는 경향이 있다.[181] (아직) 이야기되지 않은 이야기라는 표현이 모순된 듯하지만 우리

---

181) P. Ricoeur, 『시간과 이야기1』, 문학과지성사, 2000, 165쪽.

는 큰 거부감 없이 이 말을 받아들이고 있다. 이 점에 관해서는 정신분석학이 이룬 성과를 참조할 만하다. 삶에 관한 이야기는 결국 이야기되지 않은 이야기, 억압된 이야기에 그 기원을 두고 있다는 점이다. 정신분석 상황에서의 환자는 이러한 이야기에 기원을 둔 자신의 삶의 이야기를 엮어간다. 그것은 자신의 정체성을 탐구하는 작업이다. 이는 이야기하는 근본 동인 혹은 이유에 해당하는 것으로 삶의 이야기를 이야기로 실현해 갈 수 있도록 해준다.

삶 속에서 일어나는 이러한 이야기는 일종의 '선행 이야기'라 할 수 있다. 이것은 누군가에 의해 이야기되기 전에 누군가에게 일어난다는 것을 암시한다. 삶의 이야기를 시작하는 것은 화자의 선택에 달려 있다. 이야기의 이러한 선행 이야기는 이야기를 보다 광범위한 어떤 전체에 연결시키고 배경을 부여한다. 이 배경은 서로 맞물려 체험된 모든 이야기들 간의 살아 있는 뒤얽힘으로 이루어진다. 이야기는 결국 이러한 배경에서 '나타나야만(auftauchen)' 한다. 그러나 모든 인간의 삶이 이야기로 표현되는 것은 아니다. 인간의 삶이 이야기될 만한 가치가 있을 때 이야기로 표현되고, 우리들은 그것을 표현한다. 이것은 인간의 삶이 고통의 영역에 속할 때 더욱 힘을 발휘한다. 그것은 수많은 수난자의 삶의 경우에 해당한다.

작가가 창작을 하게 되는 근본 동인이 여기에 있다. 소설에는 작가의 삶의 체험이 녹아들어 있다. 작가가 삶을 바라보는 능력이 소설 형상화 과정으로 이어지는 점이 여기이다. 준이와 용수, 덕구, 석기, 진희, 나미, 미연, 윤 교수 등은 6·25라는 사건의 한 복판에서 살아가는 인물들이다. 피난지 부산에서 임시 판잣집 대학을 다니는 대학생이자, 체커로서 부두노동자의 삶을 살아가는 고단한 인물인 준이. 6·25로 인해 그는 병환으로 고통받고 있는 아버지와 어머니를 서울에 남겨두고 어린 여동생을 데리고 피난길에 오른다. 피난길을 따라 목적지에 도달해야 하는

임무와 동생을 보호해야 하는 임무가 그의 어깨를 짓누르고 있다. 그러
나 그는 끝내 피난길에서 동생을 잃고 만다. 누이의 죽음을 작가는 이렇
게 서술해 놓았다.

> 기총소사였다. 마구 쏘아댔다. 잠시 후 다시 조용해졌다. 준이는 몸을 일
> 으켰다. 옷을 털면서 주위를 살폈다.
> "희야!"
> 곧 '오빠 여기예요'하면서 뛰어나올 줄 알았다. 아무 대답이 없었다. 준
> 이는 가슴이 뭉클해졌다.
> "희야!"
> 플랫폼의 반대편으로 뛰어갔다. 사람이 쓰러져 있었다. 희였다.
> "희야!"
> 하얀 블라우스에 피가 번져 있었다. 눈을 뜬 듯 준이를 바라보고 있었다.
> "희야! 어떻게 된 거냐? 희야!"
> 그러나 아무 대답이 없었다. 손에는 아직도 아이스케이크가 쥐어져 있었
> 다. (77쪽)

작가는 희의 죽음을 장면으로 처리하면서, 이 비극의 현장을 우리의
무의식에 공통으로 자리잡고 있는 고통의 근원지로서 똑똑히 목격할 수
있도록 서술한다. 실제로 동생의 죽음이라는 사건(고통)은 준이의 무의식
의 심층에 자리잡고서 분출한다.

준이 도착한 피난지 부산에는 낮에는 학교에서 강의를 듣고, 밤에는
부두에서 일하는 고단한 삶이 그를 기다리고 있었다. 부두노동자를 대
상으로 하는 체커로서의 삶은 그들이 살기 위한 최소한의 삶의 방편이
었다. 그러기에 그가 미연이와의 만남도 애써 외면하는 이유도 바로 여
기에 있다. 전쟁과 피난지, 배고픔. 이 상황에서 그들에게 가난이라는 말
은 일종의 사치이다. 배고픔이라는 절대적인 실존적 상황이 그들 앞에
놓여 있다.

‘부두만이 갈 수 있는 곳’이라는 절규는 이 시기의 젊은이들뿐 아니라, 피난지 민중들에게도 해당한다. 그런데 준이의 체커로서의 세계도 평탄한 것만은 아니다. 일거리가 없어 배고픔조차 견딜 수 없게 되는 때도 있다.

체커들의 세계는 이름은 없고 오로지 번호만 존재하는 세계다. 그것은 인물이 자신의 정체성을 찾지 못하고 실존적 고통 속에서 살아야만 하는 피난지의 상황을 대변해 준다.

> 사실 번호를 부르는데도 누구 하나 이상하게 생각하지 않는다. 죄수나 군인은 이름 대신으로 번호를 사용하기도 하지만, 체커도 그 사람의 정체는 알 필요 없이 그저 체커로서의 번호만 가지고 사용하면 되는 것이다. 피어 마스터는 목청 좋게 불러댔다. (118쪽)

상대적으로 당대 식자층에 속하는 대학생으로서의 정체성은 역사가 가져다준 생존 수단 앞에서는 혼란스럽기 그지없다. 그것은 ‘번호’로 불리어지는 인간의 세계이다. 그 극단이 부두 노동자들을 통해 형상화되어 있다. 부두 노동자들에게 부두에서의 일은 곧 생명 유지의 수단으로 이어진다. 감옥살이를 무릅쓰고, 물건을 빼돌리려는 행위는 중상을 입었음에도 불구하고 생계를 위해 병원으로 실려가지 않으려는 장면에 이르면 전쟁이 민중들에게 가한 고통이 얼마나 가혹한지를 말해준다.

이러한 대재앙의 상황에 빠져 있는 준에게 그의 무의식 한 모퉁이에서 그로 하여금 고뇌토록 하는 것이 있다. 그것은 미연의 오빠 석기가 군에 자원입대, 전쟁의 한복판인 중부전선에서 생사를 다투고 있는데 반해, 준이는 대학생으로서 후방 피난지에서 보내고 있다는 데서 비롯된다. 대학 징병 1기생으로서 징집보류 판정을 받고 있는 상황이다. 이것은 그에게 부끄러움으로 다가온다.

어때 기분이! 한번 와서 싸워보자. 콩볶듯 날아오는 탄도를 누비고 말야, 한번 적의 참호를 향해서 달려보란 말야. 그 기분을 알겠나? 한번 와봐야 되는 거야. 석기의 음성이다. 일선에서 그렇게 중얼거리고 있을 지도 모른다. 정신이 번쩍 났다. 좀 부끄러운 생각이 들었다. (133쪽)

꿈 속에 나타난 석기의 목소리는 준이의 심층 무의식이 분출한 것이다. 전쟁 상황에서 후방에 있음과 그의 동생의 죽음은 준이의 실존을 규정하는 핵이다. 여기에서 여성의 역할을 주목할 필요가 있다. 가령 절망 속에 있는 준에게 미연은 끊임없이 꿈을 이야기한다. 그리고 내일에 대한 희망을 잃지 않는다.

"아냐, 내가 갈 수 있는 데는 부두뿐이야. 부두만이 나를 맞이해 줄 거야."
"좀 기분을 전환시키는 것도 좋잖아요. 훨훨 날 듯이 어딘가 날아가서 마음껏 뒹굴어 보는 것도 좋지 않아요."
"그건 괜히 사치야. 하늘을 비상할 수 있다고 해도 날아가 앉아 쉴 곳이 없는 바에 애초에 날지 않는 것만 같지 못하지. 차라리 하늘을 쳐다보지 않는 편이 현명한 거야."
"그런 꿈도 없는 메마른 생활이 어딨어요. 역시 꿈을 그리며 살아가는 게 아닐까요?"
"좋지! 하지만 꿈을 꿀 수 있을 때까진 그저 꿈은 안으로 삼키고 현실에 사는 거야."
미연은 가슴이 콱 하고 막히는 것만 같았다.
어떻게 저 메마른 데서 꿈의 싹이 터야 할 텐데, 현실에 텅 버티고 있는 것 같은 결국 내일을 위한 발버둥도 되겠지. 될 거야…….
"자 일어나자, 역시 난 부두야. 부두만이 내가 갈 수 있는 곳이야." (111-112쪽)

그러나 그가 간 부두에는 그로 하여금 내면의 갈등을 유발하는 여러 목소리들이 기다리고 있다. "노동자들의 틈에 끼어서, 윈치의 쇳소리 속에서 나를 찾을 수 있는 거야”. “그건 말이예요, 준이씨의 독단이에요. 도그마란 말예요. 어디 그게 현실도피라고만 생각해요” “맞는 얘기지. 그것은 결코 내일의 승리를 위한 길이 아닌 것은 분명해. 차라리 덕구의 말대로 보다 적극석으로 현실에 뛰어드는 깃도 좋을 기야.” “체커에 매달리는 것은 결국 자아 도피가 아닌가.” “현실에 투신하여 자아의 삶을 이룩한다고 하지만, 그것이 바로 현실도피가 되고 마는 거예요.”(134쪽) 덕구와 같이 적극적으로 현실에 뛰어들지도, 그렇다고 윈치 속에서 진정한 자아를 찾지도 못하는 자기에 대한 성찰이 이루어진다. 이 성찰의 과정에서 미연의 역할은 상당하다.

결국 그가 도달한 곳은 ‘대결의식’이다. 그것은 상처를 통하지 않고는 불가능하다. 사르트르(J. P. Sartre)가 “타인은 지옥이다.”라고 한 바가 있듯이, 우리의 대인 관계는 영원히 반복되는 절망적인 투쟁 관계일지도 모른다. 그러나 작가는 이와 같은 폐쇄적인 관념에 멈추지 않는다. 그것은 준의 간절한 희망으로 존재한다. 그러나 ‘앞길을 비추어 줄 별’이 필요한 시기에 그것이 없다는 현실이 문제적이다. 이 아이러니가 작가로 하여금 작품을 쓰게 한 동력이지만, 실상은 그것은 고통에 대한 인식에서 비롯되는 것이다.

덕구로 대표되는 피난지 부산의 현실주의자들은 준이 부딪쳐야 할 대상이다. 그로 인한 상처는 필연적이다. 중앙시장의 상권을 장악하고 있는 아버지의 강권에 의해 상과대학을 다니면서, 그는 윤 교수의 환심을 살 줄도 알며, 남편이 전쟁터로 끌려간 준이의 안집 여인과 적당히 재미 볼 줄도 안다. 그리고 그는 윤 교수의 딸을 강제로 추행함으로써 실성에 빠뜨리는 행위를 하기도 하는 인물이다. 이로 보아 그가 부모에 대해 반항을 하지만, 결국 그는 그 울타리에서 벗어날 수 없는 인물이다. 작가는 중앙시장에 큰불이 났음을 당시 역사적인 사료인 신문 기사를 통해 전달함으로써, ‘돈’을 앞세운 현실주의자들의 말로를 간접적으로 암시해주고 있다.

이 소설에 등장하는 인물들은 행위자와 수난자들이다. 6·25라는 대재앙 속에서 전쟁의 영향에서 벗어날 수 있는 것은 없다. 부산 극장 앞의 화려함도, 상권의 형성도 결국 전쟁이 가져다준 것들이다. 부산항에 쉴새없이 드나드는 배—빅토리아, 로렌스, 사루비아 등—에 실은 구호물자들은 부두노동자들과 대학생들을 통해 이 땅에 들어왔다. 이들의 배고픔과 고단한 삶, 전쟁으로 인해 남편과 오빠를 잃은 안집 여인과 나미, 그리고 능욕당한 진희, 학업을 계속할 수 없는 용수 등은 상처로 인한 고통을 안고 사는 인물들이다. 이러한 세계를 작가는 기억을 더듬어 형상화하고 있다.

4. 멋진 반전(peripeteia)의 삶을 위하여

그렇다면 작가는 무엇 때문에 소설을 썼는가? 그것은 시간성과 관련된다. 앞에서 작가가 쓴 작품 후기를 보았다. 기억이 한 축이라면, 미래와 현재가 다른 축들이다. 아우구스티누스는 우리가 시간이 무엇인지 묻지 않을 때 그것이 무엇인지 알 수 있지만, 시간이 무엇인지 묻는 순간 그것이 무엇인지 알 수 없게 된다는 시간성의 아포리아를 간파한 적이 있다. 따라서 시간은 과거, 현재, 미래라는 시간의 분절로서 파악될 성질이 아니라, 과거의 현재, 현재의 현재, 미래의 현재라는 시간의 세 차원이 형성될 때 진정한 시간성이라 할 수 있다. 현재의 시점에서 과거, 현재, 미래가 관련될 수밖에 없기 때문이다. 6·25라는 민족적 사건이 작가의 현재의 상황과 결부될 뿐 아니라 미래의 의식과도 연결된다. '6·25의 현장성'과 '강인한 지향성'의 자장 속에서 이 소설이 놓이는 것도 이 때문이다.

작가는 윤 교수의 입을 통해 이렇게 말하고 있다.

> 인간은 안식을 그리며 살고 있습니다. 그것은 종교일 수도 있고 예술일
> 수도 있습니다. 안식처는 현대인의 동경의 세계입니다. 이미 상실한 낙원
> 을 찾으려는 부단한 의지가 현대의 위기의 상황을 추구할 수 있는 것입
> 니다. (45쪽)

이러한 생각은 현실이 인간의 안식처로서의 기능을 상실했음을 전
제로 한다. 어쩌면 영원히 풀 수 없는 아포리아일지도 모른다. 그러나
인간은 '안식을 그리며 살고 있'다는 것이 중요하다. 나아가 작가는 안
식을 그리며 살아야 함을 강조하고 있다. 그러나 그것은 쉽게 손에 잡히
지 않는다. 따라서 이 난세를 밝혀줄 '별'을 간절히 원하는 것이다.

> 별이 필요한 거야. 우리의 마음을 풀어주고, 훤히 길을 비추어 줄 별이
> 필요한 거야. 칠흙같이 캄캄한 밤중에 훤히 길이 트여 보이듯이 앞길을
> 비추어 줄 별이 필요한 거야. (133쪽)

이 말은 현실에 뿌리를 둔 미래를 선취하는 의식에서 비롯된 것이다.
이야기가 의미를 가지려면 시간 속의 역사적 지평에 놓여야 하며, 그 속
에서 이해되어야 하는 이유도 여기에 있다.

그런데 작가가 소설을 통해 지향하고자 하는 바는 그 속에 머물 수만
은 없다. 생각건대 삶이 이야기이지 않은가? 우리들은 탄생과 죽음 사이
에 한 평생을 살면서, 이야기를 하고, 쓰고, 듣고, 읽는다. 따라서 우리의
삶은 거대한 이야기이다. 그 속에는 미시 이야기들이 수없이 많다. 우리
가 사는 이야기 속에서 타자들은 '나'의 이야기를 보는 독자이자 청자들
이다. 동시에 그들은 '나'와 함께 이야기를 엮어 가는 인물들이기도 하다.

타자들이 보기에 아름다운 이야기(삶)는 어떤 이야기(삶)인가? 우리가

마치 아름다운 문학 작품을 보듯이 말이다. 나는 그것을 멋진 반전 (peripeteia)에서 찾고 싶다. 누구나 인간은 태어나서 성장하고, 중년을 지나 노년으로 들어선다. 그리고 인생을 마무리한다. 문학이 대단원을 앞두고 멋진 반전을 시도하듯이, 멋진 삶을 위해 우리는 멋진 반전을 시도해야 한다. 그리고 그것을 향해 매진해야 한다. 작가의 말을 빌리면 '고통 속에서 내일을 꿈꾸는 삶'이어야 한다. 이런 의미에서 『움트는 겨울』에서 작가가 들려주는 기억을 통한 고통 속의 삶의 이야기는 이 시대를 살아가는 인간들에게 멋진 반전을 시도할 수 있는 자양분을 제공해준다 하겠다.

IV

몽상에서 무시간성의 인동(忍冬)에 이르는 길
- 정지용론 -

1. 머리말

정지용이 우리 현대 시문학사에서 커다란 관심의 대상이 되어온 것은 주지의 사실이다. 많은 평자들은 모더니즘, 기교파, 이미지즘, 주지주의, 신감각파 등에서 그의 문학 세계를 포착하려고 하였다. 한 작가의 문학 세계를 이렇게 다양하게 파악하고 있다는 것은 일차적으로 그의 문학 세계가 그 만큼 문제적이라는 측면을 내포한다. 작가가 쓴 창작 작품의 이해 및 평가는 작품을 읽는 독자에 의해서 이루어진다는 것은 자명하다. 여기에 작품을 정당하게 해석하고 문학사적 자리매김을 하는 데 있어서 난제가 있다. 수십 수백 편에 달하는 작품 가운데 일정한 기준에 의해 작품이 선택되어 해석된다고 해도 평자의 선입견이 개입될 가능성을 부정할 수는 없다. 그렇기 때문에 작품을 평하는 데 있어서 세심한 통찰력과 안목은 평자들이 갖추어야할 필수 요건이다.

정지용의 문학에 대한 연구는 크게 세 가지 측면, 즉 작가론적 접근,[182] 미학적 접근,[183] 사조적인 접근[184]에서 이루어졌다고 볼 수 있다.

---

182) 김학동, 『정지용연구』, 민음사, 1987.
183) 김　훈, 「정지용시의 분석적연구」, 서울대박사학위논문, 1990.
　　　김윤식, 「카톨리시즘과 미의식」, 『한국근대문학사상사』, 한길사, 1984.
184) 서준섭, 「구인회와 모더니즘」, 『1930년대 민족문학의 현실』, 한길사, 1990.

서구 현대시의 기저를 이룬 여러 사조, 즉 이미지즘이나 포말리즘 및 주지주의 등과의 관련 속에서 파악하여 '우리의 시 속에『현대의 호흡과 맥박』을 불어넣은 최초의 시인'185)이니 천재적 민감으로 '청신하고 원시적인 시각적 이미지를 발견한 최초의 모더니스트'186)라는 평을 하기도 하였으며, 그의 작품에 나타난 표현 기교라든지, '유리창,' '바다', '나비' 등 제재의 측면을 문제삼아 정지용 문학의 특질을 파악하려 하기도 했다. 작가론적 측면에서 정지용의 생애와 문학과의 관련성에서 그의 문학에 접근하는 관점도 있다.

그러나 정지용 문학에 대한 진정한 이해는 문학 외적인 설명적, 분석적인 태도나 어느 한 측면에 대한 편향된 해석에 의해서는 온전히 이루어질 수 없는 것이다. 더군다나 기존의 논의는 대부분 정지용의 초기 시를 간과하고 곧바로 모더니즘 시에서 논의의 출발점을 삼는다든가, 시문학파와 관련된 순수시에 대한 관심을 집중시키고 있는 것은 큰 문제점이 아닐 수 없다. 이러한 점에 유의하여 이 글은 정지용 문학에 대한 올바른 이해를 위해 작품의 내재적 측면뿐 아니라 작가의 진실한 체험적 의식, 상상적 의식의 측면을 아울러 살펴봄으로써 그의 문학 세계 본질의 한 측면을 밝혀 보고자 한다.

2. 몽상 또는 향수의 근원

이양하는 정지용의 작품을 두고, "그것은 대상을 휘어잡거나 어루만지거나 하는 촉수가 아니오, 언제든지 대상과 맞죄이고 부대끼고 마는

문덕수, 『한국모더니즘시연구』, 시문학사, 1981.
185) 김기림, 『시론』, 백양당, 1947, 83쪽.
186) 서준섭, 앞의 글, 176쪽.

촉수다……여기 이 촉수가 다다르는 곳에 불꽃이 일어나고 이어 격동이 생긴다. 따라 시인은 이러한 때 다만 말초의 감관뿐만 아니라, 깊이 全身全靈이 휘돌리고, 보는 독자는 이 작렬하고 아슬아슬한 광경에 거의 眩暈을 느낀다."187)라고 극찬을 아끼지 않았다. 그러나 임화는 「曇天下의 詩壇 1年」에서 정지용, 신석정, 김기림 등의 시작 경향에 대하여 다음과 같이 비판하고 있다. "그들은 감정을 노래함을 경시하고, 감각을 노래한다. 감정이란 곧 사상에 통하므로 따라서 그들은 사상없는 시, 즉 그들의 시의 대상인 자연이나 인간생활이 사유를 통하여 시적 표현의 길을 밟는 것이 아니라, 감각된 현상을 신경부를 통해 그것을 그대로 말초 부분에 적재해 두고 시의 제작만을 위해 사유한다."188)

과연 시인의 "촉수가 다다르는 곳에 불꽃이" 일어나는 지점에 임화의 지적처럼 감정이 경시되고, 감각이 자리잡고 있는 것일까. 이 물음에 답하기 위해 시인 정지용이 걸어 왔던 문학세계를 이끄는 구심력을 토대로 발자취를 더듬어 볼 필요가 있다.

그의 첫 발표작품은 시가 아닌 그의 유일한 소설인 「삼인」이었다. 이 작품은 1919년 12월에 간행된 『서광(曙光)』 창간호에 실린 것으로 휘문고보 2학년 때의 일이다. 이 소설에서 그는 조경호의 입을 통하여 가난한 처지를 다음과 같은 몽상으로 초월하려고 하였다.

> 뒤에는 山林 압에는 曠野 모다 나의 所有 그 中間에 놉히소슨 나의 집
> 山林조흔 곳에 平和흔 家庭이다 아모自然 아모拘束업는 나의 살님
> 아아! 좃흔살님이다 아버님은 나의 머리 만저주시고 어머니는 나를 안어
> 주시며 사랑의 눈으로 나를 보신다 나는 慶姫의 손목잡고 學校로부터
> 도라와 果園으로 간다.189)

---

187) 『朴龍喆全集』 2권, 東光堂書店, 1940, 103-104쪽.
188) 『新東亞』 5券 12號, 166-167쪽.
189) 정지용, 「三人」, 『鄭芝溶全集』 2권, 민음사, 1988, 237쪽.

그가 태어나서 자란 고향집은 가운이 기울면서 빈농이 되었다. 정지용은 옥천공립보통학교를 마쳤으나 그의 집안이 휘문 등록금을 낼 수 없는 상태에 있었으며, 교비생으로 학교를 다니기도 하였다.[190] 그가 유학차 서울과 일본을 전전하면서 남달리 고향에 대하여 못잊어 하고 있었던 것은 고향에 대한 원초적 본능 이상의 것으로 그의 삶의 애환이 서린 곳이기 때문이었다. 그것은 학창시절에 쓰여진 초기시, 즉 민요풍 시와 동시 등에 나타난다. 소설 「삼인」의 말미에서 작중인물 조경호의 입을 통해서 읊어지는 동시는 실상 정지용의 첫 시작품이 되는 것으로 이후 「지는 해」, 「홍시」, 「삼월 삼질날」, 「내 맘에 맞는 이」, 「무어래요?」, 「비들기」 등으로 이어진다. 이들 동시 및 민요풍의 시들은 『정지용시집』 3부에 집중적으로 나타나기도 한다. 김학동은 "그 초기의 동요나 민요풍의 시편들은 그 뒤로 전개되는 「바다」와 「신앙」과 「산」의 시편에서 보인 고고한 정신적 태도와 표현 기법의 바탕이 되었"[191]다고 평한다.

그러나 그의 본격적인 첫 시작품은 1922년 3월 마포 하류 현석리에서 쓴 「풍랑몽」이었다. 당시 그는 휘문고보에서 『요람』이라는 회람잡지를 발간하기도 하였으며, 재학생과 졸업생이 함께하는 문우회의 학예부에 소속되어 『휘문』지 발간에 참여하기도 하였다. 「풍랑몽」의 시는 이렇다.

당신께서 오신다니
당신은 어쩌나 오시랴십니가

끝없는 우름 바다를 안으올때
葡萄빛 밤이 밀려 오듯이,
그모양으로 오시랴십니가.

---

190) 鴻農暎二, 「鄭芝溶의 生涯와 文學」, 『현대문학』, 385-386쪽.
191) 김학동, 『정지용연구』, 민음사, 1987, 27쪽.

당신께서 오신다니
당신은 어쩌나 오시랴십니가.

물건너 외딴 섬, 銀灰色 巨人이
바람 사나운 날, 덮쳐 오듯이,
그양으로 오시랴십니가.

당신께서 오신다니
당신은 어쩌나 오시랴십니가.

窓밖에는 참새떼 눈초리 무거웁고
窓안에는 시름겨워 턱을 고일때,
銀고리 같은 새벽달
붓그럼성스런 낯가림을 벗듯이,
그모양으로 오시랴십니가.

외로운 조름, 風浪에 어리울때
앞 浦口에는 궂은비 자욱히 둘리고
行船배 북이 웁니다, 북이 웁니다.

— 「풍랑몽(風浪夢)」192)

이 시는 첫 연이 '오신다'는 주체가 '당신'으로 시작되어 시적 화자의 강한 상징적 의미를 반영하고 있다. 더군다나 반복적 사용은 이를 더욱 강조하고 있다. 2행에 이르면 다음 연에서 오게 될 '당신'의 모습을 의문형으로 묻고 있다. 그 구체적인 모습은 '葡萄빛 밤', '銀灰色 巨人', '銀고리가튼 새벽달'과 같이 시각적 이미지로 나타난다. 그러나 그것은 시적 화자가 꾸는 몽상이기에 실현될 수 없는 것이다. 시적 화자와 세계를 연결시켜주며 동시에 단절시켜주는 매체는 '窓'이다. 이 '窓'을 통해

---

192) 『鄭芝溶詩集』, 詩文學社, 1935, 76-77쪽. 앞으로 인용하는 시는 이 시집과 『鄭芝溶全集』에 따른다.

시적 화자는 '葡萄빛 밤', '銀灰色 巨人', '銀고리 같은 새벽달'이 밀려오고, 덮쳐오고, 낯가림을 벗고 오는 '당신'을 몽상한다. 당신을 기다리는 밤(4행)이 지나 어느덧 시적 화자는 '시름겨워 턱을 고이'게 되는 새벽을 맞이하게 되며 급기야는 '외로운 조름' 속에서 궂은비 소리와 북소리를 듣게 된다. 즉 '窓' 안에 있는 시적 화자는 창 밖의 풍경을 보고, 듣고, 느끼면서도 창 밖, 곧 현실 세계로 직접 나서지는 않는다. 그것은 미정형으로 나타나며, 소망으로 나타난다. 왜냐하면 그것은 몽상이기 때문이다. 꿈꾸어진 세계에는 언제나 '미래주의' 같은 게 있다. 시적 몽상은 우리에게 세계의 세계를 보여준다. 시적 몽상은 우주적인 몽상이다. 시인의 삶 속에서는 몽상이 현실 자체를 동화하는 시간이 있다. 현실 세계는 상상적 세계에 흡수된다. 그런데 그 우주적인 몽상은 고독이라는 현상, 몽상가의 넋 속에 뿌리가 닿아 있는 현상인 것이다.[193] 그 고독 속에서는 추억들이 그림처럼 자리잡는다. 추억의 몽상이 시 작품의 씨가 되면, 추억과 상상력은 긴밀하게 이루어져 상상력은 기억을 부추기고 기억을 비춰준다. 이것은 「향수」에서 다른 모습으로 나타난다.

넓은 벌 동쪽 끝으로
옛이야기 지줄대는 실개천이 회돌아 나가고,
얼룩백이 황소가
해설피 금빛 게으른 울음을 우는 곳,

─그 곳이 참하 꿈엔들 잊힐리야

질화로에 재가 식어지면
뷔인 밭에 밤바람 소리 말을 달리고,
엷은 조름에 겨운 늙은신 아버지가

---

193) G. Bachelard, *La Poetique de la reverie*, 김현 역,『몽상의 詩學』, 기린원, 1990, 17-23쪽.

짚벼개를 돌아 고이시는 곳,

─그 곳이 참하 꿈엔들 잊힐리야

(중략)

하늘에는 석금 별
알수도 없는 모래성으로 발을 옮기고,
서리 까마귀 우지짖고 지나가는 초라한 집웅,
흐릿한 불빛에 돌아 앉어 도란 도란거리는 곳;

─그 곳이 참하 꿈엔들 잊힐리야
─「향수」에서

1923년에 쓴 작품으로 1927년 3월호『조선지광』에 실린 이 시는 정지용의 대표작 중의 하나이다. 각 연은 모두 어린 시절에 보고 자란 고향의 모습을 선명한 심상으로 제시하고 있으며, 그에 대한 그리움을 반복해서 보여주고 있다. 유년시절을 향한 몽상은 우리를 원초적인 이미지의 아름다움으로 데려간다. 제1연은 자연 공간을 제시하고 있는데, 그 공간은 '넓은 벌', '실개천', '황소'의 이미지들로 구성되어 있다. 얼룩백이 황소의 울음소리는 '금빛'이라는 선명한 이미지로 표현하고 있다. 몽상 속에서 환기된 유년시절의 시학을 구성하려면, 추억에 이미지의 분위기를 부여해야 하겠지만, 이 시는 '금빛 게으른 울음', '파아란 하늘빛', '검은 귀밑머리' 등의 선명한 색채 심상을 제시하고 있다. 초기 정지용 시에 나타나는 이러한 단면은 이미지즘-모더니즘적인 것이다. 따라서 종래에 정지용을 1930년대 한국 모더니즘의 대표적인 시인이며, 1920년대와는 뚜렷하게 하나의 선을 긋는 시적 특성을 보여주었다는 견해는 재고되어야 한다.

상상력은 기억을 더듬어 과거의 실체를 찾아낸다. 몽상하는 존재가 온갖 권태를 지배하고 있던 옛날의 삶의 아름답고 대단한 시간들을 만나게 된다. 그러기에 시적 화자는 느리고 슬픈 느낌이 드는 '금빛 게으른 울음' 소리를 몽상하게 된다. 그 몽상 속에서 먼 옛 날부터 전해내려오는 듯한 이야기를 듣는다. 이야기가 깊어질수록 몽상하는 존재는 따스한 깊은 물 속에 가라앉는다. 그 심연-전설바다-에서 여러 존재를 만난다. 그들은 아버지이며, 화자 자신이며, 누이와 아내이다. 이들은 각각 시에서 고유 영역을 차지하면서 몽상가와 대화를 나눈다. 이 지경에 이르면 몽상가와 대화자간의 간격은 존재하지 않는다. 거기에는 구체적인 날짜가 살아 있는 것이 아니라, 추억의 기본 지표인 계절만이 있을 뿐이다. 즉 선명한 이미지가 있는 것이다. 몽상가가 가을 까마귀가 '우지짖고 지나가는 초라한 집'을 떠나 모래성처럼 아련한 꿈과 소망이 어우러진 별을 찾아 나선 곳은 어디일까? 그것은 현해탄을 건너 자신의 문학적 재능을 키워 나가고 수련하기에 적절하다고 생각되는 당시 문화 예술의 중심지였던 일본 경도(京都)였다.

3. 현해탄 체험과 모더니즘의 수용

휘문고보(徽文高普)에 입학하자마자 문예활동을 시작하여 선배들의 주목을 받은 정지용은 3·1운동을 겪으면서 학내개혁 운동으로 반일수업을 계획, 학생대회를 열어 연설을 하였으나 무기정학 처분을 당한다. 그러나 정지용은 월탄(月灘)과 노작(露雀) 등의 노력으로 풀리게 되고, 정지용은 오히려 '휘문의 공로자'로서 인정을 받고 신설된 장학제도의 첫 혜택을 받고 교비로 일본 유학 길에 오른다.194) 현해탄 위에 섰을 때의

---

194) 泓農暎二, 앞의 글, 386쪽.

지용의 마음을 살펴보자.

> 나지익 한 하늘은 白金빛으로 빛나고
> 물결은 유리판 처럼 부서지며 끓어오른다.
> 동글동글 굴러오는 짠바람에 뺨마다 고흔피가 고이고
> 배는 華麗한 김승처럼 짓으며 달려나간다.
> 문득 앞을 가리는 검은 海賊같은 외딴섬이
> 흩어저 날으는 갈메기떼 날개 뒤로 문짓 문짓 물러나가고,
> 어디로 돌아다보든지 하이얀 큰 팔구비에 안기여
> 地球덩이가 동그랗타는것이 길겁구나.
>
> — 「갑판(甲板)우」에서

유학길에 오른 정지용은 현해탄을 대했을 때의 경이감과 즐거움을 '白金빛', '고흔피', '검은 海賊', '하이얀 큰 팔구비' 등으로 색채심상이 강하게 표현하고 있다. 1, 2행에서 하늘과 바다가 대비를 이루고 있으며, 일본을 향한 배는 마치 시적 화자의 마음이 그렇기라도 한듯이 화려한 짐승처럼 짓으며 미끄러져간다. 화자는 미지의 세계를 찾아간다는 들뜬 마음에 감각적으로 접하게 되는 풍경의 나열로 온통 색칠한다. 사변이 아닌 감각적 풍경만이 시인의 마음에 자리잡고 있으며, 일본이 제국주의로서의 일본으로 보이지 않고 둥그런 지구덩이의 어디든 찾아갈 수 있는 대상으로 밖에 보이지 않았을 것이다. 그러나 인간은 세계 - 내 - 존재로서 피투되어 있으며 동시에 기투하는 존재이다. 미지의 세계로 향한 그가 바다 한복판에 섰을 때 호기심과 두려움 그리고 거듭나고자 하는 마음이 짙게 드리워져 있음을 알 수 있다. 다음의 시는 그 단초를 보여준다.

> 바둑돌은
> 내 손아귀에 만져지는 것이
> 퍽은 좋은가 보아.

그러나 나는
푸른 바다 한폭판에 던졌지.

　　(중략)

나라는 나도
바다로 각구로 떨어지는 것이,
픽은 시원해요.

바둑돌의 마음과
이 내 심사는
아 아무도 모르지라요.
　　　　　　　　　－「바다 5」에서

　정지용 시에서 『정지용시집』(1935)에 게재된 89편의 작품 가운데 「바다」 연작 7편과 '바다'를 중심 소재로 했거나 '바다' 이미지가 드러난 것이 15편에 가까운 사실을 보면 정지용에게 있어서 '바다'는 중요한 의미를 지닌다. 강조된 시어는 작품 세계에 하나의 구심적인 요소가 될 수 있기 때문이다. 그렇다면 정지용이 바다를 통한 시적 감각을 강렬히 드러낸 미의식의 실체는 무엇일까?

　'바다'는 모든 생명의 어머니, 정신적 신비, 무한, 죽음과 재생, 무시간성과 영원, 무의식 등을 상징한다고 한다.[195] 바다를 통하여 무의식적 추억이 되살아나고, 무의식적 추억의 무엇인가는 유년시절의 그것과 별개일 수 없으며, 그것은 이미지를 투영하는 적극적인 원리이다. 또한 그것은 상상력의 투영적 힘, 즉 모든 이미지를 낳는 원천인 것이다. "포도빛으로 부풀어"[196]진 바다는 어느새 "따뜻한 바다울음"[197]으로 들려온

---

195) 李昇薰, 『詩論』, 고려원, 1990, 256-257쪽.
196) 정지용, 「바다1」, 『鄭芝溶 詩集』, 詩文學社, 1935, 84쪽.
197) 「幌馬車」, 『鄭芝溶 詩集』, 詩文學社, 1935, 64-65쪽.

다. 그 바다 울음의 근원은 외로움이다. 외로움이 더할수록 고향에 대한
향수는 더해갔을 것이다.

　　외로운 미음이
　　한종일 두고

　　바다를 불러 ……

　　바다 우로
　　밤이 걸어 온다.
　　　　　　　　　　　－「바다 3」

　　현해탄 저편에는 아버지 정태국과 그의 제이부인인 문화류씨(文化柳
氏) 사이에서 난 아우 화용(일찍 죽었다 함)이와 누이 계용이가 있었고, 친
모 정미하, 그리고 지용이 열두살 때 결혼한 부인 송재숙이 있었다. 이들
에 대한 그리움은 일찍이 「향수」에 잘 나타나 있다. 옥천과 서울의 대립
항이 옥천과 경도의 대립 항으로 자리바꿈한 것이다. 경도에서의 외로움
은 그의 시 도처에서 발견되는 시어이다. 또한 이 외로움은 그의 중요한
시적 본질의 하나인 ‘시름’에 닿아 있다. ‘시름’의 미학은 종교시를 제외
한 그의 전 작품 활동을 통해서 지속적으로 나타나는 특성이다.[198] 그러
나 그 외로움에서 한발 자국만 벗어난다면 당시 천년의 문화 고도가 지
용의 눈앞에 펼쳐져 있었다. 지용이 그것을 놓칠 리 없었다. 그가 새롭게
부딪혔던 시의 세계는 형식적 낯설음을 통한 명징한 이미지의 제시였다.

　　오.오.오.오.오. 소리치며 달려 가니

---

198) “窓안에는 시름겨워 턱을 고일 때”(「風浪夢1」), “물방아 시름없이 돌아간다”
　　(紅椿」), “부질없이 오랑쥬 껍질 씹는 시름”(「슬픈 印像畵」), “구비 구비 돌아
　　나간 시름의 黃昏길우”(「그의 반」), “시름은 바람도 일지 않는 고요에 심히 흔
　　들리우노니”(「長壽山1」).

오.오.오.오.오. 연달어서 몰아 온다.

　　　(中略)

철석, 철얼석, 철석, 처얼석, 철석,
제비 날어 들듯 물결 새이새이로 춤을 추어.
　　　　　　　　　　　　　　　－「바다 1」에서

문자의 대소, 배열, 기호의 도입 등에 의해 시각적 효과를 자아내는
포말리즘적 기법은 1926년 6월호『학조(學潮)』지에 실린「카페 프란스」,
「슬픈 인상화」,「파충류동물」등에도 잘 나타나 있다. 정지용은 이러한
시에서 종전부터 그의 독특한 시풍이었던 선명한 이미지와 채색 심상에
다가 시각적 심상을 더욱 자아내는 형태적 기법을 시도하고 있다.

『오오 패롤(鸚鵡) 서방! 꾿 이브닝!』

『꾿 이브닝!』(이 친구 어떠하시오?)
　　　　　　　　　　　　　　　－「카페 프란스」에서

沈鬱하게 울려 오는
築港의 汽笛소리···汽笛소리···
異國情調로 퍼덕이는
稅關의 旗ㅅ발. 旗ㅅ발.
　　　　　　　　　　　　　－「슬픈 인상화(印像畵)」에서

그 년 에게
내 童貞의結婚반지를 차지려갓더니만
그 큰 궁둥이 로 쎼밀어
　　　···털 크 덕···털 크 덕···
　　　　　　　　　　　　　－「파충류동물(爬蟲類動物)」에서

모더니즘은 20세기에 접어들어서 형성된 문학 유파의 대부분이 포

함되는데, 이들의 속성은 정신적으로 현실 비판적인 점과 아울러 강한 실험 의식을 수반한다 점이다. 우리에게 익숙한 모더니즘의 개념은 이미지즘으로 그것은 영·미계 시를 지배한 주지주의와 상관 관계를 갖는데, 이미지즘 운동의 핵심적 관심사는 단단하고 명징한 언어의 작품을 만드는 일이었다.

1920년대 중반경의 우리 문단에서는 팔봉, 회월에 의한 형태주의 수용과 다다이즘의 소개, 모더니즘의 첨단 시라 할 수 있는 리처드 올링턴의 「지하철도」에서의 번역, 일본 문단의 春山行夫, 阿部知二 등의 주지주의 운동 등의 영향으로 모더니즘이 대두될만한 분위기가 조성되고 있었다.

정지용이 휘문고보를 졸업하고 일본 경도에 유학하였는데, 경도가 당시 일본의 문화 예술 중심지였다는 점과 영문학을 전공했다는 점에서 그때 일본문단에 유행이던 영미 모더니즘에 관심을 가졌을 것이며, 실제로 그의 졸업 논문은 「Imagination in the poetry of William Blake」였다. 이런 점으로 보아 정지용의 일본 유학은 한국 모더니즘에 대단히 중요한 의미를 지닌다.

4. 이국정조와 향토적 정서의 토대

정지용이 일본 동지사대학(同志社大學)에 입학 1929년 영문과를 졸업할 때까지 교지 「동지사문학」에 일본어로 된 시 「마(馬)」를 발표하거나 일본시지에 기고를 많이 하였다는 것은 잘 알려진 사실이다. 이 가운데 특히 주목되는 것은 일본의 단가시인 北原白秋와의 만남이다. 즉 정지용이 북원백추의 시집 『근대풍경(近代風景)』에 「경도압천(京都鴨川)」이 소개되고 白秋는 그후에도 정지용에게 관심을 기울였다는 점이다. 「경도압천」은 다음과 같은 시이다.

鴨川 十里ㅅ벌에
해는 저물어… 저물어…

날이 날마다 님 보내기
목이 자졌다… 여울 목소리…

찬 모래알 쥐여 짜는 찬 사람의 마음,
쥐여 짜라. 바시어라. 시언치도 않어라.

　　　(중략)

수박냄새 품어오는 저녁 물바람.
오랑쥬 껍질 씹는 젊은 나그네의 시름.

鴨川 十里ㅅ벌에
해가 저물어… 저물어…

― 「압천(鴨川)」에서

동지사대학 예과생인 후배 김환태에게 어느 초여름 석양무렵 압천(가모가와, 경도시내를 흐르는 개울)을 거닐며 정지용이 읊어 준 노래가 이것이었다. 앞에서 살펴본 「카페 프란스」 등의 다소 경박한 모더니즘적인 것과는 대척되는 지점에, 그의 시에 기품을 지니게 한 내면적인 요인은 바로 '향수'와 관련되어 있다. 이 점은 그의 문학적 감수성이 돋보이는 산문집인 『지용문학독본』(1948)도 예외는 아니다.[199]

경도는 우리 근대문학가들과는 낯익은 곳이다. 김말봉, 정지용, 이양하, 이장희, 김환태, 그리고 윤동주 등이 거기서 배웠다. 이들에게 공통적인 문학적 감수성에 내재하는 어떤 것이 향수인가는 고찰해 봐야 할 문제이지만, 지용에게 있어서 그것은 향수라는 이름으로 내면화되었다

---

199) 이 산문집은 ① 경도학생시절의 회고, ② 기행문, ③ 시에 대한 에세이 등으로 구성되어 있다.

는 점이다. 그 내면화된 한자리에 소녀적인 정결성이랄까, 순결성이 자리잡고 있다. 이 점은 그의 초기 작품에 잘 드러나 있으며, 특히 민요풍적 동시에 맥락이 닿아 있다고 보여진다.

경도 동지사대학을 졸업하고 금단추 다섯 개를 떼어버리고 참벌처럼 잉잉거리며 모국으로 돌아온 지용은 1929년 9월 1일에 휘문고등학교 영어 교사로 들어가게 되었다. 또한 박용철과 김영랑을 중심으로 기획 발간키로 예정된 『시문학(詩文學)』이 그를 기다리고 있었다. 『詩文學』 창간호에 지용은 「경도압천」을 위시하여 「일은 봄 아츰」, 「Dahlia」, 「船醉」 등을 실었고, 계속해서 『詩文學』 2호에 블레이크의 시를 번역한 「봄에게」, 「초밤 별에게」를 포함 9편을, 그리고 동지 3호에 「無題」, 「石榴」, 「뺏나무 열매」, 「바람은 부옵는데」 등을 발표하였다. 이러한 활동은 후에 박용철의 기획으로 지용의 첫시집 『정지용시집』(1935)이 빛을 보게된 모태가 되었음은 물론이다. 그러나 지용의 시사적 위치가 시문학동인에 참여한 이후의 시작활동에 한정될 수 없음은 앞에서 충분히 논의되었다.

참벌처럼 잉잉거리며 경도에서 모국으로 돌아온 그의 시적 내면 공간이 어떻게 변화되었는가를 알아보는 것은 의의 있는 일일 것이다. 1923년 5월 동지사대학 예과에 입학, 1929년 6월 30일 대학부 영문과를 마친 그가 근 7년 동안의 일본생활을 보내고 모국에 돌아와 그의 눈에 비친 세계의 모습은 어떠했을까?

"유방처럼 솟아오른 수면"처럼, "따뜻한 바닷속에 여행" 하는 자유로운 상상력의 세계는 20년대 초반 지용이 일본으로 가기 위해 건넜을 때 현해탄에서 느꼈던 것과는 다른 면모를 볼 수 있는 것일까?

'바다 : 모래'(바다는 / 푸르오 / 모래는 / 희오, 희오 ― 「바다7」), '태양 : 영혼'(한 한가온대 도라가는 태양, / 내 영혼도 ― 「바다7」)의 선명한 대비를 통해 시인의 영혼에는 그러나 고요한 파문이 일고 있음을 알 수 있다. 그러나 그 파문은 나와 사회의 관계에서 드러나는 새로운 세계로서의 그것이 아니라 또 다른 시름의 변용에 다름 아니라는 것을 알 수 있다.

> 내 무엇이라 이름하리 그를?
> 나의 영혼안의 고흔 불.
>
> (중략)
>
> 구비 구비 돌아나간 시름의 黃昏길우…
> 나… 바다 이편에 남긴
> 그의 반 임을 고히 진히고 것노라.
>
> — 「그의 반」에서
>
> 바람은 이렇게 몹시도 부웁는데
> 저달 永遠의 燈火!
> 꺼질법도 아니하였거니,
> 엇저녁 風浪우에 님 실려 보내고
> 아닌 밤중 무서운 꿈에 소스라처 깨웁니다.
>
> — 「풍랑몽(風浪夢) 2」

김학동 교수에 의하면 「풍랑몽 2」는 1931년에 쓰여졌는데, 1922년에 쓰여진 「풍랑몽 1」과 비교해 볼 때 '님을 떠나 보냄 ; 님을 기다림'이라는 내용상의 대조를 보이거니와 시가 단형화되었다는 것을 알 수 있다. 그의 시적 상상력은 간결하면서도 명징하게 변화된 것이다. 이 역시 지용의 경도 유학과 무관하지 않을 것이다. "비나리는 이국 거리를 탄식하며 해매"(「조약돌」)이다가 "항해는 정히 연애처럼 비등하고" ""나의 청춘은 나의 조국!"'이라며 현해탄을 건너 온 지용에게 경도압천(京都鴨川)을 거닐며, 후배 김환태에게 읊어준 "젊은 나그네의 시름"이나, 경도 상국사(京都 相國寺) 뒤의 묘지로 동지사대학 예과생인 김환태를 데리고 가서 "참하 꿈엔들 잊힐리야"라고 읊었던 고향은 어떠하였을까?

영원과 꿈의 고향인 무한성을 드러내는 현해탄을 사이에 두고 근원적 의식으로서의 향수는 마음에서조차 지닐 수 없는 고향에 대한 부재의식과 상실감(고향에 고향에 돌아와도 / 그리던 고향은 아니러뇨 － 「고향」)이 결국 고통스런 존재 양태인 항구(마음은 제고향 진히지 않고 / 머언 항구로 떠도는 구름 －「고향」)로 드러난다. 떠돌이로 피투된 존재. 그 너머의 한편에는 그의 시 세계의 균형감각을 갖게 한 경도체험이, 다른 편은 그의 신앙 즉 카톨릭시즘이 지용 시의 표층구조를 형성하고 있다고 보아진다. 이 표층 구조에 지용의 후반기 경향인 자연에의 몰입이 또 한편을 자리잡고 있다.

5. 소박한 종교인식과 시의 단순화

지용이 언제부터 천주교 신자가 되었는지는 잘 알려져 있지 않았으나, 그의 아버지가 한 때는 천주교 신자였다는 점, 그가 유학하였던 동지사 대학이 기독교계였다는 점, 그리고 그가 경도에서 돌아와 모교인 휘문고등학교에 재직할 때 천주교 신자이며 성화(聖畵)를 잘 그린 장발과 사이가 좋았다는 점, 무엇보다 『카톨릭청년』(1933.6)에 편집원으로 깊이 간여했다는 점으로 미루어 보아 『카톨릭청년』 이전인 것만은 확실한 것 같다. 박용철은 『정지용시집』 발문에서 「촛불과 손」, 「유리창」, 「바다 1, 2」 등은 그가 카톨릭으로 개종한 이후 에 제작된 것으로 그 심화된 시경(詩境)과 타협 없는 감각은 초기의 제작이 손쉽게 친밀해질 수 있는 것과는 다른 경지를 밟고 있다고 했다.[200] 여기서 그가 카톨릭 개종이라고 했는데 무슨 근거에서 한 말인지는 확실치 않다. 그의 유족에 의하면, 이미 동지사대학 시절에 카톨릭교를 신앙하고 있었다 한다.[201] 그러나

200) 『朴龍喆詩集』, 154-155쪽.
201) 김학동, 『鄭芝溶硏究』, 민음사, 1987, 44쪽.

어느 평자에 의하면 그의 경도시절을 회고하는 글에서 카톨릭적인 신앙의 표백이 보이지 않고 있다고 했다.[202]

지용의 카톨릭에의 입문이 어느 시점이든지 간에 일련의 종교적인 시들은 그의 시적 세계를 이해하는 중요한 근거가 되고 있다. 이 시기에 이르면 그의 시 세계의 한 면을 지배하고 있던 연정의 그림자는 종교적 차원으로 변모된다.

東海는 푸른 揷畵처럼 옴직 않고
누뤼 알이 참벌처럼 옴겨 간다.

戀情은 그림자 마자 벗쟈
산드랗게 얼어라! 귀뜨람이 처럼.

—「곤로봉(毘盧峯)」에서

나의 임종하는 밤은
귀또리 하나도 울지마라.

(중략)

永遠한 나그넷길 路資로 오시는
聖主 예수의 쓰신 圓光!
나의 령혼에 七色의 무지개를 심으시라.

나의 평생이오 나종인 괴롬!
사랑의 白金도가니에 불이되라.

달고 달으신 聖母의 일홈 불으기에
나의 입술을 타게하라.

—「임종(臨終)」에서

---

202) 김윤식, 『韓國近代文學思想史』, 한길사, 1984, 425쪽.

연정은 예수의 사랑으로 대치되고 시적 화자의 영혼은 온통 성스러운 것으로 가득 차 "문득 영혼 안에 외로운 불이 / 바람처럼 이는 회한에 피여오르"(「별 1」)는 "회한도 또한 거룩한 은혜"로서 "질식한 영혼에 다시 사랑이 이슬나리"(「은혜」)게 된다.

시적 화자는 이제 때없이 설레는 파도 즉 영혼의 회한이나 번뇌는 이제 아름다운 풍경을 이룰 수가 없다. 왜냐하면 그의 곁에는 풍랑 속에서도 그를 보호하고 있는 예수가 있기 때문이다. 그러나 또 다른 태양으로 상징되는 카톨릭에 대한 그의 내면화의 정도는 다분히 문제적이 아닐 수 없다. 카톨릭의 신앙이 단순히 번뇌의 안식처로 인식될 때, 시의 세계는 단순화된 모습을 띨 수밖에 없다. 신앙시의 형태를 띤 그의 시들은 우선 형태상으로 2행으로 구성되어 있다는 점, 지나치리만큼 영탄조의 반복 그리고 카톨릭을 자연계의 태양과 대비된 또 다른 태양으로 지나치게 단순화시키고 있다는 점 등이다. 사물의 시각적인 대비와 형태상의 배치, 언어의 기교에 민감했던 지용으로서는 한편으로는 당연한 행보를 걷고 있는지도 모른다. 그렇기 때문에 그의 카톨릭 신앙은 일정한 한계를 노출할 수밖에 없는데 시인에게 있어서 그것은 그의 시에서 극명하게 드러나기 마련이다.

> 나의 生活은 일절 분노를 잊엇노라.
> 유리안에 설레는 검은 곰 인양 하품하다.
>
>   (중략)
>
> 어쨌던 定刻에 꼭 睡眠하는것이
> 高尙한 無表情이오 한 趣味로 하노라!
>
>   — 「시계(時計)를 죽임」에서
>
> 너는 짐짓 나의 心臟을 차지하였더뇨?

悲哀! 오오 나의 新婦! 너를 위하야 나의 窓과 우슴을 닫었노라.

　　　(중략)

스사로 불탄 자리 에서 나래를 펴는
오오 悲哀! 너의 不死鳥 나의 눈물이여!

　　　　　　　　　　　　　　　　　　　—「불사조(不死鳥)」에서

　　식민지 시대 경도 유학까지 다녀온 지식인인 지용이 모국에서나 일본에서 느꼈을 시대의식은 구인회의 성격과 관련된다. 이 집단은 당초 이종명과 김유영이 카프에 대항하기 위해 발기인이 되고, 멤버를 모으는 과정에서 그 주도권이 이태준과 정지용에게 넘어 갔으며 이 9인회의 후기 동인이야말로 이모임의 성격이 잘 드러난다. 박팔양, 김상용, 정지용, 이태준, 김기림, 박태원, 이상, 김유정, 김환태 등이 그들인데, 이들을 두고 '무의지파'라든가 '순수문학가'들이라고 지적한 것은 카프의 강력한 조직과 강령을 염두에 두었기 때문이며, 지용이 깊숙이 관여하고 있던 『카톨릭청년』지에 대한 카프측의 공격도 만만치 않았다.

　　여기에서 지용을 문제삼고자 하는 것은 경도 유학을 통해 서양문학을 체험한 식민지 지식인으로서 그가 이 같은 시대 상황을 어떻게 내면화하고 있느냐 하는 점이다. 이것은 경도에서 모국에 돌아온 직후 그가 30년대 초반 9인회, 『카톨릭청년』에 관여했다는 것과 나란히 놓인다. 말하자면 일련의 그의 종교시를 문제삼는 것은 이런 맥락에 닿아 있는 것이다. 식민지 현실에서 하나의 시적 돌파구를 종교시에서 찾았으며, 그 결과 그의 시적 인식 수준은 밀폐된 공간과 정지된 시간 속에서 분노를 잊은 대가로 "琉璃안에 설레는 검은 곰 인양 하품"을 하거나 "定刻에 睡眠하는 것을 高尙한 趣味"로 여기는 것이었다. 치열한 내적 성찰을 거치지 않은 한 시인의 파탄을 볼 수 있다. 이 점은 카프파한테 『카톨릭

청년』지에 대한 공격을 받고, 9인회 창립광고가 나올 직전 조선일보에 「한개의 반박」이라는 반박문을 실었으나, 그 내용은 천주교의 역사는 맑스주의와 비교도 안될 정도로 긴 것이기 때문에 당신들은 상대도 되지 않는다고 하는 소박한 논지의 선개에서도 충분히 드러나고 있다.

시인으로서 가능성을 일찍이 보여주었던 그가 종교시에서 보여주었던 파탄에서 벗어날 수 있었던 것은 우리 고전 및 동양고전에로 그의 감각적 측면을 접촉시킨 점에 있을 것이다.

6. 균형감각의 회복과 무시간성의 고전주의

앞에서 우리는 지용이 시인으로서 균형 감각을 회복하고자 나아간 곳이 고전주의라고 언급하였다. 그의 고전주의는 초기에 보여준 민요풍 조의 동시나, 그의 시에 지속적으로 내재해 있는 시름 및 향수의 시풍에 내재해 있었을 것으로 보인다. 경도에서 돌아와 휘문고등학교에서 재직할 때 그의 직장 동료이자 시조시인인 이병기와의 친분도 고려될 수 있다. 잘 알려져 있듯이 이병기는 『인문평론』지와 대립적인 자리에 섰던 『문장』파의 정신적인 지주이자 '난'을 소재로 한 독특한 경지를 개척한 사람이다. 지용의 고전주의는 당대의 『문장』파 류의 문학적 감수성과 견주해볼 경우 선명하게 드러나기 마련이다.

동양의 고전시가가 이루어낸 고담 쪽으로 기울어진 것은 그가 『문장』에 관여하고 난 다음부터 보다 분명해진다. 『문장』지를 주재한 것은 이태준이었는데 그는 정지용의 중학 후배였을 뿐 아니라, 구인회에도 같이 참가한 오랜 지기(知己)의 한 사람이었던 인연으로 『문장』에 관계하면서 1939년 2월부터 신인추천제 위원을 맡게 되었다. 이 무렵의 그의 창작 태도는 신인들의 선고과정에 잘 드러난다. 『문장』 추천제에 응모

한 작품 중에서 동양적 정취를 노래한 것을 뽑았던 것이다. 「백록담(白鹿潭)」, 「장수산(長壽山)」, 「인동차(忍冬茶)」 등의 서정 가락을 발표한 것도 이 잡지를 통해서 이다.

　"古代와 같은 나그넷길"(「말2」)을 떠나 지용이 도달한 세계는 무시간 속에서(山中에 冊曆도 없이 / 三冬이 하이얗다. -「忍冬茶」) 깊은 산속의 정적감을 심상화한 것이다.

　　　　伐木丁丁 이랬거니 아람도리 큰솔이 베혀짐즉도 하이 골
　　　　이 울어 멩아리 소리 쩌르렁 돌아옴즉도 하이 다람쥐
　　　　도 좃지 않고 뫼ㅅ새도 울지 않어 깊은산 고요가 차라리
　　　　뼈를 저리우는데 눈과 밤이 조히보담 희고녀! 달도 보름
　　　　을 기다려 흰 뜻은 한밤 이골을 걸음이란다? 웃절 중이 여
　　　　섯판에 여섯번 지고 웃고 올라 간뒤 조찰히 늙은 사나히의
　　　　남긴 내음새를 줏는다? 시름은 바람도 일지 않는 고요에 심히
　　　　흔들리우노니 오오 견듸랸다 차고 然히 슬픔도 꿈도
　　　　없이 長壽山속 겨울 한밤내 ……
　　　　　　　　　　　　　　　　-「장수산(長壽山) 1」

　"伐木丁丁"은 중국 고전 가운데 하나인 『시경(詩經)』에 나오는 구절이다. 속세와 떨어진 깊은 산 속의 정적감을 나타내기 위해 큰 솔이 벌목되는 장면을 그대로 인용해서 작품을 시작하고 있다. 그러나 아무리 심산유곡(深山幽谷)이라 하여도 식민지 지식인으로서 그가 겪어왔던 역정을 벗어날 수는 없을 것이다. 그리하여 "시름은 바람도 일지 않는 고요에 심히 흔들"린다. 그러나 그것은 어디까지나 역사적 발전적 시간관과는 동떨어진 동양적 정적 세계 속에서만 그 의미를 지닐 수 있는 것이다. 이것이 바로 "겨울 한밤내" "차고 슬픔도 꿈도 없이" 견디겠다는 화자의 세계관일 터이다.

그 속에서 지용은 그동안 그가 갈고 닦아온 시적 기교를 유감없이 발휘한다.

골삭에는 흔히
流星이 묻힌다.

黃昏에
누뤼가 소란히 싸히기도 하고,

꽃도
귀향 사는곳,

절터ㅅ드랬는데
바람도 모히지 않고

山그림자 설핏하면
사슴이 일어나 등을 넘어간다.
　　　　　　　　　　　　　　　—「구성동(九城洞)」

깊은 산속의 고요가 심상으로 제시된 솜씨라든가, 여울물이 의인화되어 뚜렷이 시각적 심상으로 제시된 것(돌에／그늘이 차고, (중략) 여울 지여／수척한 흰 물살, 갈갈히 손가락 펴고.—「비」)은 말솜씨가 더욱 예리해진 것을 보여준다. 정지용의 시가 지닌 커다란 특징은 감각을 원용한 심상의 제시에 있다고 볼 때 이러한 특징이 이 시기의 그의 시에 두드러지게 나타난다. 말솜씨와 기법의 시인인 그가 종교에 대한 통찰력을 지니지 못한 체 카톨릭시즘에 경도되면 될수록 시적 파탄에 이르고 만 사정에 비추어 보면, 그후 그의 고전주의적인 성향을 지닌 시의 정신적 깊이를 더해준 것이 무엇인지는 어렵지 않게 파악할 수 있을 것이다.

7. 맺음말

　이상에서 정지용의 초기 시에서부터 일제 후반기 고전주의에 이르는 시적 편력을 살펴보았다. 초기시의 구심력은 그의 고향인 옥천에 대한 향수이었으며, 이것은 그가 일본 경도에 유학 생활을 할 때도 그의 시의 심층을 이루고 있었다. 그의 시의 두 번 째의 구심력은 경도에서 귀국 후 카톨릭교의 신앙이었으며, 이후 시적 파탄을 돌파한 자리에 『문장』파 류의 고전주의에 있게 되는데 그것이 그의 시의 세 번 째 구심력이었다. 식민지 한국 지식으로서 그가 어떻게 시적 대상을 형상화했느냐가 다분히 우리 문학사를 논할 때 문제적이라 아니할 수 없다면, 해방 후 그의 행적과 시적 편력 또한 해결해야 할 문제 중의 하나이다.

> 防寒帽 밑 外套 안에서
> 나는 四十年前 *凄凉*한 아이가 되어
>
> 　　　(중략)
>
> 防寒帽 밑 外套 안에서
> 危殆 千萬 나의 마흔아홉 해가
> 접시 따러 돈다 나는 拍手한다.
>
> 　　　　　　　　　─「곡마단(曲馬團)」에서

　이 시는 그가 납북되기 직전에 『문예(文藝)』 7호(1950.2)에 발표한 것이다. 해방 직후 그는 「애국의 노래」, 「그대들 돌아오시니─재외혁명동지에게」를 발표한 후에 창작시는 발표하지 않고 역시(譯詩)를 발표했다. 더군다나 「곡마단」 이후 제목이 말하듯이 4.4조의 음수율로 이루어진 소품 「사사조5수(四四調五首)」를 발표했을 뿐인데, 어째서 그가 이러한 시적 편력을 갖게 되었는가를 이해하기란 쉽지 않다. 그것은 단순한 기교의 차원을 넘어서는 것이다.

해방 후 정지용의 활동에 대해서는 분명하지 않은 점이 많다. 임화가 주도한 '조선문학자대회'(1946.2)에서 초청보고연설자로 '조선아동문학의 현상과 금후의 방향'을 밀힐 예정이었으나 참석하지 않았고, 조선문학가동맹 중앙집행위원(22명)에 추대된 바는 있으나, 과연 이 단체에 그가 소속되었는지 또 어떤 활동을 했는지는 불분명한 것으로 남아 있다.203) 그는 오래 몸담고 있었던 휘문중학에서 이화여전 문과교수로, 그리고 문과과장으로 나아갔으며, 그곳을 사퇴한 뒤엔 경향신문에 관계하기도 하였다. 그 후 경향신문을 그만두는데 그가 왜 경향신문을 그만두었는지는 명확하게 알려져 있지 않다. 그 후 불광동 녹번리에서 은퇴 생활을 하다가 어느 날 좌익 계통의 제자가 찾아와서 함께 시내에 나갔다 온다 했는데 그 길로 소식이 끊겼다.204)

그가 어떤 이유로 납북되었든지 간에 사상과 실천의 심화과정 없이 머릿속의 관념만으로 씌어진 것이 온당한 문학일 수 없다는 평가205)는 귀담아 들을 만하며, 그렇기 때문에 그에 대한 평가는 주로 시각적 심상에 입각한 모더니즘적인 시나 순수 서정시에 관심을 둔 저간의 논의는 그의 언어적 편력의 전 과정을 깊이 해석, 평가함으로써 보다 생산적인 논의를 위해 재정립되어야 한다고 본다.

---

203) 김윤식, 앞의 글, 444-445쪽.
204) 鴻農映二, 앞의 글, 392-395쪽.
205) 김윤식, 앞의 글, 450쪽.

V

시적 진실과 실천적 삶
- 김지하론 -

1. 서정시의 새로운 지평

"나는 드디어 그처럼 오랜 세월 나를 괴롭혀 온 나의 민중적 운동, 정치행동과 예술적 창조 사이의 저 미칠 것만 같은 간극을 일시에 극복해 버리고 만 것이다."

이 글은 정치와 문학의 통일을 체험한 김지하의 옥중 수기로서 1975년 2월 동아일보에 게재된 것이다. 그러나 1984년 6월 최일남과의 대담에서의 다음과 같은 발언은 그의 변화된 흔적을 뚜렷이 보여주고 있다.

"어떤 세계관에서 정치를 보느냐는 것인데, 정치가 집중적이기는 해도 그것이 다는 아니고 그것도 한 몫에 불과하다고 보는 것입니다 (중략) 요런 것도 있다는 것을 보여주기 위해서 대설을 쓰고 있는 것입니다."

위 두 글은 그의 세계관과 문학관의 변모된 모습을 보여줄 뿐만 아니라, 기존의 그에 대한 편견을 재검토하도록 요구하고 있다는 점에서 주목된다.

한 시대의 객관적 상황에서 작가의 문자행위와 그의 실천적 삶을 문제삼을 경우, 현대 한국 문학사에 있어서 김지하가 점유해 온 시간과 공간은 하나의 아포리아임에 틀림없다. 수배와 구속의 반복된 삶의 노정과 적지 않은 글들이 이것을 말해준다.

그러나 김지하 문학에 대한 그간의 평가 작업은 분단현실과 그에 대한 선입견의 작용, 평자들의 적극적인 관심의 결여로 올바르게 이루어지지 않았다. 무엇보다 작품과의 유기적 연권 속에서 출발하지 않고, 전기적 사실이나 사상체계, 그리고 운동적 차원에 치우치는 한계점을 지니고 있었다.

윤구병, 임헌영, 김종철, 위기철 등의 평문이 대체로 이러한 경향으로 쓰여졌다. 다만 현준만은 김지하 시를 구체적으로 분석하고 있다는 점에서 의미를 지니지만, 최근의 김지하 문학의 변모 향상을 언급하고 있지 않다는 한계가 있다.206)

한편 80년대 초반 김지하가 『대설·남(大說·南)』과 일련의 글들을 발표한 이후 평자들의 시선은 주로 그의 새로운 양식의 시도에 대한 평가와 그 사상적 변모에 집중되고 있다. 『대설·남』이 세 권 째 나온 뒤 1986년 봄에 김지하가 『애린』이란 서정시집을 내놓았을 즈음에 평자들은 『黃土』의 시적 세계와 『애린』의 시적 세계가 너무도 거리가 있음에 다시 한번 주목하면서 다각적으로 평가를 가하고 있다.

채광석은 『애린』 첫째 권 발문에서 김지하의 시적 변모를 "「애린」은 「황토」의 직선적·양적 원시반본이 곡선적·음적 원시반본으로 전화된 것"으로 파악했으며, 김주연은 "이 시인의 진실을 향한 끊임없는 자기 쇄신과 자기 부정의 자세, 그 구조자적 노력"을 지적했다. 그리고 성민엽은 『애린』 둘째 권 해설에서 유평근의 오시모론 연구에 힘입어 김지하의 서정시의 변모는 이원성으로부터 통일성으로의 옮겨감 즉 대조법의 세계관에서 모순어법의 세계관으로의 변모로 보고 있다.

그러나 이 변화의 과정 속에는 『담시』와 『대설』이 놓여 있음을 간과

---

206) 임헌영, 윤구병 외, 『김지하─그의 문학과 사상』, 도서출판 세계, 1985.

할 수 없다. 그것을 편의상 도식적으로 나타내 보면, 서정시→담시, 희곡→대설→서정시의 과정을 보여 주고 있는데, 중요한 것은 그 출발점인 서정시가 지속적으로 쓰여지고 있다는 점이다.

이것은 그가 다양한 양식을 시도하였고, 그 양식상의 변화가 그의 삶과 밀접한 관계를 지녔음에도 불구하고 그의 문학적 본질은 서정양식에 놓여있다는 것을 말해 주는 것이기도 하다.

따라서 김지하 서정시의 변모과정을 고찰하는 것은 곧 그의 문학적 세계를 이해하는 열쇠가 될 수 있다. 바로 이점이『황토』이전의 시에서『애린』까지의 서정시가 차지하는 몫인 셈이다.

이러한 것을 감안하여 본고에서는 김지하의 서정시를 중심으로 그의 삶과 사상이 어떠한 상관관계를 지니며 발전되어 왔는가를 규명하면서 그 한계점도 지적하고자 한다. 구체적으로 초기의 작품에 나타나는 사회에 대한 그의 관심이 정치와 문학의 통일을 거쳐, 얼마 동안의 공백을 맞은 뒤 80년대에는 새로운 사상체계로 변하여 나타나게 된 서정시의 변모 과정을 살펴볼 것이며, 특히 후자에 중점을 둘 것이다.

우선 김지하의 서정시를 논하기 전에 그의 전체 문학 속에서 그것이 차지하는 위치를 명확히 인식하기 위해서 김지하 문학을 총체적으로 살펴보기로 한다.

아울러 그가 아직도 왕성한 창작활동과 함께 사상 체계를 모색하고 있는 과정이라는 점에서 그에 대한 평가는 조심스럽게 다루어져야 할 것이다.

2. 김지하 문학의 총체성과 서정시의 위치

김지하(본명 김영일)는 1941년 2월 4일 전라남도 목포시 대안동에서 기술자 집안의 외아들로 태어나 1959년 서울 문리대 미학과에 입학했고, 이듬해 4·19를 경험하면서 서서히 그의 존재가 부각되기 시작했으며, 수차례의 구속과 함께 1975년에 아시아·아프리카 작가회의가 주는 'LOTUS' 상과, 1981년에는 국세시인회의가 주는 '위대한 시인' 상을 받기에 이른다.

어렸을 때부터 그림 그리기를 좋아했던 그가 시를 쓰기 시작한 것은 고등학교 이후로 그때는 주로 형태 실험적인 시를 썼다고 한다. 이런 경향은 문리대 시절에도 이어져 "이런 저란 형식 또는 양식의 다양성을" 쫓다가 "그저 습작으로 답답하고 외로울 때" 시를 썼다 한다.207)

그의 이러한 문학 청년적인 기질에서 자아와 세계의 치열한 갈등이 서정시라는 양식으로 나타난 것이『황토』이다. 따라서『황토』에는 그의 존재론적인 번민과 애틋함, 억압에 대한 몸부림과 저항, 그 고통에서 오는 신음 소리 등이 함께 어우러져 있다.『황토』후기에서 밝히고 있듯이, 가위눌린 우리들의 의식을 나타내는「악몽의 시」로, 원귀들의 아우성이 가득한 한반도에「강신(降神)의 시」로, 어둠을 뚫고 피투성이의 포복을 감행하는「행동의 시」로, 세계에 대한 모든 대상에 대한 사랑의 시로 형상화되기를 원했던 것이다.

그 절정이『황토』이후의 시「타는 목마름으로」에서 이루어진다. 이에 대하여 현준만은 서정적 자아의 현실 인식과 역사의식과 민중 정서의 통일을 서구적 전통에서 서정시를 바라보는 외적 '세계의 자아화'라는 장르적 틀을 벗어나서 비애와 골계를 원리로 하는 새로운 서정시를 노래하고 있다고 평하고 있다.

한편, 대학 시절에 몸에 익힌 판소리, 탈춤, 민요 등 전통적인 예술양식에 힘입어 70년대에는『담시』를 쓰게 된다. 이것은 김지하가 심화되

---

207) 김지하,『남녘땅 뱃노래』, 두레, 1985, 345쪽.

어 가는 열악한 객관적 상황에 서정시로는 대처할 수 없다는 한계를 자각했다는 것을 말해 준다. 그것은 첫째로 "개인적 주체를 포함한 집단적 주체를 위한 자기 표현 방식이 필요하다"고 생각한 점, 둘째로 "그런 이야기 구조가 민중의식의 성장이나 역사의식의 확대에 대응하는 방향"이라고 여긴 점에서 확인할 수 있다.[208]

김지하가 풍자라고 하는 무기로 지배층을 고발한 최초의 장시「오적(五賊)」이 1970년『사상계』5월 호에 발표된 뒤 계속해서「오행(五行)」,「아주까리신풍」,「똥바다」등이 발표된다. 그는 여기에서『담시』를 '이야기 구조'로 포섭될 수 있는 것들 예컨대 판소리, 서사민요, 내방가사, 민담 등을 포괄하는 넓은 의미의 개념으로 사용한다. 따라서『담시』는 시대를 대처하는 한 지식인의 세계관과 함께 그가 대학시절에 체득한 리듬과 양식이 판소리 형식을 빌어 표현된 '이야기 시'라고 볼 수 있다. 여기에서 잠시 눈을 돌려 그의 담시(문학)에 흐르는 내적 힘이 어디에서 연유하는지 알아보자.

이럴 때 우리는 거의 최초의 민중시론이면서 창작방법론의 차원에서 논의가 이루어진「풍자냐 자살이냐-고 김수영 추도시론」을 발견하게 된다. 그는 치열한 비애와 응어리진 한을 바탕으로 강력한 풍자를 주된 핵심으로 삼는 고양된 극적인 표현을 유일한 가능성으로 제시하면서 민요에서 그 모범을 찾고 있다. 즉 민요가 갖는 민중성이 풍자나 해학으로 이어질 때 근 힘을 발휘할 수 있다고 보고 그 창조적 계승을 주장하고 있다. 민요류의 전통양식을 형식 조건으로 하고, 풍자와 해학을 내용 조건으로 하는 이러한 그의 실험은 그의 문학에 관류하는 힘인 것이다. 그러므로 담시가 판소리 형식의 이야기 구조로써 강력한 힘을 지닐 수 있었던 한 측면은 이 풍자와 해학에 있음을 알 수 있다. 그러나 그의 담

---

208 김지하,『민족의 노래, 민중의 노래』, 동광출판사, 1984, 213쪽.

시는 서사적 구조로서는 미완적이라는 것과 생경한 한자어투, 사설의
지루한 나열 등으로 민중들의 수용 측면에서 그 한계를 지니고 있다고
판단된다.

그리고 같은 시기에 「나폴레옹 꼬냑」, 「구리 이순신」, 「금관의 예수」,
「진오귀」 등의 희곡이 거의 매년 발표되었다. 극양식이 쓰여졌다는 것
을 그가 대학시절 영화연구반, 연극반 등의 활동을 했다는 것에서 그 단
초를 찾을 수 있지만, 보다 근본적으로는 극양식의 특성이 총체성을 지
향한다는 것과 아울러 현장성, 즉흥성 등을 지녔다는 것을 김지하가 인
식했다는 점에 있다. 그럼에도 불구하고 그의 희곡은 풍자성에 집착한
나머지 작품의 전개가 도식적으로 흘렀다는 것과 운동의 총체성 획득에
는 미치지 못하고 있다는 것이 지적될 수 있다.

이러한 김지하의 문학세계는 오랜 감옥 생활을 통해 새로운 문학세
계로 변화된다. 그는 생명사상에 입각한 일련의 문학적 행위―『대설 ·
남』, 『애린』, 『검은산 하얀방』 등―에 들어간다.

그의 생명사상의 전개는 동양의 노장사상, 불고사상, 우리의 전통적
인 민중종교사상과 깊게 관련되어 있다. 생명은 곧 살아 숨쉬는 것, 살
아 움직이는 것 총체를 말하며 그 본성은 모든 억압으로부터 자유롭게,
화해롭게 살고 싶다는 것이다.[209]

이렇듯 주관적, 감각적인 것에서 출발한 그의 생명관은 기존의 민중
개념을 역사적이고 종적인 규정이라 비판하면서 민중개념을 중생이라
는 유개념으로 확대하여 변화하고 생동하고 있는 실체이며 억압에 대해
부단히 저항하는 운동력을 가 진자로 정의하기에 이른다.[210] 따라서 생

---

209) 김지하, 「인간해방의 열쇠인 생명」, 『밥』, 분도출판사, 1984. 후천개벽, 남조선
　　사상이나 증산도 등이 이와 관련된다.
210) 김지하, 「생명의 담지자인 민중」, 앞의 책. 민중이란 말이 종개념으로서의 한
　　개를 지님에 비해 중생이라는 말은 유개념으로서의 확장 가능성이 있음을 지
　　적하였고 그것은 종개념을 포괄하여 앞으로 살아 생동하는 운동 가운데서 민

명을 살아 있는 모습으로 담지하기 위해서는 생동감과 리듬을 획득할 수 있는 문체와 형식을 지녀야 한다고 주장한다.[211]

이러한 사상적 변화에 대하여 김종철은 "추상적인 역사관과 민중관"이라고 비판하였으며, 박인성은 그의 사상의 문제점을 전반적으로 지적하면서 "결국 인간을 다른 생명과 동일시한 데서 파생된 것"이라고 지적하고 있다.[212] 그러나 김지하가 세계를 보는 눈이 근본적으로 변화되었다는 것과 동양적 한국적 전통사상의 창조적 계승을 보여주었다는 점에서 주의해 볼 필요가 있다.

이런 제반 요건이 처음으로 복합적으로 나타난 것이『대설·남』이다. 이것은 본질적으로 그 형식이『담시』의 연장선에 놓이지만 담시의 좁은 문학적 공간이 생명사상을 담지하는 보다 넓은 문학적 공간으로 확대되고 있다. 앞으로의 전개가 기대되지만 셋째 권까지는 地→天→地의 구조를 지니면서 결국 서양이나 동양이나 막론하고 생명을 탄압하는 것을 퇴치하여 참 생명을 얻기 위해서는 오직 생명사상에 입각해야 한다는 것이다. 그러나 지나친 사설의 나열, 욕설, 적지 않은 한자, 생경한 용어 등은 독자들을 당혹하게 할 수 있으며 무엇보다 '水山'의 조상이 하늘에서부터 시작된다는 황당무계성은 우리 시대의 리얼리즘과는 거리가 있는 것이다.

80년대에 들어,『대설·남』의 세계가 펼쳐지는 과정에서 김지하 서정시집『애린』이 나왔다는 것은 무엇을 의미하는가. 그것은 그의 고향

중을 살아 생동하는 방법으로 규정해야 한다고 주장한다.

211) 김지하,「민중의 형식문제」, 앞의 책. 언어에서 '신명'을 박탈하는 것, 즉 가락, 장단, 그늘, 울림, 빛깔, 냄새 등을 떼어내고 냉냉한 의미와 논리만을 구조의 중심으로 하는 것은 반민중적 죽임의 언어라 한다. 또한 '―다'형의 시행들은 '냉동구조'로써 살아 생동하는 표현으로는 부적합하다고 주장한다.

212) 김종철,「『밥』을 통해 본 김지하의 생각」, 앞의 책.
박인성,「생명의 세계관」, 앞의 책.

즉, 서정시의 세계로의 변모된 복귀를 의미한다. 서정시로 출발한 시인인 그가, 생명사상에 입각한 『애린』을 내놓았다는 사실 자체가 많은 평자들의 관심사가 되고 있다고 앞에서 지적했거니와 이 문제를 따져본다는 것은 현재의 그의 좌표를 파악하는 데 중요한 관건이 된다 하겠다.

지금까지 우리는 김지하 문학을 이해하기 위하여 그의 문학적 편력을 개괄적으로 살폈고 그 속에서 그의 서정시가 차지하는 위치를 파악해 보았다. 그러면 이제 그의 서정시의 전개 양상과 그 한계점을 살펴보자.

3. 시적 삶과 모순의 지양

1) 「새벽 두시」와 운동의 출발

미군정의 농지개혁 실패, 한국전쟁으로 인해 파멸 직전에 이른 경제와 자유당 치하의 부정 부패와 독재 등의 제반 모순이 복합적으로 작용하여 폭발한 4·19의 순간적 기간이 오후 2시라 한다면 5·16 이후의 세계는 그 대척점인 새벽 2시의 시간에 해당된다 할 수 있다.

새벽 두시는 어중간한 시간
잠들 수도 얼굴에 찬 물질을 할 수도
책을 읽을 수도 없다
공상을 하기는 너무 지치고
일어나 서성거리기엔 너무 겸연쩍다

무엇을 먹기엔 이웃이 미안하고
무엇을 중얼거리기엔 내 스스로에게
너무 부끄럽다, 가만있을 수도 없다

아무것도 할 수 없다
새벽 두 시다
어중간한 시간
이 시대다
                    ―「새벽두시」 전문

  "가만 있을 수도 없"고 "아무 것도 할 수 없"는 것과의 팽팽한 긴장
속에서 시인은 존재한다. 그러기에 새벽 두시는 잠, 찬물질, 책읽기, 서
성거림, 먹는 것, 중얼거림, 이 모든 것이 혼란된 공간인 것이며, 어느 것
하나를 선택할 수도 없는 어중간한 시간 곧 이 시대이다. 따라서 과거의
시간도 아니며 미래의 시간도 아닌 현재의 시간인 것이다. 여기에서 시
인은 가만 있지 않을 것인가, 아니면 아무 것도 하지 않을 것인가라는
갈림길에 들어서게 된다.

  푸른 하늘 흰 구름 어찌할거나
  빼앗긴 아내 머리 쪽두리 씌워 바보
  들러리 선 이 바보는 어찌할거나
  눈도 입도 귀도 막혔네 장승이여 어허
                    ―「푸른 하늘 흰 구름을」에서

  허나
  차디찬 너의 얼굴, 허나
  허나 네 입술은 퍼어런 금이 많음을
  나무는 또한 말을 안한다.
                    ―「저녁 이야기」에서

  여기, 지금 같이 있어야 할 아내(민주, 자유)마저 빼앗긴 채 고뇌에 찬
창백한 모습을 지닌 즉물화된 나, 곧 장승과 나무가 있을 뿐이다. 그것
들은 아내를 빼앗겼음에도 불구하고 구체적인 행동을 할 수 없는 정적

이며 무감각적이며 무기력한 정지된 순간의 세계에 놓인다.

무생물화한 시인이 이 상태를 깨뜨리고 '바보'를 모면하기 위해서는 인간과 무생물을 가로지는 혁신적 계기가 필요하다. 이것은 곧 새벽 두 시의 어중간한 정적 세계를 타파하는 것이기도 하다.

중간에 골고루 흐르는 물 따위는
아랑곳 없다 높은 것, 낮은 것
둘밖엔 없다
　　　　　　　　　　　　　　　－「꼭두각시」에서

가려워도 비벼대도 동동 발굴러도 아으
긁세나 북북 피가 터져 철철 흘러도 아으
　　　　　　　　　　　　　　　－「동동」에서

아나 모르나
한땐들 매질 없는 밤이 있었나
한땐들 돌팔매질 없는 날이 없었지
없어
물에 깎이듯이
바위가 물에 자꾸만 깎이듯이 그렇지
온단 말일세
　　　　　　　　　　　　　　　－「해는 사람의」에서

여기서는 시인이 구체적인 결단에 앞서 진지하게 자기를 성찰하는 모습이 드러나고 있다. 높은 것, 아니면 낮은 것밖에 없다고 단언한 표현에서 우리는 시인의 확고한 계층의식을 느낄 수 있다. 그리고 그 의식의 실천으로써 결단의 준비 과정이 가려움으로 상징화되면서 운동의 시발을 이미 내포하고 있음을 알 수 있다. 그리하여 가려움 증세는 '아으'의 여음을 통하여 더욱 심화되고, 피가 터져 나올 정도의 강렬한 운동의 이미지로 표상된다. 결국 「해는 사람의」에 이르면 시인의 선구적 역사의식의 단면을 볼 수 있다. 시인은 지금 이 시대가 "매질 있는 밤"과 "돌팔매질 있는 나날"로 점철되어 있다는 것을 확인 인식하고 드디어 역사의 발전을 확신하는 단계에 이른다. 이 "온다"는 확신을 실천하기 위한 일련의 준비과정들은 "숨죽여 흐느끼며, 낫을 가는 '빈집'"으로 집약된다.

    마지막 한 벌 '흰옷'에서 우리는 이미 시인의 백의종군한 자세를 본다. 그러나 여기까지 이르기에는 대처로 떠나갔다 숨어 들어온 그(「빈집」)가 있는 것이다. 여기에는 "나는 어떻게 살아 있는 것인가? 왜 내일을 위해 즐거이 잠들 수 없는가?"(「명륜동일기」)라는 고뇌에 찬 물음이 내포되어 있다. 드디어 시인은 "지금 내가 결단해야 할 것은 무엇인가?"라고 되묻고는 모든 미련의 베를 끊어 버리고서 알 수 없는 거리, 골 아픈 공간(「칼아」)으로 떠난다. 이 아픈 공간에서 시인이 서 있는 곳은 더러운 개울물이 흐르는, 억압과 고통만이 흐르는, 그 소리가 똑똑히 들리는 곳(「물 흐르는 곳에」)에 위치한다.

> 나를
> 여기에 묶는 것은 무엇이냐
> 뜨거운 햇발 아래 하얗게 빛날 뿐
> 고여 흐르지 않는 둠벙 속에 깊이 숨어
> 끝끝내 나를 여기에 묶는 것은 무엇이냐
> —「산정리일기」에서

> 서로 싸우지 않고는 서로 물어뜯지 않고는
> 견딜 수 없는 낯선 마을의 캄캄한 이 시대의 한 밤
> 토담에 기대 우러른 하늘
> 아아 별빛마저 보이지 않네
> —「별빛마저 보이지 않네」에서

그 위치는 끝끝내 무엇인가에 묶여 싸우지 않으면 안될 캄캄한 이 시대의 한밤인 것이다. 별빛마저 보이지 않는 암흑의 시간과 공간에서 그것은 시인의 굳은 실천, 즉 강력한 원동력이며 출발이기도 하다. 이 운동의 강력함은 둠벙의 깊이와 어두운 하늘의 높이와 비례한다. 그렇다면 시인을 끝끝내 묶고 있는 그것은 무엇일까.

> 얼어붙은 겨울 밑
> 시냇물 흐름처럼 갔고
> 시냇물 흐름처럼 지금도 살아 돌아와
> 이렇게 나를 못살게 두드리는 소리여
> 옛노래여
>
> 눈 쌓인 산을 보면 피가 끓는다.
> 푸른 저 대삶을 보면 노여움이 불붙는다
> 아아 지금도 살아서 내 가슴에 굽이친다
> 지리산이여
> 지리산이여
>
> ─「지리산」에서

여기에 이르면 "묶고 있는 것"의 정체가 드러난다. 얼어 붙어버린 겨울의 어름장 같은 역사 속에서도 도도히 살아 지금 이 순간에도 시인을 못살게 구는 소리 곧 옛 노래이다. 이 울부짖는 소리가 시각적으로 드러난 것이 바로 지리산이다.

남도의 한은 시인의 불타는 노여움으로 화하여 시인으로 하여금 "가만 있을 수 없"게 만들면서, "새벽 두시"의 정지된 시간을 뛰어넘게 하는 프락시스(praxis)의 힘인 것이다.

2) '황톳길' 혹은 삶과 죽음의 통일

'지리산'으로 표상되는 민중사의 거센 응어리진 한은 시인의 삶에 결정적인 영향을 미친다. 그것은 역사에의 부름이며 동시에 결단을 요구하는 계기가 된다.

> 황톳길에 선연한
> 핏자욱 핏자욱 따라
> 나는 간다 애비야
> 네가 죽었고
> 지금은 검고 해만 타는 곳
> 두 손엔 철삿줄
> 뜨거운 해가
> 땀과 눈물과 모밀밭을 태우는
> 총부리 칼날 아래 더위 속으로
> 나는 간다 애비야
> 네가 죽은곳
>
> — 「황톳길」에서

핏자욱 따라 내가 가는 곳은 어디일까. 그것은 네가 죽은 곳이며 검고 해만 타는 곳이다. 황토는 우리 민족의 운명과 같이한 생활터전이다. 거기에는 민중의 희로애락이 있고, 그들의 살아 숨쉬는 숨결이 있다. 여기서 우리는 민중을 위해 죽을 각오가 되어 있는 시인의 모습을 볼 수 있다. 인간은 피투된 존재로서 유한하며, 이 탄생과 죽음이라는 짧은 세월 속에서 죽음을 맞이하여 어떻게 선구적으로 살아갈 것인가를 생각하는 존재론적인 문제를 넘어서서 시인에게 있어서의 죽음은 이미 초월된 죽임이며 갇힌 죽음도 아닌 것이다. 그러기까지는 "흙에 갇힌 고된 노동도 죽음마저도 나를 일깨우지 않는" 그리하여 "어디에 와 있는 것"이며

"나는 살아 있는" 것이냐에 대한 자기 성찰, 곧 "뜬 눈으로 지새우는 알 수 없는 몸부림에 기어이 나를 묶는"(「산정리일기」) 그 무엇을 향한 고뇌에 찬 여정을 거쳐야 했다.

그렇다면 지금의 시인의 모습은 어떻게 나타나고 있는가. 그것은 "두 손엔 철삿줄"이 간명하게 말해준다. 1961년 '남북학생회담'의 남쪽 대표 3인 가운데 하나였으며, 1964년에는 '서울대학 6·3 한일 굴욕회담 반대 학생 총연합회'의 일원으로 운동을 하다가 체포 구금되어 기소 처분을 받기에 이른다. 결국 시인은 이렇게 말하고 있다. "10여 년을 그리던 고향, 그 고향에 나는 수갑을 찬 모습으로 돌아온 것이다. 내 시의 어머니. 굽이굽이 한이 얽힌 저 핏빛 황토의 언덕들"[213]

> 빈손 가득히 움켜쥔
> 햇살에 살아
> 벽에도 쇠창살에도
> 노을로 붉게 살아
> 타네
> 불타네
> 깊은 밤 넋 속의 깊고
> 깊은 상처에 살아
>
> (중략)
>
> 끝없이 혀는 짤리어 굳고 굳고
> 굳은 벽 속의 마지막
> 통곡으로 살아
> 타네
> 불타네
> 녹두꽃 타네　　　　　　　　　　　　　　─「녹두꽃」에서

---

213) 김지하, 「고행-1974」, 앞의 책.

시인이 위치한 곳은 감옥인 듯하다. 그러나 시인은 좌절하지 않고 끝끝내 살려는 의지를 보여 준다. 계기적인 시간의 진행에 따라 손벽, 하늘 등으로 공간의 확장을 보여주는 이 시의 강렬한 이미지는 삶이 사회로부터 격리된 간힌 공간에서조차, 그리고 끝없는 밤처럼 혀는 짤리어도 빈속에 가득한 햇살에, 깊은 밤 넋 속의 깊은 상처에 굳은 벽 속의 마지막 통곡으로 살아서 '녹두꽃'이 다시 피기만을 간절히 희구하는 시인의 자세에서 기인한다. 그것은 '두 손엔 철삿줄' 메고 '네가 죽은 곳'으로 가는 도정에 있는 시인의 실천적 모습이 드러나고 있다. 그러나 우리는 이러한 시인의 모습뿐 아니라 실천과 기대의 좌절에서 오는 고뇌에 찬 고백을 들을 수 있다.

무성하던 삼밭도 이제
기름진 벌판도 없네 비녀산 밤봉우리
외쳐 부르던 노래는 통곡이었네 떠나갔네

(중략)

여기
삶은 그러나
낯선 사람들의 것.

— 「비녀산」에서

여기서부터
저기까지는
아무도 없다

(중략)

腦속에서 죽어가는 나의
나로부터 길에는 아무도 없다.

— 「아무도 없다」에서

시인의 일련의 노력에도 불구하고 1965년 '한일조약'이 비준되고 "외쳐 부르던 노래는 통곡"이 되어 버렸고, 그 통곡마저 떠나가 버린 것이다. 삶은 낯선 사람들의 것이 되어 버린 상황에서 절망과 고독에 빠진 시인은 "나로부터 길에는 아무도 없다"고 단언하기에 이른다.

그럼에도 불구하고 시인의 위대성은 절망을 딛고 일어서는 순간에 성취된다. "진흙탕에서만 피어나는 연꽃의 숨은 뜻…그것은 끝없는 방황과 쉴 새 없는 개입, 좌절과 절망의 깊은 수렁을 통과해야만 얻어지는"(「황토」후기) 값비싼 고지라고 시인은 생각한다. 따라서 "사랑에 대한 무관심, 그 권태야말로 모든 우리들의 무덤"이라는 것을 「아무도 없다」는 역설적으로 말해주고 있는 것이다. 그리하여 시인은 더욱 강렬하게 "온몸을 흔들어 거절하자"는 굳은 결의를 보여 준다.

> 저 청청한 하늘
> 저 흰구름 저 눈부신 산맥
> 왜 날 울리나
> 날으는 새여
> 묶인 이 가슴
>
> (중략)
>
> 시뻘건 몸뚱어리 몸부림 함께
> 함께 답새라
> 아 끝없이 새하얀 사슬소리여 새여
>
> ― 「새」에서

시인이 벽과 쇠창살로 밀폐된 공간에서 조그만 창으로 본 그것은 묶인 이 가슴과 너무도 대조적이다. 너무도 그리워 밤새 물어뜯어도 피만이 흐를 뿐이며, 끝없는 사슬 소리만 들을 뿐이다. 여기서 우리는 「황톳길」에서 보았던 '철삿줄'의 이미지보다 더욱 강렬해진 '쇠사슬'의 이미지를 본다.

60년대 보다 열악해진 상황에서 끊임없이 몸부림쳐온 시인의 시는 그만큼 애절하고 간절하다. "너무도 그리운" 그리하여 마침내 이루고야 말 그것은 「타는 목마름으로」에 이르면 그 절정에 달한다.

> 신새벽 뒷골목에
> 네이름을 쓴다 민주주의여
> 내 머리는 너를 잊은 지 오래
> 내 발 길은 너를 잊은 지 너무도 너무도 오래
> 오직 한가닥 있어
> 타는 가슴 속 목마름의 기억이
> 네 이름을 남몰래 쓴다 민주주의여
>
> (중략)
>
> 숨죽여 흐느끼며
> 네 이름을 남 몰래 쓴다.
> 타는 목마름으로
> 타는 목마름으로
> 민주주의여 만세
>
> — 「타는 목마름으로」에서

이 시는 "뜨거운 사랑의 불꽃같은 사랑의 언어"가 잘 형상화된 시라 할 수 있다. 부딪힘과 좌절, 삶과 죽음의 치열한 싸움 곧 민주주의가 상정되고 그것을 간절히 바랄 때 그 빛을 더하게 된다. 그 빛은 역사를 선구적으로 체현한 한 지식인의 실천적 삶과 무관하지 않은 것이다.

3) '애린', 당위와 존재의 갈등

오랜 감옥 생활 속에서, 콘크리트 틈바구니에서 자라는 개가죽 나무나 담 틈에서 핀 민들레꽃을 보고 떠올리게 된 생명에 대한 사상이 문학적으로 첫 결실을 본 것이 『대설·남』이다. 『대설·남』이 세 권 째 나온 직후 김지하 서정시집이란 부제를 붙이고 『애린』이 나왔다는 것은 무엇을 의미할까. 사실상 이 문제는 그가 말하고 있는 『애린』의 정체를 밝힌 것과 함께 현재의 그의 사상을 추적해 볼 수 있는 것과 밀접하게 관련된다.

그가 주장하는 '애린'이란 "모든 죽어간 것, 죽어서도 살아 떠도는 것, 살아서도 죽어 고통받는 것, 그 모든 것에 대한 진혼곡"이며 "안타깝고 한스럽고, 애련스럽고 애잔하며 안스러운 마음이야" 모든 중생들에게 살아 있으며 그 생명은 또한 죽고 새롭게 태어나는데 이것을 김지하는 애린이라 부른다.[214]

앞에서 우리는 '애린'이 그의 생명사상의 철학적 기초 위에 위치한다고 보았다. 따라서 이 사상이 서정시를 통해서 형상화된 것이 『애린』이라 할 수 있다.

> 네 얼굴이
> 애린
> 네 목소리가 생각 안 난다
> 어디 있느냐 지금 어디
> 기인 그림자 끌며 노을진 낯선 도시
> 거리 거리 찾아헤맨다
> 어디 있느냐 지금 어디
> 캄캄한 지하실 시멘트벽에 피로 그린

---

214) 김지하, 「『애린』간행에 붙여」, 『애린』 둘째권, 실천문학사, 1986.

네 미소가
애린
네 속삭임 소리가 기억 안 난다
지쳐 엎드린 포장마차 좌판 위에
타오르는 카바이트 불꽃 홀로
가려지게 애잔하게
가투 나선 젊은이들 노래소리에 흔들린다.
                    ― 서시 「소를 찾아나서다」

　황토가 나온 지 16년이 지난 그의 모습이 '애린'이다. "나는 간다 애비야／네가 죽은 곳"으로 "두 손엔 철삿줄"로 간다던 그가 돌연 소를 찾아 나선 것이다. 그러나 당위와 존재간의 갈등은 도처에서 발견된다. 오랜 갇힌 생활에서 오는 외로움, 그리움, 괴로움 등과의 싸움은 그의 정신적 축이었다. 그 갇힌 공간에서 풀려났을 때 "네 얼굴"과 "네 목소리"도 생각나지 않는 애린을 찾아 긴긴 시간을 낯선 도시에서 헤매고 있는 것이 시인의 모습이다.

　「황톳길」의 철삿줄과 「타는 목마름」의 쇠사슬이 실현된 곳이 캄캄한 지하실이었다면 여기에 이르면 그것과는 다른, 운동의 전환장으로서의 공간이 시작된다. "피로 그린／네 미소가, 네 속삭임"이 기억되지 않는 존재로의 이전이다. 여기에서 시인이 소를 찾아 나서는 출발점이 시작된다. 그 근거는 숨어서 "우는 애기 입 틀어막고 숨죽여 우는 애린"(「악박골」)과 네 이름(「타는 목마름」을 상기하라)을 쓰는 벽이 우리 앞에 없다(「벽」)는 데 있다. 이 절망이 '황토'의 세계와의 연속이 아니라, "풀꽃님도 피시니, 병식님 계시던, 가죽나무님도 자라신, 참새님, 쥐님"(「안밖」4) 등에서 보여지듯이 생명에 대한 애착과 경이심으로 변한다. 이러한 점에서 소를 찾아 나서는 행위와 애린을 찾아 나서는 행위는 동궤에 해당함을 알 수 있다. 이 둘의 쌍곡선은 결국은 하나이면서 동시에 팽팽한 긴장을 유지하고 있는 것이다.

원주에 돌아오는 길가 어느 곳에도 애린은 없었고, 애린은 술병 속에 갇혀 버렸고(「갇힘」), 핏속에도 눈물 속에도 없었다. 그리하여 마지막 남은 한가닥 희망 곧 "한떨기 들꽃으로 시뻘건 흙으로"(「살림」) 다시 살아나기를 원했던 시인은 소발자욱을 따라 찾아 나서게 된다.

개울물 눈치도 보고 구름 눈치도 보고
바람 눈치마저 다 보고
노래소리 낭자한 금대리 쪽으로
터덜터덜 내려가는
속창빠진
한 놈.

— 「치악산」에서

개 같은 이 세상에 아직 살아남아
내 이렇게 허덕이는 건 허덕이고 있는 건
다른 뜻 있어 아니야
굳이 대라면 허허허
지구가 워낙 둥글기 때문

— 「둥글기 때문」에서

시인이 개울물, 구름, 바람 등의 눈치를 보는 이유는 무엇일까. 그것은 시인이 얻고자하는 해결의 실마리가 이들에게 있기 때문이다. 자연물에까지 눈치를 보면서 걷는 속창빠진 놈이 찾는 것은 허공 속에 떠도는(「꿈에」) 되살아 오지 않는(「생시에」) 네 그리운 얼굴, 애린이다. 그 찾는 과정은 허덕임의 연속이었으며, 왜 살아 남아 허덕이냐는 질문에 시인은 "지구는 둥글기 때문"이라는 허망한 결론에 도달한다. 이 결론의 종점에 시인의 생명의 미의식이 있다.

무거운 흰 눈 아래 깔려 파묻힌
그 여린 춘란이파리 어느 결엔가
그 여린 몸 추스려 일어나, 저보게
잔바람에 때깔 뽐내는 걸
　　　　　　　　　　　－「춘란」에서

　　여기서 우리는 시인이 허덕이며 찾아 헤맨 세계가 거의 자연적 세계에 몰입되어 있다는 사실을 주목해 볼 필요가 있다. 이것은 삽시(挿詩)격으로 쓰인 열 가지 소노래가 상징적으로 말해 준다. 심지어 「베짜는 누이에게」에서 조차도 "잘 있느냐 / 실꾸리 얼키기 쉽고 / 건강하냐 / 실꾸리 설키기 좋은 이때 / 웃고 사냐"는 투로 일관한다. 이러한 어투는 본질적으로 "사회과학 별 것 아니여 / 밥이여"(「카농서형」)라는 사상에서 기원을 두고 있다는 점에서 주의를 요한다.

　　결국 시인은 소를 찾아서 돌아오지만 소와 사람을 함께 잊어버리고 근원으로 돌아가게 되는 논리에 귀착된다. 비인간적 세계를 상징하는 '소'와 인간적 세계를 상징하는 '사람'에 대한 관심(그렇다고 이 문제에 대한 해답을 구한 것은 아니다)에서 근원적인 세계에 대한 관심으로 돌아온 것은 "입 있어도 / 말 건넬 이 이 세상엔 이미 없고 / 아무 것도 이젠 쥐어질 것 없는 / 그리움마저 끊어진 자리"에 와 있기 때문이다. 이 자리에 필요한 것은 술(「그 소, 애린」 10)이며, 자기 자신에 대한 살아 있음(존재)의 확인이다. 그러나 시인은 이 존재에 대한 문제를 알 수 없는 것으로 돌리고 만다.

열길 물 속보다 더 알 수 없는 사람속
더욱이 내 속 그 속속에 있는 네 속
안팎 본디 없는데 자꾸 이러니 병일지?
　　　　　　　　　　　－「그 소, 애린」 34

　　그리하여 시인은 앞뜰로, 뒷뜰로 왔다갔다하면서 민들레나 보면서

한 해를 보내고 있는 것이다. 결국 시인은 더는 갈 수 없는 땅 끝에 서서, 변하지 않고는 도리 없는 극한 상황에 처하게 되는데, 제7부「그런데 저쪽에서」에 이르면 '나'와 '애린'과는 적당한 선에서 타협하고 만다. 소를 찾아 나선 '나'와 '애린'의 팽팽한 긴장 관계는 새로운 발전적 세계로의 전환을 위한 도정이 아니라, 두 쌍곡선이 만나는 자리에서 긴장은 소멸되고 자아와 세계는 자연을 매개로 몰입되어 버리고 만다. 결국『애린』첫 권의 세계에서 한 발자국도 전진하지 못하고 있는 것이다. 여기에 그의 서정시가 갖는 결정적인 한계점이 있다. 따라서 위에서 제기한 미해결된 문제들에 대한 실마리를 얻기 위해서 그가 어떠한 자세를 취할 것인가는 주목할 만하다. 다만『애린』둘째 권 마지막 시인「사랑」에서 희미한 개연성을 보여주고 있을 뿐이다.

4. 갇힘의 세계와 열림의 세계

'80년의 봄'은 우리가 봄을 채 보내기도 전에 또다시 새로운 국면으로 접어들었다. 80년대 초에 쏟아져 나온 시와 무크지 등에서 평자들은 '시의 시대, 무크의 시대, 팜플렛 시대, 르뽀 시대'가 열렸다고 하였다. '시의 시대'의 경우는 "시형식 자체가 갖는 선언성(예언성), 습격성, 의외성으로서의 도구적 단편성 등의 개념으로 모든 일상 및 문화를 새롭게 파악해 보아야 할 시대"라는 의미에서 그러하였다.[215]

그러나 70년대는 '삶으로서의 문학'의 정당성이 확립된 시대이며 그때의 정당성 혹은 감명이란 '용감한 행동'만의 차원이 아닌 '문학적 성과'로서의 분명한 감동과 충격이었다고 김정환이 적절히 지적하듯이,[216]

---

215) 성민엽, 「80년대는 시의 시대인가?」, 마당, 1983.
216) 김정환, 「진정한 목적성의 발견」, 『문학과 예술의 실천논리』, 실천문학사, 1983.

시, 희곡 등으로 시대 상황에 대응하였던 시인 김지하가 80년대에 들어 이와는 달리 생명사상에 입각한『대설·남』과 일련의 글을 발표함으로써 시대상황과는 동떨어진 대척점에 이르게 되었다.

이러한 시인의 변모에 대해 혹자는 혹평을 가하기도 했으며, 또한 조심스럽게 그 의의와 한계점을 논하기도 하였다.

80년대 중턱을 넘어서면서 초반의 어수선한 움직임들이 어느 정도 정리되기는 하였으나 제기되었던 문제들은 여전히 해결 대상에 놓여 있다.

이러한 상황 속에서 1986년 봄에 김지하 서정시집『애린』이 나왔을 때 평자들은『황토』의 세계와는 다른 모습에 주목하게 되었다. 이제 와서 그의 변모된 모습을 가지고 문제를 제기한다는 것이 무슨 의미가 있겠는가 반문할지 모르나 여기에서 우리는 시인 김지하는 여전히 살아 있는 존재이며 하나의 극복 대상이라는 점을 지적하고 넘어가야 할 것이다.

따라서 본고는 그의 최근의 움직임에 주목하면서 시적 변모가 그의 삶이나 사상체계와 어떠한 상호관계를 갖는가를 살펴봄으로써 어느 정도 시인으로서의 김지하의 모습이 드러났다고 본다.

「새벽 두시」라는 어중간한 정적 세계에서 탈피하여 시대상황을 인식함으로써 「황톳길」에 이르면 실천적 결단이 구체적으로 형상화된다. 동시에 담시나 희곡 양식의 선택을 통해 사회 현실에 대응력을 발휘하였던 것이다. 그러나『대설』이라는 새로운 양식의 실험을 거치면서 '애린'이라는 매개물을 통해 형상화된 그의 시적 세계는 시인의 갈등의 흔적을 뚜렷이 보여준다. 그리므로 '애린'에 대한 논의는 김지하의 현 위치와 문학에 대한 근본적인 물음을 제기하기 때문에 그 의의가 더 커지는 것이다.

여기에서 김지하의 최근의 사상체계와 관련하여 그의 서정시가 갖는 한계점과 함께 방향성을 가름할 수 있다.

그것은 그의 사상체계의 핵심인 생명사상이 구체적인 역사적 실천

속에서 객관성을 지녀야 한다는 점이다. 추상적이며 주관적인 생명에 대한 인식은 역사를 이끄는 주체적인 힘이 되지 못하는 것이다. 이 점은 그의 서정시의 세계에서도 살펴 볼 수 있는데, 김지하가 '애린'을 찾아 나서는 순간 생명의 세계에 몰입하게 되어, 그 생명의 존재 자체에 대한 해결의 실마리를 구하지도 못하고, 또한 자기 자신에 대한 존재적인 문제에도 전혀 대답 없이 오직 생활주변에 대한 주관적 감정을 토로하고 있을 뿐이다.

이렇게 역사성에서 멀어진 상태에서 김지하가 취할 수 있는 방법은 기존의 서정양식을 그대로 수용하며 생명 즉 존재 자체에 대한 감정의 표현이라는 논리에 설 것인가, 아니면 이전의 서정시 등이 보여 주었던 세계를 회복하여 시대 상황에 응전력을 보여줄 것인가, 혹은 새로운 사상에 입각한 또다른 양식을 선택, 창조할 것인가 등이다. 여기에서 우리는 김지하가 활동했던 60, 70년대의 시대 상황과 80년대의 시대 상황이 근본적으로 상치되지 않는다는 점에서 그의 문학의 나아가야 할 방향성이 놓인다는 사실을 간과할 수 없을 것이다.

VI

테크노피아 시대의 문학

1. 문학이 문제시되는 이유

새로운 세기를 향해 나아가는 이 시점에서, 우리에게 문학이란 무엇인가라는 질문을 던지는 이유는 단지 1990년대가 저물어간다는 정서적인 충격만은 아니다. 어느 시대이건 문학이 문제시되지 않은 때가 없다고 하지만 오늘날처럼 심각하게 그런 적은 없는 것 같다. 문학이 인간의 삶과 밀접한 관계에 있다고 한다면 문학이 문제시된다는 것은 곧 우리의 삶이 문제시된다는 것이다. 이미 150여 년 전 마르크스(K. Marx)가 말했던 것처럼 모든 견고한 것들은 바람 속으로 녹아 없어지고, 모든 신성한 것들은 속화되며, 인간은 마침내 자기 삶과 인간 관계의 현실적 조건들에 지금 엄중히 대면하고 있다. 인간의 정체성을 규정했던 신의 시대가 이성을 앞세운 자기 정체성을 주장하는 인간의 시대가 되었다. 인간의 시대는 가치의 차원에서 보자면 사용가치의 세계에서 교환가치의 세계로의 진입을 말하며 이로 인한 아우라의 상실 혹은 신성성의 상실로 이어지는 시대이다. 모든 견고한 것들은 미분자로 분해되고 있으며 무엇이 원본인지 알 수 없게 된 것이다. 끝없는 생산과 소비, 추락하는 풍성함과 빛 잃은 윤택함.

90년대와 더불어 20세기가 저물어 가는 이 시점에서 견고하게 보였던, 아니 그렇게 믿었던 인간마저 그 정체성이 흔들리기 시작했다. 라캉

(J. Lacan) 등이 보여주었던 인간 심리에 대한 일련의 연구들은 다시 인간
이란 무엇인가를 묻게 해준다. 리꾀르(P. Ricoeur) 식으로 묻는다면 '무엇'
으로서의 인간이 아니라 '누구'로서의 인간을 묻는 것이다. 그런데 그
'누구'는 '누구'인가? 기억인가, 육체인가, 아니면 영혼인가? 그러나 이
런 것들은 질주하는 시간의 힘 속에서 어느덧 파핏의 이식된 두뇌를 갖
는 '인간'으로 변한다. 공상과학소설이나 영화에나 나올 법한 이런 인간
은 불행하게도 복제 양 둘리가 말해주듯이 현실로 다가오고 있다. 인간
의 윤리 문제가 이처럼 심각하게 대두된 적이 있는가? 이 시대에 다시
문학이란 무엇인가?

　　문학을 '가치 있는 인간 체험의 상상적인 기록' 정도로 정의 내린다
면 문제는 간단하게 보인다. 그러나 무엇이 가치인지, 인간이란 어떤 존
재인지, 상상력의 본질과 기능이 무엇인지를 따진다면 문제는 그리 간
단치 않다. 루카치(G. Lukács)에 의하면 우리는 이미 타락한 시대에 살고
있다. '사물화', '소외'로 특징되는 이 타락한 세계에서 마성(魔性)을 지닌
인간이 아니고서는 이 세계를 돌파하기가 어렵게 보인다. 이런 세계의
모습을 평면한 거울로 비출 것인가 아니면 일그러진 거울로 비출 것인
가는 이제 낡은 화두처럼 보인다. 문학이 놓인 자리는 바로 이곳이다.
고도의 테크놀로지 사회 속에서 진짜 인간의 얼굴은 무엇이며, 문학이
란 무엇인가를 묻는 자리이기 때문이다.

2. 『프랑켄슈타인』과 문학의 근대성

　　매리 쉘리가 『프랑켄슈타인』을 쓴 때는 19세기 초반 1818년, 그러니
까 기술문명의 여명기이다. 그때 이미 쉘리는 인간이 만든 '인간'이 인
간을 매우 위험에 빠뜨릴 수도 있다는 것을 문학을 통해 보여주었던 것

이다. 프랑켄슈타인을 지나 두 세기에 육박한 지금 인간은 전기의 힘이 아니라 생명과학의 힘으로 인간 복제를 시도하고 있다. 또 다른 프랑켄슈타인을 명명할 때가 온 것이다.

19세기를 전후하여 일찍이 가져보지 못했던 강력한 과학의 힘을 갖게 된 인간은 환희와 불안에 싸이게 되었다. 일찍이 서구의 문학가인 알퐁스 도데나 에밀 졸라 등은 기계 문명 속에 용해되어 가는 인간성에 대해 불안을 표명한 바 있다. 그러나 한편에서는 기계문명을 통해 이룩해 낼지도 모를 지상낙원에 대한 기대를 저버리지는 않았다. 1900년을 전후한 미래주의의 선언은 문명이 주는 충격을 아름다운 노래로 선언하고 있다. 그러나 '우리는 노래하리라'고 선언했던 그들의 열정은 인간의 사회적 존재와 개인적 존재에 대한 반성이나 비전으로 발전하지는 못했다. 도시의 집단 군중들 속에서 그들의 무의식적인 영혼의 공유와 활력을 본 줄 로맹의 위나니미슴(unanimisme)은 좀더 반성적이며 실존적인 태도를 보여주지만, 그 역시 새로운 기계 문명에 반성 없는 맹목적인 침잠을 보여줄 뿐이다. 테크놀로지의 비약적인 발전에 대한 유토피아적인 상상력을 통한 의미 부여는 20세기 초반을 지나면서 사라지고 심각한 불안에 직면하게 된다. 유토피아로서의 새로운 세계는 인간공학이라는 기술문명이 불러오는 끔찍한 세계인 『멋진 새로운 세계(Brave New World)』(올더스 헉슬리)로 나타난다. 이제 헉슬리가 후기에서 말한 인간의 예지에 대한 믿음이 유효한 것인가에 대한 물음에 직면해 있다.

테크놀로지의 발달로 표상되는 근대 초기의 우리 문학의 표정은 개화기에서부터 찾아볼 수 있다. 20세기 초반 「시사문답」에 등장한 시골 선비 호문생은 '철로, 시계, 자명종, 전봇줄, 전기' 등이 가져오는 경이와 유용성을 말하고 있다. 그러나 서울 선비 선해생의 "유용하기로 말하면 어느 것이 유용하지 않음이 아니나 한갓 탄식할 바는 내 토지 물력을 들려 내가 하지 못하고 남의 수중으로 돌려보내는 일이 원통하도다"라는 말을 통해서 우리 근대화 과정의 파행성을 짐작할 수 있다. 우리 문학의 근대성이 문제시되는 것도 이 점이다. 근대성이라는 화두는 문학의 고유한 영역에 국한된 것이 아니라 사상사나 철학의 핵심적인 주제에 해당한다. 이처럼 근대성이 문제되는 것은 근대세계에 대한 인식이 확장되었다는 것을 의미하며 동시에 이 시대가 자기에 대하여 묻지 않을 수 없을 만큼 정체성의 혼란을 겪고 있다는 것을 의미하기도 한다.

근대성을 시대를 초월한 자기 갱신에의 의식과 의지로 보든 사회 경제사적인 의미에서 보든 우리가 살고 있는 이 시대는 양자의 문제가 복합적으로 얽혀있다. 구 소련과 동구의 몰락이 20세기 말미에 세계에 준 충격은 자본제적·생산양식과 정치적인 국민국가의 틀 속에서 근대를 모색했던 문학인들에게 당혹감을 안겨주었다. 이런 보편성으로서의 근대는 개화기를 지나면서 식민지라는 우리의 특수성으로 이어졌다. 반제, 반봉건의 문제가 여전히 근대와 결부되는 것도 우리 근대의 파행성을 보여주는 것이다. 분단문제 또한 이러한 문제의 연속에 놓인다.

서구의 경우 약 이백 년에 걸쳐 진행되어 온 근대문학은 우리의 경우 거의 동시대적으로 진행된 것이라 할 수 있다. 이광수의 계몽주의, 염상섭의 리얼리즘, 이상의 모더니즘이 한 시대에 나란히 놓여 있다는 것은 이질혼재성을 극명하게 보여주는 것이다. 서구에서는 18세기의 계몽주의 19세기의 리얼리즘 20세기의 모더니즘의 전개에 비하면 우리의 20세기 초반에 등장한 이러한 경향은 서구 문학사의 압축판이라 할 수 있다.

'계몽주의'는 이성과 진보라는 부르주아 근대성을 옹호하는 양식이다. 그러나 우리의 부르주아 계몽주의는 과학과 지식의 수용이 불가피하게 외세와의 타협을 용인하는 결과를 낳았다. 리얼리즘은 비판적 전망을 드러내거나 유토피아적 전망을 열망하는 방법을 통해 형상화되었던 바 이들은 각각 비판적 리얼리즘과 사회주의 리얼리즘을 형성한다. 리얼리즘에 포함된 현실성, 합리성, 미래지향적 전망 등은 이성과 진보라는 근대성의 원리를 잘 보여주고 있다.

그러나 사물화와 비인간화를 낳은 부르주아적 근대성을 비판하는 모더니즘은 주로 미학적인 방법을 통해 형상화한다. 따라서 모더니즘은 형식적 원리에 집중하여 내적 독백, 의식의 흐름, 몽타주, 알레고리 등의 미적 방법을 주로 사용한다. 이런 미적 장치를 통해 부르주아 모더니티가 낳은 사물화 현상과 소외에 저항하고 있는 것으로 평가되거니와 이것은 아도르노(T. Adorno)의 부정성의 개념을 통해 설명되어 왔던 것이다. 80년대 들어 등장한 포스트모더니즘은 90년대 접어들면서 냉전 이데올로기의 종식과 더불어 새로운 정신적 지형을 모색하는 이들에게는 신선한 활로를 제공해 주었다.

리얼리즘과 모더니즘과는 달리 삶의 파편화를 받아들이는 포스트모더니즘은 총체적 인식을 부정하는 인식론적 허무주의로 보일 수도 있다. 차이를 포함하는 유연한 개념인 한에서 총체성을 일방적으로 거부하지는 않는다 하더라도 모더니즘으로부터의 이탈이 아니라 모더니즘의 극단적인 연장이라는 논란을 피할 수 없다. 제임슨(F. Jameson)이 포스트모더니즘의 문학과 예술에서 '조발성 치매증 환자의 특성'을 발견하는 것도 언어질서의 파괴와 현실의 배제로 낙착되는 극단성에서이다.

50년대 말에서 60년대 초반 이후 미국문학에 나타나기 시작한 다소 새로운 경향의 창작방식들과 구조주의나 해체론, 탈구조주의의 발생과 기원, 성격 등과는 구분해야 할 것이지만 어쨌든 이들 이론이나 경향들이 세기말에 집중되어 있다는 것은 세계에 대한 인식, 인간에 대한 인식, 문학에 대한 인식에서 커다란 변화를 겪고 있다는 것을 반증한다.

어느 시대이건 그 시대와 관련된 정신적인 흐름과 이에 대한 문학적인 응전이 있기 마련이다. 그렇다면 새로운 밀레니엄을 바라보는 이 시점에서 다가올 문학에 대한 어떤 전망을 할 수 있을 것인가? 우리 근대문학이 걸어온 문학적 경향을 일별한 것은 미래에 대한 전망을 가능하게 하는 것은 과거에 대한 성찰에서 비롯되는 것이기 때문이다.

3. 문학 DNA와 문학의 미래

우리 시대를 일컬어 타락한 시대, 총체성을 상실한 시대, 환멸의 시대라 한다. 루카치나 골드만에 의하면 이러한 시대에서도 가야만 할 길이 있다. 비록 진정한 가치는 찾을 수는 없어도 우리는 우리 앞에 놓여 있는 '길'을 가야만 한다. 길을 가는 인간의 가슴에는 그래도 라파엘이 울리고 있음을 기대할 수 있었다. 국권 상실기부터 80년대 초반까지 숨막히게 달려온 역사 속에서 가야만 할 길 위에는 피투성이 된 많은 여행자들이 있었다. 억압이 있는 곳에 별빛은 많은 사람의 가슴에 있었던 것이다. 이제 경제적으로 고도의 정보사회, 소비 사회로 진입해 들어가고, 정치적으로는 사회주의권이 몰락하고 '문민'의 깃발아래 놓임으로써 표면상으로는 억압이 소멸된 것처럼 보인다. 그리하여 어렴풋이 때로는 명징하게 보였던 유토피아가 사라진 환멸의 시대에 우리는 살고 있는 듯하다. 그러나 과연 이 시대가 환멸의 시대라고 해서 억압이 사라진 것일까? 억압은 문명의 야만이라는 이름으로 우리들에게 한층 다가왔다고 보는 것이 옳을 것이다.

반성과 대화를 거부하는 도구적 이성은 전쟁으로 치닫고 인간의 생명을 위협하고 있다. 고도산업사회의 테크놀로지. 이제 이 시대는 인간의 가슴속에 있던 유토피아가 기술의 힘으로 실현될 수 있다는 환상을 사람들에게 심어주고 있다. 테크노피아의 세계가 열린 것이다.

테크노피아가 스탕달이 말한 행복에의 약속 혹은 칸트가 말하고 있는 무목적적 합목적성(무사심성)으로서의 문학(예술)에도 적용될 수 있는 것인가? 그것은 문학(예술)을 현실에 대한 부정성의 도구로, 억압적인 현실에 대한 저항으로 본 호르크하이머와 아도르노, 마르쿠제에게는 어떻게 보일 것인가? 사회적 유용성과 자족성이라는 스펙트럼 속에서 문학이 가야할 길은 그 어떤 것에도 함몰되지 않는 길을 모색하는 것이다. 이런 점에서 문학이란 무엇인가에 대한 끊임없는 질문과 그에 대한 해답을 찾는 것이다. 그것은 '작가에게는 왜 쓰는가, 독자에게는 왜 읽는가'라는 질문과 대답이기도 하다. 문학 연구자들에게는 문학 현상의 발견과 연구 방법을 모색하는 작업이 될 것이다.

'왜 쓰는가'라는 물음에 대한 답으로 90년대 중반 일련의 성장소설에서 그 징후를 포착할 수 있듯이 자기 인식 혹은 자기 이해를 모색하는 글쓰기가 이루어질 것이다. 이는 자기 정체성을 묻는 것일 터인데, 자기 정체성은 타자에 대한 인식에서 출발한다는 것은 재론할 필요가 없다. 근대성에 대한 논의 역시 이 같은 맥락에 놓인다. 따라서 근대성에 대한 본질과 성격을 탐색하는 논의는 가일층 가속화할 것이다. 이런 점에서 20세기의 벽두 대두한 근대 문학의 근원을 탐색하는 작업이 새롭게 부각될 것이다.

시각을 달리하여 '무엇'을 '어떻게'의 차원으로 눈을 돌리면 현실과 매체의 문제가 대두한다. 문학이 인간의 삶과 떨어질 수 없는 것이라면 인간의 삶을 구성하고 있는 현실은 곧 문학의 내용이 된다. 현실과 문학적 형상화의 긴장의 역사가 곧 문학사일 터이다. 보편성과 개별성의 통일로서의 특수성이 리얼리즘 미학의 핵심이라면 미적 주관성은 모더니즘 미학의 원리이다. 모더니즘의 극단적인 연장이 포스트모더니즘이라 이해한다면 이들을 공통적으로 묶어주는 끈은 근대에 대한 부정성을 들 수 있다. 근대의 부정적 현상에 대한 거부. 이에 대한 문학적 대응은 20세기의 커다란 특성이거니와 새로운 세기에서는 이런 문학적 특성을 강화해 나갈 것이다.

물론 부정성의 끈을 스스로 풀어버리고 인간에게 반성과 사색의 장소를 제공하는 문학을 유용성과 상업성에 내몰아 감으로써 인간의 자기 인식에 끝없는 도전과 상처를 주는 일련의 글쓰기도 이어질 것이다. 각종 전자 매체를 통한 글쓰기의 폭발적 증가는 인간이면 누구나 작가와 독자가 될 수 있는 가능성과 함께 성찰이 수반되지 않는 단말적인 글쓰기로 이어질 가능성이 크다. 그러나 다행스럽게도 우리문학사는 자생력을 갖추고 문학의 위기가 있을 때마다 새로운 변신을 모색해 왔음을 확인시켜주고 있다. 이런 점에서 우리에게 유토피아는 여전히 유효하다.

도정일은 '문학은 DNA'라고 말한다. 인간이 존재하는 한 DNA는 소멸하지 않을 것이다. 그것이 없다면 인간 존재는 생각할 수조차 없다. 그러나 이제 그 DNA마저 그 신비가 벗겨지고 복제되고 변형될 수 있는 시대에 살고 있다면 상황은 달라진다. 그럼에도 불구하고 문학하는 행위가 인간의 근원적인 본성에서 비롯된다는 점을 인정한다면 인간이 존재하는 한 문학은 존재할 것이다. 왜냐하면 DNA의 조작이 혹은 인간 두뇌 조작이 과학문명의 이름으로 이루어지고 그로 인해 '생산되는' '인간'이 사는 세상은 지금, 이곳의 인간과는 다른 차원의 세계일지라도 그역시 인간이 사는 세상이기 때문이다.

VII

비평교육의 방향 탐색

1. 머리말

문학교육의 대상은 교과의 성립을 위한 기본적인 전제이며, 교육의 실제가 그 테두리 안에서 이루어진다는 점에서 중요한 의미가 있다. 이런 점에서 문학교육의 대상을 지나치게 좁게 설정하는 것은 교육의 실제가 그만큼 좁아질 가능성이 크다. 따라서 문학교육의 대상을 '문학 작품'의 수용·감상과 '문학에 관한 지식'으로 한정하는 견해는 극복되어야 한다. 문학교육의 대상은 문학을 둘러싼 생산과 수용 그리고 문학에 대한 지식과 태도 등을 포괄적으로 포함하는 것이 되어야 한다.[217] 이렇게 볼 때 문학 텍스트에 대한 비평이나 혹은 그 비평에 대한 비평, 문학과 관련된 비평들이 문학교육의 대상으로 부각될 수 있다.[218] 국문학에 있어서 비평이 차지하는 비중이 적지 않거니와, 이에 대한 연구도 상당한 수준에 와 있다고 볼 수 있다. 그러나 이러한 비중과 연구 성과에도

---

[217] 구인환 외, 『문학교육론』(삼지원, 1989), 우한용 외, 『소설교육론』(평민사, 1993)에서는 문학을 어떤 한 부분적인 시각에서 보는 것이 아니라 '의미 작용의 실천인 작용태'로 봄으로써 문학교육의 영역을 확장시킬 수 있는 가능성을 열어 놓았다는 점에서 의의가 있다. 이것은 결국 문학교육의 대상을 문학과 관련된 문화적 국면까지 확대시킬 필요가 있는 것으로 귀착된다.

[218] 이 글에서는 학생들의 감상문 쓰기나 작품에 대한 평가 행위 등을 포함한 문학과 관련된 일체의 평가행위를 일종의 비평 활동으로 보고 비평이라는 용어를 포괄적으로 쓴다.

불구하고 문학비평이 문학교육에서 어떤 위치에 있으며, 교육의 대상이 되어야 하는지 그렇지 않은지, 만일 교육의 대상이 되어야 한다면 그 방법은 어떻게 이루어져야 하는지에 대한 연구는 충분히 이루어지지 않고 있다.

이 방면에서 본격적인 논의는 구인환 외에서 이루어졌다. 이 연구서의 저자들은 "문학교육이 문학텍스트의 이해, 감상, 평가의 능력을 길러 주는 데 있다는 점에서 문학교육은 문학비평과의 이론상 또는 현상적인 구조동일성에 따른 상호교섭과 함께 도움을 받는"[219]다는 입장에서 문학교육에서의 문학비평적 시각의 필요성을 강조한다.[220] 우한용은 "소설교육 나아가서 문학교육은 비평행위의 일종"[221]이라는 관점에서 문학교육을 넓은 의미에서 비평행위라는 입장을 견지한다. 그는 문학교육은 작품을 분석하고 평가하는 기준을 제공하고 그러한 기술에 익숙해지게 하며, 문학에 대한 사회적 인식을 제고함으로써 문학이 사회적 연관을 갖게 한다는 점에서 비평행위의 중요성을 강조한다. 김상욱은 "비평일반을 어떻게 가르치고 배울 수 있겠는가 하는 점에 대한 설득력 있는 논구가 필요하며, 이것이 제대로 해결되지 않고서는 문학교육에서의 비평적 논의의 수용은 한 걸음도 전진하기 힘들 것이"[222]라는 전제에서 작품이 문학의 전부라는 그릇된 이해를 벗어나 사고할 것을 주장하고 있다.[223]

---

219) 구인환 외, 앞의 책, 341쪽. 이 글에서는 문학비평의 교육적 함의로 (1) 비평의 과정과 감상과정의 구조 동일성, (2) 독자로서의 개성과 창의성 발양, (3) 문화교육의 가능성 등을 들고 있다.

220) 구인환 외, 앞의 책, 341-352쪽.

221) 우한용, 「소설교육의 기본구도」, 『소설교육론』, 평민사, 1993, 36쪽.

222) 김상욱, 「문학이념과 문학교육」, 『문학교육의 방법』, 민족문학교육회편, 한길사, 1991. 59쪽.

223) 또한 김상욱은 「문학교육의 이념으로서의 주체 형성」이라는 글에서 문학교육 목표에서 '이해'와 '감상'을 비판하고 적극적이고 객관적인 면을 고려하여 '해석'과 '평가'라는 용어를 쓸 것을 제안한다. 나아가 문학텍스트의 해석과 평가를 하나의 체계화된 틀 속에서 수행하는 비평적 텍스트를 생산할 수 있어야

이상의 글들은 문학교육과 문학비평의 관련성을 인식하고 비평교육을 강조하고 있다는 점에서 의의가 있다.

이 글에서 주목하고자 하는 것은 다음과 같은 점들이다. 같은 작품을 두고서 상이한 평가를 내린다거나 혹은 상이한 평가를 담고 있는 비평텍스트를 볼 경우 문학교사는 이것을 어떻게 바라보고 가르쳐야 할 것인가 하는 점이다. 그 비평텍스트의 비평근거는 어디에 있는가? 그 비평 근거는 타당한 것인가? 그 비평 근거는 어떤 맥락에서 나온 것인가? 바람직한 비평텍스트를 생산하기 위해서는 어떻게 해야 하는가? 이런 문제는 비평교육에 있어서 본질적인 문제이다.

이 글에서는 이러한 문제들을 1920년대 후반, 우리 근대 비평사에 있어서 방향전환 논쟁 과정에서 조명희의 작품 「낙동강」을 둘러싼 상이한 평가와 그 이후 근자에 이른 상이한 평가에 주목함으로써 논의의 실마리를 풀고자 한다. 그리하여 비평텍스트를 보는 관점과 비평텍스트를 생산하는 관점을 제시해 보고자 한다. 이것은 한국 비평사를 문학교육의 장에 끌어오는 것으로 사고의 전환을 통해 가능한 것이다.

2. 비평 교육을 보는 관점

1920년대 후반, 문학은 정치적 투쟁으로 발전해야 한다는 이른바 방향전환론이 대두되었던 시기이다. 이때 포석(砲石) 조명희(趙明熙, 1892-1942)는 「낙동강」을 발표함으로써 평자들 사이의 논란의 대상이 된 작가이다. 1927년 「낙동강」이 『조선지광』(제69호, 1927.7)에 발표되자, 김기진은 "이만큼 감격으로 가득찬 소설이 −문학이 있었던가. 이만큼 인상적

한다고 주장한다. 김상욱, 『소설교육의 방법 연구』, 서울대학교 출판부, 1996.

으로 우리들의 눈앞에 모든 것을 보여준 눈물겨운 소설이 있었던가. 이것은 개인의 생활 기록이 아니다. 이것은 현재 조선-1920년 이후 조선 대중의 거짓 없는 인생 기록이"며, "제2기에 선편을 던진 우리들의 작가가 나타난 것같이 생각된다"고 평하였다.224)

반면 조중곤은 김기진의 견해, 즉 「낙동강」을 제2기 작품의 효시로 보는 견해에 대하여 정면으로 반박한다. 그리하여 그는 「낙동강」이 "자연 생장기의 작품으로는 성공했는지는 모르겠으나 제2기 목적의식기의 작품이라고는 아무래도 할 수 없을 것 같다."는 결론에 도달한다. 같은 문학텍스트를 두고서 이러한 상반된 평가를 내린다는 것은 작품을 보는 평자의 시각의 차이를 드러낼 뿐 아니라, 문학교육의 차원에서 작품을 어떻게 바라보아야 할 것인가를 생각하게 해준다. 더구나 정한숙이 『현대한국소설론』(1977)에서 기계적이고도 공식적인 이데올로기의 노예라는 점과 작품에 소설적인 단 하나의 사건도 없는 점을 들어 이 작품을 문학적인 자살의 표본이라고 평가하고 있는 것이나, 김윤식이 『한국현대문학사론고』(1973)에서 최초의 서사양식적 골격을 갖추었으며, 브나로드 운동과 조합운동의 양상을 서술한 점, 프로문학의 공식성을 탈피한 점, 작품의 세련성을 근거로 「낙동강」을 20년대 한국소설의 압권으로 평가하고 있는 있다는 사실을 생각한다면 문학교육에서 문학과 비평교육과의 관계를 생각지 않을 수 없게 한다.

문학비평가란 문학에 대해 자신의 논리에 따라 해석과 평가를 시도하는 존재이다. 그러나 문학교사는 문학비평가와는 달리 제재의 선택은 물론 작품의 해석에 있어 비평가처럼 자유로울 수는 없다. 문학교사는 학생들에게 문학을 가르치는 자로서, 문학에 대한 접근의 다양한 가능성과 그 평가의 다양함을 제시하여 학생들에게 문학에 대한 다방면적

---

224) 김기진, 「시감 2편」, 『조선지광』, 1927.8.

접근능력을 함양시켜야 한다는 점에서, 문학비평가와는 달리 주관성을 배제해야 한다는 것이다.225) 이럴 경우 한 작품에 대한 평가가 상이한 경우 어떻게 접근해야 할 것인가가 문제되는 것이다.

이 글에서는 비평텍스트를 하나의 이데올로기적 담론으로 본다. 문학텍스트를 평가하는 비평텍스트야말로 비평가의 이데올로기를 선명하게 보여준다. 물론 문학텍스트를 비평할 경우에 세세한 부분에서는 견해차가 드러날 수 있다.226)

바흐찐(M. M. Bakhtin)에 따르면 문예학은 광범위한 이데올로기학의 한 가지에 속한다.227) 세계관도, 신앙도, 심지어는 일시적인 기분도 인간 속에, 즉 그의 머리와 '영혼' 속에 존재하는 것이 아니라 그것들은 언어, 행위, 의복, 관습, 인간과 사물의 유기체라는 조직 즉 한마디로 일정한 기호적 소재가 됨으로써만 이데올로기적 현실이 된다. 이 소재를 통해서만 그것들은 이데올로기적 현실이 된다.228) 모든 이데올로기적인 생산물은 모든 (자연 그대로의) 물리적 사물, 생산도구, 소비재와 마찬가지로 그 자체가 현실의 일부분을 이룰 뿐 아니라, 여타의 것들과는 달리 이데올로기적 산물의 외부에 존재하는 현실을 반영하고 굴절시킨다. 곧 이데올로기적인 것은 자신의 외부에 있는 어떤 것의 기호로 되는 것이다. 기호가 없는 곳에는 이데올로기도 없다.229) 이데올로기적 현상과 그 법

---

225) 구인환 외, 앞의 책, 342쪽.

226) 텍스트가 속해 있는 이데올로기는 텍스트 내부에서 텍스트의 심층구조로서 모습을 나타내는 것이 아니다. 동일한 이데올로기에 속하는 작품들조차도 동일한 방식으로 그 이데올로기를 나타내지 않는다. 실제로 다양한 방식으로 나타내므로 그것을 독특하게 구성된 표현의 세계로서 텍스트의 이데올로기라고 적절하게 말할 수 있다. T. Eagleton, *Criticism & Ideology*, 윤희기 역, 『비평과 이데올로기』, 열린책들, 1987, 148쪽.

227) M. M. Bakhtin & P. M. Medvedev, A. J. Wehrle, Trans., *The Formal Method In Literary Scholarship*, Harvard University Press, 1985, 3쪽.

228) M. M. Bakhtin & P. M. Medvedev, 앞의 책, 7쪽.

229) 바흐찐은 어떤 물리적인 사물, 생산도구, 소비재 등도 그 자체의 고유성을 띠

칙은 사회적인 의사소통의 조건들과 그 형태들 모두에 견실히 결합되어 있는 것으로 이러한 기호의 특성과 역할이 가장 명료하고 완벽한 형태로 나타나는 곳은 언어에서이다. 말은 뛰어난 이데올로기적 현상인 것이다.[230] 말(담론)의 실천, 곧 의미 작용의 실천은 의미를 약호화하고 표현하는 주체에 의해 이루어진다. 물론 그 주체는 개별적 주체라기보다 사회적인 주체이다. 언어가 갖는 사회적 성격은 주체를 어떠한 개별적인 특성조차 언어적 실천을 통해 사회화되고 만다. 그리고 이들 사회적 주체가 드러내는 의미작용의 실천은 그 주체의 이데올로기를 통해 규정된다.[231] 따라서 주체의 의미작용의 실천의 구체적인 양상은 담론을 통해 드러날 수밖에 없다. 이런 점에서 이데올로기적 담론을 구체적인 텍스트 분석을 통해 비판하고 이데올로기적 담론 간의 반성과 대화를 시도함으로써 이론의 담론을 수립하고자 했던 지마(P. V. Zima)의 일련의 논의는 주목된다. 이러한 논의는 독자가 비평텍스트를 대할 때 그 비평 관점에 흐르는 이데올로기를 분석하고, 그것에 대한 반성을 통해 다른 비평텍스트와의 대화를 시도함으로써 비평의 편협함과 편견에 빠지지 않을 수 있다는 점에서 비평교육을 보는 관점에 시사하는 바가 크다.[232]

어 넘어 하나의 의미과정이 요구되는 일종의 기호가 될 수 있다고 본다. V. N. Vološnov, *Marxism and The Philosophy of language*, 송기한 역, 『마르크스주의와 언어철학』, 훈겨레, 1988, 15-18쪽.

230) V. N. Vološnov, 위의 책, 22쪽.

231) 김상욱, 앞의 책, 159쪽.

232) P. V. Zima, *Ideologie und Theorie*, 허창운·김태환 옮김, 『이데올로기와 이론』, 문학과지성사, 1996, 21-22쪽. 또한 지마는 이데올로기에서 벗어나는 것이 이론에의 지향이라고 보면서 이데올로기와 이론의 본질적인 차이는 언어적, 술화적 차원에서 드러난다고 본다. 이데올로기의 진술 주체는 자신이 사용하는 의미적·통사적 처리 방식에 대해 반성하고 이를 공개적인 대상으로 만들 능력도 의사도 없으며, 자신의 담론을 유일하게 가능한 것(참된 것, 자연스런 것)으로 내세우며, 그것이 지시하는 실제적 또는 잠재적인 현실 전체와 동일시한다는 것이다. 반면 이론적 담론은 하나 혹은 여러 개의 사회 집단어로부터 발생하며, 부분 체계로서 특정한 집단의 관점과 이해 관계를 대변하지만 이론의

이러한 논의는 독자가 비평텍스트를 해석하고 평가하는 차원뿐 아니라 비평텍스트를 생산하는데 있어서도 유용하리라 판단된다. 이는 구체적으로 비평 행위에 대한 반성과 비평텍스트들 사이의 대화로 나타난다.

이제 「낙동강」을 둘러싼 비평가들의 논의를 구체적으로 분석해보고자 한다.

3. 작품에 대한 비평적 관점과 논리

1) 제2기 작품의 효시 대 자연생장기의 작품
: 김기진과 조중곤의 견해

「낙동강」[233])에 대한 논쟁에서 주목하고자 하는 것은 김기진의 「시감 이편」(『조선지광』 제70호, 1927.8)과 조중곤의 「낙동강과 제2기 작품」(『조선지광』 제72호, 1927.10)이다. 김기진은 내용·형식 논쟁[234]) 이후 방향전환에 관해서 침묵을 지키고 있다가 1927년 8월 「시감 이편」을 발표하면서 이 논의에 끼어든다.[235]) 그는 여기서 무산문예운동의 '제2기란 무엇'이

주체는 이데올로기적 언어의 이원론에 변증법적인 태도로 의문을 제기하며 자신의 사회적·언어적 입지와 의미적·통사적 처리 방식을 반성하고 나아가 이러한 처리 방식이 우연적인 성격을 띠고 있음을 인정하면서 이를 열려 있는 대화의 대상으로 삼는다는 것이다. 또한 이론의 주체는 대화적 객관화와 자신에 대한 거리 유지를 통해서 자기 입장의 특수성을 극복하려고 노력한다는 것이다(P. V. Zima, 위의 책, 93쪽). 이데올로기적 관점과 이론적 관점의 명쾌한 구분 가능성을 주장하는 것은 막스 베버나 알뛰세르 학파뿐 아니라 칼 만하임, 게오르크 루카치도 이 점에서 마찬가지이다.

233) 砲石 趙明熙, 『낙동강』, 건설출판사, 1946.
234) 팔봉에 의하면 "'形式과 內容' 문제로 나와 朴영희가 논란을 거듭했을 때 李星泰와 金復鎭(내兄)은 나를 보고서 "네가 朴영희한테 '졌다고」해라'"고 권고한 것은 사실이었다."고 한다. 金八峰, 「우리가 걸어온 三十年(三)-우리들의 鬪爭期」, 『韓國文壇史』, 삼문사편, 279쪽.

며, '질적 전환이란 무엇'인가라는 질문을 던진다. 여기에 대한 답변으로 그는 종래의 빈궁소설의 문학에서 새로운 목적의식으로의 발전이며, 종래의 '행방불명의 소설' 문학의 '행방선명'으로의 비약이라고 답한다. 결국 그 핵심은 조선 무산계급 운동이론의 일부분으로서의 문학이론의 확립 곧 조선무산 계급운동과 완전히 통일을 이루는 문예운동의 지도적 이론의 확립에 있다고 지적한다. 그러나 이러한 문학운동의 지도이론 가운데 수긍할 만한 이론을 보지 못했다는 것이며, 이러한 이론이 문학 작품화된 것도 보지 못하였다는 것이 팔봉의 견해이다. 박영희의 근래의 논문도 이것을 보여주지 못했으며, 김영수의 「방향전환기에 입한 문예운동」(『중외일보』, 1927.7.17-20)도 근사한 노력을 보여주었으나 당위론자의 성급한 자기 폭로에 불과한 것이라고 평가한다.

팔봉의 이러한 평가는 이론의 확립에까지는 못 미치지만 그것이 수립되었다고 보는 조중곤의 견해와는 현격한 차이가 있다. 어째서 이러한 견해차가 드러나는 것일까? 팔봉이 언급하고 있는 회월의 글을 살펴봄으로써 그 단서를 잡고자한다.

회월의 「문예운동의 목적의식론」(『조선지광』 제69호, 1927.7)은 「문예의식 구성과 계급문학의 진출」에 씌어진 내용을 상당부분 반복하고 있다. 이 반복의 요지 역시 무산계급운동이 이제 전선적·대중적 정치투쟁으로 진출하고 있다는 점, 이 속에서 마르크스주의 문예는 필연적으로 방향전환을 해야 한다는 점, 또한 무산 계급 운동 및 무산문예운동의 현재적 발전 단계 및 그 상호 관계 구명을 위한 이론 투쟁의 필요성 제시 등이다.[236] 문예운동의 방향전환은 전선적 진출을 감행하는 방향으로 나

---

235) 이 글은 팔봉이 방향전환론에 대해 최초로 나름대로 관심을 표명하고 있다는 점, 아울러 방향전환 이론 가운데 최초로 구체적인 작품을 들어 제2기의 시작을 알리고 있다는 점에서 주목할 만하다.
236) 김영민, 『한국문학비평논쟁사』, 한길사, 1994, 140쪽.

아가야 한다는 것, 문예 운동의 방향전환기에 있어서 조합주의적 문학을 극복해야 한다는 것, 보수적 부르조아적 국민문학을 배척한다는 것, 소부르조아적, 보수적, 처세술적 문학을 지양하고, 역사적 필연적 과정인 민족××문학운동을 전개시켜야 한다는 것, 이것은 곧 맑스주의자의 문예운동이 되어야 한다는 것이다. 이때의 문예운동은 한계가 있음을 팔봉은 다음과 같이 지적한다.

> 문예운동의 진출의 한계가 그것이다. 방향전환이 시작되는 문예운동의 진출은 전무산계급운동과 동일한 것은 아니다. 문예는 문예의 특수성―이것은 장래 상론하려니와―으로써 문에는 그 자체와 분리할 수 없는 특수한 형태를 가지고―이 특수한 형태는 완전하면 할수록―문예운동의 효과를 고양케 하는 것이다. 그러므로 문예운동과 무산계급운동은 동일한 양개(兩個)가 아니라 통일될 수 있는―통일되는―전선적인 일익인 것을 생각해야한다. 우리는 문예운동과 계급운동을 분열적으로 생각하여 2개의 동리한 것으로 보는―비변증법적―관찰을 배격한다.

여기에 나타난 회월의 입장은 무산문예운동은 무산계급운동과 변증법적으로 통일될 수 있으며 그것이 계급해방운동에까지 도달할 수 있다는 것이다. 그런데 회월은 방향전환기에 있어서 예술의 특수성 즉 "문예운동의 절약된 한계와 제한된 효용"을 명확히 논급해야 한다고 하면서 예술은 무산계급운동의 '행진곡'이 되어야 한다는 논리를 편다. 이것은 정치운동의 부차적 임무로서의 문예운동을 주장하는 것과 맥을 같이한다. 팔봉과 회월과의 내용 형식 논쟁에서 확인한 바 있듯이 팔봉의 관점과는 어긋나는 것이었다.

그렇다고 해도 팔봉이 현 단계의 문학운동의 지도이론으로 수긍할 만한 이론을 보지 못했다고 회월을 비판하면서 그 이론에 대한 구체적인 모색은 시도하지 않고 있다는 점은 문제로 지적될 수 있다. 그러나

이 시기의 팔봉의 비평문(「문예시평」, 『조선지광』, 1927.3; 「내용과 표현」, 『조선문단』, 1927.3)을 보면 내용·형식 논쟁 이후 그의 비평관이 달라진 점이 없다는 점을 발견할 수 있다. 작가의 세계관의 경향성과 계급적 기초를 전제로 하면서도 내용과 형식의 양면을 모두 중요시하는 이론으로 지속된다. 김기진은 「내용과 표현」에서 내용과 표현 즉 내용과 형식은 분리해서 생각할 수 없는 것임을 단언하며 추상적 개념만으로 시종하는 것이 소설이 될 수 없음을 다시 주장한다. 박영희 역시 자신의 견해를 지속시켰던 바 「문학비평의 형식파와 맑스주의」(『조선문단』 제19호, 1927.3)에서도 예술의 내재적 가치와 외재적 가치를 분리하면서 그것을 병립의 문제보다는 선택의 문제로 파악한다. 이것으로 봐 박영희의 논리는 팔봉으로서는 납득할 수 있는 논리가 되지 못했던 것이다. 이와 같은 맥락에서 방향전환기에 최초로 구체적인 작품을 논한 것은 어쩌면 당연한 이치인지도 모른다.237)

앞에서 언급했듯이 팔봉은 「낙동강」을 두고 "이만큼 감격으로 가득

---

237) 회월의 방향전환을 위한 이론적 노력은 그 선구적인 위치에도 불구하고 제3 전선파의 실질적인 당파성 획득의 노력에 비춰볼 때 다분히 형식적이고 수입적인 것으로 볼 수 있다. 그것은 내용 형식 논쟁을 통한 이론투쟁이 충실히 이루어지지 않았고 방향전환의 내용이 거의 타영역—비문예조직의 영역—의 것을 답습한 것에서 드러난다. 그는 프로예맹 조직의 특수성에 맞춰 타영역에서 제기된 논점을 주체적으로 수용해보려 노력해 보지 못했다. 결국 그는 문예운동과 정치운동의 일원화라는 입장에서 물러나 문예운동은 전체 무산계급운동의 보조적 분야라는 인식을 갖게 된 것이다. 프로예맹의 정치적 투쟁은 문예창작 내에서만 가능하다는 입장이다. 그는 분명히 문학에 있어서 계급성·당파성 문제를 거론했지만 실제로 프로문학과 당조직의 관련성에까지 이르지는 못했다. 회월은 그래서 프로예맹을 신간회 산하단체, 즉 비당적 조직의 상태로 이끌고 가려했지만 한설야 등의 반대로 실패하게 된다. 결국 회월의 논의들은 이론투쟁에 있어서 확실한 입지를 확보하지 못하였으며, 더욱이 방향전환기에 있어서 문학이 어떠한 모습을 갖추어야할 것인지에 대한 구체적인 언급이 전혀없다는 한계를 벗어날 수 없다고 판단된다. 신범순, 「프로문예운동의 방향전환에 있어서 레닌주의와 그에 대한 비판」, 『관악어문연구』 제12집, 1987, 141쪽.

찬 소설이—문학이었던가"라는 말로써 낙동강에 대한 평을 시작한다. 그에 의하면 「낙동강」은 1920년 이후 조선 대중의 거짓 없는 인생기록이라는 것이다. 「낙동강」을 높이 평가하는 팔봉의 첫 번째 견해는 현재 생장하는 일 계급의 인생을 기록코자 했다는 것이다. 이 밖에 인물의 생생한 묘사,[238] 사건 전개 곧 플롯의 측면,[239] 작품의 효용을 들고 있다.[240] 그리하여 그는 「낙동강」은 재래의 공상적 행방불명의 빈궁소설의 무조직에 비하여 획시대적 작품이라는 결론을 내리면서 조명희는 「저기압」에서 「낙동강」으로 비약하였으며 제2기의 선편을 던진 작가라고 평한다.

조중곤은 「「낙동강」과 제2기의 작품」(『조선지광』 제72호, 1927.10)에서 무산문예운동은 방향전환을 하여 제2기로 비약했으며 그 이론을 실천시킨 작품이 있었느냐는 문제를 들면서 논의를 시작한다. 그는 "사실상 조선에 있어서도 아직까지 방향전환을 한 뒤에 소위 제2기 작품이 있었느냐하면 없었다고 하는 것이 누구나 거부치 못할 사실일 것이"라고 단언한다. 그렇다면 그 이론의 확립 여부에 대하여 그는 확립은 아닐지라도 수립되었다고 대답한다. 그 근거로 첫째, 조선의 전운동이 방향전환을 한 것이 사실이라는 점. 둘째, 문예운동에 있어서도 프롤레타리아예술동맹의 방향전환이 있었고 규약, 강령의 개정이 있었다는 점. 셋째로 단편

---

238) 현재 생장하는 일 계급의 인생을 기록코자한 것임에도 불구하고 작자의 놀라울만한 수완은 "작중의 개개 인물에 그에 상응한 성격과 풍모를 부여하여 안전에(眼前)에 방불케 하였다"는 것이다. 다시 읽어도 눈물겨운 한편의 '시'이며 이때까지 가져보지 못하던 새로운 '감격'이라는 것이다.

239) 그에 의하면 이 작품은 기름진 낙동강이 어떻게 변하여 가는지를 간접적으로, 간단하고도 충분히 이해시키는 동시에 인생의 전 자태를 그리되 이곳에 나타난 것은 '절망의 인생'이 아니라 '열망에 빛나는 인생의 여명'이라는 것이다.

240) 그에 의하면 작자의 목적이 다수 독자의 감정의 조직에 있었으며, 과연 작가는 이 목적을 충분히 성취했다는 것이다. 그리하여 "우리들의 감정은 최후에 이르러서 어떠한 방향으로 향해야 할 것인지를 지시받았다"고 평한다.

적으로나마 각지(各誌)에 약간씩 발표된 소논문을 종합해본다는 점 등을 든다. 앞에서 언급했듯이 이 이론의 수립에 따른 작품이 없는 이유는 작가 개인의 수완이 없다든가 작가 개인의 이론적 근거가 엷다는 것도 문제가 되겠지만, 그보다는 객관적 정세−검열제도의 탄압도 잊어서는 안 된다는 것이다.

여기에서 그는 「낙동강」에 대한 김기진의 평을 언급한다. 그는 팔봉과는 다르게 「낙동강」은 제2기적 요소를 가지지 못한 것이며 팔봉의 비평적 태도가 정(正)을 잃었다고 비판한다.241) 그는 이 글에서 팔봉이 말한 '감격으로 가득한 소설'도 '인상'적으로 표현된 '눈물겨운 소설'도 아니라고 평한다. 또한 '조선 대중의 거짓 없는 인생기록'이라고 제2기 작품이 될 수 있느냐 하면 그렇지도 않으며, '절망의 인생이 아니고 열망에 빛나는 인생의 여명'을 그렸더라도 제2기 작품은 될 수 없다는 것이다. 감격으로 가득차고 인상적으로 표현된 눈물겨운 소설이라도 좋지만 그렇지 않아도 좋으며, 조선 대중의 거짓 없는 인생기록도 좋긴 하지만 일 개인의 인생기록이라고 제2기의 작품이 되지 말란 법이 없으며, 절망의 인생이 아니고 열망이 빛나는 인생 생활의 여명을 그렸다고 해서 그것이 반드시 제2기 작품은 아니라는 것이다. 그 근거로 제1기 자연생장기의 여러 작가(최서해, 이기영, 박영희 등)의 작품을 보면 감격을 찾을 수 있고, 인상적으로 표현된 눈물겨운 소설도 있고, 조선대중의 현실의 생활기록을 읽을 수 있으며, 멸망에 빛나는 인생의 여명을 그린 것도 찾을 수 있다는 것을 든다.

그렇다면 조중곤이 제시하는 제1기 작품과 제2기 작품을 나누는 기준은 무엇인가? 그는 "그 근저에 흐르는 근본의식 여하에 표준이 서는

---

241) 여기에서 조중곤은 내용 · 형식 논쟁을 의식한 듯 결코 재래의 부르조아 이데올로기의 소출인 개인의 모멸이라던가 혹은 투쟁을 위한 투쟁이 아니라는 것을 거듭 말하면서 작가와 평자, 같은 진영의 동지들의 양찰을 바라고 있다.

것”임을 주장한다. 이 제2기적 근본의식이란 방향전환에 입각한 마르크
스주의적 목적의식을 말하는 것이며, 문예운동의 제2기도 이 투쟁이 규
범하는 목적 의식적 문예행동을 말한다. 이런 원칙 아래 그는 제2기 작
품이 가져야 할 원칙으로 다섯 항목을 들었다.

  1. 현단계의 정확한 인식[242] 2. 마르크스주의적 목적의식[243] 3. 작품
행동[244] 4. 정치투쟁적 사실을 내용으로 할 것[245] 5. 표현.[246] 이러한 고찰

---

242) 그는 조선에서는 조선으로의 특수성을 구명하고 인식할 것을 말함이니 방향
    전환 뒤의 조선의 단계는 민족○○○○[해방운동－인용자]이라고 하면서 「낙
    동강」의 작자는 이것을 인식 구명하고, 그 작품에다가 그것을 나타내었는가
    를 묻는다. 그는 다음을 인용하면서 팔봉의 견해를 비판하고 있다.

    “아니다 그래도 여기 있어야 좋다. 우리가 우리계급의 일을 하기 위하여는
    중국에 가서 해도 좋고, 인도에 가서 해도 좋고, 세계의 어느 나라에 가서
    해도 마찬가지다. 하지만은 우리 경우에는 여기 있어서 일하는 편이 가장
    편리하다. 그리고 우리는 죽어도 이 땅 사람들과 같이 죽어야 할 책임과
    애착을 가지고 있다.”(22쪽)

    이 부분은 「낙동강」의 주인공 박성운이 고향을 떠난 지 5년만에 다시 고향에
    돌아와 야학, 조합운동 등을 하지만 극도로 어려운 상태에서 친구가 떠나겠
    다는 말을 하는데 이에 박성운이 한 말을 인용한 것이다.

243) 이는 ○○○○[마르크스]주의를 의식적으로 그 작품에다가 주입할 것을 말한
    다. 그에게 있어서 맑스주의적 목적의식이란 곧 민족해방운동의식을 말한다.
    그렇다면 「낙동강」에는 마르크스주의가 의식적으로 주입되었던가? 그렇지 않
    다는 것이 그의 견해이다.
      로사가 기차를 타고 고향을 떠나는 마지막 장면을 두고 그는 다음과 같이
    말한다. “로사는 왜 낙동강을 버릴까. 돌아간 애인의 길을 왜 밟을까. 조선에
    있어서 일하는 것이 편리하며 애착이 있어야 할 로사가 왜 떠날까. 그리고 작
    자는 그도 머지않아서 돌아올 날이 있겠지라고 변명하니 이것이 목적의식이
    될 수 있단 말인가.” 또한 「낙동강」의 처음과 중간에 등장하는 팔봉이 인용한
    노래 가락을 두고 향토애착에 대한 센티멘탈한 시구이며, 목적의 고조가 없는
    것이라고 비판한다. 그리하여 그것은 “민족해방에 도움이 될 시가는 완전히
    아니”라고 단정한다.

244) 그 작품이 가진 목적으로 하여금 독자의 사상의 전취 내지 조직을 하게 하는
    것을 말한다. 그는 「낙동강」이 팔봉이 말한 바와 같이 어느 부분까지는 성공
    하였다고 본다. 그러나 그 작품이 가진 다른 조건이 제2기적이 아닌데다 이
    작품행동도 또한 실패로 돌아가고 말았다고 한다.

을 통해 그는 「낙동강」은 "자연생장기의 작품으로는 성공했을지는 모르겠으나 제2기 목적의식기의 작품이라고는" 할 수 없다는 결론에 이른다.

2) 20년대 한국소설의 압권 대 문학적 자살 표본
: 김윤식과 정한숙의 견해

김윤식은 「한국소설의 응전력」(『韓國文學史論考』, 법문사, 1973)에서 최서해와 같은 사회문제를 관념적 차원에서 소설로 정착시킨 탁월한 작가로 한국문학사는 조포석을 갖고 있다고 말한다. 조포석은 「낙동강」, 「농촌사람들」, 「마음을 갈가먹는 사람들」 등의 단편을 썼으며, 그 대표적인 것이 「낙동강」이라 할 수 있다. 그는 「낙동강」이야말로 '20년대 한국소설의 압권'이라 평한다. 그 근거로 다음을 들고 있다.[247]

첫째, 작품 구조가 서사양식의 골격을 최초로 갖추었다는 점이다.[248]

---

245) 그 작품에서 행동하는 목적의식을 철저케 하기 위해서 정치투쟁의 사실을 주제로 하라는 말이다. 그는 박영희의 「비평의 표준과 전환」에서 언급한 정치운동자의 사실 내지 일생의 역사를 다루고 있다 하여 그것이 정치 투쟁적 사실이라고 할 수 없다는 것이다. 「낙동강」이 농촌의 몰락과정에 대한 설명이 있고 박성운이 형편사원과의 싸움을 중재하고 있다 하여 그것을 정치적 투쟁이라 보기 어렵다는 것이다.

246) 형식은 내용이 규범하고 내용은 형식이 규범한다는 변증법적 교호작용에 있어서 제2기 작품에는 제2기적 형식이 있다고 말한다. 그런데 그것이 무엇인지는 구체적으로 밝히고 있지 않다. 다만 자연주의적 수법으로는 그 목적 의식적 작품을 담을 수 없다고 언급한다.

247) 김윤식, 앞의 책, 184-185쪽.

248) 그것은 낙동강이라는 향토적 실체를 민족사적 차원으로 승화시키는 기능과 관계된다는 것이다. 비록 압축되었으나 솔로흡의 『고요한 돈江』을 연상케 하는바 생명의식으로서의 이 배경의 선택은 국적 불명의, 혹은 대명사로 대치될 수 있는 여타의 포말적인 작품과 결정적으로 구분된다. 다시 말하면 이 작품은 민족어의 고유명사를 최초로 작품 배경에 포착한 것이라 한다. 팔봉이 「낙동강」을 평하면서 작품 속의 노래를 두 번씩이나 인용했다거나, 서사적 골격에서 대해서 언급을 한 것은 김윤식의 논의에 근접했다는 점에서 주목할 필요가 있다. 그러나 조중곤이 "향토애착에 대한 시구"라고 비판한 점, 정한

둘째로, 이 작품 속에 이미 V. 나로드 운동과 조합운동의 양상, 그 가능
성과 한계의 맹아가 선명하게 각인되어 있다는 점이다.[249] 셋째, 이 작
품의 시대적인 의의는 당시 크게 요란했던 프롤레타리아문학의 공식성
을 작품으로 비판했다는 데서 찾을 수 있다는 것이다.[250] 넷째, 작품의
세련성을 들고 있다.[251] 팔봉은 「낙동강」을 평하면서 이미 이 시적 응축
을 어렴풋이나마 포착한 듯하다. 그러나 그것을 이론의 수준에서 구체
화하지 못하고 느낀 점을 피력하는 수준에 머물러 있었다. 조중곤은 "감
격으로 가득한 소설"도 아니며, "'인상'적으로 표현된 '눈물겨운 소설'
도" 아니라는 것이다. 표현의 측면에서 제2기 작품에는 제2기적 형식이

숙이 "강물이 젖이 된다는 것은 그 속에 시적 비약을 내포하고 있"으며, "동
시에 이것은 자연이 인간에게 젖과 꿀을 준다는 식의 유아적 발상"이라고 평
한 것과는 거리가 자못 크다.

249) 이 운동은 조직력의 미비, 농민의 무지 때문에 실패하고, 형평운동의 맹아도
그 당사자의 무지로 실패하고 동지를 잃게 되었다고 보면서, 이러한 사실을
그는 V. 나로드 운동이나 농촌 계몽운동 등이 1930년대 「조선일보」와 「동아
일보」에서 크게 표면화되지만, 그리고 1935년 심훈의 「상록수」를 낳지만 실
제로는 소설처럼 그렇게 낙관적인 것은 아니었다는 맥락에서 바라보고 있다.

250) 1927년이면 프로문학이 자연 발생적 상태에서 방향전환하여 목적의식기로 나
아갈 때에 해당되는데, 기아와 살인 방화, 그리고 무턱댄 저항이라는 매너리
즘을 작품 「낙동강」의 출현으로 완전히 무의미하게 만들었다는 것이다. 앞에
서 살펴보았듯이 팔봉은 이 점에 대하여 전적으로 견해를 같이 한다. 그러나
조중곤은 「낙동강」을 여전히 자연 발생기적 제1기의 작품이라고 평가하고 있
는 것은 앞에서 살펴본 터이다.

251) 이 진술 속엔 시적 응축을 내포하고 있는바, 이 점은 다른 프로소설과 비교해
서 읽을 때 선명해진다는 것이다.

투르게네프의 「그 전날 밤」에 나오는 인사노프의 대칭인물보다도 로사·룩
센부르크의 상징성은 백정의 딸인 이 여주인공의 위치를 현저히 시적이면서
격렬성을 동반케 하며, 바로 이 점이 金祐鎭과 早稻田大學 주변에서 수업한
작가의 지적 세련성을 뜻하는 것이 된다. 이 지적 세련성은 이 작품의 구성과
행간에 담긴 암시성에 연결된다. 많은 언설이 생략되어 있고 그것은 당시 한
국어의 사회 묵계에 의해 보장될 수 있었다는 데 이 작품의 현대성이 확보되
었던 것이다(김윤식, 앞의 책, 185쪽)

있을 것인데, 자연주의 수법으로는 그것을 담을 수 없다는 것 외에는 별다른 언급이 없다.

정한숙은 "「낙동강」의 유치한 상징성이 어떻게 계급혁명을 부르짖는 본격적인 프롤레타리아의 문학작품의 성과를 높일 수 있는가"하고 반문하면서, "이런 의문의 제기는 「낙동강」이 문학적인 자살의 표본적인 작품이라는 의미 설정에 강력한 암시를 주고 있다"고 평한다.[252] 그런데 김윤식은 조명희의 지식차원의 사회성의 발견은 개인과의 관계 개념에 징검다리를 놓았을 따름이라고 한계를 분명히 한다. 이것은 작가가 자신을 감쌀 수 있는 사회적 기반을 확고히 가지지 못했다는 개인적 신분에 관계된다는 사실이며, 다른 하나는 장르상의 문제로서 줄거리 있는 행위로서의 완결의 양식 선택에까지 나아가지 못한 역사적 제약성을 의미한다고 한다. 김윤식이 계층의식과 총체성이 문제되는 장편소설을 염두에 둔 것이다. 이상의 그의 소론을 볼 경우, 그의 비평적 이데올로기는 루카치 류의 리얼리즘에 닿아 있음을 어렵지 않게 간취해낼 수 있다.

정한숙은 「저항의 전개와 문학적 성과」(『현대한국소설론』, 고려대출판부, 1977)에서 「낙동강」과 이무영의 「농민」을 비교 평가하고 있다. 그에 의하면 목적을 위한 도구로서의 문학은 우리의 현대문학사가 말해주듯 문학적 자살의 결과에 봉착하는데 "문학사가들이 포석의 「낙동강」을 프로문학의 대표작이라고 말할 때에 우리는 이를 프로문학이 문학으로서 실패한 것을 나타내는 가장 대표작으로 이해하는 것이 정당하다"는 것이다. 그는 「낙동강」이 프로문학의 1기 작품이냐 2기 작품이냐 하는 문제는 차치하고 다음과 같이 평하고 있다.

주인공 박성운은 기계적이고도 공식적인 이데올로기의 노예로 나타나며, 이 작품에는 소설인 단 하나의 사건도 없으며, 그야말로 이 작품

---

252) 정한숙, 앞의 책, 80쪽.

이 소설일 수 있느냐 하는 의문을 품게 된다는 것이다. 여기에는 작가의 시인적인 기질의 노출, 즉 시적 문체가 많이 작용하고 있기 때문이라는 것이다. 이러한 견해는 정한숙의 견해가 김윤식의 견해와 썩 먼 거리에 있으며, 팔봉과 조중곤의 견해와도 거리가 있음을 알게 해준다.[253]

다음으로 「낙동강」에서 생활에 직접적 체험에서 우러나지 않은 저항의식이란 관념적이고 개념적이라는 점에서 비판을 가한다. 농업학교를 나와 군청농업조수로 일하던 성운이 저항의 길로 나가는 과정이 비약되었다거나, 성운의 로사에 대한 격려의 말이 반항을 위한 반항으로 요약되는 것은 "예술적 감동은커녕 그 문학성조차도 의심하지 않을 수 없게" 한다는 것이다. 그의 평가는 작가의 관념성을 지적했다는 점에서 주목을 요하지만 단편적인 사실을 두고 이로 인한 문학성조차 의심한다는 것은 예술성을 우위에 두는 이데올로기의 소산에서 비롯된 것으로 판단된다. 앞에서 김윤식이 「낙동강」의 성과를 들고서 그 계층성과 총체성을 문제삼은 것과는 대조적이다. 정한숙이 「농민」의 장쇠가 농민으로 설정되었다는 점에 시선을 보내기는 하지만, '장쇠'라는 인물은 개인적이며 사회적 모순을 인식하지 못하는 직접적 행위를 드러내는 인물에 불과하다고 보는 시각에서 잘 드러난다. 일제하 성운은 반체제적이라면 구한말 장쇠는 기존의 체제 안에서 그 변혁을 꾀하는 인물인 것이다.

정한숙은 일제 하 프로문학이 일제와의 대결 양상을 보이는 민족적 계급투쟁의 모습임을 인식하지 못하고 "인간의 생존을 계급적으로 양분

---

253) 이 점은 「낙동강」을 1954년에 지은 「농민」과 비교하면서 평하는 데서 더욱 선명히 드러난다. 두 작품은 계급적인 것에 대한 농민의 저항을 다루지만 「낙동강」은 침략자에 대한 민족적인 분노로 시작한데 비해 「농민」의 그것은 개인적인 데에서 출발하고 있다. 일제 하에서 땅을 잃은 인물과 구한말 인권을 박탈당한 인물 가운데 그는 후자를 높이 평가하고 있다. "「낙동강」에 비교하면 이무영의 「농민」은 농민사회에 대한 진지한 작가적 탐구를 보여주는 작품" (정한숙, 같은 책, 73쪽)이라는 것이다. 문학텍스트의 당대적 의미와 현재적 의미에 대한 고려 없이 세련된 형상화를 문제삼고 있다.

시키는 것은 『흙』의 허숭이 도시 농촌을 대립적으로 파악하는 것보다
한층 위험하다.”고 본다. 여기까지 이르면 정한숙의 비평적 이데올로기
는 문협정통파의 그것으로 이어짐을 알 수 있다. 문협(한국문학가협회)이
조직된 것은 1949년 12월 9일. 자유진영의 문학단체인 문필가협회와 청
년문학가협회가 발전적 해소를 거쳐 창립된 문협은 보도연맹에 가입된
문인들이나 중간노선의 문인들을 포함한 대한민국 이념에 부응하는 단
일문학단체라 할 것이다. 그 이념은 이른바 '구경적 삶의 형식'이란 명
제로 김동리에 의해 정립되었던 것이다.254)

4. 반성과 대화로서의 비평교육

「낙동강」을 둘러싼 이러한 비평텍스트를 보면 비평가에 따라 견해
차를 드러내고 있음을 알 수 있다. 이 근저에는 비평가의 이데올로기가
흐르고 있으며, 그것에 의해서 문학텍스트가 평가되는 것이다. 물론 같
은 마르크스주의 이데올로기를 가졌다고 해도, 그 이데올로기에는 편차
가 있는 것이며, 더구나 문학텍스트를 바라볼 때에는 더욱 그렇다. 문제
는 자기가 딛고 있는 이데올로기의 뿌리를 도그마에서 어떻게 벗어날
수 있는가 하는 것이다. 이것은 비평가로서는 구체적인 비평텍스트를
통해 드러나기 마련인데, 비평행위에 대한 반성과 문학텍스트와 다른
비평텍스트와의 끊임없는 대화를 통해서 극복될 수 있을 것이다.

문학텍스트는 작가의 관념이나 이데올로기를 그대로 표현하지는 않
는다. 그것은 그 텍스트의 이데올로기가 작가적·전기적 요소들의 다중
규정성에 의해서 이루어지고 생산된 만큼이나 일반적인 이데올로기가

---

254) 김윤식, 『한국근대문학사상연구2 — 문협정통파의 사상구조』, 아세아문화사, 1994.

미학적으로 작용한 결과이다.[255] 문학텍스트는 본질적으로 비완결적이며, 불균형적이며, 비일관적인데, 왜냐하면 그것은 상상적인 방식 이외의 다른 방식으로는 제거될 수 없는 부가되어진 현실 과정들이 가지는 갈등적이고 모순적인 효과이기 때문이다.[256] 복잡한 과정을 거쳐 문학은 어떤 현실의 생산물이 된다. 하지만 그것은 결코 자율적인 현실이 아니며, 어떤 물질적인 현실이고 어떤 사회적 효과의 창조이다. 따라서 문학텍스트는 허구들의 효과의 생산이다.[257] 또한 문학 효과들은 이데올로기 일반으로 환원될 수 없는 효과들로 분석할 수 있다. 문학적 효과들이란 다른 이데올로기들, 즉 문학적 효과들이 그들에 의존하는 동시에 그들로부터 차별적인 다른 이데올로기의 한가운데 존재하고 있는 특수한 이데올로기적 효과이기 때문이다. 문학적 효과는 문학텍스트의 특징인 '매력', '미', '진리', '가치', '심오함', '양식', '쓰기', '예술' 등 내에서 텍스트를 인식하는 것이다. 따라서 문학적 효과는 그 자체가 물질적 원인의 효과일 뿐만 아니라 동시에 사회적으로 규정된 개인들에게 강제함으로써 영향을 미치는 효과이기도 한 것이다.

문학텍스트가 이렇다면 인식 작용의 산물인 비평텍스트는 곧바로 자신이 입각한 이데올로기에 기반을 두고 있다. 문학텍스트와는 달리 비평텍스트는 비평가의 입장이 굴절되지 않는다. 따라서 비평가가 문학텍스트를 비평하는 데 있어서 어떤 이데올로기적 입장을 취하는가가 중요하다. 물론 문학텍스트에 대한 비평가의 이데올로기는 비평텍스트를 통해 드러나게 된다. 따라서 비평텍스트에 드러난 이데올로기는 무엇이며, 어떤 기준에 의해서 문학텍스트를 평가하고 있는지 살펴봐야 한다.

---

255) T. Eagleton, 윤희기 역, 앞의 책, 86-88쪽.
256) E. Balibar & P. Macherey, "On Literature as An Ideological Form", *Untying The Text*, Routledge & Kegan Paul Ltd., 1981, 88쪽.
257) E. Balibar & P. Macherey, 앞의 글, 91쪽.

대게 이런 비평텍스트는 어떤 편향된 관점에 입각해 있음이 드러난다. 그러나 앞에서 언급했듯이 문학텍스트의 효과는 어떤 한 관점에서 포착할 수 있는 성질이 아니다. 비평텍스트에서 한 관점의 선택은 곧 다른 관점의 배제를 통해서만 가능한 것이다. 이 배제야말로 문학텍스트를 협소하게 만들고 독자의 사고를 가로막는 장애로 작용할 수 있다. 그렇다면 이러한 도그마에서 벗어날 수 있는 방법은 무엇인가? 여기에서 반성과 대화를 통해 도그마를 벗어날 수 있는 가능성을 모색해보고자 한다.

이론적 개념으로서의 반성은 비판이론의 개인주의와 밀접한 관련을 맺고 있으며, 특히 호르크하이머와 아도르노는 개인의 자율성이 첨예한 위기에 빠진 사회 역사적 상황에서 반성의 개념을 부각시켰다. 따라서 반성이란 자유주의와 개인주의의 가치를 고수하는 비판이론이 자본주의 사회에 대한 승산 없는 싸움을 벌이는 과정에서 개발한 수단에 지나지 않는다는 비판이 제기될 수 있다. 기든스(A. Giddens)는 반성 전략이 실천적으로 무용하다고 비판한다. 왜냐하면, 하버마스에 의하면 반성을 통해 비판적 태도를 취해야 할 주체가 분명하지 않다는 것이다. 이렇게 주체가 분명하지 못할 경우, 이론이 사회적으로 실천될 수 없다는 것이다.258)

그런데 지마는 그 주체를 이론가와 이론가의 토론 상대를 꼽는다. 민족이나, 대중, 프롤레타리아 등은 반성의 주체가 될 수 없다는 것이다. 왜냐하면 이러한 단위는 명확히 규정되기 어려울 뿐만 아니라 이론적인 토론자로 간주될 수도 없기 때문이라는 것이다.

그러나 어떤 도그마에서 벗어나는 교육 이념을 생각한다면 도그마에서 벗어나고자 하는 학습자의 지향은 적극적으로 모색되어야 하는 것이다. 비평교육이 차지하는 지점은 바로 이곳이다. 이것이 이론이 지향

---

258) P. V. Zima, 앞의 책, 504-606쪽.

하는 방향과 벗어난다고는 볼 수 없다.[259] 대상 구성의 컨텍스트를 이루
는 사회어[260]가 대상 구성과정에 큰 영향을 미친다는 것이다. 따라서 중
요한 것은 누가 말하느냐, 이 이론적 구성물은 누구에게 유용한가의 문
제이다. 이러한 면에서 담론의 대화적 개방이 필요하며, 개방적인 대화

---

259) 지마는 반성을 담론적, 사회 기호학적 과정으로 기술할 수 있겠는가 하는 문제
에 힘을 쏟는다. 지마에 의하면 반성은 몇 가지 담론 전략에 의거할 수 있다.
　　우선 역사적 사회적 체계로서의 언어는 집단어와 독립적으로 존재할 수 없
으며 일상어의 어휘와 의미구조가 이데올로기 등의 사회어에 의해 끊임없이
변화되고 있다는 점을 들어 담론의 진술 주체는 자신의 말이 초역사적인 이
상적 구성물이 아니며, 당대의 사회 언어학적 상황에 대한 논쟁적이고 대화
적인 대결의 산물임을 분명히 인식해야 한다는 것이다. 즉 언어적 상황을 가
능한 한 철저히 반성해야 한다는 것이다.
　　둘째로 담론의 주체는 언어간의 다양한 관계를 통해 형성되는 사회 언어적
망 속에서 의사소통이 이루어지고 있음을 인식하고, 자신의 비평적 담론이
다른 비평적 담론 혹은 이데올로기적 담론 등과 어떻게 상호 작용하고 있는
지 반성해야 한다
　　셋째, 판단 기준이 자연적으로 주어진 것이라거나, 대상 자체에서 도출된
것이라는 생각, 이론 일반이 자신에게 내려준 것이라는 생각에 대한 반성이
있어야 한다는 것이다. 특정 사회 언어적 상황 속에서 특정 진술 주체가 개념
A, B, C를 정의하게 되는 것은 어떤 이유에서이며, 진술 주체가 특정 의미론
적 대립과 차이는 유관적이라고 주장하면서 다른 대립과 차이는 왜 무시하는
가와 같은 문제를 제기할 필요가 있다는 것이다.
　　넷째, 자기 자신, 사건, 행동, 진술을 관찰하고 해석하기 위해 동원되는 서
술 도식에 대한 반성이 요구된다.
　　다섯째, 담론 주체는 독자에게 모든 담론은 결코 현실 자체가 아니며 현실에
대한 한 가지 가능한, 우연적인 구성에 지나지 않음을 분명히 밝혀야 한다.
　　여섯째, 대상은 주체에 의해 구성된 것이며 주체가 동원하는 의미론적 통사
론적 처리 방식과 분리할 수 없다는 것을 인식해야 한다(P. V. Zima, 허창운 ·
김태환 역, 앞의 책).
260) 사회어란 어휘적 층위와 술화적 층위(의미론적, 통사론적 층위)에서 구조화되
어 어느 정도 유기적인 이데올로기를 표현하는 이념소로서의 구조를 갖추게
되는 언어단위를 말한다. 사회어의 개념은 1. 어휘목록 2. 약호 3. 각기 사회어
의 특수한 실현으로 간주되는 술화적 제구조라는 본질적인 요소로 구성된다.
P. V. Zima, *Text Soziologie: eine Kritische Einfuhrung*, 허창운 역,『텍스트사회학』,
민음사, 1991, 98쪽.

는 진술 주체에게 사실들을 다른 담론적 맥락 속에서, 다른 대상 구성의 테두리 속에서 바라볼 수 있게 한다.

지마는 이론가가 취해야 할 입장으로 양가성을 들고 있다. 그것은 현대 시장 사회에서 자유, 정의, 민주주의, 과학성, 미적인 질과 같은 가치 개념 속에는 모순되는 이데올로기적 의미들이 동시에 담겨있다는 인식에서 출발한다. 이론가는 가치평가 자체를 포기하려고 해서는 안되며, 가치의 위기에 대응하는 이론가의 무기는 개념과 현상의 양가성을 출발점으로 하는 변증법적 비판이라는 것이다. 이는 헤겔처럼 타자를 지양해서 자기 체계에 통합시키기 위해서가 아니라, 열린 대화를 실현하기 위해서다. 열린 대화의 출발점은 양가성 즉 대립의 통일이다.

이상을 토대로 앞에서 언급한 비평가들의 비평행위는 다음과 같이 요약해 볼 수 있을 것이다. 팔봉은 자신의 비평에 있어서 가능성을 보였음에도 문학텍스트를 평가하는 구체이고 명확한 개념적 도구가 형성되어 있지 못하였다. 그를 포함한 조중곤, 정한숙은 자신의 비평적 관점에 대한 근거를 제시하는데 있어서 편협성을 면치 못하고 있다. 조중곤이 이념의 과잉을 보이듯이 정한숙 역시 편향된 시각에서 이념의 과잉을 보여주고 있다. 특히 정한숙은 역사와 사회에 대한 시각이 결여되어 있어, 자신의 관점이 놓인 자리를 객관적으로 바라보지 못하고 있다. 이에 비하면 김윤식은 자신의 입론을 명백히 하면서 당대의 여러 작품의 검토를 통해 「낙동강」이 차지하는 의의를 현재성과 연관시키고 있다. 김윤식이 '비평 쓰기에 대한 자의식'과 '운명을 창조하는 원리'를 드러내고 있다는 것은 주목할 만하다.

5. 맺음말

비평텍스트는 비평가가 속한 비평적 이데올로기의 산물이다. 따라서 이 시대에는 비평텍스트를 몇 가지 유형으로 분류해 볼 수 있다. 그런데 문제는 비평텍스트 자체의 폐쇄적 성격에 있으며, 제도 교육권에서의 획일성에 있다. 우리 시대 어느 비평가의 말은 귀담아 들을 만하다.

> 우리 시대의 어느 동료 비평가가 이성복의 『그 여름의 끝』의 해설에서 지적했듯이 나 역시 대학 신입생 무렵 "서가에 꽂힌 이성복의 자괴와 비탄의 요설을 이해할 수 없었"다. 이성복의 『뒹구는 돌은 언제 잠깨는가』를 온몸으로 받아들여, 그리하여 나의 서투른 감수성이 그 시들의 속살 깊은 곳에 이르며, 그 결과 생성된 신선한 감동의 파문을 내 것으로 하기에는, 당시 나는 제도적인 문학 교육의 이데올로기적 유포로부터 전혀 자유롭지 않았었다. 말하자면 나의 시 읽기는 그 제도적인 문학교육이 내면화한 단아하고 정결한 한국 전통 서정시의 문법에서 거의 탈피하지 못한 상태였다.[261]

제도적인 문학 교육의 이데올로기적 유포로부터 자유롭고, 다양한 문학적 문화를 접할 수는 없는 것일까? 비평텍스트(교육)의 경우 폐쇄와 편향에서 벗어날 수는 없을까? 앞에서 반성과 대화로서의 비평(교육)에 대하여 언급했다. 여기에서는 대화로서의 비평(교육)에 대하여 덧붙임으로서 이 글을 맺고자 한다.

반성은 비평텍스트의 표현과 이해의 양측면에 걸친 것으로 자기 비평 세계를 의미한다면, 대화적 비평은 비평텍스트 간의 대화적 국면을 중시한다. 대화적 비평에 있어서 중요한 것은 담론간 대화를 가로막는

---

261) 권성우, 「비평이란 무엇인가?」, 『문학을 향하여 문학을 넘어서』, 문학과지성사, 1991, 47-48쪽.

언어 장벽은 어떤 것이며, 그 장벽은 어떻게 극복될 수 있을 것인가다. 담론간 대화를 통해 이론과 정리를 비판적으로 검토하려고 할 때 문제는, 그것이 어떤 언어 상황 속에서 어떤 사회어로부터 생성되었으며 누구의 입장과 관심을 대변하고 있느냐는 것이다. 담론간 대화에서 필수적인 것은 자신의 담론과 상대의 담론에 대한 스스로의 입장을 모두 성찰하는 대화 당사자의 반성적 태도이다.[262] 이러한 반성을 통해서만 서로 상대방의 대상 구성을 이해할 수 있고, 어디까지 합의가 유지되고 어디에서부터 견해가 갈라지는 지도 확인할 수 있을 것이다.

또한 대화적 비평은 문학텍스트와의 대화도 소홀히 하지 않는다. 비평은 작자와 비평가, 비평가와 비평가의 두 목소리의 만남이다. 대화적 비평은 문학텍스트에 관해서가 아니라 문학텍스트에게 혹은 문학텍스트와 더불어 말한다. 그것은 연루된 두 개의 목소리 중에 어떤 것도 제거하기를 거부한다. 연구되는 텍스트는 '초언어'에 의해서 다루어야 할 대상이 아니라, 비평가 자신의 담론과 만나는 하나의 담론이다. 작가는 '그'가 아니라 '당신'이며, 우리와 인간적 가치를 토론하는 대화자이다.

대화가 가능하기 위해서 진리는 하나의 지평으로서, 규율적 원리로서 가정되어야 한다. 독단주의는 비평가의 입장에서 독백으로 이끈다. 내재주의는 검토되는 작자의 입장에서 독백으로 이끈다. 많은 내재적 분석의 산술적 집적에 불과한 순진한 다원주의는 역시 귀기울임이 없는 여러 목소리의 공존만으로 이끈다. 즉 여러 주체가 자신을 표현하고 있지만 아무도 타인과 자신의 상이성을 고려하고 있지 않다. 진리를 향한 공통적 추구의 원리를 수용하는 사람이면 누구나 벌써 대화적 비평을 실행하고 있는 것이다.[263] 그러므로 이제 비평자(학습자)는 진리를 향해

---

262) P. V. Zima, 앞의 책, 683쪽.
263) T. Todorov, 「바흐찐과 문학비평」, 『바흐찐과 문화이론』, 문학과지성사, 1995, 239-258쪽.

나가면서 스스로 반성을 통해 자신의 세계를 성찰하고, 자신과 다른 비
평적 입장을 고려하는 열린 대화적 비평교육이 되어야 한다.

제1부 서사 양식의 담론과 해석

제2부 문학비평과 문학비평교육

제3부 문학사와 문학사교육

I. 분단 시대의 소설 문학

●

II. 자아정체성 형성으로서의 문학사교육

I

분단 시대의 소설 문학

1. 분단시대의 문학, 분단문학, 분단소설

한국 근대문학이 출발한 지 대략 한 세기 안팎이 되었다. 이 시기의 문학은 대략 세 단계로 구분할 수 있다. 19세기 후반에서 20세기 초반의 개화기 문학, 1910년에서 1945년에 이르는 일제 식민지 시대의 문학, 1945년 해방 이후의 문학이 그것이다.

19세기 후반과 20세기 초반의 한반도는 근대화 과정에 따른 세계사의 조류에 따라 서구와 동양의 여러 나라가 각축을 벌이는 곳이었다. 이런 와중에서 우리는 근대와 개화, 그리고 자주독립이라는 딜레마를 해결해야 하는 문제에 봉착하게 되었다. 이 시기의 문학은 자연히 우리 민족의 의식의 자각 내지 외세에 대한 비판 등 계몽성과 독립정신이 두드러지게 반영되었다. 일제에 의한 식민지화가 공식화됨으로써 나라찾기는 민족의 제일 과제가 되었다. 문학이 현실에 대한 인식의 형상화를 그 기본 속성으로 한다고 볼 때 이 같은 시대적인 과제는 문학의 거멀못이었다. 민족의 염원인 해방이 되자 나라 바로 세우기가 민족적 과제가 되었다. 그러나 외세에 의한 해방은 그 출발부터 파행으로 치달을 수밖에 없는 토대가 되었다. 이로써 한반도는 남한에 진주한 미국과 북한에 진주한 러시아에 의해 통치되는 분단상황에 직면하게 되었다. 이 같은 분단 상황은 6·25를 거쳐 오늘에 이르렀다. 분단 상황은 집권자들을 통해 이용됨으로써 더욱 고착화되어 왔다. 뿐만 아니라 남과 북의 이데올로기에 의한 대립은 민족상잔을 초래함으로써 우리민족의 삶에 질곡으로 작용하고 있다. 분단상황에서 파생되는 문제들은 문학의 주요한 제재를 이룬다. 해방 이후를 분단시대라 규정하고 이 시기의 문학을 분단시대의 문학이라 부르는 이유도 여기에 있다.

시대적인 구분 단위로서의 분단시대의 문학은 분단문제를 형상화한 분단문학으로 구체화된다. 분단문학의 개념과 범주를 6·25라는 소재적 차원을 담은 것으로 한정한다거나, 해방 이후 모든 문학을 분단문학으로 보는 지나치게 포괄적 논의를 지양하고 민족 분단의 상황적 조건에 대한 역사적 인식을 근거로 하여 성립된 문학이라 규정할 수 있다. 분단문학은 분단시대라는 시대적 단위 개념 속에 자리잡고 있지만, 분단상황에 대응하는 역사인식의 논리, 삶의 태도 및 방향 등을 예술적으로 형상화하고 있다는 점에서 분단시대의 문학이라는 시대적 순서개념만이 아니라 분단문학이라는 가치개념을 포괄하고 있다.264)

우리 근대소설사는 이 같은 근대 문학사의 흐름과 맥을 같이 한다. 해방 이후 소설은 분단시대의 소설이라 규정할 수 있으며, 분단문제를 형상화한 소설을 분단소설이라 할 수 있다. 분단시대라는 문제적인 상황성과 이에 대응하는 문학정신의 발로가 형상화된 소설이 분단소설이다. 그러므로 작가의 시대적인 상황인식과 태도, 가치 판단은 소설적 형상화를 평가하는 중요한 근거가 된다. 또한 태도나 가치판단 등은 작가의 지향의식을 전제로 한다는 점에서 역사적 전망과 관련된다. 작가의 지향의식은 시대적, 집단적인 차원을 이루고 있다는 점에서 정신사적인 흐름을 형성한다고 할 수 있다.

해방 이후 분단소설은 그것이 다루고 있는 분단시기에 따라 크게 세

---

264) 권영민, 『한국 민족문학론 연구』, 민음사, 1988, 466쪽.

부분으로 나눌 수 있다. 해방 이후 6·25 이전까지의 분단 상황을 다룬 소설(「노을」(김원일), 「지리산」(이병주), 「순이 삼촌」(현기영), 「타자의 마을」(신상웅)), 6·25와 관련된 분단 상황을 다룬 소설(「육이오」(홍성원), 「홍남철수」(김동리), 「동행」(최일남), 「용초도 근해」(박용준), 「암사지도」(서기원), 「요한시집」(장용학), 「유예」(오상원), 「쇼리 킴」(송병수) 등), 휴전 이후의 분단 상황을 다룬 소설(「霧堤」(윤홍길), 「판문점」(이호철), 「아베의 가족」(전상국), 「그림자 접목」(선우휘), 「임진강 오리떼」(하근찬), 「새」(오영수) 등)이 그것이다. 이는 다시 해방 이후 6·25에 이르는 격동의 시기를 거쳐 분단이 고착화되는 시기와 관련하여 작가의 체험 차원에서 보면 유소년기 체험 세대(김원일, 전상국, 윤홍길, 문순태, 박완서 등), 본격적인 체험세대(염상섭, 최인훈 등), 미체험 세대(임철우, 이찬동, 양선규 등)로 구분해 볼 수 있다.

소설사를 통해 볼 때 분단문제를 본격적으로 다루기 시작한 것은 1960년대 이후의 일이다. 해방 직후부터 6·25 이전까지의 해방 공간에서는 집단 이념의 푯대 아래 이합 집산하는 혼란 속에서 분단에 대한 객관적인 인식에 도달할 수 없었다. 6·25 직후 1950년대는 6·25라는 전쟁의 참화 속에서 파생된 시대적 고뇌와 인간 실존 문제가 당대의 작가들에게 압도적으로 작용했던 시기이다. 4·19를 지나 비로소 분단현실에 대한 객관적인 인식이 가능하게 되었다. 분단소설이 유년기를 통해 해방과 6·25를 겪었던 유소년기 체험세대들에 의해 1960년대 이후에 집중되고 있음을 통해서도 확인된다. 1970년대의 유신정권 대두와 산업화에 따른 농민, 노동자의 문제는 민족문학론과 관련하여 분단 상황의 차원에서 새롭게 인식되었다. 1980년대에는 군부 독재의 종식이라는 여망이 신군부에 의해 무산됨으로써 분단상황에 대한 인식은 새로운 국면으로 접어들었다.

2. 소년의 눈을 통해 본 가족 공동체 붕괴의 세계: 김원일

1940년대 초반 경남 진영에서 태어난 김원일은 해방과 6·25를 유소년기를 통해 체험한 세대이다. 그러므로 해방과 동시에 찾아든 남북분단을 통해 겪게 되는 체험은 그에게는 한계를 지닐 수밖에 없다. 그럼에도 불구하고 그는 분단문제를 다룬 일련의 주목할 만한 소설을 꾸준히 창작해 왔다. 「어둠의 혼」(1973)을 비롯해 『노을』(1977~1978), 「도요새에 관한 명상」(1979), 「미망」(1982), 『불의 제전』(1부 1980~1982, 2부 1984: 1989) 등이 그것이다. 김원일이 당대를 형상화한 작품이 그리 많지 않지만 「도요새에 관한 명상」, 「미망」 등은 당대의 인물들의 삶을 문제삼고 있다. 이 작품들은 소시민적 속성이 담고 있는 현실에 안주하려는 인물들이 분단이라는 상황에서 파생되는 모순들과 무관하지 않다는 것을 깨우쳐준다. 곧 분단상황은 이들의 삶에 직접적인 영향을 주고 있다는 것을 이 작품들은 보여주고 있다.

그러나 이 작품들은 분단문제를 가족이라는 범위로 한정함으로써 분단극복을 위한 객관적인 인식에는 도달하지 못하는 한계를 지닐 수밖에 없다. 이러한 한계에서 「어둠의 혼」이나 『노을』도 크게 벗어나지 않는다. 이것은 소년 화자를 통해 분단 상황을 조명하려는 것과도 관련된다. 소년화자는 대상에 대한 순수한 포착이 가능함에도 불구하고 객관적인 인식능력이 현저하게 떨어진다는 것은 자명하기 때문이다. 김원일은 스스로 '가족사적 파멸', '전쟁의 증오'로부터 새로운 대안을 모색하기에 이른다. 이 과정에서 『불의 제전』이 씌어진 것이다. 『불의 제전』은 이전의 가족사적 소설에서 벗어나서 객관성과 총체성을 어느 정도 성취할 수 있게 된다. 그러나 당시나 현재사회에 대한 과학적인 인식의 부재나 역사적인 전망이 뚜렷하지 않다는 점에서 작가의 앞으로의 작업이 주목된다.

김원일의 1970년대 분단소설을 살펴볼 때 우선 주목할 수 있는 것은 「어둠의 혼」과 『노을』이다. 김원일이 분단에서 파생된 문제에 관심을 두고 내놓은 「어둠의 혼」은 소년화자가 등장하여 자신의 시선에 보이는 것과 생각을 서술하고 있다. 「어둠의 혼」은 화자가 좌익인 아버지가 진영 지서에 잡혀왔다는 소문을 듣는 데서 시작해서 아버지의 시체를 지서 뒷마당에서 확인하는 것으로 끝난다. 화자를 포함한 세 남매는 배고픔 속에서 양식을 빌어간 어머니를 기다리다, 마침내 화자는 어머니를 찾아 나서고 이모집에서 어머니를 만난 후에 이모의 부탁으로 아버지의 생사를 알아보기 위해 지서로 향한다. 지서에서 이모부를 만나 화자는 자신의 아버지의 주검을 확인하고 감회를 서술한다. 해방 몇 년 후 육이오 바로 직전을 시간적 배경으로 하고 진영을 공간적 배경으로 하는 이 소설에 등장하는 인물은 좌익인 화자의 아버지, 어머니, 세 남매, 이모, 이모부 등이다. 이모부는 해방전 일본 유학생이었으며 관동지진 때 일본인에 의해 절름발이 불구가 된 인물로 동네 사람들이 '학자님'이라 부르는 인물이다. 이모는 이모부의 후처로 장터에서 술장사를 하는 '목소리가 굵고 성질도 괄괄한' 인물이다. 어머니는 한글도 제대로 읽을 줄 모르는 인물이다. 일본 유학까지 다녀온 아버지와의 사이에서 태어난 세 남매는 천치인 큰누나(분임), 동생(분선), 그리고 화자인 갑해이다. 이 소설은 의미상 대립적 관계를 지닌 구조로 되어 있다. 정상인과 비정상인, 지식인과 무식자, 좌익과 우익이 그것이다. 이 가운데 이 소설의 중심은 좌익운동을 하는 아버지와 가족의 가난과의 관계에 있다. 일본 유학파이자 해방되기 전 야학당까지 운영한 아버지는 지식인이자 좌익운동가이다. 그러나 그의 자취는 화자의 기억 속이나 혹은 소문으로만 존재한다. 소설의 마지막에 가서야 그에 대한 죽음을 확인하게 된다.

아버지의 이러한 상징적 배치는 1970년대 시점에서 좌익은 이제 기억 속이나 존재하는 죽은 존재에 지나지 않음을 확인하는 의미를 지닌다. 그러나 이데올로기의 대립이 과거 속에 묻혀버린 사라진 역사에 불과한 것이 아니라 여전히 민족의 삶에 질곡으로 작용하고 있다고 할 때 한계를 지닐 수밖에 없다. 소년 화자의 눈을 통해 가족의 가난의 원인이 좌익운동을 하는 아버지에게 있다는 논리를 폄으로써 결국 화자로 하여금 "이제 집안을 떠맡은 기둥으로서 힘차게 버티어 나가지 않으면 안된다"는 다분히 심정적인 결심을 하게 한다. 소년 화자의 '순진한 눈'에 시점이 고정되어 있는 한 이러한 한계를 극복하기에는 어렵다. 물론 유년기의 자아가 상처받음으로써 그 상처를 초래한 원인과 그 치유의 방안과 전망을 모색하는 데 그 한계 극복의 가능성이 있음을 알고 있다.

그 가능성은 『노을』로 이어진다. 『노을』은 「어둠의 혼」에서 제기된 문제를 확대하고 그것을 정면에서 다루고 있다. 43세의 출판사 편집부장직을 맡고 있는 중년의 화자인 '나'(갑수)와 14세의 초등학교 5학년생인 '나'의 시점이 교차되어 있다. 전 7장으로 구성되어 있는 이 소설은 1, 3, 5, 7은 중년화자인 '나'의 현재의 시점으로, 2, 4, 6장은 소년 화자인 '나'의 과거의 시점으로 구성되어 있다. 현재에서 과거를 회상하는 이러한 구조는 소시민으로서 과거의 기억을 잊어버리고자 하는 현재의 '나'와 해방공간에서 좌익에 가담하게 된 아버지와 가족, 동네 사람들의 삶을 체험하는 과거의 '나'를 효과적으로 연결해주고 있다.

이러한 회상은 주인공 갑수가 삼촌의 별세 전보를 받으면서 시작된다. 갑수는 백정의 자식이자 고향을 등진 지 29년 만에 고향인 진영으로 찾아간다. 소년 화자인 '나'의 눈에 비친 1948년을 전후한 고향집은 백정인 아버지의 폭력에 어머니와 누나의 가출로 이어진 가난의 울타리였다. 한글도 제대로 깨우치지 못한 아버지(김삼조) '개삼조'가 인텔리인 장선생과 배도수, 고추대장 이중달과 관계를 맺음으로써 좌익활동에 가담하게 된다. 이들이 일으킨 거사는 결국 토벌대에 의해 진압되고, 남은 생존자들은 산으로 도피하게 된다. 아버지를 따라 산으로 올라갔다 북으로 가는 그들을 따라 가지 않고 하산한 화자는 상경해서 대입검정을 거쳐 독학으로 대학을 마쳐 오늘에 이른다.

중년 화자의 시점과 소년 화자의 시점의 교차를 통한 형상화 방법은 여러 가능성을 갖고 있다. 소년 화자 시각을 통한 체험의 직접성과 이를 객관적으로 조명해 볼 수 있는 중년 화자의 과학적 인식의 결합은 그 가능성을 두드러지게 한다. 그러나 이 작품은 여기에는 이르지 못하고 있다. 주인공이 과거를 반추하게 된 것도 순전히 삼촌의 사망으로 인해 촉발된 것이다. 그는 오히려 고향을, 과거를 잊고자 했던 인물이다. 소년 화자를 통해 들려오는 과거도 소년의 '순진한 눈'을 넘어서지 못하고 있다. 결국 현재의 '나'는 좌익분자 고추대장의 유복자 치모와 함께 배도수 집을 방문함으로써 화해를 모색한다. 그리고 장선생(태문)의 어머니 물금댁을 방문해서 "쉬 통일이 되겠"다는 말을 한다. 이러한 화해는 「어둠의 혼」에서 화자가 보는 노을과 『노을』의 화자가 보는 노을에서 단적으로 드러난다. 「어둠의 혼」에서 화자의 눈에 비친 노을은 "아버지의 하는 일을 떠올리게 해주고 어머니의 핏멍 든 얼굴을 생각나게" 하는 노을이다. 『노을』의 중년 화자에 비친 노을은 "어둠을 맞는 핏빛 노을이 아니라 내일 아침을 기다리는, 오색 찬란한 무지개빛"이다.

그러나 '핏빛 노을'에서 '무지개빛' 노을로 이어진 작가의 의식의 변화는 다분히 관념적인 수준을 벗어나지 못하고 있다. 분단문제에 대한 과학적 인식이나 전망은 단지 선언이나 관념의 토로에서 가능한 것이 아니기 때문이다. '개삼조'가 어떻게 좌익에 가담하게 되었으며, 그의 성격의 이중적 설정이 정당한가, 가족소설의 범주를 벗어나지 못하게 된 연유는 무엇인가, 왜 주인공은 화해를 모색해야 하는가, 분단문제의 진정한 근원은 무엇인가 등에 대한 문제를 정면으로 다루지 않는 한 그러한 한계를 벗어날 수 없다. 이러한 한계는 좌익을 바라보는 편향된 시각 즉 좌익을 인간성을 상실한 인물로 형상화한다거나, 민중의 위상을 지

식인에게 이용당하는 존재로 본다거나,[265] 폐쇄된 소년 화자의 시점 등
으로는 극복할 수 없는 것이다. 여기에서 나아간 것이 미완의 장편『불의
제전』(1982)이다.

3. 반근대적인 샤머니즘과 아이러니의 세계: 윤흥길

　1940년대 초반에 태어나 해방과 6·25를 유년기에 보낸 윤흥길은
공군 시절의 참담한 체험담을 엮은 단편「회색 면류관의 계절」을 시작
으로 본격적인 소설가로서의 생활을 시작했다. 그가 발표한 소설 가운
데「장마」(1973),「양」(1974),「霧堤」(1978),「무지개는 언제 뜨는가」(1978)
등은 분단상황을 형상화한 소설들이다. 이들 분단소설은 1970년대 노동
자, 도시빈민의 문제를 다룬「아홉 켤레의 구두로 남은 사내」(1970)와 더
불어 윤흥길의 작품 경향을 대변하고 있다.

　황석영의 분단소설들은 6·25를 전후한 남북의 이데올로기의 대립
이 첨예했던 시대를 배경으로 한다. 그러므로 6·25 전후의 민족의 삶과
분단 문제가 형상화되어 있다. 다만「무제」는 그 시대를 훨씬 지나있지
만, 6·25 직후 남파 간첩의 이산 문제를 다루고 있다는 점에서 분단 문
제에서 벗어나는 것은 아니다.

　「장마」는 6·25로 인해 서울이 함락되자 외가가 화자인 '나'의 집에
피난 옴으로써 사건이 발생한다. 전체 6장으로 구성되어 있는「장마」는
초등학교 3학년에 다니는 소년화자인 나(동만)의 시선에 보이는 사건들
을 서술하고 있다. 외가쪽 식구로는 외할머니와 이모, 외삼촌이 등장하
고 화자의 식구로는 할머니, 아버지, 삼촌이 등장한다. 그런데 외삼촌이

---

265) 류보선,「분단문학의 새로운 지평을 위하여－김원일論」,『문학사상』, 1989.3.

육군 소위로 군에 입대해 소대장으로 전투에 참여하고, 삼촌(김순철)이 빨치산이 되면서 외할머니와 할머니의 갈등은 시작된다. 6 · 25 와중에 육군에 입대한 외삼촌(권길준)의 사망 소식이 장마비가 쏟아지는 밤중에 구장으로부터 전해진다. 소중한 외아들이 빨갱이에게 죽임을 당했다는 것은 외할머니로 하여금 그들에 대한 증오로 나타났고, 그것은 빨치산을 아들로 둔 할머니의 심기를 매우 불편하게 한다. 이후로 그들은 더욱 갈등이 깊어지고, 형사에게 '내'가 삼촌의 방문을 털어 논 사건이 있은 다음에 더욱 심해진다. 빨치산으로 산에 숨어 지내는 삼촌의 집 방문을 낯선 이(형사)에게 초콜릿의 유혹에 굴복하고 말함으로써 아버지는 곤욕을 치르게 된다. 이 사건은 화자에게 내내 정신적인 부담으로 작용한다. 점장이의 예언을 믿고서 가족들은 삼촌오기를 학수고대하면서 잔치할 준비를 한다. 그러나 기대하던 삼촌은 오지 않고 대신에 구렁이가 집안으로 들어온다. 이에 할머니는 기절하고, 대신 외할머니가 구렁이를 보내는 의식을 행한다. 할머니는 끝내 세상을 떠나고 만다.

　할머니와 외할머니의 갈등은 이데올로기에 의한 대립이기보다는 자식에 대한 사랑에서 비롯된 것이다. 이들은 분단상황이 몰고 온 비극적 의미를 이해할 수 없는 상황에 처해 있으며, 본능적인 모성애에 따라 행동하고 있다. 외아들을 잃은 외할머니의 저주는 할머니에게는 자기 자식에 대한 저주로 받아들인다. 이로 인한 갈등의 화해를 작가는 모색하고 있었다. 작가는 국군과 빨치산으로 상징되는 이데올로기의 대립을 샤머니즘의 세계로 해결하고 있다. 할머니와 외할머니 사이에 형성되었던 감정은 샤머니즘의 의식을 통해서 해소된다. 반근대적인 샤머니즘이 근대적인 이데올로기의 갈등을 해소하고 싸안은 놀라운 힘을 발휘한 것이다.[266) 이것은 이데올로기 갈등을 어떻게 해결할 것인가에 대한 방안

---

266) 김윤식 · 정호웅, 『한국소설사』, 예하, 1995, 452쪽.

을 제시한다는 점에서 주목할 필요가 있다. 이러한 해결의 모색은 내적 형식으로 형상화될 수밖에 없는데 작가의 역사에 대한 인식과 전망이 맞물려 있기도 하다. 전쟁 혹은 이데올로기의 대립이 근대적인 이성중심주의에서 비롯됐다는 비판적 입장에서 본다면 이러한 반근대적인 해결은 의미있는 방책이 될 것이지만, 근대적 이성의 합리적 힘을 믿는 입장이라면 그것은 전근대적인 방식에 지나지 않을 것이다.

「장마」 역시 소년 화자를 등장시켜 분단문제를 다룬 다른 소설의 문제를 안고 있다. 「장마」는 초등학교 3학년인 '나'의 눈에 보이는 것을 그대로 이해할 뿐이다. 그는 그들이 겪고 있는 갈등의 근본 원인을 찾을 능력이 없다. 다만 그의 눈앞에서 벌어진 사건들을 통해 자신에게 가해진 체험의 세계를 갖고 있을 뿐이다. 그러므로 소년화자의 '순진한 눈'이 갖고 있는 한계를 극복할 수 있는 방법은 상처받고 있는 성장기 소년의 체험을 보여주고 그것을 해결할 수 있는 전망을 내적 형식으로 획득하는 것이다. 화자는 삼촌이 보여준 포악성과 형사의 속임수를 통해 어른들에 대한 실망과 배신을 체험한다. 이러한 체험은 내내 화자의 마음 짓누르고 있었다. 이로 인한 할머니와 나의 갈등은 할머니의 임종으로 해소되었다고 하지만 아버지와의 갈등은 여전히 존속하고 있는 것이다.

「무지개는 언제 뜨는가」는 배경이 같다는 것과 화자인 '내'(동만)가 다시 등장한다는 점에서 「장마」와 공통점을 지닌다. 다만 「장마」는 가족 이야기였다면 「무지개는 언제 뜨는가」는 주로 당숙모의 이야기를 다루고 있다는 점에서 차이가 있다.

낮과 밤이 국군과 빨치산의 세상으로 바뀌는 상황이었다. 그러한 상황에서 특히 깊은 산 아래에 있는 마을은 가장 피해가 컸다. 작은 당숙은 건지산 아래에 있는 초등학교의 선생이었다. 이 난리 중에 본가로 잠시 피신해 있던 당숙내는 빨치산이 지리산 쪽으로 달아났다는 소식을 듣고 학교가 있는 마을로 돌아갔다. 그러나 물러간 줄로만 알고 있었던 빨치산은 마을을 습격했고 이 와중에 당숙과 아이들은 불에 타 죽고 만다. 마침 변소에 가 있었던 당숙모는 천신만고 끝에 목숨을 건졌지만, 결국 이로 인해 미쳐버리고 만다. 미쳐버린 작은 당숙모는 우익 청년들에게 몰살당한 빨치산 차씨의 아이를 자기 아들로 착각하고 키우게 된다. 빨치산 차씨가 당숙의 가족을 불태워 죽일 때 그 빨치산 무리에 있었다는 소문이 있었지만 작은 당숙모는 그것을 알리 없다. 이러한 사정을 안 친척들은 아이를 고아원으로 보내고 당숙모를 친정으로 보내려고 했으나 실패한다. 당숙모는 오히려 "젖을 빠는 아이가 생긴 뒤부터 이상하게도," "날이 궂으려고 우리 외할머니 삭신이 영검하게 쑤시기 시작해도 전처럼 그렇게 귀신같이 산발한 채 맨발로 동네를 온통 휘젓고 다니는 버릇은 하지 않게" 된다. 그리고 어린애에게 젖을 빨리면서 행복에 겨워한다.

가족을 잃은 당숙모가 자신의 가족을 죽게 한 원수의 자식에게 젖을 주면서 행복에 겨워하는 것은 아이러니이다. 만일 그녀가 자신의 아이로 착각하고 있는 아이가 빨치산 차씨의 아이라는 것을 안다면 그러한 사건을 벌어지지 않을 것이다. 그러나 그것은 그녀가 가족을 잃게 된 충격으로 인한 정신 이상이 있었기에 가능한 것이다.

이 소설은 분단 상황이 가져다준 비극을 아이러니를 통해 보여준다. 그것은 가족의 무고한 희생으로 나타난다. 오직 살아 남은 자만이 그 슬픔을 떠 안을 수밖에 없다. 작은 당숙모와 차씨의 핏덩이 아이는 정상인들에게는 결합될 수 없는 존재들이다. 그들에게는 당숙모의 친정으로의 귀향과 아이의 고아원으로의 입원이 당연한 결과이다. 그러나 작가는 분단의 희생자인 당숙모와 아이의 결합을 시도한다. 그들의 결합은 아픔은 아픈 자들 당사자들을 통해서 해결할 수 있다는 상징성을 띤다. 그 결합이 미쳐버린 비정상적인 세계에서나 가능하다고 그린 것이 분단의 비극성을 더한다. 이러한 비극성은 6·25 이후의 당대의 문제로 확산된다.

「무제」는 이산문제를 다룬 이른바 이산소설[267)에 속한다. 이산은 분단이라는 상황 속에서 가족 혹은 혈연의 생이별로 민족 구성원들의 고통을 동반하는 문제라는 점에서 중요한 분단문제 가운데 하나이다.

출판사 편집부에 근무하는 화자인 '나'는 6·25 직후 간첩으로 남파하여 자수한 고모부를 두고 있는 평범한 가장이다. 고모부는 북쪽에 화자와 같은 나이의 아들(승곤)을 두고 남파한 직후 자수하여 처녀적 행실이 좋지 못한 고모와 대전 근처에서 눈이 맞아 살림을 차리게 된다. 그러나 그들은 그들 사이에 승필이를 남겨 놓고 헤어지게 된다. 승필이는 초등학교를 졸업하면서 소년원을 들락거리는 삶으로 빠져들었다. 그리고 지금은 육순 전후의 아버지를 심하게 구타하기까지 한다. 그는 고모부가 화자의 집에 은거할 때도 찾아와 행패를 부리고 폭력을 휘둘렀다. 그러나 이러한 아들의 폭력에도 고모부는 그것을 달게 받아들인다. 고모부가 시골로 내려간 후 화자는 고모부로부터 자신을 거두어줄 것을 여러 번 요청받는다. 양로원이라도 보내달라는 것이다. 그러나 그것도 여의치 않았다. 결국 고모부는 무작정 화자를 찾아 상경하고 만다. 화자와 그의 부인은 자신의 집에 기거하고 있는 고모부로 인해 심리적인 갈등을 겪는다. 급기야 화자는 직원이 가르쳐준 대로 고모부를 갱생원에 보내기로 한다. 고모부는 갱생원에 가기 전날 밤에 북에 두고 온 아들의 이름이 떠오르지 않는다고 통곡한다. 이를 본 화자의 부인은 "부모들이 저지른 죄 때문에 아이들이 벌을 받는 경우"를 생각한다. 고모부네가 그런 경우라는 것이다. 그러면서 그들은 고모부를 모시기로 작정한다.

제목 '무제(霧堤)'의 사전적 의미는 배 위에서 보면 마치 육지처럼 보이는 먼바다의 안개를 말한다. 고모부나 문선공인 봉무제(조현봉)는 안개

---

267) 이산소설에는 오영수의 「새」(1971), 이호철의 「큰 산」(1970), 박완서의 「겨울나들이」(1973), 하근찬의 「임진강 오리떼」(1976), 전상국의 「아베의 가족」(1979), 조정래의 「그림자 접목」(1982), 송기원의 「다시 월문리에서」(1982) 등이 있다.

를 여전히 육지로 믿고 있는 인물들이다. 화자는 고모부와 문선공 조씨를 같은 인물로 착각하기까지 한다. 문선공도 홀아비이자 월남한 사람이고, 연고가 없기는 마찬가지였기 때문이다. 문선공은 '무제'라는 말을 통해 저술행위가 먼바다의 안개를 육지로 착각하고 있지 않은가라는 메시지를 보내면서도 본인은 정작 그러한 착각에서 벗어나지 못하고 있다는 것을 보여주는 것이기도 하며, 혹은 안개를 여전히 육지로 믿고 싶다는 신념의 표시이기도 하다. 그러한 희미한 착각마저도 사회가 받아들이지 못할 때 결국 그가 택할 수 있는 길은 자살이다. 고모부의 경우도 그렇다. 그는 남한의 자식으로부터 폭행을 당하면서도 북에 두고 온 자식을 떨쳐버리지 못한다. 이것은 고모가 훌쩍 떠나버린 이유이기도 했던 것이다. 그는 나이를 먹어가면서도 필사적으로 북의 아들을 기억하고자 한다. 그러나 북의 자식은 고모부의 기억 속에서 사라져 갔다. 그 사라짐으로 고모부는 안타깝게 울부짖었던 것이다. 이를 보고 화자는 "고모부, 끝내 기억이 안 나는 건 어쩔 수 없는 거예오. 기억이 안 나도 그건 결코 고모부 잘못이 아닙니다. 지난 일은 다 잊어버리고 앞일이나 생각하면서 사세요"라고 말한다. 이것은 과거의 일은 잊어버리고 이제 새 출발을 하자는 화자 세대가 할 수 있는 말이다. 그러나 고모부의 세대는 그럴 수 없거니와 분단시대가 지속되는 한 고모부의 세대가 사라진다해도 잊혀질 수 없는 것이다. 과거를 잊고 새 출발을 논한다거나 정신병자인 당숙모가 빨치산의 아이를 맡아서 기르는 것으로 해결될 성질이 아니다. 분단문제는 역설적이게도 무제가 무제가 아니라는 데서 출발한다. 분단으로 인한 고통이 안개가 아니라 지금 여기 이 땅에서 벌어지고 있다는 사실을 인식하는 것에서 출발해야 한다. 이러한 인식이 가능하기까지 1980년대를 기다려야 했다.

4. 전쟁의 비극과 여인들의 수난의 세계: 전상국

　전상국은 김원일, 윤흥길, 이동하, 조정래, 이청준, 한승원, 김승옥, 오정희 등과 함께 1940년을 전후로 태어나, 유소년기를 해방공간과 6·25를 보낸 작가이다. 그리고 이들은 대체로 1960년대에 등단하여 1970년대에 활발히 활동한 작가들이기도 하다. 이들은 특히 분단문제를 제재로 분단소설을 지속적으로 형상화함으로 그 넓이와 폭을 더했다는 점에서 한국현대 분단소설을 논함에 있어서 빼놓을 수 없는 작가들이다.

　전상국의 소설 가운데 분단문제와 관련된 것들은 「동행」(1963), 「사형」(1976), 「악동시절」(1976), 「여름 손님」(1977), 「물걸래 패사」(1978), 「하늘 아래 그 자리」(1978), 「아베의 가족」(1979) 등을 들 수 있다. 이 소설들은 1950년을 전후한 강원도 춘천 근처의 농촌을 배경으로 한다. 6·25 당시가 그렇듯이 인공 치하와 국군 치하에서 인간들의 삶의 모습을 서술하고 있다. 그리고 수복 후의 한국 여인들의 수난사를 그리고 있다는 점이 전상국의 소설의 특성을 이루고 있다.

　「동행」은 분단문제를 바라보는 인식이 성숙되지 못했을 때 나온 작품 가운데 하나이다. 다만 사건의 발단이 분단의 비극과 관련된다는 점에서 분단소설의 편린을 엿볼 수 있다. 「동행」은 두 인물이 동행해서 시골길을 여행하는 여로형 구조로 되어 있다.

　「동행」은 눈이 수북히 쌓인 날, 춘천에서 외야리라는 곳을 찾아가는 두 사람이 등장해서 이야기를 주고받으면서 사건이 전개된다. 작은 사내인 최억구는 36세로 6·25 와중에 외야리를 떠난 뒤 처음으로 고향을 찾는다. 그는 그의 부친의 묘를 찾아가는 길이다. 억구는 가난하고 천한 집안의 아들로 수모를 겪고 자란다. 어릴 때 최억구는 같은 동네에 사는 득수의 손을 물어뜯을 정도로 악종이었다. 결국 6·25 때 최억구는 인공 치하에서 득수를 죽이고 만다. 북한군이 물러가자 득수 동생(득칠)을 포함한 우익 청년들은 억구집을 습격해서 억구 아버지를 죽이게 된다. 억구는 간신히 몸만 빠져 나온 것이다. 억구의 삶은 "사람으로 태어나서 사람처럼 살아 보질 못"하고 "하루하루 사는 게 고역"이었다. 외야리로 떠나기 전 억구는 서른 셋의 면서기인 득칠을 춘천에서 살해한다.

「동행」에서 벌어지는 살인은 6·25 전후에 벌어진 것으로 분단문제에서 벗어나지 않는다. 그러나 그것이 다분히 감정의 차원을 벗어나지 못하고 있다. 「동행」의 억구는 자신을 "무슨 위원회 부위원장이니 하는 감투를 떠억 씌워서", "어릴 적부터 동네 천더기로 따돌림당하던 자기를 빨갱이들이 용하게 이용했"다고 생각하지만 더 이상의 사고의 진전을 보이지 못한다. 득수와 그의 동생 득칠을 죽인 것도 감정적인 복수 차원을 넘지 못한다. 이런 점에서 분단문제를 인식하는 작가의식이 아직 미숙한 단계를 벗어나지 못한 것이다.

「하늘 아래 그 자리」는 「동행」의 한계를 벗어나고자 한 전상국의 최초의 중편이면서, 그의 작가적 세계의 한 획을 긋고 있다. 「하늘 아래 그 자리」는 읍에서 떨어진 상암리와 하암리 사람들의 묘자리를 둘러싼 사건을 다루고 있다. 이 소설 가운데 6·25와 관련된 사건이 다루어지고 있다는 점에서 분단소설의 한 편린을 지니고 있다. 이 소설은 모두 3장으로 되어 있다. 1, 3장은 일인칭 화자로 되어 있고, 2장은 3인칭으로 되어 있다. 제1장은 화자인 대학생인 내(김세범)가 읍에서 하암리를 향해 팔십 리를 걸어가면서 '몰골이 괴상한' 그러면서도 할아버지의 눈을 닮은 마필구라는 늙은이와 동행하면서 시작한다. 나의 아버지 김광모는 그곳 출신인 3선 국회의원이다. 아버지의 출세는 우촌면 면장을 지낸 할아버지(김재민)로부터 비롯된 것이다. 할아버지는 하암리 문중의 대표였던 것이다. 상암리는 전국에서 몰려든 떠돌이들이 이룬 마을이고, 하암리는 뼈대있는 양반 김씨문중의 마을이었다. 육손이(마필구)의 할아버지의 묘자리 문제로 상암리와 하암리가 싸움을 벌이게 된다. 제2장에서는 육손이는 간질병으로 소박을 맞은 과부를 구해준 인연으로 그녀와 결혼을 하고 하암리에 머물게 된다. 그는 문중 산지기 노릇을 하면서, 그의 아버지와 할아버지의 뼈를 명당자리인 은장봉에 암장을 했다가 발각되어 하암리를 떠나게 된다. 그리고 6·25가 발발하고 그는 하암리 인민 위원회 위원장 겸 우촌면 내무서 하암리 연락원을 하게된다. 그러면서 그는 부역 일을 충실히 수행한다. 제3장은 화자인 내가 문중 사람들을 만난 일을 다루고 있다. 그러면서 그는 아버지가 상암리 부락민들이 이번 선거에서 투표를 하지 않았는데도 투표를 한 것처럼 된 사실과, 당숙으로부터 육손이 처가 미군들로부터 윤간을 당한 후 마을 떠난 사실을 알게 된다. 나는 할아버지의 사망 임박에 상경을 재촉받고 떠나려는 아침, 은장봉에서 육손이 할아버지의 죽음을 확인하고 걸어왔던 길을 거슬러 귀경길에 오른다.

「하늘 아래 그 자리」는 우선 최억구의 상투적인 복수극이 마필구에게는 곧바로 나타나지 않는다는 점에서 「동행」과는 다른 면모를 보인다. 마필구는 그가 하암리 인민위원회위원장을 맡아달라는 부탁을 받았을 때 망설임 끝에 수락한다. 그것은 그가 "무슨 일이든 풀리지 않고 매몰차게 등을 돌리는 자신의 시운 불행이 뼈저리게 저며 들어 온 때문이"기도 하지만, 그의 삶의 터전이 상암리와 하암리에 걸쳐 있다는 것과도 관련되어 있다. 그러나 상암리나 하암리 사람들로부터 따돌림을 당한 그도 끝내 열성 부역자가 되고 만다. 이 소설에서도 전상국 소설의 특징 가운데 하나인 미군으로부터의 한국 여인의 수난을 그리고 있다. 육손이가 감옥에 들어간 후 육손의 처가 미군 부대를 어슬렁거리다 결국 그들로부터 당하게 된 것이다. 작가는 당숙의 입을 통해 다음과 같이 말하고 있다.

어느 날 새벽인가 마을 사람들이 감두리 버덩에서 육손이 처를 발견하지 않았겠나. 벌거벗은 몸뚱이 위에 미군 담요가 하나 덮여 있었고 또 그 옆에 미국놈들이 던져 준 깡통이 서너 개 있었네. 나중에 알고 보니 그 아주머이가 먹을 걸 찾아 감두리 미군 부대 주변을 헤맸던 모양이야. 미군들이 쓰는 쓰레기장에서 뭔가 뒤적이다가 깜둥이들한테 당한 거지 뭐겠나.[268]

이러한 수복 후의 한국 여인들의 수난은 「아베의 가족」, 「사형」, 「고려장」 등에도 나타난다. 이것은 분단이 가져다준 아픈 현대사의 장면인 것이다.

「하늘 아래 그 자리」는 시점이 변한 이유가 분명치 않다는 점과 서술자인 '나'의 미숙성[269]을 보인다는 점에서 실패작이라 평가할 수 있다. 또한 분단문제를 정면에서 다루기보다 오히려 풍수지리에 관련된 사실이 부각되어 있다. 6·25의 상황이나, 육손이 처의 수난이 삽화의 수준을 벗어나지 못하고 있다. 육손이(마필구)가 자신의 아들을 위해 자신의 조상들의 뼈와 함께 명당에서 자살하게 된 것은 이 소설이 풍수지리사상을 벗어나지 못하고 있는 증거이기도 하다. 또한 대학생 화자인 나의 아버지에 대한 부정적 시각이 화자의 시점에서 서술되고 있기도 하다. 이것은 작가가 말하고자 하는 바가 뚜렷하지 못한 결과를 초래하고 말았다. 결국 작가의 시선이 불분명하다는 것을 말해주거니와 분단문제를 정면에서 다룰 역량이 아직 미흡하다는 한계를 노정하고만 것이다.

「아베의 가족」은 분단 현실이 지닌 본질적인 문제의 단면을 보여주고 있다는 점에서 주목된다. 1950년부터 1970년대 후반까지를 시간적 배경으로, 강원도 춘천 근처의 샘골, 서울의 판자촌, 미국의 한인 거주지를 공간적 배경으로 하고 있다. 6·25를 전후로 단란했던 한 가정이 파

---

268) 전상국, 「하늘 아래 그 자리」, 『제삼세대 한국문학11』, 삼성출판사, 200-201쪽.
269) 김윤식, 「엄숙주의에 대하여－전상국론」, 『현대문학』, 1980.5, 310-311쪽.

괴되고, 연합군들로부터 수난당한 여인의 비극이 어제의 문제만이 아니라 오늘의 문제로 지속되고 있음을 보여주고 있다. 이러한 비극은 아베의 가족이 미국으로 이민을 갔음에도 불구하고 지워지지 않는 아픔으로 형상화된다.

「아베의 가족」에 등장하는 인물층은 6·25때 40대 후반인 부면장을 지냈으며, 일본 유학도 다녀왔으며, 지금은 농사일에 전념하고 있는 최씨 부부, 최씨 부부의 아들로 20대 전후인 법과 대학생 이대 독자 최창배와 그의 부인 주경희, 그녀는 아베의 어머니이자 '나'(김진호)의 어머니이기도 하다. 최창배와 같은 또래이며 '나'의 어머니 주경희의 두 번째 남편이자 황해도가 고향인 실향민 김상만, 그리고 최창배와의 사이에서 태어난 박약아 아베와 김상만과의 사이에서 태어난 진호, 정희, 진구 등과 '나'의 친구인 석필, 재두, 형표 그리고 검둥이와 결혼했다가 이혼한 고모 등의 인물이 등장한다.

「아베의 가족」은 전 3장으로 구성되어 있다. 제1장은 18세의 나이로 미국으로 이민을 갔다가 4년 만에 미군의 신분으로 고국 땅에 돌아온 내가(김진호)가 미군 영내를 처음으로 외출하면서 시작한다. 이민을 가서 적응을 잘 하는 아버지와 그와는 정 반대인 어머니, 윤간을 당하면서도 자신의 삶을 주장하는 고등학교에 다니는 동생 정희, 양공주로 흑인과 국제결혼해 결국은 이혼하고만 미국 영주권을 거머쥔 고모, 소아마비인 이씨의 딸 등의 삶이 소개된다. '나'의 집에는 병신이 둘 있었다. 하나는 아버지, 또 하나는 아베이다. 6·25 때 대학생이기도 했던 인텔리이지만, 6·25 때 벌어진 사건으로 직장에 오래 머물지 못하고 집에 틀어 박혀 있다거나 막노동을 하는 무능한 아버지와 몸을 제대로 가주지도 못하고 역한 냄새를 내뿜는 아베이다. 아버지는 이민 후 종합병원 청소부와 경비일을 하면서 새로운 삶을 살아간다. 그러나 어머니는 이민 후 유별난 눈물로 세월을 보낸다. 어느 날 나는 정희와 어머니가 간직하고 있던 일기장을 보게 된다. 거기에는 어머니가 걸어 왔던 삶이 있었다. 2장은 어머니가 살아온 삶의 여정이 어머니를 화자로 서술된다. 서술자인 '나'(주경희)는 '나'의 어머니이자. 초등학교 교사였던 나는 6·25 두 달 전 대학생 법학도 최창배와 결혼한다. 그리고 춘천 부근 샘골에서 남편을 서울에 떠나보내고 스무 칸이나 되는 시집에서 시아버지, 시어머니 그리고 행랑채 심서방네와 함께 시집 살림을 시작한다. 6·25가 발발하자 곧 인민군 치하가 되었고, 심서방은 붉은 완장을 두르고 부역을 했으며, 시아버지와 남편은 내무서에 붙들린다. 살아남는 길은 '내'가 인민군의 과업에 동참하는 것과 남편이 의용군에 입대하는 것이다. 가을이 되자 연합군이 북진을 한다. 그 와중에 시어머니와 나는 누런내 나는 외국 병정들에게 윤간을 당한다. 나는 팔 개월만에 박약아 아베를 낳는다. 휴전이 되어도 남편의 소식은 없다. 이때 지금의 남편 김상만이 나타나 함께 시댁을 쫓겨난다. 이들의 결혼 생활은 평탄했으나 남편의 고모와 여동생이 나타나면서 깨지게 된다. 양공주였던 고모의 초청장으로 아베의 가족은 미국으로 이민을 가게된다. 3장은 다시 '나'(김진호)의 시점으로 서술된다. 나는 옛 친구 석필을 만나 해단식을 갖고, 부대의 동료인 토미와 샘골을 찾는다. 거기 가게의 노파로부터 아베의 아버지인 최창배씨의 어머니가 죽은 것과 그녀가 죽은 후 반년만에 나의 어머니가 이민 가기 전에 방문했다는 사실을 알아낸다. 그러나 아베의 행방은 여전히 미문(未聞)으로 남아있다. 그래서 "우리 형 아베의 행방을 찾는 일도 우선 그 무덤에서부터 시작해야 한다고 나는 그렇게 생각"한다.

「아베의 가족」에 나오는 인물들은 한결 같이 6·25로 인한 뿌리뽑힌 삶을 살고 있다. 최부면장 부부, 주경희, 김상만, 최창배 등과 그들의 후손들인 아베, 진호, 정희 등과 진호의 친구들 그리고 미국에서의 이들의 삶은 6·25와 직간접적으로 관련되어 있다. 특히 6·25 와중에서 흑인 병정에 의해 능욕당한 여인들의 삶이, 미국에서 흑인에게 윤간을 당한

정희를 통해 재현된다는 점에서 분단문제는 과거 세대의 문제만이 아니라 전후 세대들에도 관련된다는 점을 이 소설은 보여주고 있다. 그러나 전쟁 세대들은 그것을 치욕으로 알고 자살을 시도하지만 정희의 경우는 다르다. 정희의 삶은 오히려 그것을 유발하고 즐겼다고 할 수 있다. 전쟁의 비극적 산물인 박약아 아베를 두고 전후 세대들이 행한 행위는 이를 뒷받침해 준다. '나'의 아버지 김상만과 어머니는 아베를 끝까지 보호하고자 하는데 반해, 이들은 아베를 멀리했던 것이다. 그러나 아버지도 끝내는 아베에서 멀어졌고 어쩔 수 없이 이민 길에 오른 어머니는 아베를 두고 온 충격으로 삶의 의미를 잃게 된다.

이처럼 「아베의 가족」은 전쟁으로 인한 뿌리뽑힌 삶과 분단상황이 전후 세대에도 예외가 아니라는 것을 보여줌과 동시에 그 차별성을 형상화하고 있다. 또한 분단의 비극은 그들만의 것이 아닌 우리 모두의 것이라는 것을 보여주고 있다. 그렇다면 그들의 아픈 상처의 치유는 어떻게 가능할까. 작가는 서술자인 '나'의 아베 찾기와 미국인의 한국에 대한 알기에서 시작된다는 것을 말하고 있다. 그러나 이 같은 방식은 매우 안이한 것일 수 있다. 1년을 기약으로 한국에 온 '나'(김진호)는 미군일 수밖에 없으며 그는 이미 미국 영주권을 획득한 이민 세대이다. 그가 비록 분단상황에서 벗어나지 않는 한국인의 피를 지니고 있다하지만, 지금 여기 이 땅에 사는 한국인일 수는 없는 것이다.

5. 이산가족의 비애와 비극적 만남의 세계: 구인환

1929년에 태어난 구인환은 일제하뿐 아니라 해방과 6·25를 거쳐 오늘에 이르기까지 격동의 근현대사를 살아온 세대이다. 그런 만큼 그의 문학은 일관된 문학세계를 보이면서도 다양한 삶의 문제들을 포용하고 있다. 이러한 그의 문학적 여정은 『산정의 신화』(1974)를 비롯하여 『숨쉬는 영정』(1989), 『프라하의 겨울』(1998) 등 7권의 소설집과 『움트는 겨울』(1976), 『일어서는 산』(상하, 1987), 『낙타동방에 가다』(1998) 등 여덟 편의 장편소설에 잘 드러나 있다.

작가는 창조행위의 본질을 추구함으로써 그것을 삶과 소설의 문제로 이끌어 간다. 말하자면 창조행위의 본질이야말로 삶의 본질이며 소설의 본질이어야 한다는 생각이 그의 작품과 문학관을 지배하고 있다고 할 수 있다. 이러한 그의 문학적 세계는 지향적 욕구와 현실적 갈등의 문제를 직접적으로 제기하여, '참다운 삶이 어떤 것인가'를 찾으려는 충돌과 대결의 기록이라는 평가를 받고 있다.[270] 그렇기 때문에 분단에서 파생되는 문제 또한 작가의 시선을 벗어날 수 없는 것이다. 작가의 1970년대 작품 가운데 분단의 문제와 직접적으로 관련된 소설은 「숨쉬는 영정」(1977), 「이어진 약지」(1978)를 들 수 있다. 이들 작품은 6·25로 인한 이산가족의 문제를 다루고 있다는 점에서 이산소설의 범주에 속한다.

이 소설들은 「산정의 신화」에서 보여준 작가의 작품세계와는 다른 차원을 열고 있다. 그것은 역사적 현실을 외면하고 신비의 세계로 도피하는 소설의 세계에 안주하는 것이 아니라 현실의 문제를 도외시하지 않겠다는 작가의식의 산물이다. 이는 넓게 보아 작가는 그가 상정하고 있는 유토피아의 세계를 현실에서 그 뿌리를 찾고자 하는 인식에서 나온 것이라 판단할 수 있다. 그러나 이러한 작가의 인식에도 불구하고 분단문제를 형상화하는데 있어 이산의 차원에서 벗어나지 못하는 한계를 드러내고 있다.

「숨쉬는 영정」은 전쟁으로 인해 월남하던 중 형과 헤어지게 된 동생 재규가 형 태규를 만나러 가는 장면에서 시작한다. 재규가 형의 소식을

---

270) 전영태, 「'중심'과 '상승'의 상징체계 : 구인환의 『산정의 신화』」, 『한국소설의 문제작』, 일념, 1985.

알게 된 것은 그의 아내의 오빠로부터이다. 어머님만 남겨 두고 피난했다는 것, 대전 근방에서 폭격을 피하다가 헤어지게 되었다는 것, 사리원 용수리에 있는 기와집에서 살았다는 것, 형의 이름이 서태규라는 것, 그리고 동생의 나이가 사십 안팎이라는 것. 이러한 사실들이 이산가족 찾기 방송에서 처형이 확인한 것들이다. 그러나 이러한 처형의 말에 재규는 오히려 믿을 수 없다는 반응을 보인다. 그것은 삼십 년 가까이 형을 찾고 싶었으나 그럴 수 없었던 현대사가 빚어낸 현실을 나타낸 것이기도 하다. 가족 상봉을 신청하고 초조하게 기다리던 재규는 드디어 연락을 받고 서울행 버스에 몸을 싣는다.

사실 형 태규는 동생 재규가 형을 찾는 방송을 들었지만 자신의 형편으로 차마 동생을 만날 수는 없었다. 연이은 사업 실패로 태규는 술로 폐인이 되고, 아내의 행상과 아들 기현의 취직으로 생계를 유지하는 처지였다. 그러한 삶의 도정에서 "보잘것없는 삶의 도정에 대한 애달픈 후회가 서리는 것일까. 아니면 자조에 겨운 허탈"에서인듯 문득 고향을 생각하게 되고 동생을 만날 결심을 한다.

재규는 형 태규를 만나러 가면서 피난올 때 어머니에 대한 기억을 돌이켜보지만 그에게 어머니는 "수없이 불러 본 말이건만, 별로 실감이 나지 않는, 아주 먼 나라의 말인지도 모른다"는 생각을 갖게 된다. 그리고 형과 피난 중 헤어지게 된 기억을 되살린다. 적십자사에 도착한 재규는 약속 시간에 늦게 도착했는데도 아직 형이 도착하지 않은 형을 기다리며 초조감을 감추지 못한다. 결국 기다리던 형 태규는 오지 않고 대신 영정만이 나타난다.

이러한 줄거리로 되어 있는 「숨쉬는 영정」은 전쟁으로 인한 분단현실이 불러온 일반적인 현상들을 다루고 있다는 점에서 현실성을 획득한다. 분단으로 인해 고향을 상실하고 떠돌이의 삶을 살아가는 그리하여 결국은 가난과 절망 속에서 살아가는 형 태규로 상징되는 삶과 삼십 년이라는 세월이 고향의 어머니를 잊게 해 버린 그리하여 분단의 세월이 혈육까지도 잊혀지게 해 버린 분단의 기억상실증을 제기한 재규의 삶이 그것이다. 형의 가난과 절망은 동생을 만난다는 희망으로 나가지 못하고 죽음을 맞이하게 된 비극은 재규의 어머니에 대한 기억상실과 더불어 삶의 파편으로 다가오는 분단 현실의 문제를 작가로 하여금 제기하도록 한다.

「숨쉬는 영정」과 같이 이산문제를 다루고 있는 「이어진 약지」는 군산 교외에 사는 김 노인이 월남 때 헤어지게 된 아들 문수를 찾아가는 데서 시작한다. 김 노인은 5대에 걸친 조상의 뼈가 묻혀 있는 개성 밤나무골을 뒤로하고 월남하면서 아내는 서울 근교에서 폭격을 맞아 사망하게 되고, 천안 부근에서 폭격을 만나 아들 문수와 헤어지게 된다. 63세의 나이인 김노인(김석식)은 아들이 적십자사 이산가족 찾기 방송을 통해 아버지를 찾는다는 소식을 김노인과 종씨인 기남으로부터 듣는다. 그러나 김노인에게는 아들을 만나게 된다는 사실이 현실로 다가오지 않는다. 헤어진 후 이십 칠 년이라는 세월이 그로 하여금 만남이라는 말을 잊도록 한 것이다.

> 김 노인은 멍하니 창 밖을 보면서 말이 없었다. 너무 뜻하지 않은 소식에 당황해서인가 아니면 사십 년 가까이 응결된 상처에 자극을 주어 일어난 통증을 참고 있는지도 모를 일이다.

아들과의 만남은 김 노인에게는 마음속에 자리잡고 있던 상처에 자극을 주는 것으로 다가온다. 몇 번인가 아버지 김 노인을 찾아 나섰던 아들 문수는 번번이 실패하고 만다. 그러나 막상 아버지를 만난다는 현실 앞에서는 아버지의 얼굴을 기억할 수 없게 된다. 결국 이들은 불구가 된 약지를 회상을 통해 확인함으로써 부자임을 확인하고 상봉하게 된다.

「이어진 약지」에서 작가는 분단 현실이 몰고 온 문제점을 문수의 입을 통해 말하고자 한다.

> 이십 칠 년이란 세월이 이토록 딴 세계를 만들어 놓은 것인가. 6·25의
> 비극은 휴전선에만 있는 것이 아니고 깊숙한 생활과 핏속에 스며 있는
> 것이다.

작가는 생활 깊숙이 파고든 망각은 이제 분단문제의 망각으로까지
이어질 수밖에 없음을 문제삼고 있는 것이다. 이들의 만남이 신체의 특
성, 즉 약지의 불구로 이루어진다는 것은 이러한 문제를 말해 주고 있다.
결국 작가는 분단 현실이 몰고 온 이산가족의 문제를 제기함과 동시에
기억 속에서 잊혀져 가는 분단 문제를 「이어진 약지」를 통해 형상화하
고 있다고 할 수 있다. 그것은 소설을 통하지 않고는 할 수 없는 기억을
되살리는 것이자 현재를 문제삼는 것이기도 하다는 점에서 의미 있는
작업이라 할 수 있다.

그러나 분단 현실에서 파생되는 문제들은 단순히 이산문제에 국한
될 수 없다. 이산문제는 분단이 몰고 온 중요한 문제이기도 하지만, 이
산 가족의 만남의 문제만으로 분단문제가 형상화될 수 없는 차원이기도
하다. 그것은 단편이 지닌 한계이기도 하거니와 작가의 문제의식이나
형상화 능력과 직결되는 것이기도 하다. 분단 상황에서 우리가 분단문
제에서 벗어날 수 없다는 것은 사실이기는 하지만, 그것의 핵심에 다가
설 수 있는 다양한 제재를 형상화하는 것은 무엇보다 중요하다 하겠다.
이러한 문제들은 앞에서 살펴본 1970년대에 분단문제를 본격적으로 제
기하고 있는 작가들이 다루고 있거니와, 구인환의 1970년대 이후의 작
품 예컨대『일어서는 산』(85~87), 「떠도는 사람들」(1988), 「등산 연습」(1988),
「목신의 기도」(1989) 등으로 이어진다.

6. 분단현실의 소설적 형상화

　해방공간에서 이미 민족분단에 대한 문제 의식을 엿볼 수 있거니와 이러한 문제의식이 더욱 확대된 계기는 6·25이다. 민족의 비극이 현실로 발발함에 따라 1950년대의 작가들에게 민족 분단과 한국전쟁의 비극은 중요한 테마가 되었다. 그러나 이들은 전쟁의 참상에서 벗어나지 못함으로써 분단문제를 객관적으로 다룰 여유가 아직은 없었다. 전쟁 전의 작가들인 황순원, 김동리 등은 생존에의 위기의식을 이야기하고 있었다. 뿐만 아니라 김성한, 장용학, 손창섭 등 전쟁의 직접성에서 자유롭지 못한 1950년대 작가들은 실존 혹은 존재론적인 물음의 차원을 크게 벗어나지 못하고 있었다.

　4·19와 더불어 1950년대의 패러다임을 넘어설 수 있는 기반이 마련될 수 있었다. 서구적 사유의 침윤에 따라 자유와 평등의 개념이 부각되었다. 그러나 그때까지도 분단문제가 분단극복을 위한 거시적 차원으로까지 발전하지 못했다. 최인훈의 『광장』(1960)은 자유와 평등, 밀실과 광장이라는 테마를 주인공 이명준을 통해 관념적으로 제시하고 있다. 그 관념성으로 말미암아 결국 이명준은 남한에도 북한에도 머물지 못하고 끝내 자살의 길을 선택하고 말았다. 분단문제를 정면에서 다루지도 못하고, 또한 그것을 해결할 어떤 전망도 획득하지 못한 채 1960년대 벽두를 열어놓고 있었다. 이러한 한계에도 불구하고 당시 금기시 되었던 남북 이데올로기의 문제를 정면에서 다루고 있다는 점에서 분단소설사적 의의를 지닌다. 이 밖에 분단문제와 관련된 1960-70년대 소설로는 김승옥의 「건(乾)」(1962), 이청준의 「침몰선」(1968) 등이 있다. 김승옥, 이청준은 1940년을 전후로 태어난 작가들로서 소년화자를 통해 전쟁과 분단에 관련된 민족의 비극적 상황을 형상화하고 있다.

그러나 이념의 대립과 분단 극복의 문제를 민족 공동체의 차원에서 형상화하게 된 것은 1970년대 이후의 일이다. 이때는 민족문학론에 논리적 힘을 얻어 민중 특히 노동자, 농민, 도시 빈민의 문제가 분단문제와 더불어 새롭게 인식되기에 이른다. 어쨌든 분단문제를 형상화하고 있는 소설들은 이러한 사회문화사적인 흐름을 바탕으로 다양하게 형상화되고 있었다.

이병주의 「지리산」(1972-78)은 일제 말기에서 6·25를 전후한 시기의 역사를 장편 대하소설로 형상화하고 있다. 분단상황과 관련된 방대한 분량의 장편소설이 나올 수 있었던 것은 우리 소설의 역량이 그만큼 성장했다는 것을 말해준다. 지리산은 일제와 해방공간 그리고 6·25와 관련된 숱한 사연을 담고 있는 곳이다. 「지리산」은 일제 말기의 징병에 연루된 청년들과 이들이 해방과 더불어 부침하는 이념의 소용돌이 속에서 상처받은 삶을 그린 작품이다. 한승원의 16장으로 되어 있는 중편 「폐촌」(1976)은 뱃사람들 이십여 세대가 모여 살던 작은 마을인 하룻머리골에서 해방과 육이오를 전후해서 폐촌이 되어버린 사건을 다루고 있다. 한국전쟁이 남긴 상처와 의미를 다룬 홍성원의 「남과 북」(1977), 대구 10·1 항쟁을 다룬 신상웅의 「타자의 마을」(1979), 제주도 4·3사건을 다룬 현기영의 「순이삼촌」(1979) 등도 해방공간과 육이오 전후의 분단상황에서 벌어지는 민족적 비극을 다루고 있다. 이 밖에 이동하의 「장남감 도시」(1979), 「굶주린 혼」(1980), 유재용의 「누님의 초상」(1978), 「짐꾼 이야기」(1979), 「관계」(1980), 박완서의 「나목」(1970), 「부처님 근처」(1973), 「겨울 나들이」(1975), 이호철의 「판문점」(1961), 강용준의 「나성에서 온 사내」(1979), 이범선(1920-1982)의 「면민회」(1979), 하근찬의 「임진강 오리떼」(1976), 오영수의 「새」(1971), 김문수의 「고별한」(1977) 등이 분단소설의 범주에 포함될 수 있다.

1970년대의 분단상황과 관련된 소설의 풍성한 결실은 1980년대로 들어서면서 새로운 발전된 모습을 띤다. 조정래의 「태백산맥」(1986)으로 대표되는 1980년대의 분단소설은 조정래의『불놀이』, 이문열의『영웅시대』(1984), 문순태의「철쭉제」(1981), 김주영의「천둥소리」(1986) 등으로 이어진다. 1980년대는 소년기의 6·25 체험 세대와 더불어 미체험 세대가 소설사에 등장한다는 점에서 새로운 국면을 맞이한다.

Ⅱ

자아정체성 형성으로서의 문학사교육

1. 머리말

과거와 현재의 대화 속에 존재하는 문학사는 그것을 서술하는 주체의 문학관과 방법론에 따라 다양한 형태로 제시될 수 있다.[271] 그러나 문학사를 교육의 장에서 논의할 경우 그것을 어떤 방법으로, 어떻게 기술할 것인가라는 문제와는 다른 차원을 고려할 수밖에 없다. 그것은 문학사를 어떻게 볼 것인가? 문학사는 문학교육의 패러다임에서 어떤 성격을 지니는가? 문학사를 가르친다면 어떻게 가르칠 것인가? 등의 문제와 관련된다. 이러한 문제는 지식[272]의 문제를 벗어날 수 없다. 따라서 지식에 대한 근본적인 성찰과 방향, 내용 범주에 대하여 심도 있는 검토가 뒤따라야 한다.

이런 점에서 이 글에서 다루고자 하는 문학사 문제도 그것을 문학교육의 관점에서 어떻게 보아야 할 것인가와 관련된다. 문학사를 어떻게 보느냐에 따라 문학교육에서 문학사가 차지하는 위상에 커다란 차이가

---

271) 김열규 외, 『한국문학사의 현실과 이상』(새문사, 1996)에서 문학사 서술의 문제점과 전망에 대하여 검토한 바 있다.

272) 이 글에서는 잠정적으로 지식을 단지 과학적인 지식(인식: connaissance)에 국한하지 않고, 행할 줄 앎(savoir-faire), 생활할 줄 앎(savoir-vivre), 경청할 줄 앎(savoir-écouter)과 같은 개념들을 포함하는 관점을 취한다. 문학(서사)활동은 이러한 지식들과 밀접하게 관련되어 있기 때문이다. Jean-François Lyotard, *La Condition Postmoderne*, 이현복 역, 『포스트모던적 조건』, 서광사, 1992 참조.

날 것이기 때문이다.

이 글의 초점은 자아정체성 형성 과정으로서의 문학사에 놓인다. 말하자면 문학사를 자아정체성[273] 형성 과정의 역사로 보고자 하는 것이다. 작가의 문학 행위는 자신의 정체성을 찾는 끊임없는 과정에 놓인다.[274] 이러한 문제를 해명하는 것은 주체가 왜 문학사를 학습해야 하는지를 밝히는 것이며, 또한 그의 문학 활동 근거를 밝히는 한 단초가 될 것이다.

주체 형성 과정으로서의 문학사 교육은 학습 주체의 형성 과정과 관련된다는 점에서 의의를 지닌다. 문학사는 문학사를 바라보는 주체에 따라 다시 씌어질 수 있다. 사료로서의 문학을 어떻게 어떠한 시각에서 다룰 것인가는 문학사를 기술하는 주체에 달려 있다. 그것이 개체 발생적인 차원과 결부될 경우 문학사 교육이 주체 형성과정과 관련된다는 점에서 교육적 의의를 찾을 수 있을 것이다.

나아가 문학사 교육은 주체로서의 피교육자에게 과거와 미래의 자신의 존재 모습을 글쓰는 행위로서 실천할 수 있는 전이력을 지닌다는 점에서 의의를 지닌다. 문학사교육이 단순히 과거의 문학을 아는 차원에 멈추는 것이 아니라, 자신의 글쓰는 행위를 통해서 실천해 나가는 지점으로까지 이어져야 한다.

---

273) 절대적인 주관을 갖는 주체이거나 세계에 압도당하는 주체가 아니라 타자와의 관계 속에서 형성되는 주체, 대화적 주체이다. 이는 절대적인 주관으로서 중심을 상정하는 데카르트의 주체나 글쓰기의 과정을 통해 형성되는 데리다의 주체, 상징계의 지배를 받는 라캉의 주체와는 다르다.

274) 이들의 문학 행위는 시간의 흐름 속에서 시대와 관련을 맺으면서 일정한 경향으로 묶일 수 있다. 문학작품은 문학 생산 주체를 충실히 반영하려는 것과 그 반대 극단의 스펙트럼 상에 존재한다. 또한 문학은 이것들과 문학을 형상화하고 있는 주체들의 관계 속에서 존재한다. 주체들의 관계 속에 존재하는 문학은 작가나 시대의 흐름에 따라 범주화할 수 있는 성향이 있기 마련이다. 그러므로 주체형성 과정으로서의 문학사는 작품, 작가, 시대의 차원으로 확장된다.

이 글은 문학작품에 나타난 주체의 형성과정과 글쓰기 방식에 주목
하고 그 의미를 살펴보고자 한다. 나아가 그것이 문학사 교육과 어떻게
연결될 수 있는지를 탐색해 보고자 한다. 주체 형성 과정으로서의 문학
사 문제는 매우 폭넓은 논의를 필요로 하기 때문에, 이 글에서는 근대
작가 가운데 그 동안 많은 논란의 대상이 되어 왔던 이태준과 그의 작품
을 대상으로 논하고자 한다.275) 이태준 작품 가운데『사상의 월야』(1941.
3.4.-1942.7.5.『每日申報』)를 주목하고자 한다.『사상의 월야』는 이태준 문
학의 원점으로 평가되고 있거니276)와 '구인회',『문장』지 활동 직후 시
대적인 암흑기에 접어든 40년대 초에 쓰여진 본격적인 자전적인 글로
작가 스스로 자신의 이전 생활을 확인 점검하는 과정에서 생산된 것이
라는 점에서 문제적이다. 더구나『사상의 월야』는 해방직후인 1946년
11월 을유문화사에서 단행본으로 간행되는 데 연재본과 단행본간에는
결말처리에서 현격한 차이를 보여준다. 작가가 자신의 작품에 대하여
개작을 한다는 것은 매우 의식적인 행위에 속한다. 그것이 작가의 존재론
적인 문제와 관련될 때 그러한 행위는 사회·역사·문화의 문제와 작가
의 사상의 문제가 복잡하게 얽혀 있기 마련이다. 이러한 점에서 그것은
주체와 문학과의 관계를 논할 수 있는 좋은 대상이 될 수 있을 것이다.

본고에서 주목하고자 하는 것은『사상의 월야』가 이태준의 자전적

---

275) 상허(尙虛) 이태준은 신경향파 문학이 대두하던 1925년부터 6·25 직후까지
약 30년에 걸쳐 단편 60여 편과 중·장편 18편을 발표한 한국현대소설사의
대표적인 작가로 평가받고 있다(이병렬, 「이태준의 문학사적 위상」,『이태준
문학연구』, 깊은샘, 1993, 13쪽). 또한 1930년대에 '구인회'를 통해 순수문학을
표방했으며,『문장』의 주간과 편집인으로 활동한 바 있으며, 해방 후에는 조
선문학가동맹 부위원장을 지냈다. 1946년 중반 월북, 북조선문학예술총동맹
부위원장을 지냈으나 남로당 숙청과 함께 문단에서 사라진다. 프로문학을 비
판하고 순수문학의 기치를 내세웠던 그의 해방 직후의 행적은 문학사적인 많
은 문제를 시사하고 있다.

276) 하정일, 「계몽의 내면화와 자기 확인의 서사」,『근대문학과 구인회』, 깊은샘,
1996.

서사물277)이라는 점이다. 공인으로서 작가가 자신의 삶의 이야기를 공적인 매체를 통해 이야기하는 것은 매우 의식적인 행위가 아니고서는 불가능하다 할 것이다. 왜 그는 1940년대 초반에 자전적 서사물을 썼으며, 또한 그것을 해방과 더불어 개작했던 것인가에 대한 논의가 이 글의 초점이 되는 것도 여기에 있다.

2. 자아정체성 형성 요소와 서사화 방식

자아 정체성 형성에 영향을 주는 많은 요소들이 있을 수 있다. 따라서 여기에서는 『사상의 월야』에서 주인공 송빈의 주체 형성에 영향을 주는 요소들을 살펴보고자 한다. 그리고 신문본과 단행본 사이에 결말 처리에 있어 현격한 차이가 있음에 주목하고 그 담론 상의 차이점을 검토해 보고자 한다.

1) 자아정체성 형성과 그 요소

이태준의 문학세계는 상고취미나 감상성, 서정성에서 벗어날 수 없다는 점에서 그 특성이 있다. 물론 작가의 생각이 문장을 통해 직접 드

---

277) 서술 주체가 자기의 경험을 형상화하고 있는 대표적인 문학 형식으로 자서전과 자전적 서사가 있다. 자서전과 자전적 서사는 서술주체, 서술자, 주인공이 일치하고 서술주체가 경험한 사건을 서술한다. 양자의 차이는 자서전은 서술주체가 경험한 사실을 다루고, 자전적 서사는 서술주체가 경험한 사건을 중심으로 서술하되 허구적 사건이 포함된 데 있다. 그러나 경험을 서사화한다는 것이 경험한 사실을 정확히 보장한다고 볼 수 없듯이, 이 둘은 정도의 문제일 수 있다. 그러므로 그것은 넓은 의미의 자전적 서사로 볼 수 있을 것이다. 이것은 주체가 자기를 형상화하는 서사라는 점에서 자기-서사(self-narrative)의 범주에서 다루고자 한다.

러나는 수필에서 그의 이러한 경향은 두드러진다고 볼 수 있을 것이
다.278) 그러나 그것이 작가의 이념이나 사상의 지향성과 관련된다고 볼
때 수필의 영역에만 국한되어 나타나는 현상은 아닐 것이다. 더구나 이
태준이 수필과 소설의 양식상의 차이를 인식하고 있다고 하더라도 그것
은 창작 활동을 통해 드러나기 마련이다.『사상의 월야』에 나타나는 '달
밤'의 이미지279)도 이런 점에서 예외일 수 없다.

그러나 이 글에서 주목하고자 하는 것은 이러한 달밤의 이미지나 그
형상화 방식에 있는 것이 아니라, 이태준이 말하고 있듯이 "화려한 몽상
과 침통한 사색에 전전케 하는 창백한 저녁", 즉 달밤의 사색을 통해 드
러낸 자신의 모습에 대한 것이다. 이 점을 분명히 하려는 의도에서『사
상의 월야』가 쓰여졌음을 이태준은 밝히고 있는 것이다. 소설 속에서 서
술되는 송빈의 삶의 궤적이 작가인 이태준의 삶의 역정과 거의 일치한
다는 면에서 그렇다.『사상의 월야』는 주인공 송빈이 유소년기에서 청
년기에 이르는 고난의 연속과 정신적 성장을 서술한 성장소설적 요
소280)를 가진 자전적인 소설이라 할 수 있다.

신문 연재본은 총 12장으로 되어 있다.281) 그런데 연재본 가운데 마

---

278) 이선미,「1930년대 후반 이태준 소설의 변화와 그 의미」,『1930년대 후반문학
　　　의 근대성과 자기성찰』, 깊은샘, 1998, 253쪽.
279) 이상갑,「『사상의 월야』 연구」, 상허문학회,『이태준 문학 연구』, 깊은 샘, 1993,
　　　349쪽.
280) 이익성은 성장소설이라는 용어를 소설 속에서 주인공의 성장사가 중심으로
　　　그려진다는 의미에서 사용한다. 원래 교양 소설(Bildungsroman) 혹은 교육 소설
　　　(Erziehungsroman)이라 하는 성장소설은 괴테의『빌헬름 마이스터의 수업 시
　　　대』나 헤세의『데미안』을 대표적 작품으로 꼽는다. 이들 성장 소설은 사춘기
　　　가 시작될 무렵 아이가 욕망과 죄악에 대해서 갑작스럽게 알아차리는 단계,
　　　어둠의 세계에 매혹되어 점점 그 세계에 희생되어 가는 모습이 그려지는 중
　　　간 단계, 어둠의 세계에서 빛의 세계라는 진정한 의미의 세계로 나아가는 단
　　　계 등의 세 단계로 구분되어 설명되고 있다. 이익성,「『사상의 월야』와 자전
　　　적 소설의 의미」,『한국근대 장편소설 연구』, 모음사, 1992, 102쪽 참조.
281) 신문에 연재된 목차는 다음과 같다. 1. 첫달밤, 2. 첫향구, 3. 새벽 나팔소리, 4.

지막 '12. 동경의 달밤들'은 단행본에서 모두 삭제되고, '11. 현해탄'의 부분이 수정되어 발간된다. 이 부분에 대한 자세한 논의는 다음 절에서 하기로 하고, 여기에서 주목하고자 하는 바는 성장 과정에서 나타나는 주인공의 주체 형성 과정이다. 주체 형성에 영향을 주는 것은 타자이다. 여기에서는 타자가 주체 형성에 어떠한 영향을 주는지, 주체가 타자를 어떻게 받아들이는지를 살펴보고자 한다. 주체(주인공) 형성에 영향을 주고 있는 타자로서 가족, 이성, 교육을 설정한다.

(1) 내면 형성의 추동력: 가족

『사상의 월야』의 제1장인 '첫 달 밤'은 아버지의 죽음에서 시작된다. 단행본 끝 부분에서도 주인공은 아버지의 뜻을 따르겠다고 할 정도로 주인공에게 끼친 아버지의 영향은 절대적이다. 따라서 연재본 창작 당시의 작가의 눈에 보인 아버지의 모습이 해방후 단행본에서는 더욱 강화되어 나타난 것이라 볼 수 있다.

송빈의 어머니는 삶의 고통을 인내하고 개척할 줄 아는 인물로 서술되고 있다. 그러나 송빈은 어머니의 죽음을 남의 죽음으로 생각하게 된다. 그럼에도 불구하고 송빈은 어려움에 처할 때에 어머니의 모습을 떠올리곤 한다.

주인공의 어머니는 송빈이로 하여금 아버지에 대한 존경심을 심어주는 역할을 한다. 송빈 아버지의 행위를 묵묵히 따른다거나, 그의 유골을 손수 추스른다거나, 송빈이 사당의 꽃시회에서 상을 받았을 때 그의 아버지 봉분 앞에서 절을 하게 하는 행위 등은 송빈에게 그의 아버지에 대한 존경심을 심어주는 구실을 한다. 이러한 행위는 『사상의 월야』의

___

푸른 산은 가는 곳마다, 5. 사람도 여러 가지, 6. 서울, 7. 만나는 사람들, 8. 로오즈 가아든, 9. 깊은 데 숨은 꽃, 10. 사랑의 물리, 11. 현해탄, 12. 동경의 달밤들.

단행본에서 아버지와 자신의 동일시로 이어진다.

주인공에 대한 외할머니의 영향은 다른 어떤 가족보다 크다 할 수 있다. 아버지는 『사상의 월야』 첫 부분과 끝 부분에서 나타나지만, 할머니에 관련된 것은 곳곳에 편재해 있다고 해도 과언이 아니다. "아버지가 돌아가시어 집안이 온통 울음 속에 있되, 눈물 한 방울 나와 보지 않은 송빈이에게 할머님만은 죽는다는 말만으로도 저윽 가슴에 파동이 생"(16쪽)길 정도이다. 그러나 이후 그는 부모의 사랑을 본능적인 것 이상으로 보지 않으려는 사고방식을 보여준다.

(2) 감정 유희 존재로의 전환 : 이성

소청에서 송빈이 아홉 살 때 그를 일방적으로 짝사랑한 열 일곱 살인 서분네. 그리고 모시울의 오촌집의 정선 홀대. 이로 인해 송빈은 낮이 싫어지고 세상에서 정선의 말을 제일 무서워하게 된다.

『사상의 월야』에서 주인공과 이성의 관계에 있는 인물은 은주이다. 은주는 윤수 아저씨 누나의 딸이다. 은주의 가정 교사로 송빈은 은주네 집에 머물게 되고, 둘은 가까워진다. 그러나 송빈은 "나 같은 일개 고학생이 부잣집 무남독녀를 사랑할 수 있을까? 왜 못해? 돈만 없지 내가 저희 지체만 못할 게 무언가? 돈이란 그까짓 벌면 될 것 아닌가?"(123쪽)라는 자의식을 갖게 된다.

이 시기에 송빈의 은주에 대한 관심과 갈등은 그의 일기에 잘 나타난다. 그러나 이러한 이성에 대한 감정도 그가 동경에 있는 동안 변하게 된다. 연애를 감정유희 혹은 생리의 차원으로 몰고가는 송빈의 사고는 과학이라는 이름 하에 모든 것을 재단해 버리게 된다.

(3) 부끄러움과 부러움 넘어서기 : 교육

『사상의 월야』에서 주인공의 형성과정에서 교육이 차지하는 역할은 중요하다. 송빈의 아버지의 유언도 교육시키는 것이었으며, 송빈의 어머니와 외할머니도 그의 유언을 받아 송빈을 교육시키는 데 남다른 관심과 행동을 보여준다. 개화당인 송빈의 아버지의 죽음도 교육과 관련되는 바 송빈이 결국 과학의 세계를 찾아 동경에 이른 것도 그의 삶에서 교육이 차지하는 비중이 지대함을 보여주는 것이다.

그는 서당을 나와 사립봉명학교를 들어간다. 송빈은 그곳 한문 교사로부터 완고함을 배우고, 일어 교사인 오문천 교사로부터 신학문과 신사상, 신생활의 수입을 배우고, 과학의 위력도 배운다. 장래 희망은 할머니를 위해서 '도장관'이 되는 것이며, 이 때문에 부끄러움을 느끼게 된다. 간이 농업학교에서는 면서기, 헌병보조원, 군청 기수 등이 되겠다는 공립학교 졸업생들과는 달리 이들은 사립학교의 못난이로 놀림의 대상이 되어버린다.

서울에서 청년회관 야학을 다니고, 강연회에 참석하면서 직접 토론에도 참여한다. 그후 송빈은 휘문고보를 다니면서 문학서적에 몰두하기도 하고, 학교에 대한 실망도 쌓여간다. 그리고 서울에서 동경 유학생들의 강연회와 음악회는 송빈에게는 부러움의 대상이었다. 그는 학교 개혁을 위한 동맹에 앞장서다 퇴학당한 후 동경으로 건너가 그곳에서 고학을 하면서, 과학적 사고의 중요성을 역설한다.

2) 결말 처리의 두 방식

『사상의 월야』는 앞에서 언급했듯이 『매일신보』에 1941년 3월 4일부터 동년 7월 5일까지 97회에 걸쳐 연재된 장편소설이다. 이 연재본은 해방후 1946년 을유문화사에서 단행본으로 출판되었다. 그런데 신문본과 단행본 사이에는 결말 처리에 있어서 상당한 차이를 나타낸다. 신문본이 해방 이전의 작품이고 단행본이 해방 후에 나온 작품이라는 점을 고려한다면 문학과 이태준의 사상, 시대와 관련에서 볼 때 매우 중요한 의미를 갖는다고 판단된다.

신문본의 마지막 장인 '동경의 달밤'이 단행본에서는 모두 삭제되고, '동경의 달밤' 바로 이전 소제목인 '현해탄'의 끝 부분도 적지 않은 개작이 가해졌다. 이점을 보다 자세히 고찰하도록 한다.

(가) 「멀 - 리 백제 때는 왕인(王仁)이 문자(文字)를 가지고 이 바다를 건너갔다! 오늘 우리들은 비인 머리를 가지고 과학과 사상을 거기로 담으러 가게 되엿다!」 - (신문본, 191쪽)

(나) 「머얼리 백제때는 왕인(왕인)이 문자(文字)를 가지고 이 바다를 건너갓다! 문자만이 아니라 의술(醫術), 점학(占學), 철공술(鐵工術), 미술(美術), 나중엔 조원사(造園師)까지 백제로부터 건너갔다 한다. 그런데 일본 사람들은 그 답례로 무엇을 들고 이 현해탄을 건너 조선으로 나온 것인가? 임진란으로 일한합방(日韓合邦)으로 일로전쟁(日露戰爭)과 일청전쟁(日淸戰爭)으로 오직 총과 칼을 들고 내달았을 뿐이다! 이런 악한 이웃 일본에 아니, 지금은 무서운 통치자 일본에 나는 공부를 가고 있다! 오늘 우리들은 비인 머리를 가지고 과학과 사상을 거기로 담으러 가게 되었다. 슬픈, 너무나 쓰라린 역전(逆轉)이다! - (단행본, 188쪽)

(가)는 신문본으로 '비인 머리'로 대변되는 자괴감과 굴욕감을 볼 수 있다. (나)는 단행본으로 우리가 일본에 준 유용한 것들이 보강되고, 반대로 일본이 우리에게 한 행적은 '악한' 것으로 서술되고 있다. 그리고 배우러 가는 것에 대한 표현을 '너무나 쓰라린 역전'이라는 말로 민족의 슬픈 현실을 말하고 있다.

(다) 밝는날 새벽 이 갑판문이 열리자 송빈이는 누구보다도 먼저 뛰여나왓다. 솔이 새파란섬이 벌서 보혓다. 바다는 행결 잔잔해젓다. 조선쪽으로

돌아서 보앗다. 망망한 수평선 뿐이다. 이등실쪽 갑판에도 벌서 여러 사람이 나와 잇섯다. 모다 즐거운 얼굴이다. 송빈이는 처음 듯는 무슨 「아이다사 미다사」니 「데루니 데라레누 강오노도리」니 하는 노래를 열심으로 부르는 여자들도 잇다. 푸른 물결이 다을 듯이 석별에 가지 느러진 소나무들, 차츰 가까워지는 문사(門司), 하관(下關) 일대의 수목울창한 육산들의 부드러운 곡선들. 「마루미게」에 당홍 속옷자락을 해풍에 풍기며 쎈치한 노래를 부르는 여자들을 보며 보아 그런지 무슨 유원지역(遊園地域)에 드러서는 것 가튼 <u>다감다정한 풍물이엿다.</u>

　(중략)

저게 조선옷이엿나! 하리만치 처움처럼 조선옷부터가 새삼스럽게 보혓다. 차에서 배에서 석탄연기에 끄을고 꾸기고 말리고 한 베것 소시것들은 흰옷이 힌옷다운 면목이라고는 옷고름 하나가 제대로 업섯다. 「우선 기차와 기선생활을 못할 옷이다! 현대인의 옷일 수 업다!」 <u>송빈이는 흰옷들을 보는 것이 민망스러워젓다.</u> 더욱 동경해 기차에 올라서는 대판까지 십여 시간은 송빈이는 <u>이처럼 괴로운 기차를 타 보기는 생후 처음이다.</u> 찻간이 조선서보다 좁아서가 아니었다. (후략) ― (신문본, 191-192쪽, 밑줄 인용자)

(라) 송빈이는 일어섰다. 이 바다, 현해탄이 보고 싶다. 허리가 휘웃뚱한다. 비틀거리며 층계를 올라와 갑판으로 나섰다. 하늘도 바다도 어둡다. 그러나 바람은 배가 갈라제끼는 바다 속에서 나오는 것처럼 차도록 서늘하다.

　(중략)

오! 아버지? <u>이 미거한 것이나마 아버지의 뜻을 이으오리다!</u> 선각자들의 수난에 보답하오리다! 김옥균 선생 같은 이를, 아버지 같은 이를 매국노라, 역적이라 몰아붙이던 그 완매한 보수주의자들, 지금도 민철이 할아버지 따위, 원섭이 할아버지 따위가 조선엔 득실득실 차 있습니다. (중략) 아직도 김옥균 선생이나 아버지께서 일본에 조국을 팔기 위해서가 아니라 일본의 유신을 본받으러 가셨듯이, <u>일본에 협력하기 위해서가 아니라 이 앞으로 일본과 투쟁하여 조선을 찾을 그런 준비로 학문과 사상을 배</u>

우러가는 진정한 애국청년들이 더러는 있을 겁니다! 영혼이 계시다면 이들의 앞길을 인도해 주옵소서.」
써늘하게 식은 송빈이의 뺨 위에는 뜨거운 눈물이 흘러내렸다. 오늘 자기의 외로움, 오늘 자기의 가난함이 일직 그런 아버지가 이 현해탄을 건너신데 원인한 것이라 생각하면 송빈이는 이미 당해 온 고생이 도리어 명예스러웠고, 이 앞으로 당할 고생에 더욱 용기가 솟는 것이었다.
배는 솟는 파도면 가르고, 잦는 파도면 미끄럼 치듯 넘으면서 한결같은 속력으로 내닫는다. 송빈은 멀리 바다 끝에 새벽 하늘이 트이기 시작할 때까지 밝는 날부터 새 운명을 향해 그냥 서 있었다. − (단행본, 189-190쪽, 밑줄 인용자)

(다)는 신문본으로 자신의 감정이나 생각을 드러내기보다 주인공이 본 대상을 기술하는데 초점을 두고 있다. 자신의 감정을 드러낸다 해도 그것은 일본 항구 근처를 두고 다감다감한 풍물이라고 한다든지, 우리 전통 흰옷을 두고 민망스럽다고 한다든지, 노파를 두고 괴로운 기차 여행이었다고 한 것은 일본에 대한 우호적인 서술에 해당한다. 일제의 검열을 전제로 한다 해도 이러한 것은 굴욕적인 표현에 해당한다. (라)는 (다)와 대조적으로 일본에 건너가는 자신의 감회를 매우 격정적으로 서술하고 있다. 자신의 도일이 개화운동을 한 김옥균과 아버지의 길을 이은 것이며, 자신은 "앞으로 일본과 투쟁하여 조선을 찾을 그런 준비로 학문과 사상을 배우러 가는 진정한 애국청년"이라는 점을 강조하고 있다. 그리하여 자신의 고생과 가난을 오히려 명예스럽게 생각한다.

3. 자아정체성 형성과 그 문학사적 의미

1) 자기 찾기 과정으로서의 주체

『사상의 월야』는 주인공 송빈의 유소년기부터 청년기에 이르는 삶의 과정을 서술하고 있다. 신문본은 주인공이 동경에서 고학하는 시점까지 다루고 있다. 그러나 이것은 이태준이 밝히고 있듯이 미완으로 되어 있다.[282] 1941년은 이태준이 38세의 나이니까 그가 일본에서 상지대학을 중퇴하고 귀국하기 이전까지인 1927년 11월 이전 즉 24세 이전을 다루고 있다고 할 수 있다. 단행본은 주인공이 일본으로 건너가는 시점에서 끝나니까 1924년 즉 21세 전후까지에 해당한다.

신문본이 미완의 형태를 지닌 것은 여러 이유가 있을 것이지만, 미완 속에서 드러난 주인공의 삶은 고난과 자기 찾기의 역정이었다고 할 수 있다. '첫달밤'에서 시작해서 '동경의 달밤'으로 끝나는 『사상의 월야』는 아비 잃은 달밤에서 과학을 사색하는 동경의 달밤으로 끝난다. 그러므로 달밤이 지닌 함의는 매우 다른 것이다. 이 처음과 끝 사이에서 주인공 송빈의 삶은 많은 변화를 겪게 된다.

아버지의 개화운동으로 가족은 망명길에 올라야 했고, 결국 송빈의 아버지는 그 일로 세상을 떠나야 했다. 남부럽지 않게 살던 한 가족의 삶은 아버지의 사상 선택에 의해 전혀 다른 길을 가야 했다. 그러므로 『사상의 월야』는 아버지는 왜 죽게 되었으며, 그 의미는 무엇인가에 대한 물음으로 시작한다고 볼 수 있다. 아직 어린 나이로서 "사람은 왜 죽나? 아버지는 정말 죽었을까? 오늘 땅 속에 묻은 그 관이란 것 속에는

---

282) 신문본 말미에 다음과 같은 작가의 말이 있다. "근고. 이 소설에 나오는 시대가 대단 복잡햇섯고 이야기가 사실을 존중햇던만치 주인공의 이 앞으로의 모든 것은 좀더 신중히 생각할 여유가 필요하게 되엿습니다. 독자와 신문사에 미안합니다만 우선 상편으로 쉬이겟습니다. 작자"(208쪽)

정말 아버지가 들어 있었을까?"(14쪽)라는 물음에 대답을 할 수는 없지만 아버지의 죽음이 주인공에게 주는 의미는 지대하다는 점은 분명하다. 이 점은 단행본의 결말과 연결되는 데서 확인할 수 있다.

어머니의 죽음 또한 주인공에게는 커다란 상처를 준다. 부모가 거의 동시에 세상을 떠난 것은 송빈의 삶을 고난과 도전의 연속으로 내몬다. 이러한 점에서 이태준 문학을 관통하는 작가 의식을 고아 의식으로 규정하는 논의들은 설득력이 있다. 그러나 그것은 일면만 볼 수 있는 한계를 지닐 수밖에 없다. 왜냐 하면 주체가 형성되는 과정을 중시한다면 단면만을 볼 수 없기 때문이다.

송빈이 고아가 됨으로서 송빈에게 외할머니는 절대적인 위치를 차지하게 된다. 그러나 그러한 안식처이자 위안을 주는 외할머니도 경제적인 면에서는 속수무책이었다. 서울에서의 송빈의 생활은 주경야독하는 고학의 길을 갈 수밖에 없었다.

『사상의 월야』에서 송빈이 이성인 은주와의 교제를 다룬 부분은 상당한 분량을 차지한다. 이 부분은 신문소설이라는 상업성을 반영하는 부분이라고 분석할 수 있다.[283] 그러나 작가가 삶의 어떤 부분을 과정이나 축소해서 서술한다는 것은 내면 상태를 반영한다고 볼 때 작가의 의도성과 관련시켜 볼 수 있다. 이런 점에서 작가 자신의 젊은 시절의 연애에 대한 평가를 반영한다 할 수 있다.

교육은 송빈의 아버지가 몸소 실천에 옮겼던 분야이고, 그의 유언도 교육을 충실히 하라는 것이었던 만큼 송빈의 주체 형성에 중요한 역할을 한다. 봉명학교에서의 체험은 간이 농업학교와 배치되는 것이었다. 그가 도장관을 하기 위해 서울로 와서 휘문고보를 다닐 때에도 학교 현실은 그로 하여금 그의 꿈의 실현을 가로막는 장애였다. 이런 점에서 송

---

283) 이병렬, 앞의 책, 262-266쪽.

빈의 동경행은 그가 동경해마지 않던 학문을 배울 수 있는 곳이었다. 그러나 그가 동경에서 바라본 학문의 세계는 어설픈 과학 논리였으며, 자기 합리화에 불과했다. 그런데 송빈이가 미국인 선교사의 한국 학생에 대한 편견에 대하여 강하게 반발하고 있는 것은 민족주의적 성향으로 연결되어 해방공간과 연결될 수 있다는 점에서 주목된다.

단행본으로 출간된 『사상의 월야』는 송빈이 현해탄을 건너는 장면에서 맺고 있다. 그 장면은 앞에서 보았듯이 신문 연재본과는 매우 다르게 되어 있다. 자신의 도일이 아버지의 길을 이은 것이라는 점, 자신은 진정한 애국청년이라는 점을 강조하고 있음을 살펴보았다. 이는 자기 찾기의 과정에서 이루어진 것이라 할 수 있다. 또한 그것은 자신의 아버지의 꿈을 실현하기 위한 것이자 한을 치유하는 것이기도 하며, 아버지의 삶에 대한 명예 회복이자 자신의 도일에 대한 정당화이기도 하다.

2) 문학사적 의미

작가는 문학 행위를 통해 세계에 대한 인식을 의식적으로나 무의식적으로 드러내기 마련이다. 더군다나 역사적으로 커다란 차이를 보이는 시대적 상황에서나 혹은 자신의 존재가 변화된 상황에서의 문학행위는 작가의 문학세계와 사상의 선택과 실천을 문제삼는 좋은 자료가 된다. 이런 점에서 역사적으로나 작가의 존재 변화의 측면에서도 『사상의 월야』는 문제적인 작품이라 할 수 있다.

단행본에서 일본을 공간으로 한 마지막 '동경의 달밤' 부분을 제거하고, 민족주의적 관념을 부각시키고, 일제에 대한 거부감을 표현한 것에 대하여 해방 이후 이태준의 행적과 관련하여 설명해 왔다. 해방 후 이태준은 문학가 동맹의 부위원장을 지내게 되는바 그 사상적 기반은 부르주아 민주주의 혁명이었다. 이를 달성하기 위해서 인민 민주주의 민족전선 형성을 주장하고 반제 반봉건을 내세웠던 것이다.[284] 따라서『사상의 월야』의 개작의 원인은 조선 문학가 동맹 부위원장인 작가 이태준의 위상 정립을 위한 포석, 일본에 대한 적대감이 해소되지 않은 민중들의 시대적인 욕구에 대한 부응, 민족적 자부심[285] 등으로 설명할 수 있다. 그러나 여전히 그의 문학과 행위 사이의 관계에 대한 설명은 미흡하다.

여기에서는 해방 전『사상의 월야』를 전후한 이태준의 문학행위를 통해 그의 사상적인 행적을 추적해 보고, 해방 공간으로 이어지는 그의 문학적 행위와 사상적 행위에 대한 판단의 단서를 제공하고자 한다.

신문본『사상의 월야』가 연재된 것은 1941년이다. 이 시기는 일제가 중일전쟁(1937)을 계기로 국내의 사상 탄압을 더욱 강화하고, 태평양 전쟁(1941.12.8)을 일으키기 직전 일제의 탄압이 최고에 달한 때이다. 일제는『동아·조선일보』,『문장』지가 폐간되고, 우리말 사용이 금지되는 등 우리 언어 생활에 대한 탄압을 더욱 강화한다.『문장』에 간여한 이태준이『문장』의 폐간과 거의 동시에『사상의 월야』를 연재하기 시작한 것은 특별한 의미가 있음을 암시한다. 1940년을 전후로 하여 당대의 많은 작가들은 자신의 자전적인 혹은 가족사 연대기 소설을 창작하였던바, 이태준 역시 이러한 문단적인 경향에서 예외는 아니었다. 카프가 해산된 후 문단은 세태를 묘사하거나 내성으로 빠져듦으로써 소설의 새로운 길을 모색한다. 이때 가족사 연대기 소설이 새로운 창작방법으로 등장한다. 가족사 연대기 소설론은 소설의 위기를 벗어날 수 있는 하나의 대응 논리였던 셈이다. 김남천의『대하』, 이기영의『봄』, 한설야의『탑』등이 이러한 경향에 속한다. 그러나『대하』가 풍속 묘사에 치우치고,『봄』이 개화기 주인공의 아버지의 모습을 부각시켰으며,『탑』은 사대부의 몰락

---

284) 이러한 내용은 8월 테제로 알려진 박헌영의「현정세와 우리의 임무─정치 노선에 대한 결정」에 잘 나타나 있다.
285) 이익성, 앞의 책, 99쪽.

과정에 치우치고 있다면 『사상의 월야』는 주인공의 성장사를 서술하고 있다는 점에서 이들과 차이가 있다. 또한 김남천, 한설야, 이기영 등이 KAPF와 관련된다면, 이태준은 '구인회'와 『문장』과 관련된다는 점에서도 차이가 난다. 『문장』의 세계관은 상고주의286)로 요약되는바 그것이 단순한 순응주의가 아니라 "민중의 차원에 뿌리박고 있으며 일본 제국주의에 의해 선도된 근대화에의 탄력 있는 저항의 방법이라는 사실"287)을 전제로 한다면 "선진 문명을 배워 식민지 조선 현실을 타개하려는 주인공의 성장 과정을 그린 계몽소설 내지 교양소설"288)로 볼 수 있다. 이 점은 "계몽의 사회적 실천이 궁지에 몰리고 최소한의 생활적 근거마저 상실한 지식인이 마지막으로 선택한 길이 바로 '나'로의 회귀인" "계몽의 내면화"289)라는 점을 통해 보다 분명히 드러난다.

이러한 점에서 1941년 시점에서 이태준이 자전적인 소설을 쓴 것은 자신의 사상적 입지를 성찰함으로써 시대를 타개해 나가기 앞서 자신의 정체성을 확립하려는 시도라고 볼 수 있다. 그러나 이태준은 『사상의 월야』 연재를 중단하고 만다. 자신의 정체성을 찾는 과정에서 청년기에서 중단하고 만 것은 결국 온전히 자신의 정체성을 찾지 못했다는 것을 의미한다. 그러므로 유소년기에서 청년기에 이르는 자신의 고난과 극복의 과정이 강조될 수밖에 없다. 이렇게 된 이유에는 상허가 동경 유학 이후의 삶의 복잡한 삶의 모습을 재현할 자신이 없다는 것을 의미할 수도 있고, 전망이 극히 불투명한 상태에 놓여 있음을 들 수 있을 것이다.

---

286) 이익성, 앞의 책, 107쪽. 그는 상고주의가 민족주의의 한 발현태라고 할 때, 상허의 『사상의 월야』는 일제의 검열을 피하면서 민족주의를 내면화한다는 측면에서 순응된 민족주의로서의 상고주의가 부분적으로 나타나고 있다고 본다.
287) 장영우, 『이태준 소설 연구』, 태학사, 1996, 65쪽.
288) 장영우, 앞의 책, 234쪽.
289) 하정일, 「계몽의 내면화와 자기 확인의 서사」, 『근대문학과 구인회』, 깊은샘, 1996, 193쪽.

이러한 상태는 「사냥」(1942)에서도 확인되는 바 주인공 한이 점점 신경이 날카롭게 되고, 사냥터에서 서울이 가까워옴에도 불구하고 조금도 반갑지 않게 되는 데서도 확인할 수 있다.[290] 급기야 그는 낙향을 하게 되어 안협에서 칩거하게 된다. 그가 낙향할 즈음에 발표한 「돌다리」(1943)는 주인공 창섭의 아버지가 대대로 물려받은 농사일에 충실함으로써 아들의 요구—농지 처분과 서울로 부모를 모시는 것—를 거절한다는 내용을 다루고 있다. 작가는 노인의 입을 통해 미리 대비를 해야 한다는 생각을 돌다리를 비유로 말하고 있다. 여기에 이르면 '한'의 불안감이나 정체성 상실은 찾을 수 없다. 노인의 확고한 의지가 그것을 대체한 것이다. 이후에 이태준은 침묵에 들어갔다가 해방과 더불어 다시 문학활동을 하게 된다.

4. 문학사 교육의 방향

과거와 현재의 대화 속에 존재하는 문학사는 그것을 바라보는 주체의 문학사관에 따라 다양한 형태로 제시될 수 있다. 그런데 문학사를 교육의 장에서 논의할 경우 관점의 전환이 요구된다. 말하자면 문학사의 대상과 관점, 성격, 교수 학습 등이 문제시된다. 이 가운데 문학사를 보는 관점의 정립이 무엇보다 선행되어야 한다. 이러한 관점은 다양한 측면에서 이루어져야 하는데, 이 글에서는 문학사를 주체가 문학행위를 통해 자신을 형성해가는 과정으로 봄으로써 논의의 실마리를 풀어 보았다. 학습자가 역사 속의 문학을 다루어야 할 자료로 취급한다거나, 역사의 흐름 속에 등장하는 하나의 사실로 보는 관점은 문학사를 교육의 차

---

290) 제1부 Ⅱ장 참조.

원으로 보기 어렵게 한다.

　교육의 차원을 강조하면 그것을 통해서 도달하고자 하는 주체를 강조할 수밖에 없다. 그러나 이때의 주체는 타자와의 관계 속에서 형성되는 주체라는 점에서 그 양자와의 관계를 동시에 고려하지 않을 수 없다. 데카르트, 데리다, 라캉의 주체와 거리를 두는 이유도 여기에 있다.

　문학사는 주체들의 문학 행위의 과정이자 결과로 이루어진다. 문학사 속에서 문학 행위 주체들이 행한 공시적 통시적 집적물이 문학사의 내용을 이룬다. 이것은 공통된 형식과 일정한 경향을 갖기 마련인 바 문학행위의 집단성이 문제되는 것은 이 점과 관련되어 있다. 문학사를 이해하는 것도 주체의 문학행위이며, 작품의 수용과 창작도 문학행위이다. 역사 속의 문학행위와 주체(학습자)의 문학행위가 유비 관계에 놓이는 것도 이러한 점이다.

　역사 속의 문학행위는 그 주체가 자신의 정체성을 찾아가는 과정으로서 존재한다. 학습자가 문학행위를 하는 이유 중의 하나가 자신의 정체성을 찾아 나가는 것이라 할 때 그 역시 진행중인 문학사에 속하며, 문학사를 새롭게 써나가는 주체이기도 하다.

　이런 점에서 이태준의 작품 가운데『사상의 월야』는 문학사 속의 문학행위 주체인 이태준이 자신의 정체성을 찾아가는 과정으로서의 존재를 드러내는 작품이다. 이 작품이 문제적일 수 있는 것은 존재의 드러냄과 성장, 문학행위와 시대의 이념의 문제가 맞물려 있기 때문이다. 이 점은 문학행위를 하는 학습자에게 적용될 수 있는데, 학습자의 문학행위란 존재를 드러내고 변화된 모습을 담는 것이며, 이는 시대 이념과 관련되기 때문이다. 그렇다면 문학사 속에서 주체들의 문학 행위를 해석, 이해, 평가, 체험하고, 이를 자신의 문학행위로 전이시키는 행위는 문학사교육의 핵심 영역에 속할 수 있다고 판단한다. 문학의 역사는 문학행위의 주체들이 이룩해 나가는 주체 형성의 역사이기 때문이다.

참고 문헌

강진호, 「1960년대 리얼리즘 소설고」, 『현대소설연구』 제6호, 1997.6.

공종구, 「김승옥 소설의 근대성」, 『현대소설연구』 제9호, 1998.12.

구인환 외, 『문학교육론』, 삼지원, 1989.

구인환, 『근대문학의 형성과 현실인식』, 한샘, 1983.

구인환, 『소설론』, 삼지원, 1996.

김 현, 「60년대 문학의 배경과 성과」, 『분석과 해석/보이는 심연과 안보이는 역사 전망 : 김현 문
　　　학전집 7』, 문학과지성사, 1992.

김 현, 「구원의 문학과 개인주의」, 『사회와 윤리 : 김현소설론집』, 일지사, 1974.

김 훈, 「정지용 시의 분석적연구」, 서울대박사학위논문, 1990.

김교봉·설성경, 『근대전환기소설연구』, 국학자료원, 1991.

김기진, 「시감 2편」, 『조선지광』, 1927.8.

김기진, 「우리가 걸어온 삼십년(三)−우리들의 투쟁기」, 『한국문단사』, 삼문사, 1985.

김대행, 『현대문학의 틀짜기』, 역락, 2000.

김동환, 「1930년대 한국 장편 소설 연구」, 서울대박사학위논문, 1993.

김동환, 「<중도적 인물> 설정과 소설적 전망」, 『한국소설의 내적 형식』, 태학사, 1996.

김병욱 편, 최상규 역, 『현대 소설의 이론』, 대방출판사, 1984.

김병익 외, 『현대 한국문학의 이론』, 민음사, 1982.

김병익, 「60년대 문학의 가능성」, 『현대한국문학의 이론』, 민음사, 1982.

김상욱, 「이념과 문학교육」, 『문학교육의 방법』, 한길사, 1991.

김상욱, 『소설교육의 방법 연구』, 서울대출판부, 1996.

김상욱, 『문학교육의 길찾기』, 나라말, 2003.

김영민, 『한국근대소설사』, 솔, 1997.

김영민, 『한국문학비평논쟁사』, 한길사, 1994.

김영택, 「개화기 무서명 소설에 나타난 현실비판양상」, 『선청어문』 제24집, 서울대국어교육과,
        1996.

김욱동 편, 『바흐찐과 대화주의』, 나남, 1990.

김윤식, 「60년대 문학의 특질」, 『운명과 형식』, 솔, 1992.

김윤식, 「앓는 세대의 문학」, 『현대문학』, 1969.10.

김윤식, 『염상섭연구』, 서울대출판부, 1989.

김윤식, 『우리 소설을 위한 변명』, 고려원, 1991.

김윤식, 『한국근대문학사상사』, 한길사, 1984.

김윤식, 『한국근대문학사상연구2-문협정통파의 사상구조』, 아세아문화사, 1994.

김윤식, 『한국현대문학사론고』, 법문사, 1973.

김윤식·김현, 『한국문학사』, 민음사, 1973.

김윤식·정호웅, 『한국소설사』, 예하, 1995.

김재용 외, 『한국근대민족문학사』, 한길사, 1995.

김재현 외, 『하버마스의 사상』, 나남출판사, 1996.

김종회, 『한국소설의 낙원의식 연구』, 문학아카데미, 1990.

김주연, 「새시대 문학의 성립 : 인식의 출발로서의 60년대」, 『김주연평론문학선』, 문학사상사,
        1992.

김중신, 『한국 문학교육론의 방법과 실천』, 한국문화사, 2003.

김중신, 『소설감상론 연구』, 서울대출판부, 1995.

김치수 외, 『이청준론』, 삼인행, 1991.

김태준, 『조선소설사』, 학예사, 1939.

김학동, 『「광장」을 읽는 일곱 가지 방법』, 문학과지성사, 1996.

김학동, 『정지용연구』, 민음사, 1987.

김형석, 『윤리학』, 철학과현실사, 1992.

나병철, 『한국 문학의 근대성과 탈근대성』, 문예출판사, 1996.

문덕수, 『한국모더니즘시연구』, 시문학사, 1981.

문영진, 「피카레스크 소설에 대한 일 고찰」, 『논문집』 제61집, 한국국어교육연구회, 1997.4.

문영진, 『한국 현대 산문의 읽기와 글쓰기』, 소명, 2000.

문학사와 비평연구회, 『1960년대 문학연구』, 예하, 1993.

민족문학사연구소 현대문학분과, 『1960년대 문학연구』, 깊은샘, 1998.

박인기, 『문학교육과정의 구조와 이론』, 서울대출판부, 1996.

박태순·김동춘, 『1960년대의 사회운동』, 까치, 1991.

상허문학회, 『이태준 문학연구』, 깊은샘, 1993.

서준섭, 「구인회와 모더니즘」, 『1930년대 민족문학의 현실』, 한길사, 1990.

소흥렬, 『윤리와 사고』, 이대출판부, 1989.

송민호, 『한국개화기소설의 사적연구』, 일지사, 1975.

여홍상 엮음, 『바흐찐과 문학이론』, 문학과지성사, 1997.

오민석, 「프레드릭 제임슨의 해석론 연구」, 경희대박사학위논문, 1997.

우한용 외, 『소설교육론』, 평민사, 1993.

우한용, 「문학교육의 윤리적 연관성에 대한 연구」, 『사대논총』 제55집, 서울대학교사범대학,
        1997.

우한용, 『한국현대소설구조연구』, 삼지원, 1990.

우한용, 『한국현대소설담론연구』, 삼지원, 1996.

우한용, 『문학교육과 문화론』, 서울대출판부, 1998.

우한용 외, 『서사교육론』, 동아시아, 2001.

유종호, 「감수성의 혁명 : 김승옥」, 『비순수의 선언』, 민음사, 1995.

유철상, 「이태준 단편소설 연구」, 서울대석사학위논문, 1993.

이강엽, 『토의문학의 전통과 우리소설』, 태학사, 1997.

이경덕, 「Fredric Jameson의 역사주의적 상상력」, 연세대박사학위논문, 1996.

이득재, 「바흐찐과 타자」, 고려대박사학위논문, 1996.

이명희, 『상허 이태준 문학세계』, 국학자료원, 1994.

이병렬, 「이태준소설의 문학사적 위상」, 『이태준 문학연구』, 깊은샘, 1993.

이병렬, 『이태준 소설 연구』, 평민사, 1998.

이선미, 「1930년대 후반 이태준 소설의 변화와 그 의미」, 『1930년대 후반문학의 근대성과 자기
　　　성찰』, 깊은샘, 1998.

이승훈, 『시론』, 고려원, 1990.

이익성, 「『사상의 월야』와 자전적 소설의 의미」, 『한국근대 장편소설 연구』, 모음사, 1992.

이재선, 『한국개화기소설연구』, 일조각, 1972.

이종오 외, 『1950년대 한국사회와 4·19 혁명』, 태암, 1991.

이진경, 「들뢰즈 : '사건의 철학'과 역사유물론」, 『탈주의 공간을 위하여』, 푸른숲, 1997.

이진우, 『도덕의 담론』, 문예출판사, 1997.

이청준, 『이청준 산문집, 말없음표의 속말들』, 나남, 1985.

임　화, 『문학의 논리』, 학예사, 1940.

임　화, 『조선신문학사』, 인문평론, 1940.

임경순 「자아정체성 형성으로서의 문학사교육」, 『선청어문』 제28호, 서울대국어교육과, 2000.

임경순, 「개화기 문답체 산문의 언술 연구」, 『현대소설연구』 제8호, 1998.

임경순, 「김승옥 소설의 모더니즘적 특성에 대한 연구」, 『현대소설연구』 제11호, 1999.

임경순, 「몽상에서 무시간성의 인동에 이르는 길」, 『목원국어국문학』 제5집, 목원대국어국문학과,
　　　1998.

임경순, 「문학 이해의 문화론적 시각」, 『문학의 이해』, 삼지원, 1997.

임경순, 「분단 문제의 소설화 양상」, 『한국현대소설사』, 삼지원, 1999.

임경순, 「비평교육에 대한 일 고찰」, 『선청어문』 제25집, 서울대국어교육과, 1997.

임경순, 「소설의 담론윤리적 특성에 대한 연구」, 『문학교육학』 제2호, 한국문학교육학회, 1998.

임경순, 「소설의 대화성 연구-『삼대』의 담론과 이념을 중심으로」, 『국어교육연구』 제4집, 서울대
　　　국어교육연구소, 1997.

임경순, 「시대의 고통을 이겨내는 이야기」, 『움트는 겨울』, 푸른사상, 2001.

임경순, 「시적 진실과 실천적 삶 : 김지하 서정시론」, 『대학신문』, 서울대학교, 1986.12.1.

임경순, 「이태준 소설의 담론과 해석」, 『현대소설연구』 제6호, 한국현대소설학회, 1997.

임경순, 「인간스러움의 회복과 장인으로서의 글쓰기 : 이청준론」, 『문학과 문학교육』 창간호, 문학
　　　과문학교육연구소, 2000.

임경순, 『서사표현교육론 연구』, 역락, 2003.

임경순, 『국어교육과 서사교육론』, 한국문화사, 2003.

장영우, 『이태준 소설 연구』, 태학사, 1996.

전경수, 『문화의 이해』, 일지사, 1996.

전광용, 『신소설연구』, 새문사, 1986.

정재찬, 『문학교육의 사회학을 위하여』, 역락, 2003.

정한숙, 『현대한국소설론』, 고려대출판부, 1977.

조남현, 「개화기 소설양식의 변이현상」, 『개화기 문학의 재인식』, 지학사, 1987.

조동일, 『신소설의 문학사적 성격』, 서울대출판부, 1973.

차혜영, 「자율적 주체의 개인주의와 모더니즘적 글쓰기」, 『60년대 문학연구』, 깊은샘, 1998.

최인자, 「「무진기행」의 '자기반성' 서사 전략」, 『국어교육연구』 제5집, 1998.

최인자, 『서사문화와 문학교육론』, 한국문화사, 2001.

최혜실, 『한국연대소설의 이론』, 국학자료원, 1994.

하정일, 「계몽의 내면화와 자기 확인의 서사」, 『근대문학과 구인회』, 깊은샘, 1996.

하정일, 「주체성의 복원과 성찰의 서사」, 『1960년대 문학연구』, 깊은샘, 1998.

한국민중사연구회, 『한국민중사2』, 풀빛, 1986.

한국사회사연구회, 『현대 한국 자본주의와 계급문제』, 문학과지성사, 1988.

한국사회사연구회, 『현대 한국의 자본 축적과 민중 생활』, 문학과지성사, 1989.

한상규, 「환멸의 낭만주의 : 김승옥론」, 『1960년대 문학연구』, 예하, 1993.

한원영, 『한국개화기 신문연재소설연구』, 일지사, 1990.

홍윤기, 「하버마스의 언어 철학」, 『하버마스의 사상』, 나남출판사, 1996.

황정현, 『신소설 연구』, 집문당, 1997.

Bachelard, G., *La Poetique de la reverie*, 김현 역, 『몽상의 詩學』, 기린원, 1990.

Bakhtin, M. M., *Problems of Dostoevsky's Poetics*, 김근식 역, 『도스또예프스키의 시학』, 정음사, 1988.

Bakhtin, M. M., *The Dialogic Imagination*, 전승희·서경희·박유미 역, 『장편소설과 민중언어』, 창작과 비평사, 1988.

Vološnov, V. N., *Marxism and The Philosophy of language*, 송기한 역, 『마르크스주의와 언어 철학』, 흔겨레, 1988.

Booth, W. C., *The Rhetoric of Fiction*, 최상규 역, 『소설의 수사학』, 한신문화사, 1990.

Easthope, A., *Literary into Culture Studies*, 임성훈 역, 『문학에서 문화연구로』, 현대미학사, 1994.

Habermas, J., *Erläuterrungen zur Diskursethik*, 이진우 역, 『담론윤리의 해명』, 문예출판사, 1997.

Habermas, J., *Moralbewußtsein und Kommunikatives Handeln*, 황태연 역, 『도덕의식과 소통적 행위』, 나남출판사, 1997.

Horkheimer, M. & Adorno, Th. W., *Dialektik der Aufklärung*, 김유동·주경식·이상훈 역, 『계몽의 변증법』, 문예출판사, 1996.

Huizinga, J., *Homo ludens*, 권영빈 역, 『놀이하는 인간』, 弘盛社, 1982.

Kemode, F., *The Sense of an Ending : Studies in the Theory of Fiction*, 조초희 역, 『종말의식과 인간적 시간』, 문학과지성사, 1993.

Lodge, D., 「바흐친과 현대 소설의 담론」, 『바흐찐과 문학이론』, 문학과지성사, 1997,

Lukács, G., *Die Theorie des Romans*, 반성완 역, 『소설의 이론』, 심설당, 1985.

Lyotard, J. F., *La Condition Postmoderne*, 이현복 역, 『포스트모던적 조건』, 서광사, 1992.

MacIntyre, A., *After Virtue*, 이진우 역, 『덕의 상실』, 문예출판사, 1997.

Martin, W., *Recent Theories of Narrative*, 김문현 역, 『소설이론의 역사』, 현대소설사, 1992.

More, T., *Utopia*, 노재봉 역, 『유토피아』, 三省出版社, 1976.

Peters, R. S., *Ethics and Education*, 이홍우 역, 『윤리학과 교육』, 교육과학사, 1994.

Ricoeur, P., *Interpretation Theory*, 김윤성·조윤범 역, 『해석이론』, 서광사, 1994.

Ricoeur, P., "L'identité narrative", 김동윤 역, 『현대서술의 흐름』, 솔, 1997.

Rimmon-Kenan, S., *Narrative Fiction: Contemporary Poetics*, 최상규 역, 『소설의 시학』, 문학과지성사, 1985.

Rorty, R., *Contingency, Irony, and Solidarity*, 김동식·이유선 역, 『우연성·아이러니·연대성』, 민음사, 1996.

Scholes, R., *Textual Power : Literary Theory and the Teaching of English*, 김상욱 역, 『문학이론과 문학교육 : 텍스트의 위력』, 하우, 1995.

Schramke, J., *Zur Theorie des modernen Romans*, 원당희·박병화 역, 『현대소설의 이론』, 문예출판사, 1995.

Siebers, T., *Ethics of criticism*, Cornell Uni. Press, 1988.

Stanzel, F. K., 안삼환 역, 『소설형식의 기본유형』, 탐구당, 1990.

Todorov, T., *Mikhail Bakhtin, The Dialogical Principle*, 최현무 역, 『바흐찐 : 문학사회학과 대화이론』, 까치, 1987.

Touraine, A., *Critique De La Modernité*, 정수복·이기현 역, 『현대성 비판』, 문예출판사, 1995.

Zima P. V., *Ideologie und Theorie: eine Diskurskritik*, 허창운·김태환 역, 『이데올로기와 이론』, 문학과지성사, 1996.

Zima P. V., *Textsoziologie: eine kritische Einfuhrung*, 허창운 역, 『텍스트사회학』, 민음사, 1991.

柄谷行人, 『日本近代文學の起源』, 박유하 역, 『일본근대문학의 기원』, 민음사, 1997.

柄谷行人, 『探究 I 』, 송태욱 역, 『탐구1』, 새물결, 1998.

Bakhtin, M. M. & Medvedev, P. M., *The Formal Method In Literary Scholarship*, Albert J. Wehrle, trans., Harvard University Press, 1985.

Bakhtin, M. M., *Speech Genres and Other Late Essays*, McGee, V. W. trans., University of Texas Press, 1986.

Bernstein, J. M., *The Philosophy of the Novel*, The Harvard Press, 1984.

Eagleton, T., *Criticism & Ideology*, NLB, 1985.

Balibar, E. & Macherey, P., "On Literature as An Ideological Form", *Untying The Text*, Routledge & Kegan Paul Ltd, 1981.

Hawthorn, J., *A Concise Glossary Contemporary Literary Theory*, Edward Arnold, 1994.

Holquist, M., *Dialogism*, Routledge: London and New York, 1990.

Jameson, F., *The Political Unconscious : Narrative as a Socially Symbolic Act*, London : Methuen, 1981.

Siebers, T., *Ethics of criticism*, Cornell Uni. Press, 1988.

저|자|약|력

임경순(林敬淳, Lim Kyung-Soon)

전북 김제 출생. 김제고등학교를 나와 서울대학교 국어교육과 및 동 대학원 국어교육과 석·박사과정을 졸업하였다(교육학박사). 중·고등학교 교사를 거쳐, 서울대·한양대 등에서 강의하였다. 현재는 서울대학교 국어교육연구소 선임연구원으로 있으며 경인교대·이화여대·세종대 등에 출강하고 있다.

주요 저서로 『서사표현교육론 연구』, 『국어교육과 서사교육론』, 『서사교육론』(공저), 『고등학교 문학』(공저), 『문학의 이해』(공저) 등이 있으며, 주요 논문으로 「경험의 서사화 방법과 그 문학교육적 의의 연구」, 「비평 행위와 현실 인식의 상관성에 대한 연구」, 「소설의 대화성 연구」 등이 있다.

문학의 해석과 문학교육

인 쇄 2003년 11월 20일
발 행 2003년 11월 28일
저 자 임 경 순
펴낸이 이 대 현
편 집 장 은 미
펴낸곳 도서출판 **역락** / 서울 성동구 성수2가 3동 301-80
      (주)지시코 별관 3층(우133-835)
전 화 3409-2058(대표) 3409-2060(편집부) FAX 3409-2059
이메일 yk3888@kornet.net / youkrack@hanmail.net
등 록 1999년 4월 19일 제2-2803호

정가 17,000원
ISBN 89-5556-248-9-93810
*잘못된 책은 교환해 드립니다